rororo

Heiligengeist Feld
Nider Baum
Die
Grosser

(Detailausschnitt auf der Seite 48/49)

PETRA OELKER

Die zerbrochene Uhr

EIN HISTORISCHER
KRIMINALROMAN

ROWOHLT TASCHENBUCH VERLAG

51.–70. Tausend März 2000

Originalausgabe
Veröffentlicht im Rowohlt Taschenbuch Verlag
GmbH, Reinbek bei Hamburg, November 1999

Umschlaggestaltung C. Günther/W. Hellmann
(Abbildung: Mit freundlicher Genehmigung
des Staatsarchivs Hamburg;
Reproduktion Kiemer & Kiemer)
Historische Karte Seite 2/3 sowie Grundriß
des St. Johannis Klosters Seite 150/151
Staatsarchiv der Freien und Hansestadt Hamburg
Hamburg-Karte Seite 48/49
D. Ahmadi/P. Palm
Foto der Autorin auf S. 447

Satz Caslon PostScript (PageOne)
Gesamtherstellung Clausen & Bosse, Leck
Printed in Germany
ISBN 3 499 22667 7

FÜR MARTINA

Die Zeit ist aus den Fugen.
William Shakespeare (1564–1616)
Hamlet, 1. Akt, 5. Szene

Die Furcht des Herrn soll der Weissheit Anfang sein.
Derselben hat sich ein jeglicher Schüler zu befleissigen.
Aus dem Hamburger Schulgesetz von 1732

England,
im Februar 1749

EIN NACHMITTAG IM FEBRUAR

Der Mann in der komfortablen Kutsche drückte sich tiefer in seine Pelze und blinzelte grimmig aus dem Fenster. Er lauschte auf das Knarren der Kutsche und war sicher, daß der Weg, dessen tiefe, noch vor wenigen Tagen schlammige Kuhlen nun hart gefroren waren und das Gefährt schüttelten wie ein kleines Boot in der Brandung, die Räder brechen lassen würde.

Das Land lag düster, frostiger Wind fegte über die weite Heide. Alles, was hier lebte, verkroch sich tief im Gestrüpp. Die Hasen drückten sich in ihre Sassen, Feldmäuse, Kaninchen und die einzige Kreuzotternfamilie dieser unwirtlichen Region dösten in den tiefsten Ecken ihrer Löcher und Höhlen und träumten gegen den Winterhunger vom Frühling. Ein wenig weiter südlich, dort, wo magerer Wald dem Wind trotzte, schlief auch ein Dachs zusammengerollt in seinem Bau. Bald würde er erwachen und zur nächtlichen Jagd hinaus in die Heide schleichen. Die war vom Frost so grau wie der Himmel, und nur der Schrei einer Möwe, die sich in ihrer maßlosen Neugier vom Meer hierher verirrt hatte, durchschnitt die Stille über den Hügeln, übertönte gar das Poltern der vierspännigen Kutsche auf dem gefrorenen Weg.

Schon beim Erwachen an diesem Morgen hatte der Mann gewußt, daß ihn kein guter Tag erwartete. Es war noch dunkel gewesen und das Feuer im Kamin seines Schlafzimmers nur mehr ein letzter Klumpen erlöschende Glut. Der Diener kam, ihn zu rasieren, etliche Minuten zu spät, und das Wasser, das er mitbrachte, war nicht ein wenig mehr als handwarm, wie er es liebte, sondern kalt, als komme es frisch aus dem Brunnen. Der Luftzug in den Fluren des Hauses sei heute so eisig, murmelte der Diener, aber das nützte ihm nichts. Als er endlich mit neuem Wasser zurückkam, hatte er die Schale auf eine mit glühenden Kohlenstücken gefüllte messingne Bettpfanne gestellt, und es war viel zu heiß. Tage, die so begannen, konnten nicht gut enden.

Wahrscheinlich, dachte der Reisende in der Kutsche, würde er heute nacht in dieser verdammten Einöde erfrieren. Und alles nur, weil ein exzentrischer alter Mann, der abgesehen von ein bißchen Gicht und Zahnweh bei bester Gesundheit war, plötzlich zu sterben glaubte und seinem Advokaten ein nicht minder exzentrisches Testament übergeben wollte. Was hieß hier überhaupt alter Mann? Er selbst war nur um fünf Jahre jünger und fühlte sich mit seinen Vierundfünfzig bei Gott noch nicht alt.

Dieses verdammte Testament. So war es eben, wenn ein reicher Mann nicht, wie es sich gehörte, beizeiten eine vernünftige, gesunde Ehefrau wählte. Der Mensch braucht Erben von eigenem Blut. Alles andere ist nicht in Gottes Sinn und bringt Verdruß, wenn nicht gar Schlimmeres. Sein Klient hatte sich dieser Pflicht entzogen. Und nun? Nun hatte er sein Testament gemacht, aber was für ein Testament!

Nur einen Menschen, so hatte er gesagt, habe er in seinem ganzen Leben für würdig befunden, sein Erbe anzutreten. Einen Freund aus alter Zeit, ein Uhrmacher, fromm und gottesfürchtig wie er selbst (und wahrscheinlich ebenso geizig, hatte der Advokat in Gedanken hinzugefügt), eine treue Seele und der einzige, der nie versucht hatte, ihn zu übervorteilen oder von seinem wachsenden Reichtum zu profitieren. Der einzige! hatte er noch einmal betont, was der Advokat gelassen ignorierte. Er hatte längst gelernt, daß Reichtum nicht unbedingt zu Zufriedenheit, aber immer zu wucherndem Mißtrauen führt.

Da war also dieser Freund gewesen, der einzige in der armen Welt des reichen Mannes. Leider war der schon lange tot, und leider hatte er auch nur zwei Töchter gezeugt. Weibliche Wesen, also keine, denen man Besitz anvertrauen konnte. Deshalb sollte deren erstgeborener Sohn, egal, ob die jüngere oder die ältere zuerst Mutter wurde, der Erbe sein. Was etliche Probleme aufwarf. Noch waren diese Töchter nicht einmal verheiratet. Würden sie überhaupt Söhne gebären? Und wann? Immerhin war bekannt, wo die Mädchen jetzt lebten, in Anbetracht dieser seltsamen Umstände schon ein Glück. Da sein Klient ihm streng verboten hatte, den Inhalt des Testaments schon vor der Geburt seines zukünftigen Erben bekanntzugeben, würde ihm also nichts anderes übrigbleiben, als den Lebensweg der beiden Mädchen zu verfolgen, die, gerade achtzehn und zwanzig Jahre alt, mit ihrer Mutter in einer nur wenige Meilen entfernten Stadt lebten. Die Witwe und die Töchter des treuen alten Freundes verdienten ihren Unterhalt brav, aber mühsam als Näherinnen. Sie waren im heiratsfähigen Alter, wenn er Glück hatte, beeilten sie sich mit der Ehe und dem Mutterwerden. Und waren hoffentlich so klug, Männer zu wählen, die über genug Verstand zur Verwaltung eines solch riesigen Erbes verfügten. Zumindest genug Verstand zur Wahl der richtigen Berater.

Seinen Vorschlag, den Damen, so nannte er sie nun auch bei sich, schon jetzt eine Rente auszusetzen, damit sie ohne Not leben konnten, damit sie auch einen passenden Ehemann fanden, anstatt sich an irgendeinen Schuster oder Prediger zu vergeuden, hatte der Alte entschieden zurückgewiesen. Solcherart unverdiente Geschenke machten nur bequem, hatte er geknurrt, der Besitz müsse für den Sohn beisammengehalten werden. Punktum. Die Möglichkeit, daß keines der Mädchen einem Sohn, sondern nur Töchtern das Leben schenken könnte, schloß er aus.

Trotzdem war es dem Advokaten gelungen, eine Regelung für den Fall einzufügen, daß der zuerst erbberechtigte Sohn starb. Nur die Tatsache, daß der ganze Besitz sonst dem König oder der Kirche zufallen werde, hatte den Advokaten in diesem äußerst hart geführten Disput siegen lassen. Endlich hatte sein Klient sein Siegel unter die Urkunde gesetzt, wiederum Punktum gesagt und ihn entlassen, ohne ihm auch nur eine stärkende Mahlzeit anzubieten oder heiße Steine für den Fußsack mitgeben zu lassen.

Der Advokat rieb seine eiskalten Beine gegeneinander und seufzte. Zu ärgerlich, daß seine beiden Söhne schon verheiratet waren. Es hätte natürlich Skandal gemacht, wenn sie, oder auch nur einer von ihnen, eine Näherin geheiratet hätten, aber der Vorteil, die beiden jungen Damen zu seiner Familie zu zählen, wäre eine grandiose Entschädigung für den Verlust der einen oder anderen Einladung in die guten Häuser der Stadt gewesen. Auf alle Fälle wollte er seine Frau und seine Schwiegertöchter dazu anhalten, künftig zumindest ihre Weißwäsche bei ihnen nähen zu lassen. Schließlich würde eines der Mädchen irgendwann, womöglich schon bald, einen vertrauenswürdigen Advokaten brauchen.

Gerade als er begann, darüber nachzudenken, welchen Betrag er für die heimliche Verfolgung des Lebensweges der künftigen Mutter des künftigen Erben in Rechnung stellen sollte, machte die Kutsche einen Satz. Sie schwankte schwer, und er hörte dieses gräßliche Geräusch, das er schon seit einer Stunde erwartete. Zuerst ein Knarzen, dann brach Holz mit trockenem Knall, die Kutsche rutschte noch einige Fuß weit an der neben dem Fahrweg aufsteigenden Böschung entlang und blieb schließlich tief zur Seite gelehnt liegen.

Der Advokat stöhnte. Nicht, weil er sich verletzt hatte, die Pferde waren nur im Schritt gegangen, und seine Pelze hatten den Aufprall gut abgefedert, sondern weil er diese Nacht nun nicht in seinem bequemen Bett in der sicheren Stadt verbringen würde, sondern auf einem verlausten Strohsack, umgeben von Gesindel, in einer der kalten Bauernkaten, die sich hinter dem nächsten Hügel duckten. Er hatte es gewußt: Kaltes Wasser am Morgen und ein so exzentrischer letzter Wille mußten ein schlechtes Omen sein.

Hamburg,
im August 1768

1. KAPITEL

DONNERSTAG, DEN 4. AUGUSTUS,
VORMITTAGS

Die kleine Lerche hatte schon alle Kirchtürme umrundet, war in etliche Höfe eingetaucht, einer Steinschleuder, einem einäugigen schwarzen Kater und dem Netz eines Vogelfängers entkommen, als sie endlich einen stillen Hof mit einer einladenden Linde entdeckte und sich erschöpft auf einem sanft schaukelnden Ast niederließ. Der Baum stand an einem seltsamen Ort. Der von länglichen Gebäuden aus uralten Steinen gänzlich umschlossene Innenhof lag verlassen, die großen Fenster wirkten wie dunkle Spiegel. Von irgendwoher kam ein monotones Gemurmel, aber niemand war zu sehen, kein Mensch, nicht einmal ein Hund oder ein Huhn, kein Hammer lärmte, keine Säge kreischte – keine Gefahr weit und breit.

Natürlich war sie dennoch nicht allein. In einer großen Stadt war immer jemand in der Nähe, und hier, hinter den Mauern um den stillen Hof, waren es mehr als zweihundert Schüler. In einem der Räume saß ein Junge an seinem Pult nahe dem Fenster und blickte nicht, wie es sich gehörte, nach vorne zum Lehrer, sondern hinaus in den Innenhof. Das Fenster war nur einen Spaltbreit geöffnet, aber er hatte die Landung des zierlichen Vogels beobachtet und den Gesang gehört. Auch wenn er nicht davon träumte, zu fliegen – die ganz großen Abenteuer waren nicht seine Sache –, so wünschte er sich in diesem Moment doch nichts sehnlicher, als frei zu sein wie ein Vogel an einem Sommertag und in den warmen Morgen hinauszulaufen. Niklas Herrmanns an seinem Pult im Zimmer der Tertia lernte gern, aber die Schule liebte er nicht.

«... nach dem hebräischen Wörtlein ‹Sabbat›. Dieses bedeutet eigentlich ‹feiern›, das heißt Muße von der Arbeit haben, daher pflegen wir zu sagen ‹Feierabend machen› oder ‹heiligen Abend geben›. Nun hat Gott im Alten Testament den siebten Tag ...»

Die Stimme des Jungen, der neben der ersten Bank stand und aus dem Katechismus deklamierte, klang fromm und bedeutungsvoll. Niklas glaubte sogar einen gewissen missionarischen Eifer herauszuhören, was ihn nicht wunderte. Luthers Erläuterungen zum dritten Gebot sagten, warum der Feiertag zu heiligen sei, vor allem aber, daß damit nicht Faulenzen oder gar im Wirtshaus liegen und toll und voll sein wie Säue, sondern Beten und auch Arbeiten gemeint sei. Zudem wurde darin mehrmals vor dem Teufel gewarnt, und Finkmeester, so hieß der Schüler von der ersten Bank, liebte es nun einmal, anderen einen Spaß zu verderben, notfalls auch mit dem drohenden Hinweis auf den allgegenwärtigen Antichrist.

Er wäre ein hübscher Junge gewesen, wenn er sich nicht stets bemüht hätte, seinen wasserblauen Augen einen herablassenden strengen Blick aufzuzwingen, seine noch kindlich weichen Lippen wie in unablässiger Mißbilligung aufeinanderzupressen, kurz gesagt: auszusehen wie Lehrer Donner von der Sekunda. Der war ein äußerst strenger Mensch, den niemand je bei einer Geste der echten Herzlichkeit und des Frohsinns ertappt hatte. Gewiß hielt er solcherart menschliche Regungen für sündige Leichtfertigkeiten. Wohl verzog er seine Lippen hin und wieder zu einem Lächeln, aber das ließ an die Fröste im Februar denken, einige fanden sogar, an eine Natter. Finkmeester jedenfalls war der einzige Schüler der Tertia, der sich nicht auf seine Versetzung freute, weil er damit dem Abschluß der Schule und der Entlassung in die Freiheit ein Jahr näherrückte, sondern weil er dann endlich seinem Idol, Monsieur Donner, so nahe wie möglich war.

Niklas Herrmanns gab sich keine große Mühe, Finkmeester zuzuhören. Er hatte seinen morgendlichen Vortrag schon absolviert und konnte sich erlauben, mit den Gedanken auszureißen. Lehrer Bucher hatte ihn heute gleich als zweiten aufgerufen, nach Böttcher IV, der nun auf der Eselsbank saß, mit Tinte herumkleckste, seine Feder ruinierte und vorgab, seine Strafaufgabe zu erfüllen, eine saubere Abschrift der Erläuterungen Martin Luthers zum vierten Gebot. Böttchers Vortrag der Worte des großen Reformators über das Gebot ‹Du sollst deinen Vater und deine Mutter ehren› war nicht nur eine arge Stotterei gewesen. Auch hatte er die Worte des Katechismus immer wieder so verdreht, daß schon nach wenigen Minuten die ganze Klasse vor unterdrücktem Gelächter zu platzen drohte, und Niklas war sicher, daß es auch in Monsieur Buchers Gesicht verräterisch gezuckt hatte. Gewiß erfüllte Böttchers Vortrag nicht den in der Schulordnung vorgesehenen Zweck, nämlich das beständige Beschäftigen mit den Lebensregeln Luthers und die Übung des öffentlichen Vortrags, die sowohl für einen Gelehrten als auch für einen Kaufmann oder städtischen

Deputierten von großem Nutzen waren. Aber es war allemal vergnüglich gewesen. Böttcher würde gewiß eines Tages bei den Komödianten landen, hatte Niklas neulich im Hof zwei Lehrer einander zuflüstern hören, die Komödie sei eindeutig sein wahres, leider auch sein einziges Talent.

Niklas mußte das achte Gebot und die dazugehörigen Erläuterungen vortragen. Du sollst nicht falsch Zeugnis reden wider deinen Nächsten. Obwohl er sehr schön zu lesen und zu deklamieren verstand, hatte Lehrer Bucher ihn seltsamerweise nur den Anfang der Erläuterung vortragen lassen. «Außer unserem eigenen Leib, unserem Ehegemahl und unserem zeitlichen Gut haben wir noch einen Schatz, den wir auch nicht entbehren können, nämlich Ehre und guten Ruf. Denn es kommt darauf an, nicht unter den Leuten in öffentlicher Schande, von jedermann verachtet zu leben.»

So weit war er schnell und ohne Fehler gekommen, obwohl ihm ein Rest des Lachens über Böttchers Eulenspiegelei immer noch in der Kehle steckte. «Darum», so fuhr er fort, «will Gott des Nächsten Leumund, guten Ruf und Gerechtigkeit, so wenig wie Geld und Gut ...»

«Es ist genug, Herrmanns», hatte Bucher da plötzlich gesagt, «es ist gut. Setzen. Sehr gut.»

Nun war Finkmeester dran, und alle, außer Lehrer Bucher natürlich, aber ganz gewiß war das nicht, warteten begierig auf einen Fehler. Finkmeester machte keinen, er erinnerte sich auch heute wie immer an alles, was sehr langweilig war. Nicht einmal die getrocknete Vogelbeere, die aus einer der hinteren Bänke angeflitzt kam, brachte ihn ins Stolpern, obwohl sie sein linkes Ohr streifte. Finkmeester war ein echtes Kreuz. In all den

Jahren, die er nun schon die Hamburger Gelehrtenschule im ehemaligen St.-Johannis-Kloster, das Johanneum, besuchte, hatte er es nicht zu einer einzigen Strafarbeit gebracht, war er nicht ein einziges Mal zu spät gekommen. Jedenfalls wurde das von seinen Mitschülern behauptet, und Niklas Herrmanns, der viele Jahre von Privatlehrern unterrichtet worden war und die ehrwürdige Schule erst seit einem halben Jahr besuchte, zweifelte keine Sekunde daran.

Er selbst gehörte auch nicht zu denen, die Tadel und Strafarbeiten sammelten wie Orden, aber er war ein großer Zuspätkommer. Natürlich scheuchte Elsbeth ihn allmorgendlich zur rechten Zeit vom Frühstückstisch im elterlichen Haus am Neuen Wandrahm zur Schule, aber der Weg von der Wandrahminsel im Süden der Stadt bis zum Johanneum in ihrer Mitte bot auch schon morgens um halb sieben genug Gelegenheiten, die Schule und den nahen Beginn des Unterrichts für einige Minuten zu vergessen.

Ganz besonders an diesem Morgen. Zuerst hatte ihn ein Streit zwischen dem blinden Leierspieler und einer Harfenistin um den äußerst lukrativen Platz an der Trostbrücke aufgehalten. Beide hatten ihre Anhänger, und auch als sich der Mann mit der Leier schon knurrend zum Alten Kran bei der Zollenbrücke verzogen hatte, wurde noch heftig darum gestritten, wer von den beiden die älteren Rechte auf diesen Platz hatte. Gerade als der Löffelverkäufer seinen Korb mit der Ware aus Holz und Horn in den Staub stellte, die Fäuste ballte und auf den Buckligen losgehen wollte, der sich für die Harfenistin stark machte, kam dummerweise einer von der Stadtwache und scheuchte die aufgeregt zeternde Versammlung auseinander. Da war immer noch genug Zeit gewesen, aber Niklas kam auf die fabelhafte Idee, einen kleinen Umweg über den Berg zu machen, um beim Bäcker neben der Fronerei einen Zimtkringel zu kaufen. Auf dem großen Platz nahe St. Petri herrschte bereits zu dieser frühen Stunde großer Trubel. Ein kleiner dicker Mann im quittengelben Rock hielt im Schatten eines schon ziemlich zerfetzten roten Seidenschirmes nahe dem Pranger eine drohende Rede gegen das Branntweintrinken, was aber außer einem Holzschuhverkäufer, einigen struppigen Sperlingen und einer kleinen Lerche niemand hören wollte. Straßenhändler riefen ihre Ware aus, Kontorboten drängten sich zwischen Köchinnen mit Marktkörben, unter ihrer Last schwankenden Karren, Sänften und Kutschen, Handwerker waren unterwegs zu ihrer Kundschaft, Bauern aus den Vier- und Marschlanden trieben ihr Vieh zum Küterhaus bei der Kleinen Alster, vornehm gekleidete Reiter lenkten ihre nervösen Pferde zum Rathaus oder zu den Gesandtschaften in den großen Häusern in der Gröninger- oder in der Reichenstraße. Und mittendrin der Strom der hochbepackten, vier- oder gar sechsspännigen Wagen, die das Steintor passiert hatten und nun durch die ganze Stadt und zum Millerntor wieder hinausrollen mußten, wenn sie ins dänische Altona oder noch weiter die Elbe hinab wollten.

«Niklas», klang es plötzlich durch den Lärm. «Niklas, hier sind wir!»

Er entdeckte sie gleich. Die junge Frau, zu der die helle Stimme gehörte, saß auf dem Kutschbock eines schwerbeladenen Wagens, im dunkelblauen Kattunrock und, wie das Mädchen neben ihr, in ein graues Schultertuch gewickelt, in dem zu einem dicken Zopf geflochtenen blonden Haar eine Auerhahnfeder. Sie nahm die Zügel mit einer Hand und winkte ihm freudig.

«Rosina!» Niklas rannte auf den Wagen zu und begann neben ihm her zu laufen. «Seid ihr gerade angekommen? Fahrt ihr wieder zur Krögerin? Und wo werdet ihr spielen, wo doch die Theaterbude in ihrem Hof nicht mehr da ist? Und wo ist Muto? Ist Muto nicht da?»

Rosina lachte. «Erstens ja», rief sie, «zweitens auch ja. Und zu deiner dritten Frage: Jean hat das kleine Komödienhaus am Dragonerstall für uns gemietet. Und Muto ist irgendwo. Wie geht es Anne? Und Monsieur Claes und den anderen?»

Die Glocke von St. Petri schlug mahnend, Niklas hatte nun wirklich keine Zeit mehr, wenn er nicht auf der Eselsbank landen wollte. «Es geht allen gut. Ich komme euch nachher besuchen. Jetzt muß ich ganz schnell in die Schule. Sag Muto ...»

Da flog plötzlich ein schlanker Jungenkörper in einem kurzen Flickflack heran, ein Wunder, daß er in dem Gedränge seinen Weg fand und nicht unter einen der Wagen geriet, rostrote Haare glitzerten in der Morgensonne, und Muto, denn niemand sonst war der schnelle Akrobat, landete lachend einen Schritt vor Niklas auf seinen Füßen. Es war ein lautloses Lachen. Nein, Muto sprach immer noch nicht.

«Muto!» Niklas boxte ihm heftig gegen die Schulter. «Du wirst ja immer schneller. Ich muß jetzt in die blöde Schule, aber ich komme nachher zur Krögerin. Oder zum Dragonerstall.»

In dem Moment begann sich der Lindwurm der Wagen, der mitten auf dem Berg im Gedränge steckengeblieben war, wieder zu bewegen, Niklas trat einen Schritt zurück und sah den Wagen der Komödianten noch einen Moment nach.

Rosina lenkte den zweiten Wagen, das Mädchen neben ihr mußte Manon sein. Sie schlug die Augen vor all den Gaffern fromm nieder, und Niklas dachte, das Mädchen sehe zwar aus wie Manon, sie könne es aber nicht sein. Die Manon, an die er sich erinnerte, war alles andere als fromm. Beim letzten Besuch der Beckerschen Komödiantengesellschaft in Hamburg – sie hatten im Frühjahr auf der Durchreise nach Schleswig für zwei Wochen an der Elbe Station gemacht – hatte Manon, mit ihren dreizehn Jahren kaum älter als Niklas, sich mit allem Flitter geschmückt, den sie aus den Kostümkörben ihrer Mutter stibitzen konnte. Nun glich sie einer schüchternen jungen Frau, die zu wohlerzogen war, um den Blick neugierig über den alltäglichen Jahrmarkt der Stadt wandern zu lassen. Manon, hatte Rosina im Frühjahr gesagt, verspreche eine große Komödiantin zu werden.

Den ersten Wagen mit der hohen halbrunden Plane lenkte Titus, ein Mann mit struppigem, strohgelbem Haar, das noch nie eine ordentliche Perücke bedeckt hatte. Titus war zwar der Spaßmacher der Gesellschaft, aber vor kaum jemandem hatte Niklas so viel Respekt. Der Mann war groß und breit wie ein Bär und oft auch genauso brummig. Wenn er schlechte Laune oder einen melancholischen Tag hatte, ging man ihm besser aus dem Weg. Zum Glück kam das nicht oft vor. Neben ihm saß Helena, stolz und aufrecht, wie es sich für die erste Heroine eines Wandertheaters gehörte. Sie hatte sich überhaupt nicht verändert. Ihr dickes kastanienbraunes Haar zeigte noch den gleichen Granatapfelschimmer, ihre grünen Augen hatten den gleichen unternehmungslustigen Blick, und auch heute trug sie ein seidig schimmerndes Schultertuch in all den leuchtenden Farben eines Sommergartens.

Im Davonlaufen sah Niklas noch den dritten Wagen, hochbepackt wie die anderen, mit festgezurrten Säcken, Kisten und allerlei seltsamen Gerätschaften. Den lenkte Rudolf, Manons Vater, Kulissenmaler und Baumeister. Neben ihm saß kerzengerade Gesine, seine Frau. Unter ihrer makellosen weißen Haube, die Bänder gegen die Mode fest unterm Kinn gebunden, sah auch sie aus wie immer: keinesfalls wie eine Komödiantin und Künstlerin der Kostüme, eher wie die brave Frau eines Predigers. Fritz, beider Sohn und Manons jüngerer Bruder, war nirgends zu sehen. Sicher hatte er die erste Gelegenheit genutzt, um im aufregenden Trubel der Stadt unterzutauchen oder zum Hafen zu laufen. Auch Jean, der Prinzipal der Gesellschaft, fehlte. Gewiß war er wie stets schon einige Tage in der Stadt, um rechtzeitig Musiker für ein kleines Orchester zu engagieren und die nötigen Genehmigungen für das Gastspiel beim Rat zu beantragen.

Während Niklas die Große Johannisstraße hinunter und über den Plan zum Johanneum rannte, überlegte er, wer der Mann sein mochte, der neben Rosina auf dem Bock des zweiten Wagens saß. Er hatte ihn nie zuvor gesehen, jedenfalls erinnerte er sich nicht daran. Er schien nicht viel über zwanzig Jahre alt zu sein, also etwa so alt wie Rosina und ein knappes Jahrzehnt jünger als Helena, sein hellbraunes Haar war im Nacken gebunden, seine an den Ärmeln abgewetzte Jacke aus etwas zu grünem Samt stammte gewiß aus den Kostümkörben. Seine dunklen Augen hatten den Jungen in der schwarzen Jacke aus teurem Tuch mit kühler Neugier taxiert.

«... doch soll das Feiern nicht so eng gefaßt werden, daß deshalb andere anfallende Arbeit, die man nicht umgehen kann, verboten wäre.» Finkmeesters mit bedeutsam vorgeschobenem Kinn geleierte Sätze – ‹Arbeit› und ‹verboten› betonte er dabei besonders – holten Niklas in das Klassenzimmer zurück. Lange konnte der Morgenunterricht nun nicht mehr dauern. Niklas seufzte. Schnell warf er einen Blick nach vorne zur Tafel. Sein Seufzer war leise genug gewesen, Bucher hatte ihn nicht gehört. Was ein Glück war, denn der Seufzer hätte verraten, daß er sich langweilte und nichts sehnlicher wünschte als Ferien. Alle redeten ständig von den Ferien, die für gewöhnlich im August zum Höhepunkt der Hundstage für eine Woche gewährt wurden. In diesem Jahr war es Ende Juni so heiß gewesen, daß Rektor Müller die Ferienwoche schon früher gewährt hatte. Nun hofften alle auf eine weitere Woche, doch die Chancen standen schlecht. Es war zwar warm, augustwarm eben, aber doch nicht so heiß oder gar drückend, daß das Lernen unmöglich gewesen wäre und das Sommerfieber die Klassen gelichtet hätte.

Er seufzte noch einmal, diesmal warf der Lehrer ihm einen kurzen strengen Blick zu, und Niklas beeilte sich, ein aufmerksames Gesicht zu machen. Finkmeester hatte nun genug gepredigt, Monsieur Bucher hieß ihn sich setzen und wandte sich der Tafel zu, um die Hausaufgaben anzuschreiben. Stöpsel wurden aus Tintengläsern gezogen, und die ersten Federn begannen zu kratzen, aber Niklas sah wieder aus dem Fenster. Feine Kreidestäubchen schwebten in dem schmalen Sonnenstrahl, der nun vom Innenhof in den dämmerigen Raum fiel, und leiser Gesang schwebte in die Stille. Monsieur Bach, der neue Kantor aus Berlin, ließ in einer der unteren Klassen zum Abschluß der Stunde ein Lied singen. Ein Marienkäfer krabbelte über Niklas' Pult, und als auch er sein Tintenfaß öffnete, erhob sich eine Stimme.

Zuerst drang das Geräusch nur wie Murmeln durch die gerade einen Spaltbreit geöffneten Fenster zum Hof. Es konnte nur aus einer der anderen Klassen kommen. Im Obergeschoß wohnten zwar noch einige der Stiftsdamen aus dem anderen Teil des St.-Johannis-Klosters, aber diese Stimme klang weder fromm noch maßvoll, und sie gehörte eindeutig einem Jungen. Daß einer der Lehrer seine Stimme im Zorn erhob, war nicht ungewöhnlich. Die natürliche Autorität, mit der die Schüler nach der Meinung des Scholarchats zuvörderst zu wahrer Gottesfurcht und eifrigem Lernen angehalten werden sollten, war nun einmal nicht jedem gegeben. Diese Stimme, die nun immer lauter wurde, gehörte ohne jeden Zweifel einem Schüler, das war in der Tat außergewöhnlich.

«Dazu habt Ihr kein Recht. Ich habe alle Aufgaben erfüllt, und es ist auch nicht wahr ...», die Stimme klirrte vor Zorn und war nun ganz deutlich zu verstehen, «... daß Korte mir den Beginn der zweiten Strophe zugeflüstert hat. Es ist nicht wahr. Ihr wißt, daß es nicht wahr ist. Und wenn», die Stimme stolperte atemlos, als müsse der Sprecher Tränen hinunterschlucken, «und wenn Ihr mich wieder verleumdet, werde ich, dann werde ich, ja, dann werde ich es melden. Alles werde ich melden. Alles.»

Alle dreiundzwanzig Schüler der Tertia drängten sich vor den beiden Fenstern zum Hof, reckten neugierig die Hälse und versuchten die Ursache dieser unerhörten Sätze zu entdecken. Aber leider war nichts zu entdecken, und tatsächlich kamen die Worte aus der Sekunda, die, nur durch einen Garderobenraum getrennt, im gleichen Flügel direkt neben der Tertia lag. Auch Niklas drängelte sich vor dem Fenster, allerdings weniger aus Neugier denn aus Sorge. Er hatte die Stimme gleich erkannt, obwohl er sie noch niemals zornig oder laut gehört hatte. In den vergangenen Monaten hatte Niklas zwei Schüler zu bewundern gelernt: Ludwig, genannt Böttcher IV, weil schon drei seiner Brüder vor ihm die Schulbänke des Johanneums gedrückt hatten: Niemand hatte eine so bunte Phantasie, wenn es darum ging, einen Streich auszuhecken. Der andere war Simon, ein Schüler der Sekunda und das ganze Gegenteil von Ludwig.

Simon war es, der da gegen seinen Lehrer sprach, und zwar so laut, daß es nur so über den Hof hallte. Es kam einfach nicht vor, daß ein Schüler sich einen solchen Skandal leistete, schon gar nicht einer wie der stille Simon, von dem man niemals gehört hatte, daß er auch nur ein Tintenfaß umgeworfen hätte oder eine der verbotenen, gleichwohl allseitig beliebten kleinen Steinschleudern besaß, geschweige denn benutzte.

Lehrer Bucher wußte natürlich, daß er seinen Schülern hätte befehlen müssen, auf ihren Plätzen zu bleiben, aber er wußte auch, wann ein Unterfangen zwecklos war. Alle, auch Lehrer Bucher, drängelten sich an den Fenstern, ausnahmsweise mucksmäuschenstill, damit das Spektakel nur nicht unterbrochen wurde, und versuchten, wenigstens genau zu hören, wenn es schon nicht möglich war, die Streithähne zu sehen.

Nun schwieg die Stimme des Jungen, und eine andere sprach. Scharf wie ein Messer, aber leider viel zu leise, um sie in der Tertia zu verstehen. Dann blieb es still.

Niklas beeilte sich, wie alle anderen zurück zu seinem Platz zu gehen. Lehrer Bucher stand schon vorne an der Tafel, klatschte in die Hände, klatschte noch einmal. Es würde einige Zeit dauern, bis die Schüler wieder die geforderte Aufmerksamkeit für ihn und den Katechismus aufbringen würden. Auch wenn er sich um schmale Lippen und strenge Stirnfalten bemühte, nahm er es ihnen nicht übel. Im Gegensatz zu seinem Kollegen Donner, aus dessen Klasse der Lärm herübergedrungen war, erinnerte er sich gut an seine eigene Schulzeit, und auch ihn interessierte nun viel mehr als Luthers Befehle für ein gottgefälliges Leben, was einen Sekundaner, doch schon ein junger Mann von vernünftigen fünfzehn oder sechzehn Jahren, zu solch kindlich-unbeherrschtem Aufruhr veranlaßt haben konnte. Bucher warf einen Blick auf die Sanduhr, die unablässig rieselnd auf seinem Pult stand und war erleichtert. Gleich würde einer der Jungen aus den unteren Klassen mit der großen Handglocke über den Hof laufen und das Ende des Vormittagsunterrichts anzeigen. Plötzlich fühlte er eine heitere Zufriedenheit. Wegen der nahen Pause, gewiß, vor allem aber, weil ein sonst so braver Schüler gegen Donner aufbegehrt und gar gedroht hatte, Meldung zu machen.

Eine halbe Stunde später lag die Schule in der alten Klosteranlage verlassen und still. Mit dem Läuten der Handglocke und den gleich darauf folgenden zehn Glockenschlägen von St. Johannis hatte sie sich geleert wie ein umgekipptes Weinfaß. Flink und so lärmend, als sei ein Feuer ausgebrochen, waren die Schüler hinaus in die Sonne gerannt, gefolgt von den nur um weniges langsameren Lehrern. Wie alle Tage. Nur noch die melancholischen Töne eines alterszittrigen Cembalos klangen aus dem Musikzimmer. Kantor Bach erholte sich bei ein paar Takten der Aria seines seligen Vaters «Gib dich zufrieden und sei stille» von dem wahrhaft unbefriedigenden Gesangsunterricht in der Septima.

Vor dem großen Portal saß nur noch Niklas Herrmanns. Er sah unruhig den Plan hinab, die Sackstraße, die vor der Schule breit wie ein Platz zur Großen Johannisstraße führte. Er zog seine Jacke aus und hoffte, daß ihn kein Lehrer erwischte. Der Aufgang zum Portal gehörte zum Bereich des Johanneums, ordentliche Kleidung – dunkler Rock, schwarze Kniehosen, weiße Wadenstrümpfe – galt auch hier als Pflicht, egal wie warm der Tag war. Lauer Wind wehte durch die Straßen vom Hafen herauf, strich durch die Kronen der alten Ulmen, brachte fernes Hundegebell und die Hammerschläge des Kupferschmieds am Mönkedamm mit und war schon wieder verschwunden. Die Zeit rann in zähen Tropfen. Irgendwann mußte Simon doch kommen. Wenn er noch lange hier herumsaß, würde statt dessen der Pedell erscheinen, ein stets grimmiger Mann, und ihn fortjagen. Niklas schob unruhig mit der Fußspitze ein paar Kiesel zu einem kleinen Haufen. Womöglich war Simon gleich in die Wohnung des Rektors gegangen, bei dem er zur Pension wohnte. Vielleicht war es ihm auch gar nicht recht, wenn er hier auf ihn wartete, gerade heute.

Da hörte er ein Knarren, und Simon kam endlich heraus. Er schob das Portal mit der Schulter auf, seine Hände hingen schwer und steif an den Armen, als gehörten sie nicht zu ihm. Sein Gesicht war weiß und starr, nur die Augen unter der schweißfeuchten Stirn brannten dunkel. Er starrte Niklas an wie einen Fremden.

«Niklas», sagte er schließlich. Nur «Niklas».

Der wußte immer noch nicht, ob es richtig gewesen war, zu warten. Dann sah er auf Simons Hände. Sein Atem stockte, rasch stand er auf, nahm wortlos den Freund am Ärmel und zog ihn mit sich fort. Simon folgte ihm wie eine Gliederpuppe auf den schmalen Pfad an der Mauer des Gymnasiums und zwischen zwei Schuppen hindurch zum Klosterfleet, das einige Fuß weiter in die Kleine Alster mündete. Schnell beugte Niklas sich zum Wasser hinunter, tauchte sein großes, noch ganz weißes Taschentuch ein und legte es tropfnaß über Simons Hände. Über diese Hände, deren Anblick ihn erschreckt hatte wie schon lange nichts mehr. Nicht nur, weil sie feuerrot waren und dick anzuschwellen begannen, sondern weil sie der Beweis einer tiefen Demütigung waren.

Benni, der Pferdejunge in den Herrmannsschen Ställen, hatte ihm erzählt, daß in den Armenschulen in der Neustadt an fast jedem Tag irgendeinem der Jungen die Gottesfurcht mit dem Rohrstock eingebleut wurde, womit allerdings meistens die Furcht vor den Lehrern gemeint war. Im Johanneum kam das nur selten vor und war – vom Einschluß in den Karzer, einer düsteren Zelle im Keller unter der Prima, bei Wasser und Brot einmal abgesehen – die größte Schande, die ein Johanneumschüler auf sich laden konnte. Deshalb waren die Lehrer gehalten, die Züchtigung nicht vor der Klasse, sondern nach dem Unterricht vorzunehmen. Daß einer aus den oberen Klassen, der Sekunda oder Prima, überhaupt noch auf diese Weise bestraft wurde, war unerhört.

Zwei Männer stakten eine kleine, mit Fässern, prallen Säcken und zwei fetten Schafen beladene Schute vorbei. Als einer neugierig herübersah, ließ sich Simon ins Gras fallen und verbarg seine Hände in seinem Schoß hinter den angezogenen Knien.

«Danke», murmelte er und zeigte mit dem Kinn auf das kühlende Tuch. Niklas setzte sich neben ihn in den Schatten einer Erle. Er hätte gern gefragt, warum Simon in der letzten Vormittagsstunde seine Stimme so hart gegen den Lehrer erhoben hatte, ganz gewiß war das die Ursache für die Bestrafung. Aber er spürte, daß nun noch nicht die Zeit für Fragen war. So nahm er behutsam das Tuch, tauchte es noch einmal in das träge fließende Wasser und wickelte es wieder um die glühenden Hände.

«Das wird er nie wieder tun», sagte Simon plötzlich. «Ich weiß noch nicht wie, aber er wird es mir nun endlich büßen.»

Seine Stimme klang kühl und entschlossen, er starrte auf das Tuch und bewegte darunter vorsichtig die Finger. «Zehnmal hat er zugeschlagen, zehnmal auf jede Hand. Genug? hat er nach jedem Schlag gefragt. Genug? Aber ich habe nicht ja gesagt, ich habe ihn nicht gebeten, aufzuhören. Ich habe mitgezählt, laut, damit er es hören kann. Zweimal bis zehn.»

«Warum macht er das?» Niklas schien, als würden die Hände unter dem Tuch immer größer. «Weißt du, warum er das macht?»

Simon antwortete nicht. Er blickte über das Wasser, über die breite grüne Nase, als die sich der Garten der Domina des Klosterstifts und die Klosterbleiche zwischen Fleet und Kleine Alster schoben, sah die schief aneinander gelehnten Fachwerkhäuser am jenseitigen Ufer, davor die Wäscherinnen auf einer im Fluß befestigten Holzbrücke – aber tatsächlich sah er das alles nicht. Sein Gesicht war nicht mehr ganz so bleich, aber seine Augen immer noch hart und dunkel. Es wäre Niklas lieber gewesen, wenn er geweint hätte, so wie er selbst es ohne Zweifel bei einem solchen Schmerz, einer solchen Demütigung getan hätte. Simon war fast drei Jahre älter als er, nicht der beste, aber doch ein guter Schüler, stets ruhig und freundlich, immer bereit, dem Jüngeren zu helfen, wenn er wieder einmal Probleme mit den Mysterien einer Landkarte, der Reihe der römischen Herrscher oder lateinischen Konjunktionen hatte. Langweilig nannten manche ihn, aber die kannten ihn nicht so gut, wie er, Niklas, Simon kannte.

«Was willst du tun?» fragte Niklas.

Simon zog die Schultern hoch, schloß die geröteten Augen und legte den Kopf in den Nacken. «Ich weiß es nicht», sagte er. «Ich weiß aber, daß er im Unrecht ist, auch wenn mir das niemand im Scholarchat glauben würde.» Er stand auf, kniete sich an das Fleet und tauchte die Hände ins Wasser. «Eigentlich», fuhr er dann fort, «hat er mich schon immer nicht gemocht.»

Niklas nickte. Er wußte, daß Lehrer Donner kaum eine Gelegenheit ausließ, Simon zu schikanieren. Kein Schüler der Sekunda wurde so hart geprüft, keiner so spitz verspottet, so genau beobachtet wie Simon. Bei keinem anderen Jungen, verstand es der Lehrer so geschickt, kleine Schwächen bloßzustellen und verletzliche Stellen zu treffen. Monsieur Bucher, Niklas' Lehrer in der Tertia, konnte auch mal gemein sein. Besonders in der Zeit vor Ostern, als alle gedacht hatten, er werde sich um die Beförderung zum Lehrer der Sekunda bewerben, und er es dann doch nicht getan hatte, war mit ihm wochenlang schlecht Kirschen essen gewesen. Aber er war doch gerecht – jedenfalls meistens und soweit ein Lehrer das überhaupt sein konnte –, er machte sich auch niemals über die Jungen lustig, schon gar nicht vor der ganzen Klasse. Einmal hatte er sogar für einen kleinen Sünder beim Rektor, nun ja, nicht gerade gelogen, aber die Wahrheit doch sehr großzügig ausgelegt, und manchmal, das meinte selbst Böttcher IV, der Stammkunde auf der Eselsbank, machte der Unterricht bei Lehrer Bucher sogar Spaß.

Niklas dachte mit Schrecken an seine Versetzung in die Sekunda im nächsten Jahr (wenn alles gutging). Dann würde er sich auch mit Lehrer Donner herumschlagen müssen. Andererseits glaubte er nicht, daß der es wagen würde, ihn zu behandeln wie Simon. Simon hatte keinen einflußreichen Vater in der Stadt. Wenn er sich über einen der Lehrer beschwerte, den das hochweise Scholarchat für würdig befunden hatte, am Johanneum zu unterrichten, würde man eher nach seinen Fehlern als nach denen des Lehrers suchen. Daß Simon als Pensionist im Hause des Rektors lebte, fiel da kaum ins Gewicht. Lehrer Donner liebte es, seine Schüler mit pfeilspitzem Spott zu züchtigen, das wußten alle. Selbst die anderen Lehrer, so schien es Niklas jedenfalls, mieden ihn. Warum aber ausgerechnet Simon das Lieblingsziel seiner Schikanen war, verstand Niklas überhaupt nicht. Immerhin war der Lehrer der Sekunda Simons Onkel.

Daß Niklas an diesem Morgen viel zu spät zum zweiten Frühstück kam, fiel niemandem im Herrmannsschen Haus am Neuen Wandrahm auf. Sein Vater war schon seit dem frühen Morgen im Rathaus und stritt dort als Mitglied der Commerzdeputation gewiß noch Stunden mit anderen Kaufleuten, Vertretern der Lotsen und den Herren der Admiralität über die dringend notwendige Regulierung der tückisch treibenden Sände in der Elbe, die drohten, den Hamburger Hafen für die Schiffahrt zu blockieren, bevor er – wie fast jeden Tag – zur Börse und anschließend in Jensens Kaffeehaus gehen würde. Niklas' Bruder Christian hatte sich ebenso früh auf den Weg zum Zollhaus am Hafen gemacht. Auf zwei der englischen Barken, die gestern eingelaufen waren und auch für die Herrmannsschen Speicher Tabak, Kaffee, Edelhölzer, Rohrzucker und andere kostbare Waren von den westindischen und amerikanischen Kolonien brachten, gab es Ärger mit dem Zoll, und die Kapitäne hatten dringend um Unterstützung gebeten. Auch seine Stiefmutter hatte schon früh das Haus verlassen. Anne war mit ihrem Einspänner in den Garten nach Harvestehude hinausgefahren, um mit dem Gärtner eine gemeine Mehltau-Attacke auf ihre Apfelbäume zu bekämpfen. Vielleicht waren es auch die Tomaten oder die Spalierpfirsiche, das hatte Niklas vergessen. Auf jeden Fall war sie nicht da.

Obwohl er auf dem ganzen Heimweg über Simon und seinen Peiniger nachdenken mußte, spürte er kräftigen Hunger. Die Schule begann schon um sieben Uhr, und das erste Frühstück, ein eiliger Becher Milch, eine Schale Hafergrütze und für den Weg ein knuspriges Stück Roggenbrot, schien ihm eine Ewigkeit herzusein. Es machte ihm nichts aus, daß er heute alleine essen mußte. Er würde ja auch nicht tatsächlich alleine sein, sondern sich an den großen Tisch in der Küche im Souterrain setzen, Elsbeth würde ihm einen Pfannkuchen backen, mit Äpfeln oder knusprigem Speck (hoffentlich mit Speck!), sie würde Butter und frisches Brot auf den Tisch stellen, den Schinken aus dem Rauchfang holen und ihn fragen, wie es in der Schule gewesen war. Heute hatte er wirklich etwas zu erzählen. Er konnte sicher sein, daß Elsbeth nicht von der Notwendigkeit des Gehorsams gegenüber Lehrern und anderen Autoritäten predigte, wie es sein Vater von Zeit zu Zeit tat (obwohl ihm die Ernsthaftigkeit dieser Worte niemand recht glaubte), sondern ganz auf der Seite Simons sein würde.

Niklas hatte sofort gemerkt, wie sehr Elsbeth seinen Freund mochte. Vielleicht lag es daran, daß auch sie keine Eltern gehabt hatte. Simon hatte allerdings mehr Glück gehabt. Er war bei Onkel und Tante aufgewachsen, die ihn schließlich an Kindes statt angenommen hatten, weshalb außer Niklas kaum jemand in der Schule wußte, daß er eigentlich eine Waise war. Elsbeth dagegen hatte ihre Kinderjahre im alten verlausten Waisenhaus an den Kajen verbringen müssen, bis sie als Küchenmädchen in das Haus am Neuen Wandrahm kam. Das war viele Jahre her, inzwischen regierte sie nicht nur die Küche, sondern den ganzen Haushalt. Daran hatte auch die zweite Heirat des Hausherrn vor einigen Jahren nichts geändert. Niemand war Elsbeth dankbarer für ihr Regiment als Anne Herrmanns, die so gar nichts mit dem Zählen von Wäschestücken und Silber, mit Menüplänen, Vorratshaltung oder der Beaufsichtigung der dienstbaren Geister des Hauses im Sinn hatte. Anne Herrmanns, gewiß eine mutige, oft auch eigenwillige Dame von der englischen Insel Jersey, fürchtete nur eins wirklich: Elsbeth könne eines Tages das Haus um einer späten Liebe willen verlassen. Einen anderen Grund konnte sich niemand vorstellen.

Niklas, noch atemlos vom schnellen Lauf, warf seinen Rock auf die Truhe in der Diele, und gerade als er die Stufen zur Küche hinunterspringen wollte – von dort duftete es köstlich nach Vanille und Kaffee –, hörte er einen lauten Knall und gleich darauf einen schrillen Schrei, genauer gesagt zwei Schreie, die aber nahezu wie einer klangen. Dann war es für einen Moment ganz still, totenstill, bis eine weibliche Stimme, offensichtlich gewohnt, jeden Lärm zu übertönen, eine heftige Schimpfkanonade begann. Niklas starrte fasziniert nach oben, von wo der Lärm durchs ganze Haus scholl. Die Galerie, die im ersten Stock um die weite Diele lief, war leer, die Türen, die von dort zu den Wohnräumen und zum Kontor führten, geschlossen. Die Stimme kam eindeutig von weiter oben, und ohne lange zu überlegen, rannte er die Treppe hinauf, immer zwei Stufen auf einmal. Als er den zweiten Stock erreichte, hörte er hinter sich schon Schritte: Betty, ein oder zwei der anderen Mädchen, Brooks, der Kutscher, und Benni, der Pferdejunge, folgten ihm; auch Fiez und Dübbel, die beiden Handelslehrlinge im Kontor hatten eilig ihre Federn fallen lassen, um dem aufregenden Lärm unter dem Dach zu folgen. Nur das neue Küchenmädchen, eine Waise wie einst Elsbeth, gerade zehn Jahre alt und erst einige Wochen im Haus, blieb wegen ihrer klobigen Holzschuhe zurück, bis sie endlich auf die Idee kam, sie auszuziehen.

Das Geschrei war wieder verstummt, als Niklas, nun fast vom gesamten Hauspersonal gefolgt, endlich das letzte Stockwerk und die Quelle des Lärms erreichte. Die Tür zu einer kleinen Kammer unter dem Dach stand weit offen, im hellen Licht der Sonne, das die Kammer durch die fest verschlossenen Fenster in einen

Backofen verwandelt hatte, standen Elsbeth, die Köchin, und Augusta Kjellerup, die Tante des Hausherrn. Auch wenn ihre Kleider von recht verschiedener Art waren, das eine aus leichtem Kattun, weiß und blau gestreift, das andere aus hellgrauer Seide, an den Ärmeln und am Hals mit Lyoner Spitzen und einer Reihe winziger, schwarz glitzernder Perlen besetzt, waren beide über und über mit der gleichen Farbe bespritzt: Himbeerrot. Die ganze Kammer schien in einen himbeerroten Regen geraten zu sein. Alle starrten auf einen kleinen Tisch am Fenster. Auf dem lag der Rest eines gläsernen Ballons, bedeckt mit Splittern, matschigen roten Früchten und zerfließendem Schaum, rötlicher Saft floß an den Beinen des Tisches herunter, unter dem sich ein klebriger See aus Glassplittern und roter Flüssigkeit ausbreitete. Er war nur klein, der größte Teil dessen, was einmal in dem Ballon gewesen war, klebte am Fenster und an den Wänden des Raumes.

«Es tut mir leid», sagte Augusta Kjellerup, «wirklich, Elsbeth, es tut mir sehr leid.» Ihr Mund verzog sich, und Niklas, der seine Großtante als vergnügte alte Dame kannte, fürchtete, sie nun zum erstenmal weinen zu sehen.

«Wirklich, Elsbeth», sagte Augusta noch einmal, «es tut mir wirklich ...» Sie schluckte, senkte den Kopf, zog sich mit spitzen Fingern eine schon ziemlich matschig gegorene Himbeere aus den silberweißen Locken, und begann zu lachen. Zuerst nur mit leisem Glucksen, doch als sie wieder in Elsbeths himbeerrot bespritztes Gesicht blickte, als sie die Himbeere direkt in der Mitte des Dekolletés der Köchin langsam rutschen und im Mieder verschwinden sah, prustete sie los, ohne sich auch nur damenhaft die Hand vor den Mund zu halten. Sie lachte schallend, und es dauerte keinen Augenblick, bis die ganze Gesellschaft in der backofenheißen Luft unter dem Dach einen solchen Lärm machte, daß selbst das alte Faktotum Blohm seiner Gicht Paroli bot und sich die vielen Stufen bis unter das Dach hinaufbemühte. Auch Elsbeth lachte, vielleicht nicht ganz so laut wie die anderen, weil sie längst an die Mühe dachte, die es kosten würde, die rote Farbe wieder aus den Kleidern zu waschen, aber sie lachte. Auch wenn sich Madame Augusta wirklich eine außerordentliche Caprice erlaubt hatte, war das Unglück doch glimpflich verlaufen, und ... nun ja, jedenfalls sah Madame Augusta nicht minder komisch aus als Elsbeth. Wenn auch ihr Dekolleté so hochgeschlossen war, daß keine Himbeere den Weg in ihr Mieder finden konnte, hatte sich doch eine besonders dicke auf ihre Witwenhaube verirrt und saß wie ein keckes Krönchen auf einem der unpassend glänzenden Seidenbänder, mit denen Augusta ihre Hauben gar zu gern schmückte.

«So», rief Elsbeth, die als erste wieder genug Luft zum Reden bekam, zu Betty und den anderen Mädchen gewandt, «nun ist genug gegafft und gelacht. Macht, daß ihr wieder in die Küche kommt oder wo sonst ihr eure Arbeit liegengelassen habt.»

«Genau», kicherte Augusta, «geht wieder an eure Arbeit. Du lieber Himmel, Elsbeth, die Farbe werde ich nie wieder los. Guten Morgen, Niklas.» Erst jetzt entdeckte sie ihren Großneffen. «War es schön in der Schule?»

So eine Frage konnte nur eine Frau stellen, eine Dame, die nie eine Schule von innen gesehen hatte. Tante Augusta, fand Niklas, war so alt, daß sie wahrscheinlich nicht einmal wie seine Schwester Sophie einen Hauslehrer gehabt hatte. Er nickte grinsend. «In der Rüsche auf deiner Schulter steckt noch eine Himbeere, Tante Augusta. Darf ich sie runternehmen?»

Augusta nickte amüsiert, doch Elsbeth ließ das nicht zu. «Du bleibst, wo du bist. Es reicht, wenn Madame Augusta und ich das rote Mus durch das ganze Haus tragen.»

Eine Minute später hatte sie alle Mädchen – Brooks, Blohm, Benni und die Lehrlinge waren, lästige Hausdieneraufträge vorausahnend, längst verschwunden – mit Anweisungen davongescheucht. Wasser, hatte sie befohlen, viel Wasser, Tücher, Bürsten und Scheuersand. Reine Kleider für Madame Augusta und sie selbst, und Schuhe, natürlich Schuhe. Und einen Korb für die beschmutzten Kleider, einen anderen für die Scherben. Und und und. Niklas war sicher, in einer halben Stunde würde alles wieder seine Ordnung haben. Wenn Elsbeth der Admiralität vorstehen würde, hatte sein Vater kürzlich gesagt, wäre die endlose Debattiererei längst vorbei, die Elbe auch für die großen Segler bis in den Hamburger Hafen passierbar, und man müßte nicht ständig teuer in Altona entladen lassen.

Eine halbe Stunde später leistete Augusta ihrem Großneffen am Küchentisch im Souterrain Gesellschaft bei seinem Frühstück. Nur ein paar Flecken in ihrem Gesicht und auf den Händen verrieten die Himbeer-Attacke. Elsbeth briet knusprige Pfannkuchen (mit Speck!). Die ungeduldigen Bewegungen, mit denen sie die Pfannkuchen in der Pfanne herumschob, und ihr steifer Rücken verrieten, daß sie trotz allen Gelächters immer noch ärgerlich war. Sie habe Madame Augusta doch ausdrücklich erklärt, sagte sie schließlich, ohne sich zum Tisch umzudrehen, daß es gefährlich sei. Es sei einfach zu heiß dort oben mit dem Fenster nach Süden. Im August! Madame Augusta möge doch bitte, bei allem Respekt, die Herstellung der Obstweine und Liköre wieder der Küche überlassen. Wenn die Köchin von Madame van Witten auch noch so schöne Rezepte zu wissen vorgebe, die seien ja lebensgefährlich! Was ihre, Elsbeths, noch nie gewesen seien. Ganz gewiß noch nie. Madame Augusta möge verzeihen, wenn sie ein wenig harsch sei, das geschehe nur aus Sorge um Madame Augustas Gesundheit. Die Glassplitter hätten sie schwer verletzen, ihr gar ein Auge zerschneiden können.

In diesem Moment bekam Elsbeth einen Schluckauf, und Augusta rief nach Betty und befahl, sofort einen starken Mocca zu kochen.

«Du hast natürlich recht, Elsbeth», sagte sie dann und bemühte sich um eine hübsche Portion Zerknirschung, «du hast mir gesagt, der Ballon dürfe nicht zu heiß werden und auch nicht zu hoch gefüllt sein. Ich habe beides nicht beachtet. Jetzt wünschte ich, ich hätte dich nicht gleich geholt, als ich das seltsame Summen hörte und diesen beunruhigenden Schaum im Hals des Ballons sah. Die herumfliegenden Scherben hätten auch dir ein Auge ausstechen können. Daß das dumme Ding aber auch ausgerechnet in dem Moment explodieren mußte, als wir zur Tür hereinkamen! Wir haben großes Glück gehabt. Kannst du mir meine Einfalt verzeihen?»

Elsbeths Schluckauf war immer noch ziemlich heftig, doch sie nickte großmütig. «Aber könntet Ihr *bitte* aufhören, Obstliköre anzusetzen?» sagte sie, immer wieder von kleinen Hicksern unterbrochen. «Besonders, wenn im September die Holunderbeeren reif sind. Holunder macht nichts lieber, als zu explodieren. Warum setzt Ihr nicht Pfefferminzlikör an, der ist ganz ungefährlich und sehr delikat. Auch Euer Rosmarinbranntwein hat noch nie Schaden angerichtet.»

«Jedenfalls nicht äußerlich. Also Pfefferminzlikör. Findest du nicht, daß das sehr gesund klingt?» Augusta stützte ihr Kinn in die himbeerroten Hände und seufzte. «Mein plötzlicher Drang, dir ins Handwerk zu pfuschen, Elsbeth», fuhr sie schließlich fort, «liegt nur daran, daß mir dieser Sommer ganz außerordentlich langweilig erscheint. Abgesehen von Monsieur Bachs neuen Montagskonzerten im Konzertsaal am Valentinskamp, aber die dauern immer nur ein paar kurze Nachmittagsstunden.»

Nun seufzte auch Elsbeth. Sie rechnete Madame Augusta hoch an, daß sie ihr ihre Respektlosigkeit nicht nachtrug und nahm sich fest vor, am Sonntag morgen in der Katharinenkirche, falls die Predigt wieder so lang geraten würde wie die letzten vier, gründlich darüber nachzudenken, wie man Madame Augusta einen ungefährlicheren Zeitvertreib bieten konnte als das Likör- und Schnapsaufsetzen. Für diesen Tag schlug sie vor, Brooks zu rufen, damit er sie zu Madame Anne hinaus nach Harvestehude in den Garten fahre. Eine Ausfahrt sei nach solcher Aufregung immer noch das allerbeste.

Niklas stellte erleichtert fest, daß die kurze Mißstimmung schon wieder verflogen war. Er zerteilte seinen dritten Pfannkuchen und überlegte, daß noch genug Zeit sei, schnell zu den Komödianten in die Neustadt hinüberzulaufen. Er mußte unbedingt nachsehen, ob Rudolf schon die neue Donnermaschine gebaut hatte, die er im Frühjahr geplant hatte. Und er mußte Rosina fragen, wann sie ihm endlich zeigen würde, wie man auf ihrer silbernen Flöte spielte. Er mußte Muto unbedingt erzählen ... Da fiel es ihm siedendheiß ein. Heute stand Latein auf dem Plan für die Privatstunden, und er hatte, noch ganz beschäftigt mit Simons Streit mit Lehrer Donner, das Buch in seinem Pult im Johanneum vergessen. Natürlich könnte er in das Buch eines der beiden anderen Schüler sehen, mit denen er die mittäglichen Privatstunden bekam. Aber am Montag hatte er schon seinen Katechismus vergessen, und es war doch zu peinlich, wenn er schon wieder – nein. Erst gestern hatte sein Vater ihn mächtig abgekanzelt, weil er ständig etwas vergaß oder liegenließ. Es blieb nichts anderes übrig, er mußte zurück ins Johanneum laufen und das vermaledeite Buch holen. Und bis dahin hoffen, daß der Pedell vergessen hatte, die Tür abzuschließen. Das kam manchmal vor und war das einzige, das man ihm, der die Schüler des Johanneums offenbar ausschließlich als Störenfriede seiner Behaglichkeit empfand, zugute halten konnte.

Niklas hatte Glück. Das Portal des Johanneums am Plan war nicht verschlossen. Behutsam, um die Scharniere nicht lauter als unbedingt nötig knarren zu lassen, schob er die Tür auf und schlüpfte in den Flur. Er wartete nicht, bis sich seine Augen nach der gleißenden Mittagssonne an den Dämmer gewöhnt hatten, sondern zog schnell seine Schuhe aus und huschte auf Strümpfen in den Gang. Er hielt inne und lauschte. Alles war still. Doppeltes Glück. Sicher lag Pedell Töltjes, den Bauch voll mit fettem Speck und Grütze, auf seiner Küchenbank und schnarchte. Madame Töltjes und auch Karla, ihr Mädchen, würden kaum Geschrei machen, falls sie ihn um diese Stunde hier erwischten, sondern einfach wegsehen. Alles andere würde nur Ärger mit Töltjes bedeuten, den die beiden, das wußte jeder, kaum weniger fürchteten als die Johanneum-Schüler. Irgendwo klapperte ein Fenster oder eine Tür. Wahrscheinlich kam es aus der Bibliothek im oberen Stockwerk. Er wandte sich nach rechts, huschte über den Gang und in den rechteckigen Innenhof. Der ihn umschließende Kreuzgang war vor mehr als zweihundert Jahren, als im Zuge der Reformation aus dem Dominikanerkloster eine Lateinschule und ein Damenstift wurden, zu Klassenzimmern umgebaut worden. Damals betrat man die Räume durch Verbindungstüren zwischen den Klassen. Diese Türen waren noch da, aber inzwischen versperrt, statt dessen hatte jedes Klassenzimmer einen eigenen Eingang vom Hof.

Die Türen waren geschlossen, bis auf zwei, nämlich die der Tertia und der Sekunda, und gewiß lag es daran, daß Niklas die richtige verpaßte und anstatt in die Tertia in die Sekunda sauste. Das glaubte er jedenfalls, obwohl er es später nicht mehr beschwören konnte.

Er betrat den Klassenraum, und während er sich noch wunderte, warum der Kachelofen nicht wie sonst bei der zweiten Fensternische stand, sondern in der Ecke nahe der Tafel am Ende des Raumes, sah er ihn. Lehrer Donner saß auf einem Stuhl beim Pult, dem mit den bequemen Armlehnen, der eigentlich hochstehenden Besuchern wie den Mitgliedern des Scholarchats bei ihren Visiten zur Prüfung der Schüler vorbehalten war. Auf diesen Stuhl hatte er sich gesetzt, um – wer hätte das ausgerechnet ihm zugetraut, der schon zu dienern begann, wenn er einen der Scholarchen nur von ferne sah –

einen Mittagsschlaf zu halten. Er schnarchte zwar nicht, aber Niklas glaubte doch so etwas wie ein Atmen zu hören. Daß es Simons Feind war, der da auf dem Lehnstuhl saß, tatsächlich mehr hing als saß, erkannte er sofort, auch wenn der ihm den Rücken zudrehte und das Gesicht, bleich und spitznasig wie immer, nur im Halbprofil zu sehen war.

Niklas fragte sich, wie jemand auch noch die Mittagspause in der Schule verbringen konnte, aber nun war nicht der Moment, darüber nachzudenken. Leise schlich er zurück zur Tür, rückwärts, um den Schlafenden nicht aus den Augen zu lassen, und just als er sie erreicht hatte, erschreckte ihn ein klirrendes Scheppern. Donners Taschenuhr war zu Boden gefallen und aufgesprungen, das Zifferblatt und eine ganze Anzahl winziger Rädchen kullerten über die geölten Dielen. Aber das sah Niklas nur noch im Davonhasten. Bevor Donner erwachen und ihn doch noch erwischen konnte, war er schon in den nächsten Raum geflitzt, nun wirklich den der Tertia, und, die Lateingrammatik unter dem Arm, zurück in den Hof, durch den Flur des Gymnasiums zum Portal und hinaus in die Sonne gerannt.

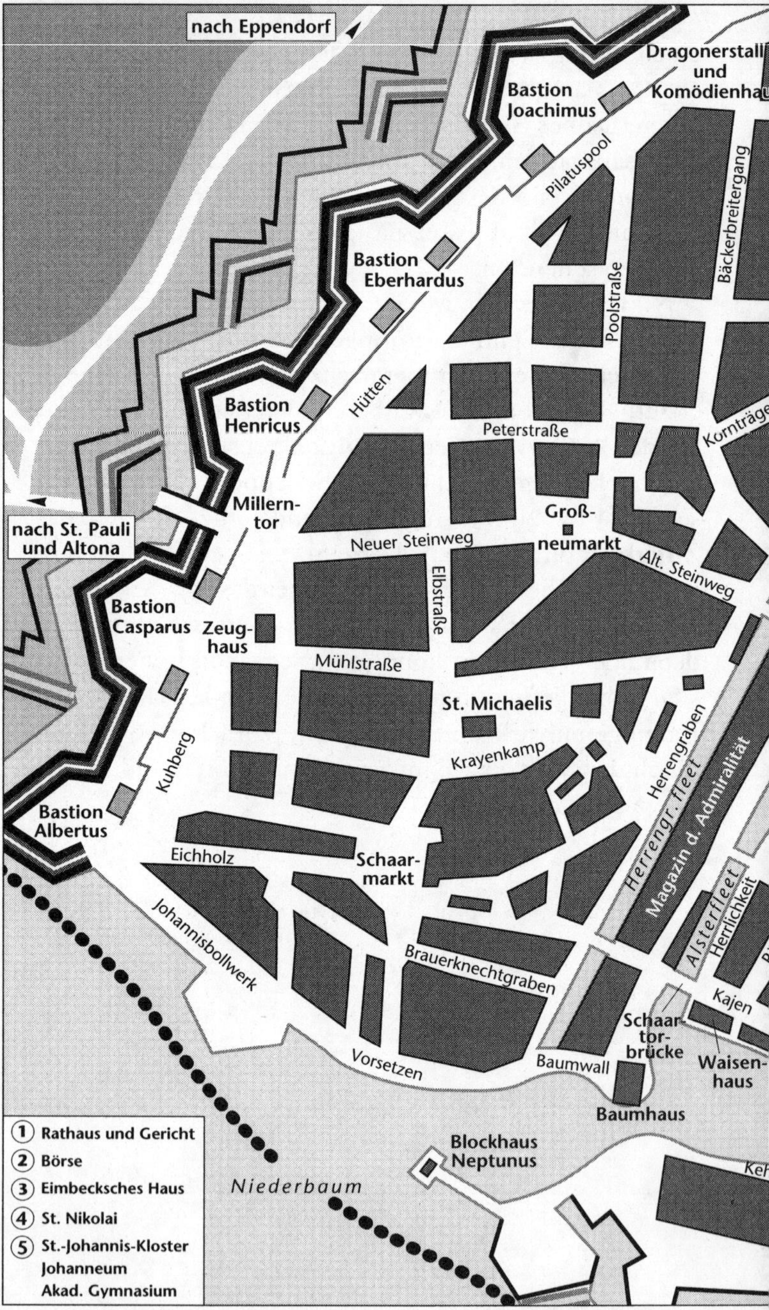

nach Eppendorf
Dragonerstall
und
Bastion Joachimus
Pilatuspool
Bäckerbreitergang
Poolstraße
Bastion Eberhardus
Hütten
Bastion Henricus
Peterstraße
Millerntor
nach St. Pauli und Altona
Neuer Steinweg
Groß-neumarkt
Alt. Steinweg
Elbstraße
Bastion Casparus
Zeughaus
Mühlstraße
St. Michaelis
Krayenkamp
Herrengraben
Herrengr. fleet
Magazin d. Admiralität
Kuhberg
Bastion Albertus
Eichholz
Schaarmarkt
Alsterfleet
Herrlichkeit
Johannisbollwerk
Brauerknechtgraben
Kajen
Schaartorbrücke
Waisenhaus
Vorsetzen
Baumwall
Baumhaus
Blockhaus Neptunus
Niederbaum
1 Rathaus und Gericht
2 Börse
3 Eimbecksches Haus
4 St. Nikolai
5 St.-Johannis-Kloster Johanneum Akad. Gymnasium

zum Dammtor und nach Harvestehude
Bastion Didericus
Außen-alster
Lombard-haus
Lombards-brücke
Bastion David
Valentinskamp
Dammtorstraße
Gänse-markt
Theater im Opernhof
Caffamacher Reihe
ABC-Straße
Binnenalster
Hinter d. Bleichen
Jungfernstieg
Drillhaus
Holzdamm
Werk- und Zuchthaus
Spinnhaus
zur Vorstadt St. Georg
Gr. Bleichen
Fuhlentwiete
Bleichen-fleet
Raboisen
Rosenstraße
Alstertor
Neuer Wall
Kleine Alster
Marktstraße
Dreckwall
Plan
Pferde-markt
Breiter Giebel
St. Jacobi
Mönkedamm
Gr. Johannisstraße
Berg
St. Petri
Speersort
Steinstraße
Stift
Gr. Bäckerstraße
Fronerei
Zum Steintor
Burstah
Neß
Dom
Springeltwiete
Trostbrücke
Kaiser-hof
Gr. Reichenstraße
Fisch-markt
Niedernstraße
Hopfen-markt
Kran
Zollen-brücke
Kl. Reichenstraße
Deichstraße
Neue Burg
Meß-berg
fleet
Gröninger Straße
Grimm
Brandstwiete
Katharinenstraße
Cremon
St. Katha-rinen
Zippelhaus
Dovenfleet
Katharinenfleet
Neuer Kran
Jungfern-brücke
Neuer Wandrahm
Alter Wandrahm
Waage
Bei den Mühren
Holl. Reihe
Holländ. Brook
St. Annen
Brook
Bastion Nicolai
Bastion Ericus
1
2
3
4
5

2. KAPITEL

DONNERSTAG, DEN 4. AUGUSTUS,
MITTAGS

«Grandios! Sag endlich etwas, Helena. Es ist doch wirklich ein sehr schönes Theater. Natürlich muß man dies und jenes ein wenig ausbessern, hier ein paar Nägel, dort ein neues Brett, ein wenig frische Farbe vielleicht, doch das sind nur Kleinigkeiten. Und so können wir die Bühne auch ganz nach unserem Geschmack einrichten. Helena!»

Jean Becker, Schauspieler, Sänger und bei Bedarf auch Tänzer, vor allem aber Prinzipal der Beckerschen Komödiantengesellschaft, stand in der Mitte eines langgestreckten staubigen Raumes, die Arme weit ausgebreitet, das Gesicht zum Himmel, besser gesagt zum nicht mehr ganz dichten Dach erhoben, und bemühte sich um eine zuversichtliche Miene. Er sah seine Frau an, wie Zeus im Schäferspiel seine Hera ansehen mochte, wenn er sich wieder einmal schlecht benommen hatte, obwohl davon diesmal wirklich keine Rede sein konnte. Nein, diesmal hatte er nur einen Mietvertrag für ein Theater abgeschlossen, das offensichtlich nicht Helenas Vorstellungen entsprach. Natürlich, das kleine Komödienhaus am Dragonerstall, wie es von den Hamburgern nach Größe und Standort im Gegensatz zu dem großen Nationaltheater beim Gänsemarkt genannt wurde, war ziemlich alt. Aber war die St.-Petri-Kirche etwa nicht alt? Ja, es war auch staubig und nicht in bestem Zustand, aber es war doch ein Theater und mindestens doppelt so groß wie die Komödienbude im Krögerschen Hof an der Neustädter Fuhlentwiete, in der sie bei früheren Gastspielen aufgetreten waren. Die hatten sie auch jedesmal neu herrichten müssen. So war das eben.

Helena, dachte Jean, war verwöhnt. In den letzten Jahren hatten die Beckerschen viel Erfolg gehabt, sie mußten nun nicht mehr auf Märkten und Dorfplätzen eine eilige Bretterbude aufschlagen, sie konnten sich leisten, nur noch in größeren Städten aufzutreten. In vielen dieser Städte waren mittlerweile Bühnen in festen Häusern entstanden, die wandernde Komödianten, Operisten, Puppenspieler oder Akrobaten mieten konnten. Bei Licht besehen oft auch nicht viel mehr als hölzerne Buden, aber doch mit einem ordentlichen Fundament, so daß die Bühne nicht gleich gefährlich schwankte, wenn das Ballett begann.

Klapprig oder nicht, hier war schon der bedeutende Koch mit seiner Gesellschaft aufgetreten, hier hatten die Brüder Mingotti große Opern gegeben, ein solches Haus sollte auch für die Beckerschen gut genug sein. Es stimmte schon, das Theater sah immer noch nach einem Stall aus. Aber hatte die wahre Kunst nicht überall ihren Raum? War nicht gar unser Herr Jesus Christ in einem Stall geboren? Dieser Gedanke beflügelte Jean, der schon seit Jahren keine Kirche mehr von innen gesehen hatte, ganz außerordentlich, doch nach einem Blick auf das Gesicht seiner Frau war er klug genug, ihn für sich zu behalten.

«Helena! Sag endlich was.»

Die spitzte trotzig den Mund, sagte «Nun ja» und «Wir werden sehen» und fuhr fort, an den hölzernen Verstrebungen herumzuklopfen und immer genau die Stellen zu treffen, die bedenklich morsch klangen.

Jean beschloß, daß es besser sei, die Vorzüge, die offenbar nur er sah, nicht weiter hervorzuheben. Natürlich hätte er lieber das große neue Theater im Opernhof am Gänsemarkt gemietet, aber das war nicht zu haben. Obwohl die Truppe, die dort seit einem Jahr fest installiert war, zur Zeit in Braunschweig gastierte, war die Bühne nicht wie in früheren Jahren zu mieten. Tatsächlich hatte die Beckersche Gesellschaft noch nie in dem teuren großen Haus gastiert, was ein Glück war, denn dessen tausend Plätze hätte sie niemals füllen können. In Hamburg war ihr Spielort immer die Theaterbude im Hinterhof an der Neustädter Fuhlentwiete gewesen. Die gab es nun nicht mehr, die Krögerin hatte einen Teil ihres Hofes verkauft, und jetzt stand dort ein großer massiver Holzschuppen, in dem sich ein Sattelmacher eingemietet hatte. Was Jean nicht im mindesten störte. Mit dem neuen Programm, insbesondere mit den Vaudeville-Stücken, würde seine Gesellschaft Furore machen (solange der Rat die nicht immer ganz schicklichen Aufführungen nicht verbot), die hölzerne Bude hätte das Publikum kaum fassen können.

«Sag wenigstens du was, Titus», rief Jean und hob bittend die Arme wie die fromme, als Ketzerin verleumdete Jungfrau Isabella beim Besteigen des Scheiterhaufens in «Die Unschuld im Feuer». In diesem Drama, das Jean besonders liebte – Helena, die die ewig jammernde verfolgte Unschuld zu spielen hatte, um so weniger –, kam am Ende ein edler Ritter (eine von Jeans zahlreichen

Lieblingsrollen) und rettete die Jungfrau vor dem Verderben. Für Jean hingegen schien es heute keinen edlen Beistand zu geben. Titus, auf der Bühne der Spaßmacher der Truppe, zeigte sich nicht enthusiastischer als Helena.

«Nun ja», sagte auch er, schnaubte und stampfte unvermittelt mit dem Fuß auf. Staub wirbelte durch die stickige Luft, und ein verdächtiges Knarren stieg aus dem Holz. «Wann, hast du gesagt, haben sie diesen Stall neu ausgebaut?»

«Kürzlich, hat man mir gesagt, und ich habe keinen Grund daran zu zweifeln. Ich ...»

«Du hast allen Grund, daran zu zweifeln, Prinzipal.» Titus ging vorsichtig über die Bühnenbretter, sein Gewicht war nicht das eines Pferdes, das wäre wirklich übertrieben, aber er war doch ein Mann, der eher einer Tonne als einer Pappel glich.

«Kürzlich? Vor etwa zehn oder fünfzehn Jahren würde ich sagen. Frag Rudolf, der wird es dir genau sagen.»

Rudolf brauchte einen Nagel nur anzusehen, um zu wissen, vor wie vielen Jahren er eingeschlagen worden war.

Jean nickte ungeduldig. «Vielleicht ist es ein *bißchen* länger her als kürzlich. Ein kleines, ganz unbedeutendes Bißchen.»

«*Viel* länger.» Helena stieg nun auch auf die Bühne, vorsichtig, als gelte es, ihr Leben auf einem schmalen Steg über schwindelnde Höhen zu bewahren. Sie war eine füllige Brünette, eine wahre Heroine von Stimme und Gestalt, doch neben Titus wirkte sie wie eine Elfe. Beinahe jedenfalls. Sie sah sich um und blinzelte argwöhnisch zu der hölzernen Galerie hinauf, die den ganzen Stall in kaum mehr als Mannshöhe umlief.

«Auf alle Fälle haben die Kerle, die hier zuletzt gespielt haben, die neuen Bühnenbretter mitgenommen, als sie weiterzogen. Diese hier», sie klopfte mit der Schuhspitze auf den Boden, «sind zu morsch, als daß in den letzten hundert Jahren auch nur ein Schauspieler darauf hätte deklamieren können, von tanzen ganz zu schweigen. Wir haben in der Tat viele Möglichkeiten, dieses», sie zögerte, als könne ihr einfach nicht das passende Wort einfallen, «dieses Theater so zu gestalten, wie es unseren Wünschen entspricht. Was sagst du, Rudolf?»

«Es ist gar nicht so schlimm, wie es aussieht.» Er erhob sich von der Bank, dem einzigen Möbel in dem großen Raum, trat zu einem der Tragbalken unter der Galerie und klopfte energisch gegen das dunkle Holz. «Die Balken sind fest und trocken, kein Holzwurm, keine Fäule, die Galerie habe ich mir noch nicht angesehen, aber auf den ersten Blick sieht sie recht stabil aus. Das war in der Bude an der Fuhlentwiete auch nicht besser. Und die Bühne», nun zog sich sein ganzes Gesicht in sorgenvolle Falten, «die werden wir neu bauen müssen. Jedenfalls den Boden. Aber das ist eine Kleinigkeit.» Sein Gesicht entspannte sich schlagartig zu einem zufriedenen Lächeln.

«Seht ihr?» Jean strahlte. «Ich habe ja gesagt, es ist ein gutes Theater.»

Die anderen beiden waren weniger erleichtert. Sie kannten Rudolf ihr halbes Leben lang und wußten, für ihn war ein Theater erst ein gutes Theater, wenn es viel daran zu reparieren und zu bauen gab. Rudolf war nicht nur Kulissenmaler, Herrscher über Feuerwerk, Donner-, Hagel- und Windmaschinen und allerlei Flugwerke, sondern auch der Baumeister der Gesellschaft, und selbst wenn jeder sagen würde, das sei der langweiligste Teil seiner Arbeit, so liebte er ihn doch besonders. In einer gut verschlossenen Ecke seiner Seele hegte und pflegte er einen alten Traum: Einmal wollte er ein richtiges Haus bauen. Eines, das nicht nur für ein Gastspiel hielt, sondern für ein ganzes Leben, auch für das Leben seiner Kinder und deren Kinder. Daß er so ein Haus wohl niemals bauen würde – Wanderkomödianten brachten es zu vielen schönen Träumen, aber selten zu dauerhaftem Besitz –, machte seinen Traum nur noch schöner.

«Und diese Wände», Gesine, seine dünne Frau, die blasse Haube über blassem Haar, mit ein wenig schmalen Lippen und dunklen Augen, strich mit beiden Händen über eine der rohen Steinmauern, die die Bühne umgaben, «die Wände werden wir hinter schönen Kulissen und Vorhängen verstecken.» Ein Lächeln verwandelte Gesines strenges Gesicht. «Außerdem, Helena, wenn wir auf der Bühne stehen, wenn wir spielen und singen und tanzen, wer wird dann noch auf die Bretter und die Steine sehen?»

Was eine sehr selbstlose Bemerkung war, denn Gesine spielte stets die kleinen Rollen der grämlichen Alten, der Dienerin und ähnlich undankbare Figuren, die allein niemanden von einer schäbigen Bühne ablenken würden.

Jean strahlte noch mehr. Er war zwar der Prinzipal, doch ohne Helena ging nichts, und gegen sie schon gar nicht. Das wußte er seit vielen Jahren, aber mit Gesine und Rudolf auf seiner Seite, denen jeder Leichtsinn zutiefst fremd war, hatte er gewonnen.

«Gut», sagte Helena und stieg von der Bühne. «Wir

haben sowieso keine Wahl. Die Miete ist bezahlt, und ein anderes Theater gibt es nicht. Also fangen wir am besten gleich an.»

Ganz so eilig hatte Jean es nun auch wieder nicht gehabt, denn es war gerade die richtige Zeit für ein deftiges Frühstück im *Bremer Schlüssel*. Doch Helena würde unerbittlich sein. Sie war von erschreckender Tatkraft, was seine Versuche, sich wenigstens ab und zu den Anschein vornehmer Nachlässigkeit zu geben, meist vereitelte. Heute hatte er Glück.

«Bonjour, mon ami Jean», zwitscherte plötzlich eine helle Tenorstimme. «Le théâtre! Voilà! Formidable! Ist es erlaubt einzutreten?»

Ohne die erbetene Einladung abzuwarten, stolzierte ein hochgewachsener junger Mann (beim zweiten Hinsehen wirkte er allerdings nicht mehr ganz so jung) durch die weitgeöffnete Theatertür herein. Er legte den Kopf mit dem üppig gewellten weißblonden Haar in den Nakken und sah sich mit strahlendem Lächeln unter dem Dach des Stalles um, als hingen dort die prächtigsten Kristallüster, die je ein Theater beleuchtet hatten.

«Und das», fuhr er fort und eilte auf die verblüffte Helena zu, «kann nur die erste Dame dieser Stätte der Kunst sein. Madame», er griff nach ihrer Hand, drückte sie an seine Lippen, kratzte mit dem Fuß einen eleganten Bogen durch den Staub und sah Helena schmelzend in die Augen. «Madame, es ist mir eine Ehre, eine ganz vorzügliche Ehre.»

«Das ist sehr schön, Monsieur.» Helena entzog ihm energisch ihre Hand, die er immer noch fest in den seinen hielt. «Ich kann mich jedoch nicht erinnern ...»

«Aber Helena!» Schon stand Jean neben ihr und verbeugte sich kaum minder elegant vor dem Franzosen. «Das ist natürlich Monsieur Curieux, Lazare Curieux. Ich habe doch von ihm erzählt, der Korrespondent für die Pariser Zeitungen.» Es gab absolut keinen Grund zu erwähnen, daß Jean ihn wenige Tage vor der Ankunft seiner Gesellschaft bei einem mehr als kostspieligen Würfelabend im Hinterzimmer des *Goldenen Ankers* kennengelernt hatte. «Mein lieber Curieux, welche Ehre, daß Ihr uns besucht. Eine bescheidene Hütte, c'est vrai, aber wartet ab, was wir daraus machen werden. Bei der Premiere werdet Ihr dieses Haus nicht wiedererkennen.»

Ohne sich von Helenas ärgerlich blitzenden Augen auch nur einen Moment aufhalten zu lassen, begann er den Mann im hagebuttenfarbenen Samtrock durch das Theater zu führen, als sei es der Spiegelsaal von Versailles.

Mit blumigen Worten stellte er Titus als großen Pierrot vor, was der gar nicht gerne hörte, er war ein Hanswurst, punktum. Und Rudolf, den raffiniertesten Maschinen- und Baumeister. Und Madame Gesine, die erste directrice des costumes in den deutschen Ländern. Er schwärmte von den Tanz- und Sangeskünsten der Demoiselles Rosina und Manon, die leider im Moment zu Gesangstunden bei einem der ersten Musikanten der Stadt seien. Und Monsieur Filippo …

Jean war in seinem Element, er schlug Schaum wie ein Konfektbäcker am Sonnabend, und Monsieur Curieux war höchst entzückt, besonders bei der Erwähnung der jungen, leider abwesenden Damen. Er sei beglückt, eine so formidable Compagnie anzutreffen. Es werde ihm eine Ehre sein, von der ersten Aufführung nach Paris zu berichten, *zumindest* von der ersten Aufführung.

«Es ist mir auch eine Ehre, mon ami», dabei sah er nicht Jean, sondern Helena verwegen blinzelnd an, «Euch Monsieur Mosbert vorzustellen.»

Er wies mit einer Geste, als präsentiere er den großen Farinelli persönlich, zur Tür, und alle drehten sich. Da stand Monsieur Mosbert, bescheiden die Hände vor dem Bauch gefaltet, verbeugte sich und trat zögernd einige Schritte näher.

«Mon ami Charles», fuhr Lazare Curieux schon fort, eilte auf ihn zu und zog ihn nach vorne zur Bühne, «ist ein wichtiger Mann in der Welt des Theaters, und er hat mich sehr gebeten, ihn bei Euch einzuführen, eine Ehre, fürwahr. Für mich, und», er schüttelte schalkhaft den Zeigefinger, daß der Rubin – nun ja, der rubinrote Stein – daran nur so schlackerte, «auch für Euch.»

Helena hatte nun genug von dem Theater, das sie ausschließlich auf der Bühne schätzte, und trat dem neuen Gast entgegen. Der glich in seinem braunen Rock über der schlichten sandfarbenen Weste und den schwarzen Kniehosen eher einem Kaufmann. Nur der Gegensatz seiner etwas spitz geratenen Nase zu den vollen Lippen verlieh ihm etwas Komödiantisches. Sie reichte ihm die Hand, sagte: «Guten Tag, Monsieur» und fragte, zu welcher Theatergesellschaft er denn gehöre. Was äußerst direkt und deshalb nicht sehr höflich war, aber jedes weitere süßliche Geschwätz von vornherein unterband.

«Verzeiht, Madame», Monsieur Mosbert neigte verbindlich den Kopf mit der braunen Perücke, «verzeiht diesen unangemeldeten Besuch, es war mir nicht möglich, Monsieur Curieux aufzuhalten. Sein Temperament, Ihr versteht gewiß.» Helena fand, daß zwar seine Stimme und Sprache um einiges angenehmer waren als die seines

Begleiters, sein Lächeln jedoch den gleichen zuckrigen Charme bewies. «Tatsächlich gehöre ich keiner Gesellschaft an, ich bin nur auf Reisen, um die großen Theatergesellschaften in den deutschen Ländern zu besuchen.»

«Diese Bescheidenheit!» Curieux schlug seufzend die Hände zusammen. «Monsieur Mosbert reist im Auftrag einiger bedeutender Entrepreneure in Mannheim, es war doch Mannheim, mon ami, ja Mannheim, eine formidable kleine Residenz, ganz formidable. Dort will man ein Theater errichten, genau wie hier in Hamburg, allerdings unter der Patronage des Fürsten, oder ist es ein König?, egal, es wird eine formidable Unternehmung, und Monsieur Mosbert ist auf der Suche nach den Besten, nach der *crème*, um sie zu engagieren. Natürlich habe ich gleich an Eure Gesellschaft gedacht, mon ami Jean. Und voilà, hier ist er: Monsieur Charles Mosbert de Mannheim.»

Daß er tatsächlich nach Hamburg gekommen war, um die Theatergesellschaft des neuen Nationaltheaters beim Gänsemarkt zu besuchen, erwähnte Karl Mosbert nur nebenbei, und es war Jean ein leichtes, diese doch etwas enttäuschende Nachricht zu überhören. Sie war ja auch nicht von Belang. Die Truppe von Seyler und Löwen gastierte wegen der chronisch leeren Kassen und des faulen Hamburger Publikums in Braunschweig, nur Lessing, der Kritiker, war in der Stadt geblieben, und würde auch in den nächsten Wochen nicht zurückkehren. In diesem August gab es nur eine Komödiantengesellschaft in der Stadt, die Beckersche, und die war die allerbeste, die Jean kannte. Mannheim! dachte er, und auch wenn er mit dem wenig eleganten Namen nicht mehr als die vage Vorstellung einer süddeutschen Residenzstadt ohne große Bedeutung verband, blühten in seinem Kopf schon die schönsten Bilder von einem Leben als verehrter Prinzipal eines Hof- und Nationaltheaters.

Nicht lange darauf verschwand Jean mit Monsieur Mosbert und dem formidablen Monsieur Curieux, um sich mit ihnen an einem der Tische mit den weißen Tüchern für die feineren Gäste im *Bremer Schlüssel* niederzulassen. Er bestellte großzügig und teuer. Er wußte ja noch nicht, daß weder Monsieur Curieux noch Monsieur Mosbert, sondern er ganz allein das üppige Mahl bezahlen würde.

Mehr als zweihundert Jungen, nahezu alle Schüler des Johanneums und des Akademischen Gymnasiums, drängelten sich vor dem Hauptportal am Plan. Niklas, er war mal wieder zu spät und den letzten Teil des Weges gerannt, blieb keuchend stehen und wunderte sich. Dafür hatte er sich so beeilt? Warum war die Tür noch nicht geöffnet? Er war sicher, daß es schon etliche Minuten nach ein Uhr war. Die anderen Schüler störte das nicht im mindesten. Keiner kam auf die dumme Idee, gegen die Tür zu hämmern und Einlaß für den Nachmittagsunterricht zu fordern. Die Lehrer würden schon von selbst merken, daß der Pedell seine Pflicht vergessen hatte, wenn sie in ihren leeren Klassen standen.

Am quirligsten waren die Haufen der jüngeren Schüler aus Oktava, Septima und Sexta. Die der Quinta, Quarta und Tertia teilten sich schon in die Raufbolde und Spaßmacher und die Eifrigen, die die kurze Zeit nutzten, um flink noch einmal in die Bücher zu sehen und Versäumtes nachzuholen. Sekundaner und Primaner bemühten sich im Bewußtsein ihrer Aufgabe als ältere Schüler, Vorbild für die Jüngeren zu sein, zumindest um eine gewisse Ruhe. Sie hatten sich nahe den Schülern des Akademischen Gymnasiums zusammengefunden, die im gebührenden Abstand von den Lateinschülern auf und ab gingen, mit der Würde, die sich für erwachsene Herren von achtzehn und neunzehn Jahren mit Aussicht auf die Aufnahme an eine Universität ziemte.

Niklas drängelte sich durch die Menge zu den Schülern seiner Klasse.

«Na, Herrmanns, auch schon da?» Böttcher IV rempelte Niklas freundschaftlich an. «Wenn du mich deinen Aufsatz über die sechste Bitte lesen läßt, damit mir für meinen auch was einfällt, bekommst du dies hier.» Flink nach allen Seiten sehend, zog er ein steifes Stück Papier aus seinem Rock, faltete es mit spitzen Fingern auseinander und präsentierte es Niklas im Schutz seiner halb geöffneten Jacke. «Na? Ist das nichts? Das ist doch *mindestens* einen Blick auf deinen Aufsatz wert. Oder bist du für so was noch zu klein?»

Schnell faltete er das Papier wieder zusammen und entzog Niklas den Blick auf eine außerordentlich mangelhaft bekleidete Dame, die ihre üppigen Formen darbot, während sie die Nase in einen Veilchenstrauß steckte und zugleich dem Betrachter kokett entgegenblinzelte. Er wollte es wieder verschwinden lassen, doch zu spät. Jobst Lederer, Schüler der Sekunda, zwar ausgesprochen klein für sein Alter, aber flink und mit Augen wie ein hungriger Falke, hatte das streng verbotene Bild entdeckt und es ihm blitzschnell entrissen. Bevor Böttcher IV ein großes Geschrei beginnen und seine geübten Fäuste einsetzen konnte, sprang Lederer einen Schritt zurück, legte den Finger auf die Lippen und zeigte mit dem Kinn auf Finkmeester, der, in seinen Katechismus vertieft, nahe dem Portal stand. Den Klassenbesten der Tertia anrempeln, eine überschwengliche Entschuldigung brummeln, ihm den gar nicht staubigen Rock abklopfen und dabei das Bildchen in die Tasche praktizieren war Sache einer Sekunde.

Böttcher IV bedauerte zutiefst den Verlust seines Schatzes, den er nicht gerade billig an der Buchhändlerbude auf der Trostbrücke erstanden hatte, aber er grinste zufrieden. Ein bißchen ärgerte ihn nur, daß er nicht selbst auf diese famose Idee gekommen war. Garantiert würde Finkmeester, mit einem ständigen Sommerschnupfen geschlagen, im Unterricht sein Schnupftuch aus ebendieser Tasche ziehen müssen, das Bild würde auf den Boden segeln – und Lehrer Bucher entging nichts.

Niklas versuchte Simon in der Menge zu entdecken. Der war nicht da. Vielleicht hatte er sich nur in irgendeiner stillen Ecke in den Schatten gehockt, denn daß Simon es wagen würde, dem Unterricht fernzubleiben, konnte er sich nicht vorstellen. Genausowenig konnte er sich vorstellen, daß Simon seinem Onkel diesen Triumph gönnen würde.

«Was glaubst du, Herrmanns, ist der Pedell abgekratzt?» Böttcher IV stand nun wieder neben Niklas.

«Abgekratzt? Warum sollte Töltjes gestorben sein?»

«Warum? An einer Speckschwarte erstickt. Oder an seiner sauren Galle. Oder er ist über einen Strohhalm gestolpert und hat sich den fetten Hals gebrochen. Darf man sich nicht mal was Schönes wünschen? Das Problem mit dir, Herrmanns, ist, daß du ...»

Niklas erfuhr an diesem Tag nicht mehr, was das Problem mit ihm war, obwohl es ihn brennend interessierte, auch wenn Böttcher IV nicht gerade der Freund war, den sein Vater für ihn wünschte.

Zum einen, weil just in diesem Moment Lehrer Bucher mit langen Schritten in den Plan einbog und auf das Portal und die Schüler zueilte. Zum anderen und vor allem, weil es nun hinter dem Portal quietschte, irgend jemand drehte den Schlüssel um, und die Tür schwang auf. Sofort verebbte der Lärm zum Gemurmel und erstarb, sofort ordneten sich wie von Geisterhand geführt die wuseligen Haufen der Jungen klassenweise zu ordentlichen Zweierreihen, denn nicht der Pedell, sondern Rektor Johann Samuel Müller persönlich erschien im Portal.

Im allgemeinen war der Rektor ein beredter Mann, egal ob auf deutsch, lateinisch, griechisch oder gar in Englisch oder Französisch; er war auch ein vergnügter Mann, und es kam vor, daß aus seiner Klasse, der Prima, mitten im Unterricht schallendes Gelächter über den Hof klang. An Sonntagnachmittagen, das hatte Simon erzählt, der bei ihm in Pension lebte, setzte er sich häufig an sein Cembalo, spielte heitere Lieder und sang dazu. Erst kürzlich hatte er mit Kantor Bach ein neues eingeübt, in dem es um das Vergnügen am Tobakrauchen ging. Es war ein Wunder, daß sich die Domina des Damenstifts noch nicht beim Scholarchat beschwert hatte. Ihre Wohnung lag zwar nicht in nächster Nähe zu der des Rektors, aber auch wenn er gewöhnlich bei geschlossenen Fenstern und Türen Cembalo und Stimmbänder traktierte, mußten Töne und Gesang noch in ihren Räumen zu hören sein.

Dieser Rektor Müller, nebenbei auch ein großer Theaterliebhaber, stand nun im Portal, schwitzte und blickte unruhig über die Schar der ihm anvertrauten Jungen, als suche er in ihren Gesichtern nach den richtigen Worten.

«Jungen», rief er schließlich, räusperte sich, breitete die Arme aus wie Marc Anton vor den Bürgern Roms und rief: «Schüler! Heute ist kein Unterricht mehr.»

Falls er gehofft hatte, diese überwältigende Botschaft werde die Schüler umgehend vertreiben und ihm weitere Erklärungen ersparen, wurde er enttäuscht. Selbst das zu erwartende Johlen blieb aus, weil keiner so einfach an diese plötzliche Freiheit glauben mochte.

«Kein Unterricht mehr», wiederholte er etwas lauter. «Weil, ja, es ist zu heiß. Ihr merkt es», er strich sich mit einem mühsamen Lächeln über die schweißnasse Stirn, «es ist zu heiß heute. Die Hundstage sind da. Geht nach Hause und ...»

Nun endlich brach das dem Anlaß angemessene Johlen aus mehr als zweihundert Jungenkehlen aus, das noch die Konventualinnen nebenan aus dem Mittagsschlaf riß. Die Schlachter im Küterhaus ließen ihre Messer fallen und rannten neugierig auf die Straße, überall am Plan gingen die Fenster auf, und ein staubigbrauner kleiner Hund verschwand schrill kläffend und mit eingezogenem Schwanz hinter einem Holzhaufen neben der Pumpe. Im Handumdrehen war der Platz vor der Schule verlassen. Nur einige der älteren Schüler, zu denen auch einige der Tertia gehörten, blieben lange genug, um auch den letzten Satz des Rektors zu hören, der noch mehr verhieß als nur einen freien Nachmittag.

«Morgen früh werden wir weitersehen. Kommt alle her, pünktlich um sieben. Wie immer. Dann, nun ja, dann werden wir weitersehen. Wie ich schon sagte.»

Lehrer Bucher sprang mit einer entschuldigenden Geste für sein spätes Eintreffen die drei Stufen zum Portal hinauf und glitt am Rektor vorbei in den Schulflur. Dann hörte man ein dumpfes Klapp, gefolgt von metallischem Knirschen, und die Tür war wieder zu und verschlossen.

Böttcher IV schrie noch ein einsames «Hurra», rempelte Niklas übermütig zur Seite und rief: «Los jetzt, Herrmanns, gib mir schnell deinen Aufsatz.»

Obwohl er ihm diesmal keine Gegenleistung in Aussicht stellte, gab Niklas Böttcher bereitwillig sein Heft. Sein Aufsatz über die sechste Bitte des Vaterunsers «Und führe uns nicht in Versuchung» würde ihn bei der Suche nach Muto sowieso nur stören.

Der Klassenraum der Sekunda wirkte düster, und Rektor Müller, noch von der gleißenden Mittagssonne geblendet, blinzelte ungeduldig. Eben hatte er geschwitzt, nun fröstelte ihn. Eine Fliege suchte summend nach einem Weg aus dem geschlossenen Raum, irgendwo auf den nahen Straßen rumpelte ein Wagen vorbei, und ein Schaf – oder war es ein Kalb? – blökte im Küterhaus hinter dem Damenstift in Todesangst. Entfernte, unwirkliche Geräusche, die nur gedämpft durch die geschlossenen Fenster hereindrangen. Sonst war es still.

Eine kleine Gruppe von Männern stand leicht vorgebeugt im Halbkreis um den Lehnstuhl nahe der Tafel. Auf dem hockte immer noch der Lehrer der Sekunda. Allerdings schlief er nicht, wie Niklas vor wenigen Stunden angenommen hatte. Adam Donner war tot. Das war einfach zu erkennen, die noch halbgeöffneten Augen in seinem wahrhaft totenblassen Gesicht zeigten kein Leben mehr. Er atmete nicht, auch die blutige Weste, die Flekken auf Rock und Halsbinde und nicht zuletzt der rundliche Holzknauf, der aus seiner Brust ragte, räumten jeden Zweifel aus. Adam Donner war tot, irgend jemand hatte ihn erstochen.

«Kollege Müller, könntet Ihr mir freundlicherweise erklären ...»

Johann Christian Wolf, Professor für Physik und Poesie am Akademischen Gymnasium und ein wegen seiner ausgeprägten Misanthropie von Schülern wie Kollegen gleichermaßen gefürchteter alter Mann, verstummte. Er hatte eine Viertelstunde auf seine Schüler gewartet, und just als er sich fragte, ob heute vielleicht Samstag und damit am Nachmittag schulfrei sei, ob er sich so habe irren können?, hörte er von unten das begeisterte Johlen. Er trat ans Fenster und sah mit gerechter Empörung gerade noch eine Staubwolke und eilig davonhastende Rücken. Das war unerhört. Was Müller mit *seinen* Schülern machte, war ihm egal. Aber die Schüler des Akademischen Gymnasiums, allesamt zukünftige Pastoren, Ärzte, Juristen, Honoratioren der Stadt, Bürgermeister gar ... Als er bei diesem Gedanken angekommen war und überlegte, ob es im Sinne der seit jeher bürgerlichen Stadt sei, wenn er die Aufzählung mit «fürstliche Minister» krönte, war er schon mit steifen Knien die Treppe hinuntergestiegen und im Durchgang zum Johanneum. Er fühlte sich wunderbar ärgerlich, er würde genau den richtigen Ton aus Herablassung und vornehm gedämpftem Zorn finden, um sich solche Einmischung in seine Kompetenzen ein für allemal zu verbitten. Und nun das!

Das gesamte Kollegium des Johanneums samt Pedell sowie ein Mann in einem für diesen Ort ungewöhnlich elegant geschnittenen Rock – Professor Wolf glaubte in ihm das neue Mitglied des Scholarchats, den Kaufmann Claes Herrmanns, zu erkennen – standen um den großen Lehnstuhl herum und machten betretene Gesichter. Wolf konnte den Mann auf dem Stuhl nicht genau sehen. Rektor Müller drehte sich zu ihm um.

«Ach, Professor Wolf, es ist erschütternd, der Kollege Donner. Tot. Hier in der Schule.»

Der Halbkreis um den Toten öffnete sich wie zwei Flügel, und der Professor wurde blaß. Ein Sonnenstrahl war durch das Fenster hereingeschlichen und schickte sein Licht direkt auf den hölzernen Knauf in Donners Brust. Ärger und Empörung wichen schlagartig und machten einem heftigen Gefühl von Schwäche und Übelkeit Platz.

Töltjes habe ihn gefunden, berichtete der Rektor, nicht lange vor Unterrichtsbeginn, auf diesem Stuhl. Ja, genau an diesem Platz. Man habe schon nach der Wedde geschickt, und natürlich nach dem Arzt. Selbstverständlich. Wie solle man das nur den Herren vom Scholarchat erklären? Ein Mord in der Gelehrtenschule! So etwas sei undenkbar. An einem Ort des Geistes, der Frömmigkeit und der Wissenschaft. Im Angesicht des großen Reformators zudem – Müller warf einen schuldbewußten Blick zu dem schwärzlichen Porträt Martin Luthers zwischen den beiden Fenstern –, eine doppelt sündhafte Tat.

Schritte kamen laut und eilig über den Flur näher, und gleich darauf betrat Dr. Reimarus das Klassenzimmer, direkt gefolgt von Weddemeister Wagner, einem kleinen beleibten Mann im dunkelblauen Rock, der sich unablässig mit einem großen blauen Tuch Stirn und Nacken wischte, und dessen Weddeknecht.

Der Arzt warf einen kurzen Blick in die Runde der Männer, bat höflich, man möge weiter zurücktreten, er brauche Licht, und beugte sich über den Toten. Er bestätigte schnell, was alle wußten, nämlich daß Adam Donner tot war, erstochen. Man werde gleich sehen, mit was für einer Waffe.

Behutsam begann er, an dem hölzernen Griff zu ziehen. Unpassenderweise begann just in diesem Moment ein Stieglitz ein besonders fröhlich getrillertes Lied zu singen, das trotz der geschlossenen Fenster den Raum füllte. Rektor Müller schluckte. Er war nicht weltfremd, ihm war immer bewußt, daß sein Leben am Johanneum (trotz des äußerst schmalen Gehaltes) das Leben auf einer Insel war. Wohl gab es an dieser Schule auch Schüler aus unbegüterten Familien, denen nur ein Stipendium den Besuch ermöglichte. Dennoch begegnete er den wirklich dunklen Seiten der Stadt nur selten. Er war nie in den düsteren, stinkenden Gängevierteln gewesen, von denen im Kaffeehaus, bei den Teestunden bei Büsch, den Reimarus' oder auch in Sonnins Lieblingsgasthaus *Zum Traubenthal* in der Neustadt in der letzten Zeit häufig geredet wurde. Er wußte sehr wohl, daß die Zahl der Armen und Elenden in der Stadt bedenklich wuchs. Ob aber die Armut die Verbrechen begünstigte, oder ob es eine Sache des Charakters sei, daß bevorzugt Menschen aus diesen Teilen der Stadt am Galgen endeten, darüber war man sich nicht einig. Überhaupt nicht einig. Nein, Müller kannte diese dunklen Seiten der Stadt nicht, und er war selbst noch nie mit schlimmeren Verbrechen in Berührung gekommen als dem Diebstahl von Äpfeln und Pflaumen aus dem Garten der Domina oder anderen Streichen seiner Schüler. Die reichten zwar manchmal bedenklich nahe an Verbrechen heran, so behauptete jedenfalls das Scholarchat, doch ganz bestimmt waren sie nichts gegen einen Mord.

Donners letzte Minute konnte erst kurz bevor der Pedell ihn fand und umgehend nach dem Rektor schickte verstrichen sein. Wenn Donner schon sterben mußte, konnte er nicht einem wohl auch tragischen, aber doch ehrbaren Herz- oder Gallenleiden erliegen? Natürlich war das kein edler Gedanke, aber hätte der Mörder seinem Opfer nicht in dessen Wohnung auflauern können? Oder auf den Wällen, wo Donner am Abend oft allein spazierenging? Überhaupt war er viel spazierengegangen. Hätte es da nicht genug und bessere Gelegenheiten gegeben?

Dr. Reimarus zog nun das letzte Stück der Waffe heraus, und der Rektor schloß die Augen. Gewiß würde ein sprudelnder Blutstrahl hervorschießen, so wie es manchmal bei einem zu kräftigen Aderlaß geschah, doch als er die Augen tapfer wieder öffnete, sah er, daß nichts dergleichen geschah. Wohl waren Weste und Hemd des Toten und ein wenig auch sein Rock blutbefleckt, aber nun floß keines mehr. Der Arzt trat ans Fenster und hielt das seltsame Gerät ins Licht. Es ähnelte einer langen Nadel an einem rundlichen Holzknauf, und er betrachtete es wie ein Insektenforscher ein besonders interessantes Exemplar aus den Urwäldern Surinams oder Javas. Müller atmete erleichtert auf. Es war kein Messer oder Stilett, wie alle angenommen hatten, sondern sah wie das Werkzeug irgendeines Handwerkers aus. Zumindest konnte er nun sicher sein, daß keiner seiner Kollegen in Verdacht geraten würde. Woher sollte ein Lehrer so etwas haben? Wozu es überhaupt besitzen?

«Messieurs», Dr. Reimarus hielt die seltsame Waffe hoch, «hat jemand so ein», er stockte, legte den Kopf mit dem mächtigen Kinn und der kräftigen Nase schief, «so ein Gerät schon einmal gesehen?»

Alle traten näher, doch keiner wußte eine Antwort. Der Rektor erkannte nun, daß es keine übliche Nadel war. Der dünne metallne Stab, etwa so lang wie der Mittelfinger seiner Hand, war vierkantig, die feine Spitze schräg zugeschliffen, was das Werkzeug zu einer außerordentlich scharfen Waffe machte. Der Weddemeister zog ein frisches Tuch aus seinem Rock, faltete es auseinander und nahm dem Arzt das ‹Gerät› vorsichtig aus den Händen. «Ihr erlaubt, daß ich das corpus delicti in Verwahrung nehme. Das Rätsel wird sich bald lösen. Es ist wohl nicht möglich, Dr. Reimarus, daß der Tote sich selbst...»

Er sprach den Satz nicht zu Ende. Allein die Vermutung, ein Mitglied des Johanneum-Kollegiums könne eine so sündige Tat begangen haben, war empörend. Wagner war es gewöhnt, empörende Fragen zu stellen, auch wenn er dabei stets eine betretene Miene zur Schau stellte, störte ihn das nicht im mindesten.

«Kaum», sagte der Arzt, der wie der Weddemeister an solche Fragen gewöhnt war. «Möglich ist natürlich fast alles, aber die Waffe, so will ich das Ding mal nennen, wurde von schräg unten geführt.» Er führte die dazu nötige Bewegung mit spitzem Zeigefinger schwungvoll vor. «Es wäre eine ziemlich umständliche Methode, wenn man ...»

Auch er sprach den Satz nicht zu Ende.

Wagner nickte, und ein Hauch Zufriedenheit flog über sein kummervolles Gesicht. «Das dachte ich schon. Sicher werdet Ihr den Toten genauer untersuchen und mir später mehr sagen können. Monsieur Müller, wenn ich nun bitten dürfte», er wandte sich mit einer artigen Verbeugung an den Rektor, «es ist notwendig, einige Fragen zu beantworten. Und wenn Ihr das Kollegium und den Pedell anweisen könntet, nebenan zu warten? Ich muß alle befragen, leider ...»

Claes Herrmanns sah die Gesichter der Lehrer und grinste verhalten. Wagner würde seine Methoden nie ändern. Er hatte den kurzbeinigen dicken Mann, als er ihm vor einigen Jahren zum ersten Mal begegnete, auch für einfältig gehalten. Inzwischen war er froh, daß er sich dabei so sehr geirrt hatte. Er war ihm seither immer wieder begegnet, selten bei heiteren Anlässen, und nun ausgerechnet in diesem ehrwürdigen Haus.

Der Kaufmann hatte sich nicht gerade mit Begeisterung in das Scholarchat wählen lassen, aber Senator van Witten hatte wieder einmal seine unübertreffliche Überredungskunst eingesetzt, und so war es eben passiert. Gewiß, es war scheußlich, anstatt bei einer Tasse Kaffee eine gemütliche Stunde in Müllers immer ein wenig staubigem Salon zu verbringen, hier dem Tod zu begegnen, gar einem Mord. Aber er hatte Adam Donner nicht gekannt, und tatsächlich war seine Neugier erheblich größer als seine Erschütterung. Plötzlich fühlte er sich in eines dieser absurden Schauerstücke versetzt, die die Beckersche Komödiantengesellschaft in ihrem Repertoire hatte und erheblich erfolgreicher aufführte, als die Stücke von so ernsthaften Dichtern wie Lessing oder Gellert.

Es amüsierte ihn immer wieder, wenn Wagner sprach und aussah, als sei er erst seit drei Wochen Weddemeister und könne nicht bis zehn zählen. Nur wenige wußten so gut wie Claes Herrmanns, daß nicht zuletzt dieser falsche Anschein Wagners Erfolg als Spürnase ausmachte.

Das sei eine sehr traurige Geschichte, sagte der Weddemeister nun, wirklich, eine traurige Geschichte. Ein Mord in diesem Haus, das doch der Erziehung und erblühenden Gelehrsamkeit der Jugend diene. Gewiß sei es im Interesse des Rektors wie des Scholarchats, den Übeltäter schnell zu finden. Dabei rieb er die Flächen seiner gefalteten Hände aneinander, und nur wer ihn sehr aufmerksam ansah, konnte das wache Glitzern in seinen Augen entdecken.

Einige Minuten später fand sich der Rektor des Johanneums hinter einem der Pulte in der Quinta wieder, die für die engen Bänke zu langen Beine in den Gang ausgestreckt, ihm gegenüber in der zweiten Pultreihe Wagner, dessen Beine ganz genau unter das Pult paßten. Claes Herrmanns hatte den Lehnstuhl, der auch in diesem Klassenraum neben dem Kachelofen stand, geholt und sich zu den beiden Männern gesetzt. Wagner hatte ihn aufgefordert, dieser Unterredung beizuwohnen, so hatte er sich ausgedrückt, als Mitglied des Scholarchats und ...

Auch dieser Satz war unvollendet geblieben, aber der Rektor hatte gleich genickt. Herrmanns' Anwesenheit würde ihm einen langen Bericht an die Herren der Schulaufsicht ersparen, den konnte der nun selbst abgeben. Außerdem kannte Müller den Kaufmann nicht nur als Vater eines der Tertianer und eines ehemaligen Schülers, sondern auch als Freund Sonnins und Gast im Hause Reimarus. Herrmanns würde ihm, wenn ihn sein neues Ehrenamt nicht plötzlich verändert hatte, keine Schwierigkeiten machen. Im Gegenteil, er war erleichtert, bei diesem Verhör nicht mit dem Weddemeister allein zu sein. Denn ein Verhör war es ja, was ihm nun bevorstand, auch wenn er sich ganz und gar nicht schuldig fühlte.

Niemand hatte das Mädchen beachtet, das mit dunklen Augen und fest um den dünnen Körper geschlungenen Armen in der Tür des Klassenzimmers stand, bis Töltjes, der Pedell, sie mit einer kurzen harten Handbewegung davonscheuchte. Er selbst hatte Karla, gerade fünfzehn Jahre alt und seit drei Jahren die Magd seiner Frau, nach der Wedde und nach dem Arzt geschickt. Doch nun hatte sie hier nichts mehr zu suchen. Claes Herrmanns hörte das leise Klappern ihrer Holzschuhe, doch als er sich danach umdrehte, war sie schon verschwunden.

Simon liebte das heitere Klingeln des Glöckchens. Einmal hatte er sogar vorgegeben, ihm sei auf der Straße vor der Tür etwas hinuntergefallen, nur um noch einmal hinausgehen und wieder hereinkommen zu können. Auch an den Türen anderer Läden und Werkstätten schlug beim Öffnen eine Glocke an, doch keine hatte einen so zarten, süßen Ton wie die an der Tür zur Werkstatt des Uhrmachers Godard an der Ecke Berg und Große Johannisstraße. Und dann, vielleicht war das sogar noch schöner, dann empfing ihn das Ticken der vielen Uhren. Meister Godard hatte ihm erzählt, in London und in Paris gebe es Werkstätten, in denen wohl hundert Uhren tickten. Das sei ein ganz eigenes Konzert, viele, tatsächlich die meisten, hätten zudem ein Schlagwerk, jedes klinge anders, so wie jede menschliche Stimme ihren ganz eigenen, unverwechselbaren Klang habe. Die Stimmen der Uhren seien in ihrer Ruhe und Sicherheit ein wahrhaft himmlischer Chor. Manche Menschen, hatte er nach einer kleinen Pause hinzugefügt, empfänden das unablässige Ticken als bedrängend, als ständige Erinnerung an das Verrinnen der Zeit, als lästige Mahnung zur Eile. Aber das liege nicht an den Uhren und ihren Tönen, das liege allein an der Unruhe, die diese Menschen in sich selbst trügen. Sehr wohl verrinne mit jedem Tick und Tack, mit jedem Schlagen die Zeit, doch wenn man genau darauf achte, zeige es, wie langsam die Zeit verrinne, nicht wie schnell. Es mahne nicht zu blinder Eile, sondern zeige die Kostbarkeit der Zeit, die ja für jeden Menschen, für jedes Lebewesen auf Erden begrenzt sei und genutzt und genossen werden wolle. Dann hatte er sich wieder die Lupe vor sein Auge geklemmt und über den Arbeitstisch gebeugt. Monsieur Godard hielt selten so lange Reden.

An den Wänden seiner Werkstatt hingen nicht hundert, nicht einmal fünfzig oder zwanzig Uhren zum Verkauf. Aber fünfzehn waren es ganz gewiß. Am schönsten fand Simon die zwischen den beiden Fenstern zur Straße. Sie komme aus Frankreich, hatte der Uhrmacher gesagt, und sei erst im letzten Jahr gefertigt worden. Ihr weißemailliertes Zifferblatt war von Blüten und Ranken aus vergoldeter Bronze umrahmt, in deren oberer Mitte eine zierliche Gestalt saß, eine halb erblühte Rose in der linken Hand. Die feingeschnittenen Messingzeiger wiesen auf arabische Zahlen im äußeren Ring für die Minuten, auf römische im inneren für die Stunden. JACOB À PARIS stand in feiner schwarzer Schrift auf dem weißen Emaille.

Dann waren da noch die, die seine Kunden zur Reparatur gebracht hatten. Auch die bekamen nach getaner Arbeit für einige Tage einen Platz an den Wänden, damit

Godard prüfen konnte, ob sie tickten und schlugen, wie es sich gehörte, die großen und kleinen Zeiger ehrlich mit der Zeit wanderten, anstatt faul zurückzubleiben oder mit zuviel Eile zu betrügen.

«Bonjour, Simon.» Godard nickte dem Jungen freundlich zu und warf einen Blick auf die Standuhr neben dem hinteren Fenster. Er prüfte die Zeit immer nur mit dieser Uhr. Ihr Gehäuse aus rötlichem Mahagoni war ganz schlicht, hinter der verglasten Tür schwang das messingne Pendel vor dem an einer feinen Kette hängenden Gewicht. Über dem emaillierten Zifferblatt zeigte ein Halbrund über dem Schriftzug *Geo. Graham, London* die Monate und den Stand von Sonne und Mond. Gewiß gab es schmuckreichere Uhren, aber Uhrwerke von Mr. Graham, auch das hatte Godard ihm erklärt, waren die präzisesten, die man sich denken konnte. Nicht nach der stets etwas schleppenden Turmuhr von St. Petri, die in der Stadt als Zeitgeber galt, stellte er seine Uhren, sondern nur nach dieser.

«Du bist früh hier. Solltest du nicht in der Schule sein?»

Simon nickte. «Eigentlich ja. Aber der Nachmittagsunterricht fällt heute aus. Die Schule ist geschlossen.»

«Geschlossen. Bist du sicher? Oder hast du nur vergessen, die Klinke hinunterzudrücken?»

«Nein, die Tür ist fest verschlossen, und alles ist still. Wenn man zu spät kommt, hört man sonst immer Stimmen aus den Klassen. Heute war alles ganz still, und die Magd des Wachsziehers am Plan hat mir gesagt, Rektor Müller habe alle nach Hause geschickt, weil es heute zu heiß zum Lernen sei.»

«In der letzten Woche war es heißer, da hat er euch

nicht nach Hause geschickt. Aber wer weiß? Der Tag ist besonders schön, vielleicht hat er heute selber mehr Lust, in seinen Garten zu gehen, als im alten Kloster seine Primaner Hebräisch und Logik zu lehren.»

Zum erstenmal an diesem Tag lachte Simon. «Vielleicht», sagte er. «Obwohl ich mir das nicht vorstellen kann. Rektor Müller würde nie auf einen so pflichtvergessenen Gedanken kommen.»

«Guten Tag, Simon.» Emma Godard, so blond wie ihr Vater dunkel, und grazil wie eine Libelle, stand in der Tür zum hinteren Lagerraum und nickte dem Besucher freundlich zu. «Heute schon so früh?»

«Seinen Lehrern ist es zu warm zum Schulehalten», sagte ihr Vater, «und ihm fällt nichts Besseres ein, als den geschenkten Nachmittag in unserer Werkstatt zu vertun. Oder hast du es so eilig, die Reparatur abzuarbeiten?»

Simon gab sich große Mühe, nicht zu erröten, aber es mißlang, wie so oft. Natürlich errötete er nicht wegen Godards Bemerkung. Der Blick aus Emmas dunklen Augen war schuld, und obwohl er fest davon überzeugt war, daß es niemand bemerkte, bemerkte es zumindest der Uhrmacher.

«Ich habe es gar nicht eilig. Es macht mir Freude, bei Euch zu arbeiten, Meister Godard, das wißt Ihr doch. Und ich bin Euch dankbar, daß Ihr meine Uhr um diesen Preis repariert habt ...»

Emma lachte. Dieses helle, leise Lachen, das Simon das Gefühl gab, als riesele ein köstlich sprudelnder Regen seinen Rücken hinab. «Es war wirklich sehr nett von Papa, deine Uhr zu reparieren und dich dafür zur Sklavenarbeit zu verpflichten. Du schluckst den Staub, und unsere Werkstatt ist so gut aufgeräumt wie nie. All die akkurat gemalten kleinen Schilder an den Kästen, und erst die Ordnung *in* den Kästen! Willst du mir heute helfen, einen silbernen Uhrdeckel zu polieren?»

Nichts wollte Simon lieber, und Godard, der nicht einmal eine Kerze, geschweige denn akkurate Schildchen brauchte, um sich in seiner Werkstatt und seinem Lager zurechtzufinden, beugte sich schweigend über seine Arbeit. Als er dem Jungen den Handel anbot, hatte er gedacht, der werde die Dielen kehren, ab und zu einen Botengang erledigen und sonst vor allem stören. Ersteres hatte Simon auch zunächst getan, das tat er immer noch, wenn er seine freien Stunden in der Werkstatt verbrachte, aber schon bald hatte er sich mit Feuereifer an verantwortungsvollere Aufgaben gemacht. Nicht unbedingt notwendige Aufgaben, aber wenigstens keine ganz und gar sinnlosen. Nein, Simon störte nicht, selbst wenn er, je öfter er kam, immer mehr Fragen stellte.

Es war ein Jammer. Dieser Junge mit einem Kopf für Mechanik, Händen für feine Präzisionsarbeiten und einem Herz für die Schönheit würde bald an die Universität gehen und nach einigen, mit etwas Glück lustigen Studentenjahren sein Leben in irgendeiner Amtsstube verbringen. Godard hätte viel darum gegeben, wenn sein Gehilfe Jerôme nur halb soviel Uhrenverstand gehabt hätte wie dieser gelehrte Schuljunge. Und ein Viertel von dessen Zuverlässigkeit. Vor Stunden schon hatte er Jerôme zum Hafen geschickt, um zu fragen, ob die *King George* endlich eingelaufen sei. Seit Tagen wartete er voller Ungeduld auf die Bark aus London, die ihm die Einzelteile für eine Kostbarkeit, zugleich Uhr und Musikautomat, bringen sollte. Es geschah nicht oft im Leben eines kleinen Uhrmachers, daß ihm ein solches Wunderwerk anvertraut wurde. Und ganz gewiß wäre das auch nicht passiert, wenn es ihm nicht nach den Fehlschlägen zweier anderer Uhrmacher endlich gelungen wäre, die alte Haagse Klock, eine wertvolle Tischuhr des holländischen Gesandten, wieder genau laufen zu lassen. Und genau schlagen, denn das gute alte Uhrwerk war seit Jahren eigenwillig genug, nie die Schläge erklingen zu lassen, die zu der von den Zeigern angezeigten Zeit paßten. Er hatte diese Uhr, eine Arbeit von Pieter Visbach, einem der renommiertesten Uhrmacher der Niederlande, sehr gemocht. Schon ihr Anblick hatte ihn erfreut. Das dunkle, lackierte Nußholz des Gehäuses zeigte links und rechts des Zifferblatts schlanke Halbsäulen. Der aufgesetzte Rundgiebel war in der Mitte geteilt und trug auf beiden Hälften liegende Putten, die je ein Stundenglas in der rundlichen Hand hielten. Zwischen ihnen gemahnte eine hölzerne Urne auf einem winzigen Podest an die Vergänglichkeit von Zeit und Leben. Dunkelroter Samt überzog das Zifferblatt, dessen römische Ziffern nur die vollen Stunden zeigten, so wie es bei vielen alten Uhren üblich war. Zartes Gerank, wie Ziffern und Zeiger aus vergoldetem Messing, füllte die vier Ecken über seinen Rundungen. Die Uhr war alt, aber sie war immer noch von harmonischer Schönheit.

Die Reparatur, für ihn einfach ein Teil seiner alltäglichen Arbeit, in Gesandtenkreisen jedoch ein Beweis unerhörter Fähigkeiten, hatte ihm viele neue Aufträge eingebracht. Lukrative Aufträge und interessante dazu. Noch nie hatte er so viele kostbare Uhren repariert und gepflegt wie in diesem Jahr. Aber so einen Automaten zusammenzusetzen und zum präzisen Lauf zu zwingen, so ein von etlichen Künstlern und berühmten Handwerksmeistern erschaffenes Wunderwerk zum Leben zu bringen, das war eine Aufgabe, nach der er schon lange fieberte. Und nun kam die Bark nicht an, nicht einmal Jerôme kam wieder an. Irgend etwas stimmte mit dem Jungen in der letzten Zeit nicht. Wahrscheinlich war er nur verliebt. Eine Sommerliebe, was konnte schöner sein?

«Simon.» Der erschreckte Ruf seiner Tochter ließ den Uhrmacher aufsehen. Emma saß an ihrem Arbeitstisch, das Tuch, die Polierpasten und feinen Werkzeuge vor sich und starrte Simon an.

Der stand vor ihr, die Hände mit nach außen gedrehten Handflächen vorgestreckt.

«Es ist nichts», sagte er, «es sieht nur so schlimm aus. Ich zeige sie dir bloß, weil ich heute nicht so gut mit ihnen arbeiten kann», er bewegte vorsichtig die Finger, «sie sind noch ziemlich steif.»

Godard war zu den beiden getreten und sah mit gerunzelter Stirn auf die immer noch rotglühenden Hände des Jungen. «Wer hat das gemacht? Dein Lehrer? Haben die Zeiten sich noch immer nicht geändert? Nicht einmal in eurem frommen Johanneum?»

Simon nickte und wollte zu einer Erklärung ansetzen, aber Godard hob abwehrend die Hand. «Du mußt nichts sagen, Simon. Vielleicht stimmt es, daß Kinder ab und zu eine strenge Strafe brauchen, aber zum einen bist du kein Kind mehr, zum anderen ...» Er hob abwehrend die Hände und ging zu seinem Arbeitstisch zurück. «Willst du nicht lieber nach Hause gehen, ich meine, in dein Zimmer? Du solltest ein nasses Tuch auf die Hände legen. Und eine aufgeschnittene Zwiebel. Das könnte helfen.»

«O nein», Simon schüttelte heftig den Kopf. Die Anteilnahme der beiden Godards kühlte seine Hände besser als jedes Eiswasser. «Ich habe vorhin ein nasses Tuch draufgelegt, ziemlich lange sogar, es ist auch schon etwas besser. Ich möchte wirklich lieber hierbleiben.»

Godard nickte. «Aber du solltest das unbedingt deinem Rektor zeigen. Falls er es nicht sowieso entdeckt, du wohnst schließlich bei ihm. Oder ist er so unachtsam gegenüber ihm anvertrauten Schülern?»

«Nein, das ist er bestimmt nicht. Er ist sehr freundlich, auch wenn er meistens viele Dinge im Kopf hat. Ich sehe ihn nicht oft. Eigentlich nur bei den Mahlzeiten, und auch da ist er nicht immer zu Hause. Er ist wirklich sehr beschäftigt. Aber vielleicht zeige ich es ihm diesmal.» Simon schluckte und straffte tapfer seinen Rücken. «Bestimmt sogar. Ich ...», er schluckte noch einmal und Godard, der merkte, daß der Junge mit den Tränen kämpfte, begann in seinen Kästen herumzukramen. «Er wird mich nicht wieder schlagen, Monsieur», fuhr Simon heiser fort. «Diesmal war es zuviel. Und vielleicht werde ich es auch melden.»

Die Stimme klang trotzig, und Godard verstand, daß Simon genau wußte, man würde eher dem Lehrer Glauben schenken als einem Schüler, besonders wenn der nur ein Junge aus dem fernen Husum ohne elterlichen Einfluß war.

«Du wirst bestimmt richtig entscheiden», sagte er und ging an seinen Arbeitstisch zurück. «Setz dich heute neben Emma und sieh zu, wie man feines Silber poliert. Dann ist der Tag doch nicht ganz verloren. Wenn du deine Hände wieder gebrauchen kannst, ist immer noch Zeit, es selbst zu probieren.»

So begann Emma ihrem Lehrling auf Zeit zu erklären, wozu die Pasten da waren, die in kleinen Näpfen vor ihr standen. Eine, Fett-Tripel genannt, was soviel hieß wie Fett und Erde aus Tripolis und wohl Sand aus der großen afrikanischen Wüste bedeutete, für den groben Vorschliff. Eine andere aus Wachs mit dem allerfeinsten, ja staubfeinen Sand oder Edelsteinpulver vermischt für die letzte, feinste Politur. Dann zeigte sie ihm einen Polierstahl, einen dünnen Stift, dessen rundliche, wie Silber glänzende Spitze eisernen Teilen der Uhrwerke die letzte Politur gab, was, so fügte sie hinzu, zugleich die Oberfläche härtete und damit widerstandsfähiger machte. Ein anderer Stift trug an seiner Spitze einen kleinen Hämatit, einen Blutstein. Der war zwar ein schwarzgrauer Halbedelstein, sein Abrieb färbte sich in Wasser blutrot, und das hatte ihm seinen Namen gegeben. Gerade als sie ihm erklärte, daß mit diesem Hämatit auch feine Metalle poliert wurden, Gold und Silber, indem man ihn sanft oder auch kräftiger darüberschob und -rieb, daß er zudem gut war, um winzige Beulen auszugleichen, hielt vor der Werkstatt ein eleganter offener Zweisitzer. Der Kutscher sprang vom Bock, öffnete den Schlag und reichte seiner Herrin helfend die Hand. Diesmal läutete das Glöckchen unter dem energischen Schwung der eintretenden Dame nicht lieblich, sondern äußerst hektisch.

«Bong schur, bong schur.» Madame Schwarzbach, eine rosigblonde füllige Dame mittleren Alters in jugendlicher Robe aus dem am verwegensten gemusterten Kattun der Manufaktur ihres Gatten, schwenkte ihre ausladenden Röcke durch die Werkstatt, nickte Emma huldvoll zu, übersah den vermeintlichen Lehrling Simon und bremste kurz und scharf direkt vor Meister Godard. Auch Madame Schwarzbach gehörte zur neuen Kundschaft. Bis vor etwa einem halben Jahr war sie noch die Witwe des reichen Zuckerbäckers Marburger gewesen, den jemand auf den Wällen mit einer seiner eigenen Zuckerformen erschlagen hatte. So wurde es jedenfalls erzählt. Bis vor kurzem hätte sie lieber auf alle ihre Uhren verzichtet, als sie einem hugenottischen Uhrmacher anzuvertrauen, doch nun, da der die Uhren des holländischen und einiger anderer Gesandter betreute, vor allem die der Gräfin Bentinck, der alleradeligsten Dame in der Stadt, war es ihr unerläßlich, eine von Godard reparierte Uhr im Salon vorweisen zu können. Godard erhob sich mit einer kleinen Verbeugung, doch bevor er die Begrüßung auch mit Worten erwidern konnte, hatte Madame Schwarzbach schon ihre Uhr entdeckt und ließ spitze Schreie der Begeisterung hören, obwohl die Uhr natürlich äußerlich nahezu genauso aussah wie vorher.

«Mong djö, mong djö!» Madame Schwarzbach hatte erst kürzlich beschlossen, daß es doch vornehmer war, ein wenig Französisch in ihre Rede einfließen zu lassen, jedenfalls tat das die Gräfin Bentinck. Und die stand auf vertrautestem Fuße mit Monsieur Voltaire, was nur bedingt eine Empfehlung war, aber auch, und das war wirklich honett, mit dem preußischen König, von dem man wußte, daß er *nur* französisch sprach, ja, sogar des Deutschen kaum mächtig sein sollte.

«Mong djö!» rief sie noch einmal. «Da ist sie ja, meine geliebte Uhr. Dieses Kunstwerk. Und wie sie klingt! Lauscht nur auf dieses Ticken. Ach, ich höre schon, nun ist sie wieder ganz gesund.» Sie kicherte und stupste den Meister neckisch mit ihrem Fächer gegen die Schulter. «Die Arme war krank und faul, nun ist sie unter Euren

Händen wieder gesund und fleißig geworden. Ja, wieder fleißig. Wie wunderbar ...»

«Madame!» Godard hob selten die Stimme, aber hier blieb ihm keine andere Wahl. «Madame!»

Madame Schwarzbach klapperte irritiert mit den Lidern und legte den Kopf schief wie ein aufgeschreckter Vogel.

«Madame», fuhr Godard mit seiner gewohnt ruhigen Stimme fort, «ich freue mich, daß Ihr auf den ersten Blick erkennt, daß die Uhr präzise ihre Arbeit tut. Leider ist diese», er zeigte mit dem Zirkel, den er noch in der Hand hielt, auf die Uhr, die Madame Schwarzbach so beglückt angesehen hatte, «leider ist diese nicht die Eure. *Eure* Uhr», nun zeigte er auf eine tatsächlich sehr ähnliche an der gegenüberliegenden Wand, «hängt dort.»

Ein verräterisches Glucksen, gefolgt von umständlichem Husten und Räuspern kam von dem Arbeitstisch am hinteren Fenster, an dem Simon und Emma mit dem Polieren eines silbernen Taschenuhrdeckels beschäftigt waren.

«Und natürlich habt Ihr recht», fuhr Godard ungerührt fort, «sie war faul, und nun ist sie wieder fleißig. Ich habe das Uhrwerk auseinandergenommen, alle Teile gereinigt, hier und da ein wenig nachgeschliffen und eine neue Feder eingesetzt. Meine Tochter hat Zeiger und Zifferblatt neu poliert – nun wird Eure Uhr wieder viele Jahre ihren Dienst tun, so wie es sich gehört.»

Er verriet seinen Kunden nie, daß Emma weitaus mehr von der Uhrmacherei verstand. Sie hatte schon, kaum daß sie die Buchstaben und Zahlen beherrschte, mehr Zeit in der Werkstatt verbracht als in Küche, Gemüsegarten und Wäschekammer. Tatsächlich war Emma ein besserer Uhrmacher als Jerôme. Das wußte jedoch niemand außer Godard. Und Jerôme natürlich, aber der hätte es nicht mal sich selbst eingestanden.

Auch ihre eigene Uhr war Madame Schwarzbach eine – nun schon ein wenig abgenutzte – Flut von Begeisterungsrufen wert. Sie winkte eifrig ihrem Kutscher, der brachte einen großen hölzernen Kasten herein, und während Godard die Uhr von der Wand nahm, das Pendel in seinem Uhrkasten mit weichen Tüchern gegen die Erschütterungen in der Kutsche schützte und schließlich die ganze Uhr liebevoll in eine weiche Decke wickelte und so in dem Kasten verstaute, daß sie nicht hin und her rutschen konnte, holte Madame Schwarzbach wieder tüchtig Luft und erzählte den neuesten Klatsch.

Ob der Meister es schon gehört habe? Ganz gewiß habe er es noch nicht gehört, es sei ja gerade erst geschehen. Schrecklich, ganz schrecklich. Ausgerechnet in einer so honorigen Anstalt. Sie habe immer zu ihrem seligen Marburger gesagt, unsere Söhne, habe sie gesagt, müssen das Johanneum besuchen, eine andere Schule komme nicht in Frage.

Plötzlich wurde es totenstill in der Werkstatt, bis auf Madame Schwarzbachs Geplapper natürlich. Godard, der gerade die Zipfel der Decke in die letzten Ecken des Kastens stopfte, hielt in der Bewegung inne, und das sanfte Klopfen und Reiben von Emmas Arbeitstisch brach schlagartig ab, als habe jemand die Zeit angehalten. Aber das merkte Madame Schwarzbach nicht.

Natürlich nur bis zur Quarta oder Tertia, teilte sie weiter mit, das reiche völlig, und dann eine ordentliche Lehre, die sei viel hilfreicher für tüchtige junge Männer, die im Handel erfolgreich sein wollen. Ja, das habe sie immer gesagt, und Monsieur Schwarzbach, ihr Gatte, sei da ganz derselben Meinung. Auch sein Sohn habe das Johanneum besucht, sogar bis zur Prima, was sie persönlich für Zeitverschwendung halte, aber es habe ihn nicht verdorben, er sei ein tüchtiger junger Mann, der die Manufaktur seines Vaters bald übernehmen werde, dann, ja dann werde ihr Schwarzbach auch mehr Zeit für sie haben.

«Es ist nicht leicht, eine Frau zu sein», seufzte sie, «ständig muß man warten. Ja. Was wollte ich sagen? Natürlich, der Mord im Johanneum. Ein Mord!» plapperte sie eifrig weiter, nun einen Hauch gerechter Empörung in der Stimme. «Ich habe es gerade erst gehört, die Weißnäherin, Madame Ella, die ihre Nähstube direkt gegenüber am Plan hat, gleich neben der Wachszieherei, Ihr kennt sie gewiß, eine fabelhafte Weißnäherin und ganz akkurat, nie gehen die Fäden auf, nie ... Wie? Wer das Opfer ist? Einer der Lehrer, zum Glück kein Schüler. Ach», ihre Augen begannen zu schwimmen, sie zog ein Spitzentüchlein aus ihrem Ärmel und tupfte sich anmutig die hellblauen Augen. Auch sie selbst habe ja dieses Leid erfahren, erklärte sie, sie wisse, was es bedeute, wenn ein geliebter Mensch auf so grausame Weise aus dem blühenden Leben ... Wer? Welcher Lehrer? Man wisse seinen Namen noch nicht, die Wedde sei dort, alle würden verhört.

«Es muß aber ein Lehrer der oberen Klassen sein, jedenfalls hat man ihn im Raum der Sekunda gefunden. Der Pedell, das weiß Madame Ella genau, der Pedell hat ihn gefunden. Sehr seltsam. Findet Ihr nicht auch? Was hatte der in der Pause in den Klassenzimmern zu suchen? Er soll auch ein recht düsterer Mensch sein, aber andererseits, man darf davon nicht auf die Gesinnung seiner Seele schließen, auch wenn das jetzt in Mode kommt, wie mein lieber Schwarzbach mir erst neulich aus der *Neuen Hamburgischen Zeitung* vorgelesen hat. Die Physiognomie soll den Charakter verraten? Ich weiß nicht, wirklich nicht, ob so etwas richtig ist. Gott hat doch alle unsere Gesichter gemacht. Andererseits, mein Schwarzbach ist ein schöner Mensch, und so gerade wie sein Herz sind auch seine Glieder, das ist bei Gott wahr.»

Wieder seufzte sie, diesmal eher versonnen, doch dann erinnerte sie sich an den schrecklichen Tod in der Schule. Gerade jetzt würden alle vom Weddemeister befragt, gerade jetzt, alle Lehrer und der Pedell. Es könne ja nur einer von ihnen gewesen sein.

«Andererseits ist das doch undenkbar! Lauter ehrbare Männer, alle persönlich vom Scholarchat ausgesucht und ernannt! Sogar der Pedell. Wenn man bedenkt! Die Lehrer unserer Kinder! Ich bin wirklich froh, daß meine Söhne und auch der Sohn meines lieben Schwarzbach schon vor Jahren das Johanneum verlassen haben. Dennoch, es ist schrecklich. Und natürlich gottlos. Sehr gottlos.»

Sie tupfte noch einmal die Augen, dann kräuselte sie die Lippen zu einem heiteren Lächeln und fuhr fort: «Und die Rechnung, lieber Meister, schickt doch in das Kontor meines Gatten. Adjöadjö.» Und schon war sie, mit dem Fächer winkend, ihren Kutscher mit dem Uhrenkasten im Gefolge, durch die hektisch klingelnde Tür verschwunden.

In der Werkstatt tickten die Uhren plötzlich lauter. Godard, Emma und Simon verharrten wie in einer Scharade erstarrt.

«Deshalb war die Schule geschlossen, Simon», sagte der Uhrmacher schließlich. «Deshalb also. Jemand hat deinen Lehrer getötet. Monsieur Donner war doch dein Lehrer? Der Lehrer der Sekunda?»

Simon schwieg, er sah immer noch auf die Tür, durch die Madame Schwarzbach verschwunden war, und Emma sagte: «Wenn es stimmt, was Madame Schwarzbach erzählt hat. Ich glaube nicht, daß man sich darauf verlassen kann.»

«Ja», sagte Godard langsam, «wenn es stimmt.»

Die Uhren tickten nun aufdringlich und laut, und Simon schien, sie wurden immer schneller. Wie hatte Monsieur Godard gesagt? Das erscheint den Menschen nur so, wenn sie in sich keine Ruhe haben. Das Gesicht seines Lehrers, der auch sein Onkel war, entstand vor ihm, das Gesicht, als er ihn schlug, zehnmal auf jede Hand. Ein nur scheinbar zufriedenes, selbstgewisses Gesicht, hinter dessen Maske harter Zorn mit saurem Triumph kämpfte. Am Vormittag in der Klasse hatte er das nicht erkannt, erst jetzt, in der Erinnerung, schien es ihm ganz deutlich. Er war klug genug zu wissen, daß Erinnerung nicht immer aus der Vergangenheit kommt, sondern oft von Gefühlen der Gegenwart neu erfunden wird.

«Er war ein böser Mensch.» Die spröde Stimme des Uhrmachers drang in Simons Gedanken wie aus weiter Ferne. Ein böser Mensch, hatte er gesagt, als wolle er ihn trösten.

«Ihr kanntet ihn?» Simons Stimme klang ihm selbst fremd, und er fühlte Tränen aufsteigen. Tränen um einen Menschen, den er doch zu hassen gelernt hatte? Er war der Bruder seines Vaters gewesen, vielleicht waren es die Tränen seiner Sehnsucht nach einem Onkel, der wie ein Vater, wie ein liebender Vater für ihn fühlte, und den er nun niemals mehr haben würde. Er hatte seinen Onkel als seinen Lehrer hassen gelernt, aber, auch das erkannte er erst jetzt, er hatte nie aufgehört zu hoffen, daß der eines Tages seine Maske ablegen und sich zu seiner Güte und Liebe bekennen werde, die er für den Sohn seines einzigen Bruders doch irgendwo verborgen haben mußte. Simon hatte die Strenge seines Onkels immer als eine Art übersteigertes Gerechtigkeitsempfinden entschuldigt: Gewiß wollte er nur um jeden Preis den Verdacht vermeiden, seinen Neffen zu bevorzugen. Doch tatsächlich wußte Simon genau, daß das nicht stimmte. Die Wahrheit hatte er selbst heute morgen zu Niklas gesagt: «Eigentlich hat er mich schon immer nicht gemocht.»

«Ihr kanntet ihn, Meister Godard?» fragte er noch einmal.

«Ja, aber nur sehr flüchtig.» Der Uhrmacher sah aus dem Fenster auf die Straße hinaus, eine Wasserträgerin schleppte ihre überschwappenden Kübel vorbei, und zwei Damen unter zierlichen Sonnenschirmen bogen, ihre Seidenröcke vor dem Staub der Straße gerafft, plaudernd vom Berg in die Große Johannisstraße. «Ich habe seine Taschenuhr repariert. Ein gutes, recht wertvolles Stück. Du kennst sie gewiß. Ich habe … nun, ich habe sie repariert, und er war nicht gleich zufrieden. So etwas kommt zuweilen vor.»

‹Ich habe ihn heute mittag noch gesehen›, hatte er eigentlich sagen wollen. Aber es gab keinen Grund, warum Emma und Simon, warum überhaupt irgend jemand das erfahren mußte.

3. KAPITEL

DONNERSTAG, DEN 4. AUGUSTUS,
NACHMITTAGS

Der sanfte Wind vom Fluß hatte sich gelegt, und der Spätnachmittag begann den Hundstagen Ehre zu machen. Claes Herrmanns verfluchte die dumme Idee, zu seinem ersten Besuch im Johanneum die Perücke aufgesetzt zu haben, sein eigenes Haar hätte es auch getan. In England verzichtete man auch bei offiziellen Anlässen immer häufiger auf die Perücke, und nicht nur das, ganz allgemein zog man dort neuerdings bequemere Kleidung vor. So war jedenfalls im Kaffeehaus zu hören, wo immer die neuesten Nachrichten debattiert wurden, egal ob über die Unruhe in den amerikanischen Kolonien oder die unglaublichen Verschwendungen und Prassereien in Versailles (das nur, wenn der französische Gesandte gerade nicht in der Nähe war). Überhaupt liebten es die Engländer neuerdings, eine gewisse Lockerheit, um nicht zu sagen Nachlässigkeit, in ihrer Kleidung als Eleganz anzusehen, ein Zeichen der Hinwendung zur Natur, auch einer größeren Freiheit des Geistes. Claes, seit fast drei Jahren mit einer Engländerin verheiratet, fand, daran müsse man sich erst gewöhnen, aber alles in allem war dies doch eine sehr angenehme Entwicklung, die viel zur Bequemlichkeit und bei den Damen gewiß zu einem deutlichen Rückgang der Zahl der Ohnmachten durch zu eng geschnürte Mieder beitrug. Andererseits war eine schlanke Taille doch ein hübscher Anblick. Als seine Gedanken bei den ästhetischen Vor- und Nachteilen des enggeschnürten Mieders angekommen waren, rief er sich energisch zur Ordnung. Gerade erst war er dem Tod begegnet, hatte womöglich sogar einem Mörder gegenübergesessen, und nun vertrieb er sich die Zeit mit der Sorge um weibliche Reize. Er blieb stehen, direkt vor Jensens Kaffeehaus gegenüber der Börse, und sah sich um. Wagner ging nicht mehr neben ihm, was allerdings weniger am Respekt eines Weddemeisters gegenüber einem Großkaufmann, Mitglied der Commerzdeputation und des Scholarchats lag, als an Wagners etwas kurz geratenen Beinen.

Das Kaffeehaus sei genau der richtige Ort, so hatte Claes Herrmanns gedacht, um die unerhörten Ereignisse im Johanneum mit Wagner noch einmal zu besprechen. Außerdem brauchte er dringend einen Kaffee. Am besten mit Kardamom gewürzt natürlich, der war ihm von jeher der liebste. Wahrscheinlich hatten Bocholt und Sonnin recht, wenn sie ihn einen Kaffeesüchtigen nannten. Aber er hatte sich geirrt. Obwohl die Zeit, in der sich die Kaufleute täglich nach Börsenschluß hier trafen, längst vorüber war, hörte er schon vor der Tür – sie war wie oft an heißen Tagen weit geöffnet – die Stimmen vieler Männer. In dem großen, aber niedrigen Raum stand die Luft zum Schneiden dick. Alle Stühle waren besetzt, selbst die weniger beliebten Bänke an den hinteren Fenstern zum Fleet, und aus dem Billardraum drangen das Klakken der Kugeln und einander eifrig übertönende, offensichtlich nicht nur vom Kaffee angeregte Stimmen.

Wagner hatte ihn eingeholt und stand schnaufend neben ihm. «Ich glaube nicht, daß wir hier in Ruhe reden können, Wagner. Was meint Ihr?»

«Gewiß nicht. Ich fürchte auch, daß hier zu viele gespitzte Ohren sind, wenn Ihr versteht, was ich meine. Vielleicht sollten wir doch lieber ins Rathaus gehen.»

Der Weddemeister bemühte sich um eine bedauernde Miene, tatsächlich war er froh, das Kaffeehaus so überfüllt zu finden. Jensens Kaffeehaus war der Treffpunkt der Kaufleute, ausländischen Gesandten und wohlhabenden Reisenden. In der letzten Zeit fanden sich hier auch immer mehr Künstler und Literaten ein, weil der Wirt ‹ihres› Kaffeehauses, dem Dresserschen bei der Trostbrücke, seit dem Frühjahr nur noch englische, aber keine italienischen, französischen und holländischen Zeitungen mehr auslegte und zudem angekündigt hatte, man müsse demnächst auch Tinte und Papier selbst mitbringen, wenn man auf seinen Stühlen Briefe zu schreiben gedenke. Diese Männer gehörten ebensowenig zu seiner Welt. Wagner hatte nichts gegen ein gutes Gasthaus einzuwenden. Besonders im *Bremer Schlüssel* in der Neustädter Fuhlentwiete trank er gerne ab und zu ein Glas Bier oder Branntwein. Aber bei Jensen zwischen all den teuer gekleideten Herren, die von ihren Geschäften mit der halben Welt sprachen, von den neuesten Büchern und Zeitungen, die Ratsmitglieder beim Vornamen nannten und über Malaisen mit Domestiken und schlecht gefederten Kutschen klagten, fühlte er sich wie ein struppiger Kater unter Löwen.

«Ins Rathaus?» Claes schnupperte den Duft des mit Nelken, Pomeranzen, Vanille oder Kardamom gewürzten Kaffees, der sich mit der Süße der Schokolade und dem herben Geruch des Tabakrauchs aus vielen Tonpfeifen vermischte, und fand Wagners Vorschlag keine gute Idee. Er sah sich noch einmal in dem dämmerigen Raum um, winkte Lessing und Bode zu, der eine Kritiker am großen Theater im Hof hinter dem Gänsemarkt, der andere Buchdrucker und Verleger, Literaten alle beide, die mit zwei anderen Männern an einem mit vielen eng bekritzelten Papierbögen, mit Tassen und Gläsern überladenen Tisch saßen, wich Jensen aus, der mit hochrotem Kopf ein schweres Tablett voller dampfender Tassen an ihm vorbeibalancierte, und trat zurück auf die Straße.

«Das Rathaus mag still und verschwiegen sein, Wagner, aber wir brauchen nach diesem schrecklichen Tag unbedingt eine Erfrischung. Elsbeth wird uns im Handumdrehen einen Kaffee brauen, und ganz bestimmt einen besseren als Jensens Mamsell.»

Der Weddemeister nickte ergeben, dachte sehnsüchtig an die kühlen, nur wenige Schritte entfernten Räume des Rathauses und beeilte sich, Claes Herrmanns einzuholen, der schon einige Schritte voraus war. Noch bevor sie die Zollenbrücke betraten, hörten sie durch das Gerumpel der Wagen auf den Bohlen und das Geschrei der Männer um den Alten Kran eine zornige Stimme.

«Aber ich sage dir doch, ich nehme sie mit. Warum willst du sie ersäufen? Du wirst sie auch so los.»

«Das kann jeder sagen», eine ungeduldige Männerstimme klang dumpf unter der Brücke hervor, «und kaum bin ich um die Ecke, läßt du sie laufen, und ich hab sie wieder am Hals. 'n Hund kann man verkaufen oder aussetzen, der bleibt, wo ihm einer was zu fressen gibt. Aber 'ne Katze, die läuft wieder dahin zurück, wo sie hergekommen ist. Die sind so blöd, die Viecher. Gib mir 'n Schilling, dann kriegst du sie.»

«Ich habe keinen Schilling, das habe ich dir schon dreimal gesagt, und ich kann auch nicht verstehen, wozu ich dich bezahlen soll, wenn ich dir eine Mühe erspare und die Katze nehme.»

«Weil, wenn du was für sie bezahlt hast, dann willst du sie auch behalten. Keiner läßt was laufen, wofür er bezahlt hat.»

Für eine Sekunde war es still. «Überhaupt: einen Schilling?» war nun die Frauenstimme wieder zu hören. «Du bist völlig verrückt. Dafür kann ich fast ein Pferd kaufen. Einen halben kannst du haben, und das ist schon unverschämt genug. Dafür kannst du dann auch ein bißchen warten. Ich bring ihn dir noch heute nachmittag, ich muß ihn nur holen. Und jetzt gib mir endlich die Katze.»

Der Mann lachte spöttisch. Das Spiel mit der zornigen jungen Frau, die mit über die Knöchel gerafften Röcken auf der Leiter zum Fleet hinunter stand, begann ihm Spaß zu machen. Sie war ein hübscher Anblick mit ihren blitzenden Augen, der Zornfalte auf der Stirn und den dicken blonden Locken, die sich hie und da aus ihren Kämmen und Bändern lösten. Selbst die Narbe, die quer über ihre linke Wange zum Kinn lief, machte sie nicht häßlich.

«Was heißt das, ich bring ihn dir?» rief er. «Ich hab keine Ahnung, wie die Leute sind, wo du herkommst. Hier bei uns ist jedenfalls keiner so blöde. Wenn du nicht zusehn magst, dann hau endlich ab.»

Auf der Brücke und am Fleet waren Leute stehengeblieben, und auch drüben beim Kran reckten etliche die Hälse und hörten dem Spektakel neugierig zu. Claes und Wagner lehnten sich über das Brückengeländer. Es war ablaufendes Wasser, und die Ränder des Fleets zeigten, daß hier in alter Zeit mehr Sumpf als Sand gewesen war. Ein Pfahlewer lag schon ziemlich schräg im flachen Wasser, davor stand ein Mann bis zu den Knöcheln im Morast und hielt einen Sack in der erhobenen Faust, in dem irgend etwas heftig zappelte und fauchte, ohne Zweifel eine Katze kurz vor ihrem letzten Stündlein.

«He!» rief Claes und winkte dem Mann im Wasser zu. Er zog eine Münze aus seiner Westentasche und hielt sie in die Sonne. «Gib ihr den Sack und hol dir deinen Lohn. Das gilt aber nur, wenn du schnell machst. In einer Minute bin ich weg.»

Der Mann starrte ihn verblüfft an, dann entschied er, daß eine Minute zu kurz war, sich zu wundern, stieg aus dem Fleet und kletterte auf die Brücke. Immer noch hielt er den zappelnden Sack so weit wie möglich von seinem Körper.

«Ihr müßt ja wissen, wofür Ihr Euer Geld ausgebt, Herr», sagte er, nun gar nicht mehr herablassend, und steckte die Münze, ohne ihren Wert zu prüfen, flink in seine Tasche. «Das Vieh hier», er hielt den Sack in die Höhe, «kratzt nicht nur, es ist auch bissig wie ein Schlachterhund. Sieht aus wie 'ne Katze, aber ich glaube, sie ist keine. Die hat noch nie 'ne Maus gefangen, bedient sich immer nur in der Küche. So eine muß man ersäufen.»

Claes beachtete den Mann nicht mehr. Er griff nach dem Sack, wobei er dem Beispiel des Mannes folgte und ihn so weit wie möglich von seinem Körper entfernt hielt, und reichte ihn mit vergnügtem Grinsen der jungen Frau, die nun auch die Brücke erreicht hatte.

«Niklas hat schon erzählt, daß Ihr in der Stadt seid, Rosina, aber daß Ihr Euch gleich am ersten Tag mit einem ehrbaren Bürger anlegen müßt, ist wirklich vermessen. Nun habt Ihr also eine Katze. Bestimmt findet Jean eine gute Rolle für sie. Sie hört sich an, als könnte sie sehr hübsch singen, findet Ihr nicht?»

«Ich danke Euch, Monsieur Herrmanns. Ich weiß ja, daß alle Tage Katzen ersäuft werden. Aber sie hat so jämmerlich geschrien in ihrem Gefängnis, als wüßte sie, was ihr bevorsteht. Ich konnte einfach nicht nur zusehen. Den halben Schilling bekommt ihr spätestens morgen zurück.»

«Ihr glaubt doch nicht, daß ich dem Kerl einen halben Schilling gegeben habe? Es war ein Pfennig, und das war schon zu gut bezahlt für diesen bissigen Zappler.»

«Dann danke ich Euch doppelt für den schlechten Handel. Guten Tag, Meister Wagner.» Sie reichte dem Weddemeister, wie Claes Herrmanns ein alter Bekannter, lächelnd die Hand, und Wagner, immer noch mit seinem großen blauen Tuch im Kampf mit seiner schwitzenden Stirn, verbeugte sich. Dabei kam er dem nur scheinbar zur Ruhe gekommenen Sack zu nahe, und als er den Kopf mit einem kleinen verdutzten Schrei wieder hob, lief eine dünne rote Schramme über seine Stirn.

«So ein Teufelsbraten», rief er, «vielleicht wäre es doch am besten, sie zu ersäufen, Mademoiselle Rosina.»

«Nichts da.» Claes Herrmanns lachte. «Der Kerl hatte ganz recht: Was man bezahlt hat, gibt man nicht wieder her.»

«Ich nehme Euch beim Wort.» Rosina sah stirnrunzelnd auf den Sack in ihrer Hand. «Es ist nämlich ganz unmöglich, daß ich sie mitnehme. Ich wollte sie tatsächlich gleich wieder laufenlassen. Die Krögerin hat schon drei, vielleicht auch vier, deren Junge ersäuft sie wahrscheinlich auch. Auf unseren Wagen ist kein Platz für eine Katze. So ein Tier braucht ein Haus, Monsieur Herrmanns. Am besten eines mit einem Hof und einem großen Stall. Katzen lieben Pferdeställe. Und Gartenhäuser. Hat Anne in Harvestehude schon eine Katze? Bestimmt gibt es dort schrecklich viele Mäuse.»

Claes hielt es für überflüssig, darauf hinzuweisen, daß der ehemalige Besitzer die Katze gerade angeklagt hatte, niemals auch nur eine Maus zu fangen. Es würde sich schon ein Plätzchen finden. In der Tat waren die Herrmannsschen Ställe groß genug, und die Katzenfamilie, die dort schon seit vielen Generationen lebte, würde nach ein bißchen Gefauche gewiß ein weiteres Mitglied aufnehmen. Auch wenn sie ihm das Mäusefangen erst beibringen mußte. Und tatsächlich gab es im Herrmannsschen Gartenhaus in Harvestehude noch gar keine Katze. Er würde Elsbeth den Sack mit dem zappelnden Tier geben, das sich gewiß nur vor Hunger so schlecht benahm. Elsbeth fiel immer das Richtige ein.

Wenig später sahen die Leute der Altstadt eine seltsame Prozession über die Zollenbrücke, den Grimm hinunter, an der Katharinenkirche vorbei und über die Jungfernbrücke zum Neuen Wandrahm marschieren: Vorneweg Claes Herrmanns, vertieft in ein ernstes Gespräch mit einer schönen jungen Frau, von der einige wußten, daß sie Rosina hieß und zu den Wanderkomödianten gehörte, die alle Jahre in die Stadt kamen. Hinter ihnen mit kurzen eiligen Schritten Weddemeister Wagner, in der rechten Faust am ausgestreckten Arm einen herabhängenden Sack, aus dem es mal leise mauzte, mal gefährlich fauchte. Und schließlich, bis er sie am Ende des Grimms endlich einholte, ein wenig hinter den dreien, danach mal neben Wagner, mal neben Rosina, ein kräftiger rothaariger Junge von vielleicht vierzehn Jahren, der den ganzen langen Weg zwar kein Wort redete, aber dennoch mit seinen Händen, seinem Gesicht, seinem ganzen Körper immer wieder Fragen zu stellen schien und zumindest von Rosina Antworten bekam.

Tatsächlich war der Kaffee, den Elsbeth wenig später im Salon des Herrmannsschen Hauses servierte, erheblich besser als der in Jensens Kaffeehaus. Von ihren kleinen runden Vanillekuchen und den frischen Pfirsichen aus dem Harvestehuder Garten ganz zu schweigen. Den Sack mit der widerspenstigen Katze hatte Wagner gleich an der Tür Blohm übergeben, und der Hausherr hatte den alten Diener angewiesen, das Tier zu Elsbeth zu bringen. Blohm öffnete den Sack, in dem gerade nichts zappelte oder fauchte, und alle betrachteten das pechschwarze magere Geschöpf mit einem weißen Ohr, das aus grasgrünen Augen argwöhnisch zu ihnen hinaufstarrte. Blohm sah seinen Herrn an, als habe der ihm einen Sack voller faulender Lumpen überreicht und ihm aufgetragen, sie zum Abendessen zu servieren.

«Eine Katze, Blohm, auch wenn sie wie ein kleiner Teufel aussieht. Es ist nur eine hungrige Katze», hatte Claes gebrummt und nach Elsbeth Ausschau gehalten, um endlich den ersehnten Kaffee in Auftrag zu geben. «Du kannst sie auch gleich selbst zu Brooks bringen, im Stall ist genug Platz. Vorher sag Elsbeth, wir brauchen Kaffee, nicht zu wenig. Und Zitronenwasser. Ihr trinkt doch immer noch so gerne Zitronenwasser, Rosina?»

Damit war er, gefolgt von Rosina und Wagner, die Treppe zur Galerie hinaufmarschiert und im großen Salon verschwunden. Muto war schon gleich von der Straße durch den seitlichen Gang im Souterrain zum Hof und in den Stall gelaufen, wo er, wie Blohm ihm versichert hatte, Niklas bei den Pferden finden werde.

«In Eurer Stadt wird erstaunlich viel gemordet», sagte Rosina, als Kaffee und Zitronenwasser, Obst und zarte Kuchen auf dem Tisch standen, und zerkrümelte ein Stück des süßen Backwerks über ihrem Teller. «Nun sogar in der Gelehrtenschule. Habt Ihr schon eine Idee, wer es war? Oder warum er es getan hat?»

Beide Männer, den Mund gerade voll mit saftig tropfenden, mit frischer Sahne bestrichenen Pfirsichstücken, schüttelten den Kopf.

«Es tut mir leid, Rosina.» Claes Herrmanns wischte sich mit dem Mundtuch den Saft vom Kinn. «Da wolltet Ihr meiner Frau einen Besuch machen, ich hoffe, auch dem Rest der Familie, und Anne ist nicht nur mit Augusta in den Garten gefahren, sondern Ihr hört auch gleich wieder so eine schreckliche Geschichte. Eine wirklich unangenehme Sache. Ausgerechnet im Johanneum. Das wird viel Aufsehen und Unruhe machen.»

Rosina nickte und dachte, daß der Mord im Theater im vergangenen Jahr die Leute in der Stadt nicht besonders interessiert hatte. Da war das Opfer allerdings nur eine Schauspielerin gewesen, eine Fremde, zudem von zweifelhaftem Ruf, wie es geheißen hatte. Nun war ein Lehrer ermordet worden. Nicht irgendeiner von der Armenschule, sondern einer von denen, die ehrenvoll berufen worden waren, die Söhne der ersten Familien der Stadt zu erziehen.

Wagner wischte sich verstohlen die klebrigen Finger an seiner Kniehose ab, bis er sich daran erinnerte, daß auch neben seinem Teller ein weißleinenes Mundtuch lag. Dann zog er eine Handvoll knittriger Zettel aus der Rocktasche.

Rosina lachte. «Ihr mit Euren Zetteln, Wagner. Jeder, der Euch kennt, weiß, daß Euer Kopf viel mehr aufnimmt, als Ihr je auf Eure Zettel schreiben könnt.»

Wagner errötete, aber nur wenig. «Meine Zettel», sagte er, «sind dennoch hilfreich, Mademoiselle. Ich kann sie auf dem Tisch herumschieben, und so, wie ich sie neu sortiere, sortieren sich auch die Gedanken in meinem Kopf. Aber das tut nun nichts zur Sache.» Er sah zu Claes Herrmanns hinüber, aber der war mit einer zweiten Portion der köstlichen Pfirsiche beschäftigt, und so fuhr er fort: «Monsieur Herrmanns und ich wollen nun die Ergebnisse der Befragungen besprechen. Und ich denke, nun, ich denke, es ist auch in Eurem Sinne, Monsieur Herrmanns, ich denke, es wäre von Vorteil ...»

«Was unser guter Wagner sagen will», unterbrach ihn Claes, «wir haben eine verteufelt undurchsichtige Mordgeschichte am Hals, und es wäre sehr freundlich, wenn Ihr uns denken helft.»

«Genau», sagte Wagner, und wer aufmerksam hinsah, entdeckte ein geradezu an Unverschämtheit grenzendes Grinsen. Wagner hatte Respekt vor Claes Herrmanns, der in der Stadt ein bedeutender Mann war, aber er hatte schon lange keine Angst mehr vor ihm. «Genau», wiederholte er, breitete seine Zettel scheinbar ohne Sinn, tatsächlich nach einem genau durchdachten System auf dem Tisch aus, schob sie ein wenig herum, vertauschte diesen gegen jenen und hob entschlossen den Kopf.

«Am besten hört Ihr einfach zu, Mademoiselle Rosina, und wenn Ihr etwas nicht versteht, fragt danach. So helft Ihr uns», er räusperte sich, peinlich berührt über sein vermessen vertrauliches ‹uns›, «so helft Ihr Monsieur Herrmanns und auch mir, Lücken in unseren Konklusionen zu erkennen. Ja. Wenn Ihr bereit seid? Dann beginne ich damit, wie der Tote», er griff nach einem der Zettel und hob ihn hoch, «gefunden wurde.»

Töltjes, der Pedell, hatte kurz vor dem Ende der Pause, es mochte halb eins oder schon ein wenig später gewesen sein, den Innenhof der Schule betreten. Er umrundete den Hof mit dem kleinen Gebäude für die Zeichenklasse entgegen dem Uhrzeigersinn, wie er es immer tat. Die Türen zu den Klassenzimmern waren, wie es der Ordnung entsprach, geschlossen, die zur Tertia allerdings stand weit offen. Er schloß auch sie und fand gleich die nächste, die zum Raum der Sekunda, ebenfalls weit geöffnet. Er erkannte den Lehrer sofort, obwohl er ihn fast nur von hinten sah, und glaubte zunächst, er schlafe. Obwohl Monsieur Donner niemand war, der im Klassenzimmer schlief. Nicht einmal in der Pause und ganz bestimmt nicht im Scholarchenstuhl. Er trat leise zurück in den Hof, um die Tür tüchtig zuzuschlagen, damit der Lehrer erwachte, ohne ihn zu bemerken. Denn gewiß, so hatte er gedacht, werde Monsieur Donner nicht erfreut sein, bei einer solchen Nachlässigkeit überrascht zu werden. Doch dann, er wußte nicht warum, kam ihm die Sache seltsam vor, es war ein warmer Tag, vielleicht war Monsieur Donner unpäßlich und brauchte Hilfe. Also hatte er kräftig an den Türrahmen geklopft. Als der Lehrer sich nicht rührte, war er nach vorne zu dem Stuhl gegangen, und da sah er es. Doch, er habe gleich gefunden, daß Monsieur Donner sehr tot aussah. Und er habe auch gleich den Griff der Waffe entdeckt, weil ja Hemd und Weste darum blutig waren.

«Warum war der Pedell in den Klassenzimmern? Hatte er um diese Zeit dort einen Auftrag?» unterbrach Rosina Wagners Bericht.

«Einen Auftrag?» Wagner klopfte nachdenkend mit dem Finger gegen die gespitzten Lippen. Dann zog er einen Bleistift aus der Tasche, griff nach einem frischen Zettel und notierte: *Töltjes, Auftrag?*

«Dann», berichtete Wagner weiter, während er noch einen dicken Strich unter das Wort *Auftrag* zog, «schickte der Pedell sofort Karla, seine Magd, nach dem Rektor. Monsieur Müller habe Besuch gehabt, der neue Herr Scholarch hatte sich gerade im Salon niedergelassen, und so seien beide in den Klassenraum geeilt.»

«Das stimmt», sage Claes, «ich war eben erst angekommen. Woher weiß er das?»

«Dann war der Rektor während der Mittagspause allein?»

«Rosina, Ihr glaubt doch nicht etwa, der Direktor selbst ...» Claes lachte. «Warum eigentlich nicht. Alles ist denkbar. Allerdings kenne ich Müller seit geraumer Zeit, er ist ein wirklich freundlicher und kluger Mensch. Dem Scholarchat ist er wohl zu modern in seinen Ansichten über die Art des Unterrichts, darüber, was und wie unsere Jungen heute lernen und denken sollten, doch ehe er sich vergißt und zum Messer greift, muß schon der Himmel einstürzen.»

«Gewiß.» Wagner schob wieder einige seiner Zettel herum. «Gewiß. Mademoiselle Rosina hat dennoch recht mit ihrer Frage. Sie kennt den Rektor nicht, und deshalb kann sie sich vorstellen, was Euch, mit Verlaub, unmöglich erscheint. Und wie Ihr gerade sagtet: Alles ist denkbar.»

«Nun gut. Ich weiß nicht, ob der Rektor während der Pause allein war. Als ich eintraf, es mag halb eins gewesen sein, bereitete seine Mamsell gerade in der Küche einen Imbiß. Außer ihm, Madame Müller und der Mamsell leben zwei Pensionsschüler in der Rektoratswohnung. Hat er mehr darüber gesagt, Wagner? Ich bin mir nicht mehr sicher.»

Doch, Wagner nickte, der Rektor hatte gesagt, er habe die ganze Mittagspause in seiner Wohnung verbracht. Der ältere der beiden Schüler, Lauritz Gerber, war nicht da. Er war vor einigen Tagen zu seiner Familie nach Lauenburg gereist. Ein Onkel mußte beerdigt werden, vielleicht auch eine Tante oder Großmutter, das wußte der Rektor nicht mehr, es stehe aber gewiß in den Büchern. Madame Müller sei vorgestern mit dem Postewer über die Elbe zu ihrer Schwester nach Harburg im Hannöverschen gereist. Sie werde morgen zurückerwartet.

Der andere Schüler, an dieser Stelle hatte der Rektor unruhig auf der Bank hin- und herzurutschen begonnen, sei auch nicht dagewesen, obwohl er zum Essen erwartet wurde. Simon Horstedt, ein fleißiger, braver Junge, gewiß habe er nur seine Freude an dem wunderbaren Sommertag gehabt und am Hafen die Zeit vergessen. Er gehe gerne zum Hafen, er liebe wohl die Schiffe, vielleicht habe er auch ein wenig Heimweh und schaue ihnen gerne nach, einige segelten gewiß nach Husum, der Heimat des Jungen. Als Pädagoge halte er natürlich sehr auf Pünktlichkeit und Disziplin, andererseits dürfe ein Junge auch einmal seinen Träumen nachhängen und darüber etwas vergessen.

Es scheine ihn dennoch zu beunruhigen, hatte Wagner eingeworfen.

Der Rektor atmete schwer und faltete die Hände so fest, daß die Knöchel weiß hervorgestanden hätten, wären seine Hände nicht so rundlich gewesen. Nein, nicht seine Abwesenheit beunruhigte ihn. Wie er schon gesagt habe, der Junge sei ein braver Schüler, immer sehr höflich, auch hilfsbereiter, als man es in seinem Alter erwarten dürfe. Es sei etwas anderes. Der Tote sei nicht nur sein Lehrer …

«Aha», sagte Wagner, aber der Rektor fuhr einfach fort: «Simon ist Sekundaner, aber vor allem, das ist wirklich tragisch: Adam Donner ist auch sein Onkel. Gewesen. Das wußten nur wenige, beide sprachen nie darüber. Kollege Donner war ein sehr, nun ja, pflichtbewußter, auch strenger Lehrer und wollte sich und seinen Neffen nicht dem Verdacht einer Bevorzugung aussetzen. Ich muß deshalb bitten, die Befragung kurz zu machen, ich muß den Jungen finden, bevor er auf der Straße erfährt, was geschehen ist. Später stehe ich Euch wieder zur Verfügung, jederzeit, so lange wie nötig. Aber jetzt, Ihr werdet verstehen, der Junge ist mir anvertraut.»

Claes hatte an seine beiden eigenen Söhne gedacht und auch an Sophie, seine Tochter im fernen Lissabon, und sich erhoben, um den Rektor zu verabschieden. Wagner nicht. Eine Frage sei da noch, die nicht warten könne: Wer war Monsieur Donner?

Diese Frage verstand der Rektor nicht. «Der Lehrer der Sekunda natürlich, das wißt Ihr doch.»

Wagner nickte nachsichtig. Wenn der Rektor noch eine Minute Platz nehmen wolle. Ein wenig mehr müsse er nun doch über den Toten wissen. Müller setzte sich auf die vorderste Kante der Bank, schloß für einen Moment die Augen und begann zu erzählen.

Donner war vor gut drei Jahren, gleich nach den Osterprüfungen 1765, an das Johanneum berufen worden. Er hatte in Helmstedt und Halle studiert, Theologie und alte Sprachen, so wie es üblich sei für einen Lehrer der Gelehrtenschule. Er persönlich ziehe die Absolventen der neuen Göttinger Universität vor, aber die Herren Scholarchen, er warf Claes Herrmanns einen kurzen unsicheren Blick zu und fuhr fort, die Herren Scholarchen favorisierten die Absolventen einer traditionsreichen Alma mater. Jedenfalls bisher. Donner habe zuvor in Uelzen unterrichtet, eine Schule von hervorragendem Ruf. Er selbst sei dort Pädagoge gewesen, wenn das auch schon ein Menschenalter her sei. Donner stamme aus Husum und sei unverheiratet, in seinen Jahren, er habe immerhin gerade die Dreißig überschritten, ungewöhnlich, gewiß, aber er sei verlobt gewesen, vor geraumer Zeit schon, aber leider sei das Mädchen schon bald nach der Verlobung an den Masern gestorben.

Wer sie gewesen sei? Die älteste Tochter eines Pastors in Uelzen, sehr ehrbar, ohne Zweifel. Eine fromme junge Frau, die in ihrer Heimatstadt für ihre guten Taten für die Alten und Armen bekannt gewesen sei.

«Selbstverständlich hat das Scholarchat nicht nur über Donner Erkundigungen eingezogen, sondern auch über seine Familie und Bekanntschaften, das ist unumgänglich für einen Bewerber auf eine so verantwortungsvolle Position. Man weiß doch, daß eine falsch gewählte Ehefrau sich nicht mit einem solchen Amt verträgt, wenn ich da an die Gattin des seligen Telemann denke – tragisch. So etwas darf einfach nicht vorkommen.»

«Er hat sich also für das Amt in der Sekunda beworben und ist ...»

«Nein, nicht für die Sekunda», unterbrach der Rektor Claes Herrmanns. «Donner kam als Lehrer der Quarta nach Hamburg. Die Stelle in der Sekunda wurde frei, als im letzten Februar der gute alte Mahlert starb. Vielleicht erinnert Ihr Euch, obwohl Ihr damals noch nicht Mitglied des Scholarchats wart. Natürlich hatten alle angenommen, daß Bucher, der sehr verdiente und wirklich hervorragende Pädagoge, von Schülern wie Eltern geschätzt, sich um den Aufstieg bewerben werde. Das ist so üblich, wenn sich kein besserer Kandidat von außerhalb bewirbt, und auch der gewöhnliche Weg des Aufstiegs. Aber Bucher hat sich dann doch nicht beworben, was ich immer noch nicht verstehe, dafür Donner, was niemand ihm verübeln konnte. So wurde der zum Lehrer der Tertia erhoben. Gleich nach den Osterprüfungen.»

Warum der andere, Monsieur Bucher, sich nicht beworben hatte, wollte Wagner wissen.

Das habe er, wie schon gesagt, selbst nicht verstanden, er halte ihn für sehr geeignet, aber Bucher habe gesagt, er fühle sich noch nicht bereit für eine höhere Klasse. «Was ich für falsch halte und was, unter uns gesagt, ehrbar sein mag, aber keine gute Zukunftsplanung ist. Es werden nur sehr selten Stellen frei und damit ein Aufstieg möglich. In der Regel nur, wenn einer der Lehrer an eine andere Schule berufen wird, sich doch noch für eine Aufgabe als Theologe entscheidet oder, was allerdings erst einmal vorgekommen ist, solange ich mich erinnere, wegen persönlicher Verfehlungen, wegen eines unwürdigen Lebenswandels gehen muß.»

«Oder wenn einer stirbt», sagte Claes, «wie heute.»

Und Müller sagte: «Ja.» Sonst nichts.

Dann durfte er sich endlich auf die Suche nach Simon

Horstedt machen, um ihm mitzuteilen, daß das Schicksal, diesmal wahrhaftig kein gütiges, heute seinen Onkel ereilt hatte.

Die Befragung der anderen Lehrer brachte kaum neue Erkenntnisse. Keiner wußte etwas zu berichten, alle waren erst wenige Minuten vor eins in die Schule gekommen. Fünf von ihnen hatten die gesamte Pause gemeinsam bei einem ausgedehnten zweiten Frühstück auf dem Altan des Baumhauses verbracht, um wichtige pädagogische Fragen zu klären, so hatten sie jedenfalls gesagt. Monsieur Bucher, Lehrer der Tertia, war in der Bibliothek gewesen. Professor Wolf könne das bezeugen, auch dessen Gehilfe. Johann Christian Wolf brummte dazu nur, dem sei so, der junge Monsieur sei dagewesen, ein angenehm ruhiger Mann, auch wenn er nur am Johanneum unterrichte. Er selbst habe seit elf Uhr, und zwar auf den Schlag elf Uhr!, in der Bibliothek nach einem Buch gesucht, das sein unfähiger Gehilfe falsch einsortiert habe. ‹Die Reise ins Heilige Land›, ein Bericht des Mainzer Domdekans Breidenbach. Ein Werk von unschätzbarem Wert, anno 1488 gedruckt zu Mainz, der Heimat des großen Gutenberg! Und nun sei es verschwunden. Ja, natürlich sei sein Gehilfe die ganze Zeit bei ihm gewesen, blöde wie ein Hackklotz, der Kerl, keine Ehrfurcht vor der Wissenschaft und den Schriften großer Männer. Überhaupt wisse heute niemand mehr den Wert der alten Schriften zu schätzen, früher …

Das hatte aber niemanden interessiert. Die anderen Professoren waren ebenso wie der Rechenmeister und der Zeichenlehrer an diesem Tag nicht da. Am Gymnasium sei donnerstags nie Unterricht, auch finde keine öffentliche Vorlesung statt.

Erst auf dem Weg zu Jensens Kaffeehaus war Claes eingefallen, daß er den Schüler, der sich nicht zum Essen in der Wohnung des Rektors eingefunden hatte, kannte. Nur flüchtig, er war ein Freund von Niklas, tatsächlich einer der sehr wenigen Freunde, und in den letzten Monaten einige Male im Neuen Wandrahm gewesen.

«Habt Ihr alle einzeln befragt?» wollte Rosina wissen.

«Nein», sagte Claes, «nur den Rektor.»

Wagner fügte hinzu: «Es war nur eine erste, ganz allgemeine Befragung. An einige der Herren», er klopfte mit der Spitze seines Bleistifts auf den Zettel, auf dem ganz oben der Name Bucher stand, «werde ich noch weitere Fragen haben. Außerdem gibt es noch einen Rechen- und einen Zeichenmeister für die höheren Klassen und das Gymnasium. Sie waren nicht da, aber natürlich kannten sie den Toten. Und dann der Kantor. Der war heute mittag mit einigen der Jungen bei einem Leichenbegängnis. Johanneumschüler singen dort immer», antwortete er auf Rosinas fragenden Blick. «Der Tote», fügte er nach einer winzigen Pause hinzu, «scheint mir nicht gerade beliebt gewesen zu sein.»

«Glaubt Ihr? Es hat niemand etwas gegen ihn gesagt. Eigentlich hat niemand überhaupt etwas über ihn gesagt.»

«Das stimmt, Monsieur Herrmanns. Direkt hat niemand etwas Nachteiliges gesagt. Alle murmelten nur etwas von verdienstvoller Arbeit, von großem Wissen und frommem Lebenswandel. Alle waren erschrocken, das wohl, aber, nun ja, niemand schien zu trauern. Niemand sagte: Es ist furchtbar, der arme Mann. Wie kann jemand so etwas tun? Es hat auch niemand gesagt: *Wer* konnte so etwas nur tun? Als wollten sie es gar nicht wissen, als würde sich niemand wirklich wundern, daß der Tote, nun ja, daß er tot ist. Und daß er auf diese Weise starb.»

Claes überlegte und schob mit einem kleinen Löffel ein paar Kuchenkrümel um einen Klecks zerlaufener Sahne hin und her. «Gewiß habt Ihr mit diesen Dingen mehr Erfahrung als ich, Wagner, aber in so einer Situation, wenn man fröhlich aus der Sonne kommt und nichts Schlimmeres erwartet als eine Klasse ungebärdiger Jungen, dauert es wohl ein bißchen, bevor das Erschrecken der Trauer Platz macht. Was haltet Ihr von der Sache, Rosina?»

«Ich? Oh, nicht viel. Wenn er tatsächlich, wie Ihr sagt, Wagner, so unbeliebt war, dann wird man das leicht herausfinden. Auch warum. Irgendwann, gewöhnlich recht bald, werden die Leute doch stets geschwätzig. Wer irgend etwas weiß, das ihn selber in ein besseres Licht stellt, möchte das schnell mitteilen. Dann wird sich auch herausstellen, wer einen Grund gehabt hatte, den Toten so sehr zu hassen. Oder zu fürchten.»

«Einen Lehrer?» Claes lehnte sich mit ersten Anzeichen von Ungeduld in seinem Stuhl zurück. «Jeder, der eine Schule besucht hat, hatte irgendeinen Lehrer, den er von Herzen haßte. Meiner hieß Klippvogel, es war in der Quarta, glaube ich. Er war ein widerlicher Mensch, roch ständig nach Gänseschmalz und Kampfer, verteilte die übelsten Kopfnüsse und Beleidigungen. Aber niemand von uns wäre auf die Idee gekommen, ihm so ein spitzes Ding in die Brust zu stechen.»

«Spitzes Ding?» fragte Rosina. «War es denn kein Messer?» Claes Herrmanns hatte auf dem Weg von der Zollenbrücke zum Neuen Wandrahm nur von «erstochen» gesprochen.

«Nein, es war ein seltsam spitzes Gerät an einem Holzknauf, eine lange Nadel, aber vierkantig geschliffen. Es muß irgendein Werkzeug sein.» Wagner griff nach der Rocktasche, doch dann zog er seine Hand zurück. Er konnte Rosina das tödliche Werkzeug immer noch zeigen, wenn es untersucht und vor allem das Blut abgewaschen worden war. «Wir werden bald herausfinden, was es ist, dann wissen wir auch, wer es besitzen konnte.»

Der letzte Satz war eine aus der Zuversicht geborene Lüge. Es gab Hunderte Handwerker in der Stadt, fast alle fertigten die meisten ihrer Werkzeuge selbst. Und so ein Gerät, einfach eine lange, kantige Spitze, konnte zu vielen Gewerken passen. Wäre es zum Beispiel eines dieser Messer, mit denen die Ärzte beim Aderlaß die Blutgefäße einritzten, wäre es einfacher gewesen. Es gab zwar auch viele Ärzte in der Stadt, gewiß mehr als fünfzig, doch ihre Messer und anderen gefährlichen Utensilien waren gewöhnlich auf die eine oder andere Art hübsch verziert. Manche hatten einen elfen- oder fischbeinernen oder gar emaillierten Griff, andere ihre Anfangsbuchstaben in Silber- oder Goldfäden eingelegt – das wären schon gute Hinweise. Aber dieses hier? Auch Handwerker zeichneten ihre Werkzeuge mit ihrem Namen oder ihren Initialen, auf diesem hatte er jedoch nichts entdeckt. Allerdings hatte er es auch noch nicht genau genug untersucht. Das Blut, fiel ihm plötzlich ein, vielleicht verbirgt sich etwas unter dem Blut!

«Was habt Ihr, Wagner? Ihr seht plötzlich so unruhig aus.»

Ein lautes Poltern in der Diele enthob den Weddemeister der Notwendigkeit, sich eine Ausrede einfallen zu lassen. Schnelle Schritte kamen die Treppe herauf, langsamere folgten, schon flog die Tür auf, und Madame Herrmanns stürmte in den Salon. Abrupt blieb sie stehen, die Klinke noch in der Hand, unter dem leicht gebräunten Gesicht mit der sommersprossengetupften Nase schreckensbleich. «O mein Gott», flüsterte sie, «o mein Gott.»

«Anne?» Claes war aufgesprungen und ergriff die Hände seiner Frau. «Was ist passiert? Nun rede doch. Was ist passiert?»

«Das fragst *du* mich?» Sie sah noch genauso verstört aus, in ihrer Stimme schwang jedoch schon mehr Ärger als Angst. «Ich denke, du bist tot, und da sitzt du hier und ißt Kuchen und die Pfirsiche, die als Dessert für das Abendessen gedacht waren.»

Plötzlich begannen ihre Lippen zu zittern, zwei Tränen rollten über ihre Wangen, und sie ließ sich erschöpft auf Claes' Stuhl fallen.

«Ich habe es dir gleich gesagt, Claes hat einen guten Stern, den erwischt es nicht so schnell.»

Augusta stand in der Tür, von der Treppe ein wenig atemlos, und bei aller zur Schau gestellten Gelassenheit war auch ihr Erleichterung anzusehen.

«Erwischt? Was oder wer soll mich erwischt haben?»

«In der Stadt hört man so seltsame Dinge, Claes. Am Dammtor haben die Leute gesagt, im Johanneum habe man einen Toten gefunden. Einer habe sich aufgehängt, weil er eine Liaison mit der Frau des Rektors hatte. Ein anderer sagte, das mit der Frau sei richtig, aber er habe sich nicht erhängt, sondern erschossen. Nun weiß ich genau, daß unsere in ehelichen Ehren ergraute Madame Müller zwar Klopstocks schwärmerische Oden verehrt und einige von vorn bis hinten deklamieren kann, was sie leider bei jeder Gelegenheit beweist. Aber ihre Liebe zum Natürlichen beschränkt sich ohne jeden Zweifel auf die Wunder und Schönheiten der *Landschaft*. Anne und ich haben jedenfalls herzlich über diesen Unsinn gelacht. Am Jungfernstieg habe ich den Fehler gemacht, halten zu lassen und bei einem Straßenhändler einen Grashüpfer in einem Papierhäuschen für Niklas zu kaufen, und der Mann hat erzählt, im Johanneum sei ein Mord geschehen, ein anderer mischte sich ein und sagte, das sei ganz falsch, es seien zwei ermordet worden, einer sei ein Lehrer, was einen ja nicht wundere, da höre man Dinge! Aber gewiß meinte er damit nur das harte Regiment der Lehrer in den Armenschulen. Jedenfalls sagte der andere», sie schluckte und tupfte sich die feuchte Stirn, «der zweite sei ein Besucher. Und da hat Anne gedacht, das wärest du, Claes. Könnte mir auch jemand einen Stuhl anbieten? Ich bin zwar nicht ganz so zu Tode erschrocken wie unsere liebe Anne, aber ich muß gestehen, auch wenn ich keine Sekunde an all das Geschwätz auf den Straßen geglaubt habe, ist mir allein die Vorstellung doch unter die Haut gegangen, wie man neuerdings sagt. Guten Tag, Rosina. Und auch Ihr, Wagner, guten Tag. Vielen Dank.»

Wagner und Rosina, zunächst von dem vehementen Auftritt der Dame des Hauses wie erstarrt, waren beide gleichzeitig aufgesprungen. Wagner trat höflich zurück und überließ es Rosina, Augusta den Arm zu reichen und sie zu ihrem Stuhl zu führen.

«O mein Gott», sagte Anne noch einmal und sah ihren verstohlen grinsenden Mann ärgerlich an. «Was sollte ich denn sonst glauben? Ich wußte doch, daß du den Rektor besuchen wolltest.» Sie zog sein Schnupftuch aus der

Tasche ihres Rocks, wischte energisch die Tränen ab und putzte sich die Nase. Dann sah sie sich im Salon um, entdeckte erst jetzt, wer da zu Besuch war.

«Rosina», rief sie und sprang auf, um ihre ganz und gar unstandesgemäße Freundin zu umarmen, «Niklas hat schon erzählt, daß ihr heute morgen angekommen seid.» Sie seufzte. «Kann es denn nicht einmal *einen* Toten geben, mit dem wir nichts zu tun haben?»

Wagner dachte an die *vielen* Toten in der Stadt, mit denen eine Familie wie die Herrmanns niemals etwas zu tun hatten, und überlegte, einen der weißseidenbezogenen Stühle mit den hübsch geschwungenen Beinen heranzurücken, die die Lücken zwischen den breiten Fenstern schmückten. Aber er war nicht sicher, ob das von Vorteil wäre. Natürlich gab es noch vieles zu besprechen, und ganz gewiß würden sowohl Madame Herrmanns als auch Madame Kjellerup schon in wenigen Augenblicken beginnen, nach Details des Verbrechens zu fragen. Es war zwar nicht der erste Fall, den er mit der Unterstützung – mehr oder weniger – Claes Herrmanns' und besonders Rosinas löste. Es wäre auch nicht das erste Mal, daß sich nicht nur Rosinas Komödianten, sondern auch Gattin und Tante des Kaufmanns munter in seine Arbeit einmischten, obwohl er sonst höchstens durch die Hintertür in die vornehmen Häuser der Stadt eingelassen wurde. Nicht, daß er damit in den letzten Jahren schlecht gefahren war. Doch Herrschaften aus großen Häusern, die gewohnt waren zu befehlen und überhaupt nicht gewohnt waren, die Gefahren der dunklen Seiten der Stadt zu erkennen, konnten noch mehr Verwirrung stiften, als in so einem ohnedies unangenehmen Fall zu erwarten war. Fälle, in die ehrbare Bürger der Stadt verwickelt waren, waren immer delikat. Aber in diesem hatte er auch noch das Scholarchat am Hals. Das hieß, die gesamte hohe Geistlichkeit und den Rat. Und die fünfzehn Herren Oberalten. Kurz gesagt: nahezu alle, die in der Stadt etwas zu sagen hatten.

Da ging es auch schon los. Madame Augusta, die das Leben zu schade fand, um es mit Strümpfestricken und frommer Lektüre zu verbringen, hatte sich schnell erholt. Nicht daß sie sich über den Mord im Johanneum *gefreut* hätte, aber hinter ihrer Stirn surrten schon die Rädchen ihres wachen Geistes, und die Aussicht, daß dieser Sommer wenigstens nicht langweilig enden würde, war doch sehr angenehm.

«Sagt mir, Wagner, dieser M…, nun, diese wahrhaft schreckliche Tat geschah ja in der Gelehrtenschule. Gewiß werdet Ihr auch die Damen im benachbarten Johannisstift dazu befragen müssen.»

«Du meine Güte, Augusta, die frommen Konventualinnen!» Claes sah seine Tante mit jener Mischung aus Ungeduld und Amüsement an, die seine Frau nicht nur einmal zu ihm völlig exzentrisch erscheinenden Zornesausbrüchen veranlaßt hatte. «Ich kann mir nicht vorstellen, daß die zur Mittagszeit auf der Lauer liegen und beobachten, wer durch die Höfe und um die Schule herumschleicht.»

«Auch fromme Damen haben Augen. Und Ohren. Und vor allem viel Langeweile», sagte Augusta spitz und entschied, den hervorragenden Gedanken, der ihr gerade gekommen war, besser für sich zu behalten. Es reichte völlig, ihn in die Tat umzusetzen. Doch das würde sie Claes nicht auf seine hoch getragene Nase binden. Sie liebte ihren Neffen von Herzen, aber manchmal zeigte er doch deutliche Anflüge von männlichem Dünkel, die man am besten einfach ignorierte.

«Ich bin ganz Eurer Meinung, Madame Kjellerup», sagte Wagner und mied Claes' erstaunten Blick. «Wir wissen nicht, wie der», er räusperte sich und murmelte etwas, das sich wie Unhold anhörte, «wie er in das Johanneum gekommen ist. In der Tat. Der Pedell hat versichert, die Tür sei in der Mittagspause stets verschlossen. Früher soll es allerdings noch einen anderen Zugang von der Straße Hinter dem Breitengiebel gegeben haben. Das werde ich prüfen, ja. Dann hätte er allerdings über den Klosterhof gehen müssen, vorbei an der Schreiberei, den Ställen und Witwenwohnungen. Das wäre nicht klug, denn irgend jemand ist gewiß immer im Hof ...»

«Falls er, wer immer es war, schon mit dem Plan zu töten in die Schule gegangen ist», warf Rosina ein, aber niemand hörte ihr zu, nicht einmal Wagner.

«... und ich werde wohl alle, die in den Gebäuden um den Hof leben und arbeiten, befragen müssen. Leider. Auch die Damen im Stift. Das wird die Ehrwürdige Jungfrau erlauben müssen, obwohl sich da womöglich einige Schwierigkeiten ergeben. Die Domina ist eine», mit verhaltenem Räuspern suchte er nach dem richtigen Wort, «eine recht eigenwillige Dame, wie man hört.»

Augusta nickte schweigend, und ihr Neffe war froh, daß sie, die schon als sehr junge Frau nach Kopenhagen geheiratet hatte und erst vor einigen Jahren nach Hamburg zurückgekehrt war, mit den Jungfern im Stift keinerlei Freundschaft pflegte.

In dieser Nacht lag Anne Herrmanns lange wach. Sie lauschte auf die gleichmäßigen Atemzüge ihres Mannes, der längst neben ihr schlief, lauschte auf die Schläge der Kirchturmuhren, die wie gewöhnlich jede nach ihrem eigenen Lauf die Zeit verkündeten, hörte das satte Glucksen des Flusses, einmal schrie ein Käuzchen und einmal eine aufgeschreckte Möwe. Sonst lag die Stadt in tiefer Ruhe. Nur die Nachtwachen waren noch in den Straßen unterwegs, vielleicht auch ein paar dunkle Schatten mit guten Gründen, jedes verräterische Geräusch zu vermeiden.

Zum hundertsten Mal schalt sie sich töricht. Es war lächerlich, um so mehr, als ganz offenbar außer ihr niemand etwas bemerkt hatte. Natürlich war Niklas erschrocken gewesen, als Claes ihn rufen ließ und ihm sagte, daß Adam Donner in der Schule getötet worden sei. Er war blaß geworden, hatte seinen Vater nur angesehen und nichts zu sagen gewußt. Was Claes ganz natürlich fand, schließlich war der Mord an einem Ort geschehen, den Niklas an fast jedem Tag besuchte, und das Opfer nicht nur ein Lehrer, sondern auch der Onkel seines Freundes. Er schätzte die empfindsame Seele seines Sohnes durchaus, hin und wieder allerdings überwog die Sorge, ob sich diese doch ein wenig unmännliche Zartheit mit der Zeit, und zwar möglichst bald, verliere, weil sonst nie ein guter Kaufmann aus ihm würde.

Beim Abendessen bemühten sich alle, von belanglosen Dingen zu plaudern. Aber als Blohm und Elsbeth den Hauptgang auftrugen, junge Rösthühner mit köstlich duftender Soße aus Butter, feingehackten Schalotten und frischem Thymian, dazu Zuckererbsen, Blumenkohl und süffigen Wein von der Mosel, fand Augusta, es sei nun genug der höflichen Säuselei. Als Älteste am Tisch hatte sie das Recht, die Regeln zu brechen, was sie gern und häufig tat. So begann Claes ohne Rücksicht auf mögliche Beeinträchtigungen des Appetits seiner Familie, noch einmal ausführlich seine Erlebnisse im Johanneum zu schildern. Alle hörten zu, doch allein Niklas hörte auch auf zu essen, er schob nur ein paar Schoten mit der Gabel hin und her, den Blick fest auf den Teller gerichtet.

«Es wird doch sehr interessant sein herauszubekommen, wie dieser Unmensch überhaupt in die Schule gekommen ist», sagte Augusta schließlich, als Claes bei der Szene angelangt war, in der zwei Weddeknechte kamen, um den Toten für die weitere Untersuchung im Sezierraum im Keller des Eimbeckschen Hauses abzuholen.

Da hob Niklas abrupt den Kopf, und Anne sah in seinem Gesicht einen Moment des stillen Kampfes mit sich selbst. «Vater», sagte er dann, «ich habe ...»

Claes hatte jetzt keine Zeit zuzuhören. «Gleich, mein Sohn», sagte er und begann in großer Ausführlichkeit darzulegen, was im Sezierraum geschehen würde, was dann doch die Reste des Abendessens unberührt in die Küche zurückgehen ließ. «Wie der Kerl in die Schule kommen konnte, Augusta, wird sich bald zeigen, die Haupttür am Plan war jedenfalls fest verschlossen.»

Genau in diesem Moment entglitt Niklas die Gabel, und sie fiel klappernd auf das Parkett unter seinem Stuhl. Der Junge beugte sich hinunter, und Anne fand, daß er ungewöhnlich lange brauchte, um sie zu finden und auf den Tisch zu legen, damit Blohm sie gegen eine saubere austauschen konnte.

«... fest verschlossen», fuhr Claes nach einem kurzen Blick auf seinen ungeschickten jüngeren Sohn fort. «Er muß einen Weg durch den Wirtschaftshof und das Labyrinth des Klosters gewußt haben. Aber dann muß er sich auch außerordentlich gut ausgekannt haben. So, Niklas, jetzt du. Du wolltest etwas fragen?»

Niklas sah auf den Tisch, malte mit der Spitze seines Zeigefingers Kringel auf das Tischtuch und schüttelte den Kopf.

«Ich hab's vergessen, Vater», murmelte er. Claes nickte nachsichtig und schickte Blohm in die Küche, um das Dessert zu holen. Nachdem die Pfirsiche und Vanillekuchen schon am Nachmittag verspeist worden waren, hatte Elsbeth einen Pudding aus Eiern, Zitronen, Butter, feinstem Zucker und einer Prise Kardamon gezaubert, dessen aromatischer Duft schon von der Küche heraufzog.

Mehr war nicht geschehen. Wirklich lächerlich, dachte Anne und stopfte sich ein zweites Kissen in den Rücken. Aber sie wußte, daß es eben *nicht* lächerlich war. Sie war Niklas' Stiefmutter, und es war schwer gewesen, in dem kleinen stocksteifen Fremden, der erst im letzten Sommer nach vielen Jahren bei seiner Tante in Köln nach Hause zurückgekehrt war, das durch den Tod seiner Mutter und die lange Trennung von Vater und Geschwistern verletzte Kind zu finden. Aber es war gelungen, und manchmal dachte sie, daß sie, die ihm doch die Fremdeste war, die er in den ersten Wochen nach seiner Rückkehr so unerbittlich zurückgewiesen hatte, ihn am besten kannte.

Niklas liebte seinen Vater, was der inzwischen für selbstverständlich hielt und deshalb nicht sah, daß die Empfindungen seines Sohnes mit einer großen Scheu verbunden waren. Wohl mochte er bedingungslos lieben, doch er war nie sicher, ob auch die Liebe seines Vaters für ihn bedingungslos war. Nie sicher, ob er ihn nicht womöglich eines Tages wieder wegschicken würde. Mit Anne war das anders. Anne war da, aber mehr wie eine Tante oder ältere Schwester, sie schien nichts von dem zu erwarten, was er nicht wollte oder konnte. Nicht daß er ihr die Geheimnisse seiner Seele anvertraut hätte, aber zumindest bemühte er sich vor ihr nicht, jemand anderer zu sein, als er war.

Anne war nicht sicher, ob das alles stimmte, aber gewiß stimmte, daß Niklas' Liebe zu seinem Vater mit großer Scheu belastet war. Das würde die Zeit heilen, so wie die zornig kalte Abwehr der ersten Monate nach seiner Rückkehr, da war sie sicher. Ein wenig mußte natürlich nachgeholfen werden, hier und da, diskret und geduldig. Vor allem geduldig. Alles konnte man der Zeit nun wirklich nicht allein überlassen.

Nein, Claes hatte nicht bemerkt, daß Niklas bei seiner Schilderung der Ereignisse im Johanneum mehr als angemessen verstört gewesen war. Auch nicht, daß ihm die Gabel just heruntergefallen war, als sein Vater von dem verschlossenen Portal sprach. Das hatte er ganz unbedeutend gefunden. Es sei schön, hatte er gesagt und ihr sanft den Nacken geküßt, und zeuge von wahrhaft mütterlicher Liebe, daß sie sich stets um seinen versponnenen Sohn sorge. Aber manchmal, da hatte er sie ein zweites Mal geküßt und begonnen, die Bänder ihres Nachtkleides zu lösen, sehe sie einfach Gespenster.

Wenn das stimmte, wovon sie keineswegs überzeugt war, waren es äußerst beharrliche Gespenster. Claes mochte denken, was er wollte. Sie wußte, was sie gesehen und gefühlt hatte. Es gab etwas, das Niklas zutiefst beunruhigte, etwas, das er mitteilen wollte, aber sich nicht zu erzählen traute. Morgen, dachte sie und fühlte endlich das wohlig-sanfte Schweben des nahenden Schlafs, morgen würde sie ihn fragen. Oder übermorgen. Es war nicht gut, einen Jungen von dreizehn Jahren mit Sorge und Neugier zu bedrängen, nur weil ihm im falschen Moment eine Gabel entglitten war.

4. KAPITEL

FREITAG, DEN 5. AUGUSTUS,
VORMITTAGS

Die Pumpe quietschte kraftvoll, aus ihrem Maul floß dennoch nur ein fingerdickes Rinnsal. Wohl fünfzigmal hatte Rosina den Schwengel auf und nieder gedrückt, und der Eimer war kaum halb voll. Immerhin ersparte ihr die Pumpe gleich neben dem Dragonerstall bei allem Geiz den weiten Weg zur Alster oder zu dem noch weiter entfernten Brunnen auf dem Großneumarkt. Rosina ließ den Pumpenschwengel los, streckte die Arme und sah über den Platz am Rande des Walls. Hier war es viel ruhiger als in der inneren Stadt. Ab und zu rollte ein hoch mit Getreidesäcken bepackter Wagen unterwegs zu den Mühlen auf den Bastionen Henricus und Casparus vorbei, eine Frau, Röcke und Schürze gegen den Schmutz hochgebunden, schob eine Karre dampfenden Pferdemist aus dem Stall und verschwand mit schweren Schritten im Bäckerbreitergang. Kein Straßenverkäufer, von denen es auf den Plätzen und Straßen der Altstadt und auf dem Gänsemarkt nur so wimmelte, weit und breit. Die würden erst kommen, wenn die Wälle in der milden Luft des Sommerabends oder am Sonntag nach den Hauptgottesdiensten zum Flanierstieg für die halbe Stadt wurden.

Johlend kam eine Horde Jungen von der Rumbaumischen Armenschule über den Platz getobt. Alle barfuß, die meisten in abgerissener, oft geflickter Kleidung. Der erste stieß einen aus Lumpen gebundenen Ball vor sich her, offensichtlich waren die Besitzverhältnisse nicht eindeutig. Gerade begann die schönste Prügelei, da traten zwei Dragoner aus dem Stall, ihre gesattelten Pferde am Zügel, und einer von ihnen pfiff gellend auf zwei Fingern. In Windeseile stob das Knäuel aus zerschrammten Armen und Beinen und gegen die Läuseplage kurzgeschorener Köpfe auseinander, und im Nu waren die Jungen in alle Himmelsrichtungen verschwunden, als hätten die engen Straßen und Höfe sie einfach verschluckt. Zumindest einer würde bald zurückkommen. Der Lumpenball lag, noch schmutziger als zuvor, in Pferdeäpfeln gewälzt und beinahe vollständig aufgelöst, im Staub hinter einem der Beckerschen Wagen. Die Jungen waren auch gestern hier gewesen, hungrig nach Neuem, neugierig auf diese Fremden mit ihren Wagen voller seltsamer Gerätschaften und bunter Kostüme, diese Fremden, von denen abenteuerliche Geschichten erzählt wurden, die reisen konnten, wohin sie wollten. Überall, in jedem Dorf, in jeder Stadt waren es die Jungen in den ärmlichen Kleidern, Kinder mit von schwerer Arbeit schon groben Händen, die zuerst auftauchten, wenn die Komödiantenwagen durch die Straßen rollten.

Noch ein Pfiff ertönte, diesmal aus zwei gespitzten Mündern und melodischer, und Rosina griff nach dem Pumpenschwengel und setzte ihre Arbeit fort, die Augen fest auf den mageren Wasserstrahl gerichtet. Es stimmte schon, das Komödienhaus am Dragonerstall war größer und besser als die abgebrochene Theaterbude im Krögerschen Hof. Jedenfalls nachdem es gründlich geschrubbt und mit Kulissen und Vorhängen versehen sein würde. Und dem neuen Bühnenboden natürlich. Aber die ständige Nähe der Dragoner war mehr als lästig. Was Jean allerdings gar nicht fand. Die Herren, so sagte er, obwohl kaum einer von ihnen sich wie ein Herr benahm, seien doch sehr amüsant und ganz gewiß schon die Hälfte des Publikums. Daß er sich vor allem darauf freute, mit den Soldaten stundenlang Karten zu spielen, sagte er natürlich nicht. Das wußten sowieso alle, und Helena würde ihm früh genug eine Strafpredigt halten.

«Pardon, Mademoiselle.» Samtweich ertönte der Gruß hinter ihrem Rücken, und sie fuhr ärgerlich herum. Aber da stand kein feixender Dragoner, da stand ein Mann im moorbraunen Rock, den Kopf ergeben geneigt, und wäre da nicht die flinke Bewegung der Zungenspitze auf seinen Lippen, das Huschen seines Blicks über ihr Dekolleté gewesen, hätte sie ihn für bescheiden gehalten.

«Karl Mosbert», stellte er sich vor, «Beauftragter des Theaters zu Mannheim. Pardon. Ihr müßt Mademoiselle Rosina sein. Oder Mademoiselle Manon?» Sie antwortete ihm nicht, sah ihn nur abwartend an, und er fuhr fort: «Ich hatte gehofft, Monsieur Jean anzutreffen, mit Monsieur Curieux. Gewiß hat er Euch berichtet.»

Er verstummte unbehaglich unter dem undurchdringlichen Blick der Komödiantin. Er kannte viele, die ihr Brot auf den Theaterbrettern verdienten, doch solche Blicke war er von ihnen nicht gewöhnt. Rosina hatte in der Tat von Jeans neuen Bekanntschaften gehört, allerdings in den zwei völlig verschiedenen Versionen Jeans und Helenas, und sie beschloß, ihrem Prinzipal zuliebe freundlich zu sein. Auch wenn sie dazu neigte, Helenas Sicht für die zutreffendere zu halten.

«Mein Name ist Rosina, Monsieur Mosbert», sagte sie. «Ich bedaure, aber weder mein Prinzipal noch Monsieur Curieux sind hier.»

Was nicht ganz richtig war, denn just in diesem Moment flatterte zuerst eine Wolke von Veilchenduft, dann Lazare Curieux persönlich um die Ecke des Komödienhauses.

«Bonjour, mon cher Charles. Oh, wie bezaubernd! Ist das Mademoiselle Manon? Mais non, ich sehe, das kann nur Mademoiselle Rosina sein, la première soubrette de la maison. Enchanté, Mademoiselle.» Wieder zeigte er den schönen Kratzfuß, den Rosina allerdings recht altbacken fand, griff nach ihrer widerstrebenden Hand, küßte und tätschelte sie, bis es ihr endlich gelang, sie ihm zu entziehen. Das hinderte ihn nicht daran, umgehend ihre Schönheit und die edle Linie ihres Halses zu preisen. Mit Komplimenten über ihr Dekolleté hielt er sich klugerweise zurück, obwohl er seine gepuderte, etwas spitz und kurz geratene Nase in bedenkliche Nähe zu ihrem Brusttuch brachte.

«Monsieur Curieux und ich», unterbrach Mosbert schließlich den Redeschwall des französischen Korrespondenten, «wollen mit Eurem Prinzipal über Eure vorzüglichen Aufführungen sprechen. Meine Auftraggeber sind sehr interessiert an Akteuren, die nicht schon in jedem beliebigen Hoftheater bekannt sind. Und Monsieur», er legte Curieux die Hand auf die Schulter und zog ihn mit sanftem Druck ein wenig zurück, «möchte darüber nach Paris berichten. Ihr seht, unser Gespräch ist von ernster Bedeutung. Wenn Ihr uns anvertrauen könntet, wo wir Monsieur Becker finden, wären wir Euch sehr verbunden.»

«Ungeheuer verbunden», flötete Monsieur Curieux und versuchte erneut, diesem Gefühl mit Küssen Ausdruck zu geben, was ihm aber nicht gelang, da Rosina ihre Hände schnell in den Taschen ihres Rockes in Sicherheit brachte.

«Er hat uns auch eine kleine Sondervorführung versprochen», fuhr Monsieur Mosbert fort, «schon in diesen Tagen, noch vor der Premiere. Gewiß werden wir dann das Vergnügen haben, auch Eure Kunst zu genießen. Es ist eine Schande», er warf einen vorwurfsvollen Blick zur Pumpe, «Ihr solltet nicht so schwere Arbeit verrichten. Es könnte Eurer Stimme schaden, das wäre eine unverzeihliche Verschwendung.»

«Sorgt Euch nicht, Monsieur. Meine Stimme grämt sich nicht im mindesten, wenn meine Hände tätig sind.»

«Ihr seid sehr tapfer, Mademoiselle», fiel nun wieder Monsieur Curieux ein, «sehr tapfer. Ach, tapfer für die Kunst. Das ist der tiefste Ausdruck echter Berufung. Ihr würdet uns überglücklich machen, ma petite Mademoiselle, wenn Ihr uns *gleich* eine Probe Eurer Talente geben könntet. Am besten mit Tanz. Das Ballett ist doch die höchste Kunst, ja die himmlischste, die ...»

«Das mag sein, Monsieur», sagte Rosina und wich notgedrungen wieder bis an die Pumpe zurück. «Aber mein Prinzipal erlaubt mir leider nicht, ohne seine Anleitung vorzutanzen. Ihr solltet ihn zuerst fragen.»

«Gewiß, Mademoiselle, sehr brav.» Monsieur Curieux schien sich ganz plötzlich ebenso zu langweilen, wie er gerade noch überschwengliche Begeisterung empfunden hatte. «Gewiß. Wenn Ihr uns nun sagtet, wo wir Euren Prinzipal finden? Wir sollten ihn nicht warten lassen, sondern eilen.»

Der Weg zum Krögerschen Hof war schnell erklärt, besonders, da er gleich neben dem *Bremer Schlüssel* lag, den die beiden Herren schon kannten, und eine Minute später sah Rosina nur noch ihre rasch kleiner werdenden Rücken, moosbraun und kupfergrün. Die Angst vor bäuerischen Schwielen an ihren eigenen Händen mußte größer gewesen sein als ihre Sorge um Rosinas Stimme, sonst hätten sie ihr gewiß die Arbeit an der Pumpe abgenommen.

Sie sah ihnen nach, nicht sicher, ob sie amüsiert oder ärgerlich war, und sah einen kleinen, dicken Mann im dunkelblauen Rock, den Dreispitz tief ins Gesicht gedrückt, in einiger Entfernung vorbeihasten. Auch wenn es zunächst so ausgesehen hatte, kam er nicht zum Dragonerstall, sondern verschwand im Valentinskamp. Sie hätte gerne gewußt, wohin Weddemeister Wagner so eilig unterwegs war. Seufzend griff sie nach dem Schwengel der Pumpe. Vom Nichtstun wurden der Eimer nicht voll und der Stall nicht zum Theater.

Sie waren zu viert, schneeweiß, und alle reckten die langen Hälse vor wie schußbereite Flinten. Das bösartige Gezischel aus ihren rotgelben Schnäbeln ließ selbst die Schwalben auf dem Dachfirst verstummen. Wagner war kein ängstlicher Mann und an Gauner und Spitzbuben jeder Art gewöhnt. Doch was unternahm man gegen diese Gänse, die den Eingang zum Klosterhof verteidigten, als gelte es das Leben?

«Weg da», rief der Weddemeister, «weg da!» Er fuchtelte mit seinen Armen herum, stampfte mit den Füßen auf, was das größte Tier, einen stolzen Ganter, nur dazu animierte, sich mit kraftvollen Flügelschlägen und noch heftiger zischend vor ihm aufzurichten. Wagner liebte Gänse, wenn sie mit Äpfeln, Speck und Ingwer gefüllt kroß gebraten und mundgerecht zerteilt auf seinem Teller lagen. Aber diese waren absolut lebendig und angriffslustiger als jeder Wachhund.

«Weg da!» rief er noch einmal. «Macht Platz, ihr blöden Viecher.»

Er wagte einen Schritt vorwärts, und schon schnappte der scharfe Schnabel des Ganters nach seinen Knöcheln. Womöglich hätte er kapitulieren und wieder gehen müssen, was wirklich sehr blamabel gewesen wäre, aber das Geschrei der Gänse lockte eine stämmige Frau aus der Diele des Klosters. Sie griff nach dem Reisigbesen, der an der Hauswand lehnte, machte mit breitgezogenen Lippen ein paar seltsame Geräusche, die denen der Gänse verblüffend glichen, und ohne jeden Widerstand ließen sich die Tiere in den Stall treiben. Sie schloß die Brettertür, schob den Balken über die hölzernen Haken und drehte sich vergnügt zu Wagner um.

«Ich schließe sie lieber ein, sonst fangt Ihr sie doch noch und sperrt sie in die Fronerei», sagte sie, was Wagner nicht besonders lustig fand. Er beugte sich zu seinem Knöchel hinunter, besah kummervoll das Loch im Strumpf – es war ein ziemlich neuer Strumpf – und beschloß, beim nächsten Klosterbesuch eine kräftige Gerte mitzubringen.

Die Frau stand nun vor ihm, die blaugrau gestreiften Röcke und die große Schürze darüber naß und fleckig, die geröteten Fäuste in die molligen Hüften gestemmt, und sah ihn neugierig an.

«Der Weddemeister», sagte sie spöttisch, «welche Ehre. Ich bin aber nur die Klosterwäscherin. Wenn Ihr zum Pedell oder zum Rektor wollt, habt Ihr den falschen Eingang genommen. Oder wollt Ihr etwa die Domina besuchen?»

Wagner schüttelte den Kopf. Er war nicht in der Stimmung, Erklärungen abzugeben. «Die Wäscherin», sagte er, «aha. Wart Ihr gestern auch hier? Gestern vor der Mittagszeit?»

«Ich bin an jedem Tag hier. Aber wenn Ihr wissen wollt, ob ich den gesehen habe, der den Lehrer umgebracht hat, dann ist die Antwort nein. Ich habe niemanden gesehen, ich habe nämlich keine Zeit, nichtsnutzig im Hof rumzustehen, wie manche andere Leute. Gestern erst recht nicht. Da war das Bettleinen dran, morgens haben wir die Wäsche gekocht, und mittags war ich mit Josefa auf dem Vorsetzen», sie zeigte mit ihrem kräftigen Daumen über die Schulter, «zum Spülen. Da sieht man nichts als die Bleiche und den Garten der Domina auf der anderen Fleetseite. Und die dummen Kerle, die von den Schuten noch dümmere Sachen rüberrufen.»

Kein Wunder, dachte Wagner, daß sie so gut mit den bissigen Gänsen umzugehen verstand.

Sie kam noch ein bißchen näher, ließ schnell ihren Blick über die Fenster der Klosterschreiberei, des Pförtnerhauses und der Witwenwohnungen kreisen, ob da nicht jemand stehe und sie beobachte. Ihre Augen, grau wie der Himmel im November, blitzten, und ihr Gesicht war nicht nur von der Arbeit am Waschtrog und am Fleet so gerötet wie ihre Hände.

«Der Lehrer», sagte sie eifrig und mit gesenkter Stimme, «der war ein frommer Mann. Das sah man, so streng wie der aussah, immer so eine heiligmäßige Miene. Seine Nase paßte auch dazu, die trug er nämlich so hoch, als wolle er schon mal beim Himmel anklopfen. ‹Schönes Wetter heute› oder auch nur ‹Guten Morgen›, so was kam dem nicht über die Lippen, wenn er eine traf, die Holzschuhe anhat. Man darf ja über Tote nichts Schlechtes sagen. Ich sag auch nichts Schlechtes, nur was Wahres: Nett war der nicht. Ich bin auch nicht dafür, daß man Kindern alles durchgehen läßt, und Jungs brauchen ab und zu ein paar hinter die Ohren, damit sie nicht zu übermütig werden, sondern tüchtige Männer. Aber der Donner? Ich glaub nicht, daß die Jungs in seiner Klasse jetzt traurig sind, das glaub ich wirklich nicht. Der war auch immer so leise. Plötzlich stand er hinter einem ...»

«Hinter einem? Hier? In diesem Teil des Klosters? Was hatte er hier zu tun?»

«Was weiß ich? Aber ich sage Euch was, das war an einem Tag im Juni, das weiß ich genau, weil die Jungfer Domina bald darauf Geburtstag hatte, und den hat sie nun mal im Juni. An so einem Tag im Juni jedenfalls stand der plötzlich im Hof, ich hab ihn gar nicht kommen hören, und die Gänse waren auf der Bleiche hinterm Klosterfleet. Ja. Plötzlich stand er da und glotzte zu den Fenstern der Jungfrauen rauf, und dann ging er zur Tür, na, zu der da.» Sie sah streng in Wagners verständnisloses Gesicht – es gab viele Türen, die vom Hof in die verschiedenen Teile des Klosters führten – und zeigte auf das Portal direkt gegenüber der Hofeinfahrt. Sie sah ihn triumphierend an, doch Wagner verstand immer noch nicht, was daran so verwerflich gewesen war.

«Aha.» Er zog sein großes, blaues Tuch aus der Rocktasche und wischte sich die feuchte Stirn. «Zu der Tür da. Ihr müßt verzeihen, aber ich kenne mich hier nicht aus. Vielleicht war er mit einer der Jungfrauen bekannt und wollte einen Besuch machen. Was ist das für eine Tür?»

«Hinter der ist die Klosterdiele, und da ist auch die Treppe in den Keller, von dem aus der alte Gang zum vorderen Flügel führt, wo jetzt die Schule ist. Früher jedenfalls, als der Durchgang noch benutzt wurde.»

«Und? Ist er reingegangen? Und dringeblieben?»

Die Wäscherin schüttelte energisch den Kopf. «Das hätte auch nichts genützt. Die Tür zum Keller war ja abgeschlossen. Das ist sie immer.»

«Abgeschlossen, aha», sagte Wagner und machte sich in Gedanken eine Notiz. «Und wenn man dennoch in den Keller gelangt? Vielleicht über einen anderen Weg? Gewiß gibt es noch eine Treppe von den inneren Fluren. Wie ist es mit dem alten Gang hinüber zur Schule? Wird der noch benutzt?»

«Aber nein. Wozu? Der ist natürlich auch abgeschlossen. Glaubt Ihr, wir wollen all die Jungs hier auf dem Hof herumrennen haben?»

«Auch abgeschlossen, so. Und wer hat den Schlüssel?»

Das wußte die Wäscherin nicht. Gewiß die Domina, vermutete sie. Oder der Klosterschreiber, ja, wohl eher der Klosterschreiber. Andererseits, die Domina habe gerne alles selbst in der Hand, auch die Schlüssel, sogar zu den Kellern, ja, das habe sie gerne. Auf Wagners Liste der Verdächtigen stand die vornehme, alte Domina nicht gerade ganz oben, so hörte er nur mit halbem Ohr zu. Er mußte häufiger, als ihm lieb war, hochgestellten, also sehr redseligen Personen Bericht erstatten und beherrschte die Kunst des aufmerksam ergebenen Gesichts, während er an etwas ganz anderes dachte, und so plapperte die Wäscherin eine Weile weiter darüber, was die Domina, für die sie eine Mischung aus ehrfürchtigem Respekt und verstohlenem Spott zeigte, gerne hatte und was nicht.

Es gab also einen Gang. Natürlich, es hätte ihn sehr gewundert, wenn es keinen gegeben hätte. Abgesperrt? Auch das wunderte ihn nicht. Aber was abgesperrt war, konnte auch wieder geöffnet werden. Der Klosterschreiber würde ihm am besten Auskunft geben können.

«... unpassende Bekanntschaften», drang das Plappern plötzlich in seine Gedanken. «Bei so einem Lehrer sollte man doch annehmen, daß er sich nur mit guten Lutheranern abgibt. Aber tatsächlich», sie senkte ihre Stimme noch mehr und beugte sich näher zu Wagner, «ich hab es selbst gesehen. Er ging in die Werkstatt und blieb eine ganze Weile drinnen.» Triumphierend sah sie ihn an.

«Werkstatt? Was für eine Werkstatt?»

«Hört Ihr mir denn nicht zu? Wenn Ihr nicht wissen wollt, was ich weiß – ich habe besseres zu tun, als hier ...»

«Aber nein, bitte, geht nicht. Was Ihr sagt, ist mir äußerst wertvoll. Jedes Wort. Es ist nur, Ihr wißt so viel, und mein Kopf, nun ja, mein Kopf ist nicht so schnell wie Eurer.»

Das ließ den Grimm in ihrem Gesicht schlagartig schwinden, und sie beugte sich bereitwillig wieder näher. Womöglich noch ein wenig näher als zuvor. Wagner roch eine Mischung von Schweiß, Melisse und Kampfer.

«Die Werkstatt von dem Hugenotten», flüsterte sie.

«Von welchem Hugenotten?» flüsterte Wagner zurück.

«Von dem Uhrmacher. Ihr kennt die Werkstatt bestimmt, sie ist in dem Haus an der Ecke zur Großen Johannisstraße, schräg gegenüber der Fronerei. Da ist der feine Monsieur Donner hingegangen, als ich zufällig auf dem gleichen Weg war, wirklich nur ganz zufällig. Ich ging zu meiner Cousine, die hatte große Waschwoche, da helfe ich immer aus, die Domina hat extra Erlaubnis gegeben. Meine Cousine ist die Wirtin vom *Schwarzen Lamm* am Fischmarkt, ein außerordentlich vornehmes Gasthaus, Ihr kennt es gewiß nicht. Jedenfalls ging er in die Werkstatt von diesem Hugenotten. Was er da drin gemacht hat, weiß ich nicht, aber was macht man schon in einer Uhrmacherei? Auf alle Fälle hat er mit dem Uhrmacher geredet, und ich bin mir ziemlich sicher, daß er ihm auch was gegeben hat. Ziemlich sicher, jawohl. Das konnte ich sehen, die Fensterscheibe war ganz sauber, was man bei einem Hugenotten nicht unbedingt annehmen sollte. Aber warum ist er da hingegangen? Als ob es nicht genug tüchtige lutherische Uhrmacher in unserer Stadt geben würde. Ich jedenfalls ...»

«Gewiß, Ihr würdet so etwas nicht tun, sehr löblich, in der Tat. In eine Werkstatt also», Wagner bemühte sich, seine Erregung zu verbergen, «aber bestimmt wißt Ihr nicht, wie dieser hugenottische Uhrmacher heißt!»

«Das glaubt Ihr! Ich weiß es aber doch. Kodaar, heißt der, aber mit einem ‹G› vorne und einem ‹d› hintendran. Weil er aus Frankreich gekommen ist, spricht man das so, die Franzosen haben alle so komische Namen.»

«Da habt Ihr völlig recht. Sehr komische Namen. Godard, sagtet Ihr. Und der Vorname? Wißt Ihr den auch?»

«Der Vorname? Wo denkt Ihr hin? Den Vornamen von einem fremdländischen Mann!?»

Ihre Stimme war längst nicht mehr gedämpft, schon gar nicht flüsternd, sondern klang laut und klar über den

Hof, und schon öffnete sich eines der Fenster im ersten Stock der Klosterschreiberei.

Ein Mann lehnte sich heraus, im schwarzen Rock, darunter ein schlichtes weißes Hemd mit noch offener schmaler Halsbinde. Sein dünnes Haar war kurz geschnitten, dunkelbraun und voller Silberfäden.

«Mieke», rief er streng in den Hof hinunter und sah neugierig auf den Weddemeister. «Willst du nicht endlich wieder zu deiner Wäsche zurück? Oder soll die zu Mus kochen?»

«Sofort», rief die Wäscherin, «ich bin schon weg!», knickste eilig, flüsterte Wagner mit einem Zwinkern schnell zu, wenn sie ihm den zerrissenen Strumpf stopfen solle, möge er ihn nur bald bringen. Ihre Tür sei immer offen.

Damit rannte sie über den Hof zum Stall, schob den Balken von der Holztür, und bevor die Gänse sich erneut auf ihn stürzen konnten, war Wagner, so flink es die Würde seines Amtes zuließ, durch die Einfahrt verschwunden.

Allerdings nicht nur wegen der Gänse. Eigentlich hatte er sich umgehend vom Klosterschreiber in den Keller führen und den alten Gang hinüber zum Johanneum zeigen lassen wollen. Aber das mußte nun warten. Godard, hatte sie gesagt. Godard. Mit einem G am Anfang. Ein Handwerker mit einem G am Anfang seines Namens, den der Tote gekannt hatte? Das konnte eine erste Spur sein.

Am vergangenen Abend hatte er im Sezierraum des Eimbeckschen Hauses Dr. Reimarus getroffen. Der Tote, hatte der gesagt und sich das Blut von den Händen gewaschen, sei ein kerngesunder Mann gewesen. Die Nadel, oder was immer für ein Gerät die Tatwaffe sei, habe direkt ins Herz getroffen und zwei Kammern durchstoßen, der Tod müsse sofort eingetreten sein. Nein, man brauche nicht allzuviel Kraft für so einen Stoß, dieser sei gut getroffen, glatt zwischen den Rippen hindurch und ins Herz. Das gehe ohne allzu große Mühe, wenn man wie in diesem Fall gleich richtig treffe. Das Gewebe sei nicht so besonders fest, und auch wenn der Herzmuskel nicht gerade wie ein Weizenbrot sei, so sei er für eine so gut gefeilte Waffe recht leicht zu durchstechen. Diesen Vergleich fand Wagner, der Weizenbrot liebte, unpassend. So waren die Ärzte nun einmal, ganz besonders die Chirurgen. Wann immer er in der nächsten Zeit das Glück haben würde, Weizenbrot serviert zu bekommen, würde er an ein blutiges, tödlich zerstochenes Herz denken müssen.

Er füllte Wasser aus der großen Tonne in eine Blechschüssel, holte die Tatwaffe aus seinem Rock, wickelte sie behutsam aus dem Tuch und legte sie in das Wasser. Das getrocknete Blut löste sich nicht gleich, er mußte tüchtig mit dem Tuch reiben, bis er auch die letzten Reste abgekratzt hatte. Dr. Reimarus sah ihm neugierig über die Schulter.

«Na? Schon etwas zu erkennen?»

Wagner schüttelte den Kopf. Er hob das Werkzeug aus der Schüssel, griff nach einem Leintuch und trocknete es behutsam ab. Dann trat er zu einem der Fenster, die als einzige Licht in den Souterrainraum ließen, und drehte es langsam in den Fingern. Plötzlich hielt er in der Bewegung inne, da reichte ihm Reimarus auch schon seine Lupe. Sie hatten es gleichzeitig entdeckt. Es war auf den ersten Blick nicht viel mehr als ein Kratzer, genauer gesagt zwei ineinander geschlungene Kratzer. Tatsächlich, das zeigte sich mit der Hilfe des geschliffenen Glases, waren es eingeritzte Initialen. Kunstvoll eingeritzt, mußte Wagner zugestehen, kunstvoller, als es ein einfacher Schmied gekonnt hätte. Hier war einer am Werk gewesen, dessen Hände feine Arbeiten gewöhnt waren. Und der eine Lupe besaß. Das machte den Kreis der möglichen Besitzer schon viel kleiner, und die Initialen, ein P und ein G, machten ihn sogar *sehr* viel kleiner. Jetzt war es nur noch eine Sache von Zeit und Beharrlichkeit, einiger Mühe und einer Prise Glück, den Täter oder zumindest den Besitzer dieses Werkzeugs zu finden.

Das war gestern abend gewesen, und schon jetzt, nur wenige Stunden später, hatte er dank einiger bösartiger Gänse eine fette Spur.

Wagner war noch nie in einer Uhrmacherwerkstatt gewesen. Er besaß keine Uhr. Wozu auch? Die Schlagwerke der Kirchturmuhren zeigten überall in der Stadt alle Viertelstunde die Zeit an, das war ihm genug. Außerdem konnte er sich keine leisten, schon gar nicht im Gehäuse aus edlen polierten Hölzern, mit Messing und Emaille, Bronze und Silber verziert, mit vergoldeten Zeigern und Kapitellchen, wie er sie in den Bürgerhäusern gesehen hatte. Die kosteten weit mehr als seinen Lohn für ein ganzes Jahr.

Bis zum Berg war es nicht weit, nur ein paar Schritte entlang dem östlichen Ende der Großen Johannisstraße. Er brauchte trotzdem ziemlich lange, denn in der engen Straße herrschte Aufruhr. Nicht weit von der Einmündung in den Berg verstopften ein Leiterwagen, hochbeladen mit Heu, und eine große Karre voller übelriechender Rindshäute vom Küterhaus den Durchgang. Ihre Räder waren einander im morgendlichen Gedränge zu nahe gekommen und nun fest ineinander verkeilt. Die Kollision mußte schon ein wenig hersein, denn das bei solchen Anlässen unvermeidliche Gebrülle und Gekeife der Beteiligten war schon vorüber. Auch der Klepper vor dem Wagen, vor vielen Jahren gewiß einmal ein stolzer Grauschimmel, schüttelte nur noch ab und zu unwillig seinen knochigen Kopf. Der Fuhrmann und der Gerbergeselle versuchten mit vereinten Kräften, ihre Gefährte wieder auseinanderzuziehen, wobei ihnen die verkeilten Räder weniger Schwierigkeiten bereiteten als der dicht um sie geschlossene Ring der Gaffer und eine ganze Horde zottiger Hunde, zu der sich auch noch ein schwarzbraunes, vergnügt quiekendes Schwein gesellt hatte. Aus der Menschenmenge flogen gute Ratschläge und schlechte Witze hin und her, und auf der obersten Stufe des Steintritts zur Buchhandlung Petit & Dumontier, die neben den verschiedensten, auch ausländischen Druckwerken ganz hervorragende Magenbitter und Liköre feilbot, standen zwei Knirpse und schleuderten Mirabellenkerne nach dem Hinterteil des Pferdes. Nur dessen Alter und Müdigkeit war es zu verdanken, daß aus dem Durcheinander auf der Straße kein Desaster wurde.

Schließlich waren Wagen und Karren wieder frei, und Wagner erreichte ohne weiteren Aufenthalt die Uhrmacherwerkstatt. Aber sosehr er auch an die Tür klopfte, sosehr er an der Klinke rüttelte, niemand machte ihm auf. Die Uhrmacherwerkstatt war geschlossen. Auf dem Schild über der Tür las Wagner, daß der Vorname des Uhrmachers und Automatenbauers Pierre war. Pierre Godard. P und G.

Augusta Kjellerup ließ Brooks schon auf der Straße vor der Einfahrt zum Klosterhof halten. Nicht nur weil die ziemlich eng war – der Herrmannssche Kutscher und Stallmeister würde keine Schwierigkeiten haben, den leichten Zweispänner hindurchzubugsieren –, sondern weil sie plötzlich eine ungewohnte Beklommenheit fühlte. Die wenigen Schritte von der Straße über den Hof zum Portal des Stifts würden ihr eine kleine Frist geben. Sie blickte zu der Statue des Evangelisten Johannes in seiner Muschelnische im Mauerwerk über der Einfahrt hinauf, betrachtete die Wappen der Vorsteher und Patrone links und rechts der Nische und trat schließlich mit einem kleinen Seufzer unter den Torbogen. Niemand, der Augusta Kjellerup heute kannte, konnte sich vorstellen, daß sie einmal eine schüchterne junge Frau gewesen war, die wenig mehr fürchtete als Besuche und Gesellschaften. Das war lange, sogar sehr lange her. Inzwischen hatte sie selbst die Empfänge des dänischen Königs überstanden, eines gelinde gesagt äußerst exzentrischen Herrschers. Sie hatte mit ihrem Mann in Kopenhagen ein großes Haus geführt, kurz und gut: Augusta hatte alle Freuden, Lasten und Peinlichkeiten des gesellschaftlichen Lebens durchstanden, und nun wurde sie beim Besuch einer Stiftsdame nervös, die doch nichts war als eine alte Jungfer und Regentin über elf andere alte Jungfern (allerdings auch Mit-Regentin über den außerordentlich beachtlichen Besitz des Stifts, wenn da auch ärgerlicherweise die Patrone aus dem Rat mitmischten). Tatsächlich beunruhigte Augusta nicht die Position der als resolut, um nicht zu sagen herrschsüchtig bekannten Domina, sondern die Erinnerung an das Mädchen Mette van Dorting, deren durchdringenden Blick, treffsichere spitze Zunge und kühlen Geist sie vor nahezu fünfzig Jahren zu fürchten gelernt hatte.

Aber wer war schon Mette van Dorting? Augusta rückte ihre Haube ein letztes Mal zurecht und trat durch die Toreinfahrt. Sie hatte es geahnt: Der Hof war von Ställen und anderen Wirtschaftsgebäuden umgeben, doch aufgeräumt wie die Diele eines Bürgerhauses am Tag vor Ostern. Selbst die beiden Katzen, die bewegungslos neben der Pumpe in der Sonne saßen, hatten ihre Pfoten so akkurat nebeneinandergestellt, als wären sie kleine Wachsoldaten aus Porzellan. Mette führte ein strenges Regiment. Sie hatte sich nicht verändert.

Ein Mädchen kam aus dem Portal des Stifts. Ihr Rock aus schon etwas verwaschenem, doch penibel gebügeltem blauen Kattun wehte unter der Eile ihrer Schritte, die Bluse unter dem Mieder war hochgeschlossen und genauso makellos weiß wie die große Schürze und die brave Haube, die ihr aschblondes Haar trotz der Hitze des Nachmittags fast vollständig bedeckte.

«Madame Kjellerup?» Das Mädchen, ein wenig atemlos und rotbäckig, knickste und sah Augusta aus blauen Augen unter nahezu farblosen Wimpern neugierig an. «Die Ehrwürdige Jungfrau Domina wartet schon. Wenn Ihr mir schnell folgen könntet?»

Nein, Mette hatte sich wirklich nicht verändert. Das Mädchen, den Befehl seiner Herrin im Nacken, hielt Augusta wiederum knicksend die schwere Tür auf, dann eilte sie ihr voraus quer durch eine große Diele unter einem uralten Kreuzgewölbe, zur Zeit der Mönche das Sommerrefektorium, drei steinerne Stufen hoch und durch einen Durchgang in einen langen Flur. Durch zahlreiche hohe Fenster an seiner linken Seite fiel helles Sonnenlicht, im langgestreckten Hof dahinter scharrte friedlich ein Hühnervolk im Schatten einiger Linden. Immer wieder sah sich das Mädchen unruhig nach der Besucherin um, die gar nicht daran dachte, sich zu beeilen, sondern mit aller Würde ihrer Jahre durch die Gänge schritt, sich auch Zeit nahm, hier einen Blick auf einen besonders hübschen Schmuckstein im Gewölbe zu werfen, dort auf ein vom Alter geschwärztes Porträt. Und dann – endlich – öffnete das Mädchen ihr eine mattglänzende, nach Honigwachs duftende Tür, knickste noch einmal und verschwand wie ein Vogel, dem die Katze zu nah ist.

«Augusta!» sagte Mette van Dorting. Und Augusta sagte: «Mette!»

Immerhin. Im ersten Schritt waren sie sich einig: keine hohlen Förmlichkeiten.

Mette van Dorting stand in der Mitte eines kostbar möblierten Raums. Sie war eine hochgewachsene Frau, fast noch so schlank, wie sie es als junges Mädchen gewesen war. Ihr Kleid aus mattgrüner und silbergrau-weiß gestreifter leichter Seide war von erlesener Eleganz, die zarten Spitzen an Ärmeln und Ausschnitt stammten kaum aus Tondern, sondern zumindest aus Lyon, wenn nicht gar aus Brüssel, und die Haube auf ihrem schlicht, aber kunstvoll frisierten Haar war nicht mehr als ein zarter Hauch durchscheinenden Batists. Unter dem Brusttuch schimmerten zwei Reihen grauer Perlen, die gleichen, die den daumennagelgroßen Aquamarin an ihrem rechten Mittelfinger umrahmten. Augusta wußte wohl, daß die Hamburger Konventualinnen nicht wie anderswo üblich von der Kirche, sondern vom Rat patroniert wurden und so auch keine kirchlich schlichte Tracht trugen, aber ein bißchen weniger weltlich hatte sie sich Mettes Garderobe doch vorgestellt.

Die Domina betrachtete ihre Besucherin aus Augen, die immer noch so klar und blau waren wie der Himmel im Spätsommer (allerdings erheblich kühler), und Augusta fand, daß Mette eine sehr schöne junge Frau gewesen sein mußte. Früher hatte sie das nicht bemerkt. Ihre Schönheit war gewiß auch damals schon eher streng gewesen, ohne diese mädchenhafte Weichheit und Süße, die Männer trotz aller Rechenexempel bei der Brautwahl bevorzugten. Augusta erinnerte sich nicht an Mettes Vater. Er mußte jedoch ein vorausschauender Mann gewesen sein, der sein Kind und seine Geschlechtsgenossen ohne Sentimentalität einzuschätzen wußte, wenn er die einzige Tochter unter seinen sechs Kindern schon früh in das Stift einkaufte, für eine Frau aus guter Familie neben der Ehe die einzige würdige Versorgung.

Dann saßen Augusta und Mette van Dorting, nur durch ein weißlackiertes Tischchen mit modischer chinesischer Malerei getrennt, in zierlichen, gleichwohl bequemen Sesseln mit gepolsterten Lehnen. Zwei Türen öffneten nach links den Blick in ein Lese- und Arbeits-, nach rechts in ein Speisezimmer. Weitere Räume schlossen sich zur Flurseite an. Das große Fenster des Salons war weit geöffnet, Vogelgezwitscher lag in der Luft, und der Blick über die Kleine Alster bis zu den roten Dächern der engbebauten Straßen am gegenüberliegenden Ufer, über den Garten mit dem kleinen Lusthaus und die Bleiche war ein Labsal nach der Kutschfahrt durch die heiße, staubige Stadt.

«Du wohnst sehr hübsch und komfortabel, Mette», begann Augusta, weil ihr gerade nichts Besseres einfiel. Was sagte man, wenn man plötzlich einer Frau gegenübersaß, die man fast ein halbes Jahrhundert nicht gesehen hatte? Sie war erstaunt gewesen über Mettes unverzügliche Einladung. Erst heute morgen hatte sie eines der Mädchen mit einem Billett zum Stift geschickt, Mette um die Erlaubnis zu einem Besuch gebeten – um der alten Zeiten willen – und gehofft, daß die inzwischen einiges dieser alten Zeiten vergessen hatte. Das Mädchen kam schnell mit der Nachricht zurück, die Domina erwarte Madame Kjellerup am Nachmittag um drei Uhr. Mit soviel Eile hatte Augusta nicht gerechnet.

«Ja», sagte die Domina, «es ist hübsch hier. Du wirst gewiß nicht gedacht haben, daß wir in kargen Zellen leben wie einst die Nonnen.» Da war er wieder, der alte spöttische Ton. «Und mein Garten», sie machte eine vage Handbewegung zum Fenster, «ist immer ein erfreulicher Anblick. Wenn es nicht gerade Winter ist natürlich, mit unserem ewigen Regen. Wie man hört, hast du es auch nicht schlecht getroffen. Und da kommt endlich Lene mit dem Tee.»

Das ‹endlich› hatte sie diskret, doch unüberhörbar betont, und das Mädchen, das Augusta im Eilschritt durch das Stift geleitet hatte und nun mit einem Tablett den Raum betrat, errötete schuldbewußt. Sie stellte das Tablett auf die Kommode, balancierte zwei Tassen aus schneeweißem, mit zarten rost- und goldfarbenen Blüten und Vögeln bemaltem Porzellan auf das Tischchen, brachte einen Teller mit kandierten Früchten, kleine Schalen mit feinem weißem Zucker und Sahne und schließlich die Kanne mit dem dampfenden Tee.

«Die Löffel», sagte die Domina, die jede Bewegung des Mädchens beobachtet hatte, tonlos. Lene hatte schon geknickst und das Tablett genommen, um so schnell wie möglich wieder zu entkommen. Nun griff sie hastig, eine Entschuldigung murmelnd, nach den beiden kleinen silbernen Löffeln, die sie auf die Kommode gelegt und vergessen hatte. Sie hätte sich besser nicht so sehr beeilt. Sie drehte sich um, gar zu beflissen, und ihr Schuh verfing sich in ihren Röcken, sie stolperte, griff nach der Kommode, erreichte einen Schubladenknauf – kurz und gut, eine Sekunde später lag Lene, das Tablett neben sich, die beiden Löffel sicher in der erhobenen Faust, auf den Dielen, die Haube über dem Gesicht und den weißen Hals mit flammender Röte übergossen.

«Du lieber Himmel!» Augusta wollte aus ihrem Sessel aufspringen, aber die gebieterisch erhobene Hand der Domina hielt sie zurück. Mette van Dorting sah mit blitzenden Augen und schmalen Lippen auf das Mädchen hinab und sagte mit einer Stimme, die selbst aus einem glühenden Stück Kohle Eis gemacht hätte: «Vielen Dank, Lene. Wenn du die Löffel auf den Tisch gelegt hast, kannst du gehen.»

Es sei eine Schande, erklärte sie, als das Mädchen mit erstaunlicher Geschwindigkeit seinen Auftrag ausgeführt und den Raum verlassen hatte. Augusta möge verzeihen, das Personal im Stift sei sonst ausgezeichnet. Aber ihr Mädchen habe sie vor fünf Wochen verlassen, um zu heiraten, was sie persönlich für unklug halte, aber die jungen Frauen müßten selbst wissen, wie sie ihr Leben leben wollten. Sie habe sie jedenfalls verlassen, um sich künftig für einen Schuhmacher und seine vier Kinder abzurakkern und die Familie ohne Zweifel in absehbarer Zeit noch zu vergrößern. Bisher habe sich kein geeigneter Ersatz gefunden. Die Dummen seien laute Trampel, die Klugen nicht so folgsam und respektvoll, wie es sich gehöre. Lene sei schon die dritte, die sie in diesen wenigen Wochen erprobe. Nun sei gewiß, es werde eine vierte geben. Mindestens.

An dieser Stelle seufzte die Domina nicht, wie es jede andere vom Ärger mit dem Personal ermüdete Hausfrau getan hätte, sondern klopfte energisch mit dem Knöchel auf das Tischchen, daß die Tassen klirrten. Dann schenkte sie den zart nach Jasmin duftenden Tee ein und sah Augusta auffordernd an.

Nach einer Stunde und einigen Debatten unter anderem über die Unruhen der Bauern auf Korsika und der Bürger in Genf (Mette zeigte erstaunlicherweise besonders für den Aufstand der Genfer gegen die alleinherrschenden Patrizier Sympathie) und über die Qualitäten des komischen Epos *Wilhelmine oder der vermählte Pedant* von Monsieur von Thümmel fand Augusta, daß ihr graues Bild von den bescheidenen und vor allem frommen Stiftsdamen falsch gewesen war. Wenigstens was Mette van Dorting betraf.

«Und nun, Augusta», sagte die Domina, als die Uhr auf der Kommode zeigte, daß die für einen Nachmittagsbesuch übliche Stunde schon um einige Zeit überschritten war, «möchte ich noch eines wissen: Warum bist du gekommen?»

«Weil ich dich endlich wiedersehen wollte, Mette», log Augusta, ohne zu zögern. «In unserem Alter ist es doch sehr angenehm, alte Freundinnen wiederzutreffen.»

«Papperlapapp, meine Liebe. Wir waren nie Freundinnen. Du warst kreuzbrav und sterbenslangweilig, auch wenn ich sehe, daß sich das inzwischen geändert hat, und stumm wie ein Fisch. Wenn dich nur ein Blick traf, ob wohlwollend oder streng, wurdest du zur Maus.»

«Deine Blicke, meine Liebe», konterte Augusta mit süßem Lächeln, «waren immer streng. Aber in einem hast du recht: Ich fühlte mich oft wie eine Maus unter Habichten, besonders, wenn du in der Nähe warst. Auch das hat sich inzwischen geändert.»

Mette van Dorting nickte. Ihre Miene verriet, daß sie mit Augustas Erklärung einverstanden, wenn auch noch nicht ganz zufrieden war.

«Nun möchte ich *dich* fragen, Mette: Warum hast du meinem Wunsch nach einem Besuch so ungewöhnlich, geradezu unschicklich schnell entsprochen?»

«Weil ich dich wiedersehen wollte, Augusta.» Sie lächelte, und wenn dieses Wort nur entfernt zu ihr gepaßt hätte, hätte Augusta ihre Miene als verschmitzt bezeichnet. «In unserem Alter ist es angenehm, alte Freundinnen wiederzutreffen, selbst wenn man sie als eine Maus erinnert. Aber ist es nur ein Zufall, daß du ausgerechnet heute kommst, einen Tag, nachdem in unseren Mauern ein Mord geschehen ist?»

«Und ist es ein Zufall, liebe Mette, daß du just an diesem Tag die Tante eines Scholarchen empfängst, von dem schon die ganze Stadt weiß, daß er einer der ersten am Ort des bösen Geschehens war?»

Beinahe hätten die beiden alten Damen, in nahezu schwesterlicher Eintracht, zu kichern begonnen. Doch es klopfte heftig, und bevor Mette auch nur ‹Herein› rufen, geschweige denn ihren majestätischen Dominablick wiederfinden konnte, flog die Tür auf, und eine zierliche, tatsächlich spindeldürre Frau stürzte in den Raum. Ihr altersloses Gesicht war bis auf die hektisch geröteten Wangen blaß wie Kattun nach der zweiten Bleiche. Ihre linke Hand hielt noch den zum schnellen Lauf gerafften rosenholzfarbenen Rock umklammert. Eine wirklich hübsche Farbe, fand Augusta, die die blasse Konventualin allerdings noch blasser erscheinen ließ. Trotz des üppigen Spitzenbesatzes um Ärmel und Dekolleté.

«Mademoiselle Meyerink.» Die Domina erhob sich, und ganz anders als Augusta erwartet hatte, schritt sie mit beruhigend erhobenen Händen der Konventualin entgegen und berührte freundlich beruhigend deren Schulter.

«Meine gute Meyerink, ich habe Besuch, das seht Ihr, nicht wahr? Hat es noch ein wenig Zeit, in einer halben Stunde ...»

«Gewiß, Domina van Dorting, verzeiht. Es ist nur, ich habe es wieder gehört. Im Keller. Ich wollte nach der Wäsche sehen, ja, nur nach der Wäsche sehen, Mieke neigt ja bisweilen zur Nachlässigkeit, leider, da habe ich es wieder gehört. Und ich weiß einfach nicht, ob es aus dem Keller kommt, ja, *tatsächlich* aus dem Keller kommt. Es ist so seltsam, es kommt aus dem Keller und doch nicht, es klingt, als komme es auch von oben.» Ihre Stimme hatte sich zu einem Flüstern gesenkt, sie umklammerte die Hand der Domina, und in ihren Augen brannte Angst. Aber auch noch etwas anderes, Augusta hatte nie eine solche irritierende Mischung aus Angst und freudiger Erregung gesehen.

«Ich weiß ja», fuhr Mademoiselle Meyerink nach Luft schnappend fort, «ich soll nicht mehr in den Keller gehen. Ich tu's auch nicht, denn Ihr habt ja recht, immer höre ich dort solche Geräusche, ich gehe bestimmt nicht wieder hinunter. Aber es war so *deutlich*, und ich *dachte*, wenn ich noch *einmal* hinuntergehe und es *sehe*, dann *glaubt* ihr mir.» Mademoiselle Meyerinks Rede hörte sich an wie ein beharrlicher Schluckauf. «Dann *glaubt* Ihr mir», wiederholte sie flehend, «dann ...»

«Nun aber Schluß. Wie oft soll ich Euch noch versichern, daß ich Euch glaube. Natürlich hört Ihr da etwas. Ich glaube nur nicht, daß es der selige Dominicus ist, der in unserem Keller Obdach und Erlösung sucht. Der heilige Mann ist längst erlöst und im Himmel bei unserem Herrn. Doch, das ist er, auch wenn er *kein* Lutheraner, sondern ein treuer Papist war. Ich bin mir ganz sicher, daß die Regeln im Himmel sehr viel milder sind als bei uns auf Erden. Er konnte doch auch nur ein Papist sein, weil er lange vor Doktor Luther gelebt hat. Scht!» Die Domina legte, nun doch mit einer schmalen Falte der Ungeduld auf der Stirn, ihren Zeigefinger auf die Lippen. «Dies ist ein altes Haus, es knarrt ständig im Gebälk, und dann sind da die Katzen und trotz der Katzen auch Mäuse, womöglich eine der großen Wasserratten, die sich vom Alsterufer ins Trockene verirrt hat. Geduldet Euch ein wenig. Sobald ich Madame Kjellerup verabschiedet habe, lasse ich Euch rufen, und wir reden über das, was Ihr heute wieder gehört habt. Wenn Ihr wollt, steigen wir sogar in den Keller hinab.»

«Ja, gewiß. Ein *wenig* Geduld. Verzeiht meine Aufdringlichkeit, es erschien mir so *außerordentlich* wichtig.»

Mademoiselle Meyerink atmete wieder ruhiger, ließ, ohne sie wirklich anzusehen, ein entschuldigendes Lächeln zu Augusta hinüberflattern, beugte grüßend den Kopf und verschwand mit eilig trippelnden Schritten durch den Vorraum und den Gang hinunter.

Nun seufzte die Domina doch noch. Sie schloß behutsam die Tür, trat ans Fenster und blickte in die sonnige Landschaft hinaus. Eine Möwe segelte kreischend über das Fleet, und die Domina beugte sich ein wenig vor, um ihr nachzusehen.

«Du mußt einen seltsamen Eindruck von uns bekommen», sagte sie schließlich, immer noch zum Fenster hinaussehend. «Erst Lene, das dumme Trampel, und nun die gute Meyerink.» Sie seufzte noch einmal und wandte sich wieder Augusta zu. «Ich wäre dir sehr dankbar, wenn du diesen – Auftritt vergessen könntest. Sie war schon immer sehr nervös und äußerst phantasievoll. Erinnerst du dich? Ach nein, sie wurde ja erst geboren, nachdem du Hamburg verlassen hast. Aber es ist wirklich nicht so, wie es heute schien. Sie ist hin und wieder ein wenig ängstlich, und Lärm, besonders Gewitter schrekken sie wie ein Huhn. Nun, ein wenig ist sie auch wie ein Huhn, flattert herum, sieht hier etwas, hört dort etwas anderes, und alles zusammen wird in ihrem Kopf zu manchmal recht konfusen Phantastereien.»

«Und nun ist ihr der heilige Dominicus begegnet? Das klingt mehr als konfus, findest du nicht?»

«Vielleicht. Aber wir leben hier bei all unserer Anteilnahme an dem, was außerhalb dieser Mauern geschieht, doch in unserer eigenen Welt. Die gute Meyerink vielleicht ein wenig mehr als die meisten von uns. Aber wen sollte das stören? Wir haben hier unseren Platz. Draußen», sie machte eine kleine Pause, als suche sie nach einem nicht zu harten Wort, «draußen hatten wir keinen Platz. Dort haben wir keine eigene Familie, obwohl wir natürlich bei allen Festen unserer zumeist zahlreichen Verwandtschaft gerne gesehen sind, besonders bei Beerdigungen, wir singen ja so hübsch. Draußen durften wir außer Sticken und den Katechismus hersagen auch nichts lernen. Hier hingegen ...» Sie holte tief Luft. «Verzeih, Augusta. Ich bin nun alt, und mein Leben ist reich und friedvoll. Aber manchmal kommt mich die Arroganz gegenüber unverheirateten Frauen immer noch bitter an.»

Sie legte beide Hände auf ihr Gesicht, und als sie sie wieder fortnahm, lächelte sie. «Die Sache mit dem heiligen Dominicus wird vorübergehen. Mademoiselle Meyerink litt in den letzten Wochen an einem leichten Sommerfieber, und jetzt im August ist es ohnehin recht heiß. Warum sie ausgerechnet diesen alten spanischen Mönch, der seit mehr als fünfhundert Jahren im Grab liegt, zu hören glaubt, ist mir allerdings ein Rätsel. Ich hoffe sehr, daß sie davon nichts außerhalb des Klosters erzählt. Es wäre viel schicklicher, wenn sie zumindest keinen Mann, Mönch hin oder her, phantasieren würde, sondern eine der frommen Zisterzienserinnen aus dem Kloster in Harvestehude, die vor immerhin nur zwei Jahrhunderten als erste Konventualinnen hier einzogen. Niemand hätte etwas gegen ein bißchen Spuk der guten alten Cäcilie von Oldessem einzuwenden.»

Augusta hatte keine Ahnung, wer die ‹gute alte Cäcilie› gewesen war, aber es interessierte sie im Moment auch überhaupt nicht. «Was hört Mademoiselle Meyerink denn, Mette? Schritte? Oder Stimmen? Oder hat sie gar jemanden gesehen? Es könnte doch wirklich jemand dort gewesen sein.»

«Ich weiß es nicht genau, Augusta. Bis gestern habe ich überhaupt nicht richtig zugehört. Aber nun?»

«Bis gestern. Und jetzt glaubst du, sie hat doch nicht

nur phantasiert? Gibt es dort unten noch Verbindungstüren zum Schulflügel?»

«Vielleicht hast du mir als Maus doch besser gefallen, Augusta. Warum mußt du es so deutlich aussprechen? Nein, ich bin mir nicht sicher. Aber ich bin mir sicher, daß es zumindest im Keller keine Verbindungstüren mehr gibt. Auf dem Dachboden ja, und natürlich im ersten Geschoß. Unsere Wohnungen nehmen das ganze erste Geschoß ein, auch über den Schulräumen. Aber von dort gibt es keine offene Treppe nach unten zur Schule. Nur zum Erdgeschoß in unseren Teil des Klosters.»

«Aber es hat doch gewiß früher solche Türen gegeben, als das ganze Anwesen noch den Dominikanern gehörte?»

Mette van Dorting nickte. «Bestimmt hat es die gegeben. Die Bereiche wurden erst getrennt, als Luthers Mitstreiter Bugenhagen auf die dumme Idee kam, hier eine Schule einzurichten. Das ist nun schon mehr als zweihundert Jahre her. Ich bin sicher, daß wir das bald genau erfahren werden. Soviel ich gehört habe, weiß man nicht, wie der Mörder» – das unziemliche Wort ging ihr ohne Zögern über die Lippen – «in die Schule gelangt ist. Das vordere Portal soll abgeschlossen gewesen sein. In unserem Keller gibt es eine Verbindungstür, aber die ist auch verschlossen. Nun, ich denke, dieser kleine dicke Mann von der Wedde wird bald in alle Winkel kriechen und es herausbekommen. Vielleicht findet Mademoiselle Meyerink dann auch ihre Ruhe wieder.»

Mette van Dorting war bemerkenswert gut informiert.

5. KAPITEL

SONNABEND, DEN 6. AUGUSTUS, MORGENS

Das alte Johanniskloster bestand aus drei aneinandergebauten Gebäudekomplexen, die jeweils einen Innenhof umschlossen. Der größte, einst der Kreuzgang mit den anschließenden Zellen der Mönche, beherbergte die Klassenräume der Gelehrtenschule Johanneum. Der Schulhof in ihrer Mitte mit dem kleinen Haus für die Zeichenklasse war einst der Klosterfriedhof gewesen. Nach Norden, zur Kleinen Alster hin, folgte das Jungfrauenstift St. Johannis. Dessen Wirtschaftshof mit der von einem Torbogen geschützten Einfahrt zur Straße Hinter dem Breitengiebel schloß sich nach Osten an und war von der Remise, den Ställen, der Klosterschreiberei und einigen Witwenwohnungen umgeben. In dem vor etwa zwei Jahrzehnten neu erbauten Akademischen Gymnasium an der Westfront des Damenstifts fanden auch die große Bibliothek und im Erd- und Zwischengeschoß die Wohnung des Rectors Johannei Raum. Nach Süden wurde die ganze ehemalige Klosteranlage von der Johanniskirche begrenzt.

Die Zeiten, als die Flügel des weitläufigen Anwesens vielfältig miteinander verbunden gewesen waren, lagen lange zurück. Jungfrauenstift und Schule waren seit mehr als zweihundert Jahren streng getrennt. Zwar gehörte

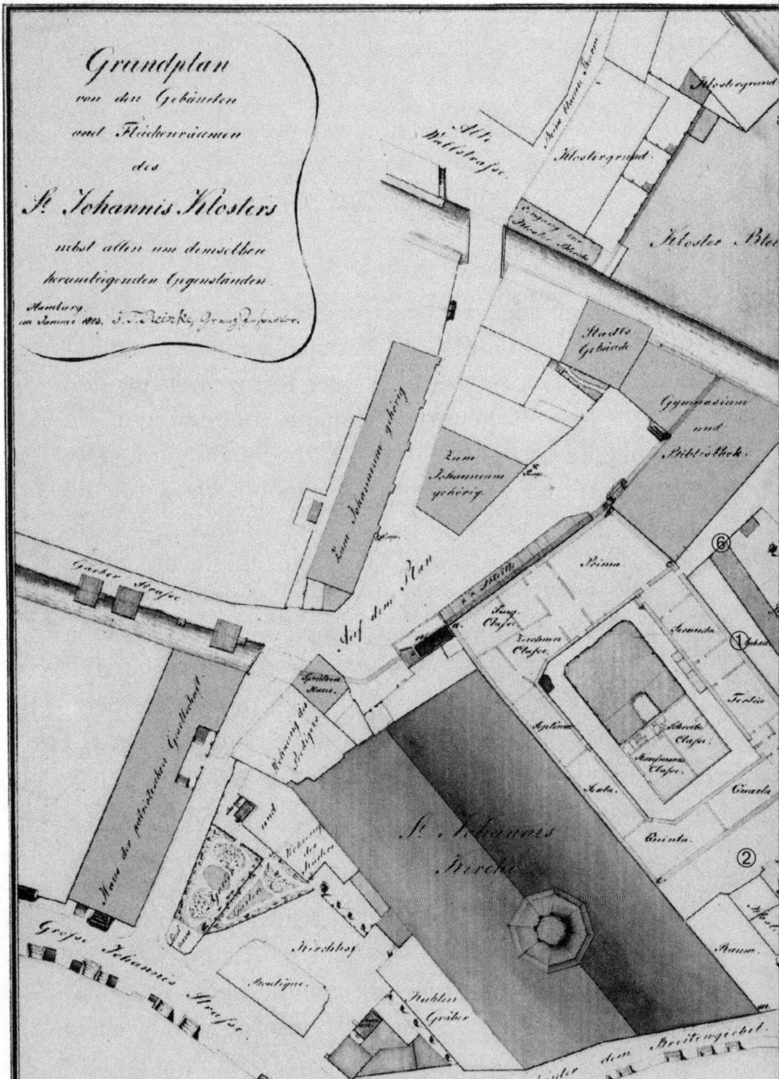
Grundplan
von den Gebäuden
und Flächenräumen
des
St. Johannis Klosters
nebst allen um demselben
herumliegenden Gegenständen
Klostergrund
Zum Johanneum gehörig
Auf dem Plan
Gymnasium und Bibliothek
Prima
Secunda
Tertia
Quarta
Quinta
St. Johannis Kirche
Kirchhof
Große Johannis Straße
Straße hinter dem Breitengiebel
Kleine Johannis Straße

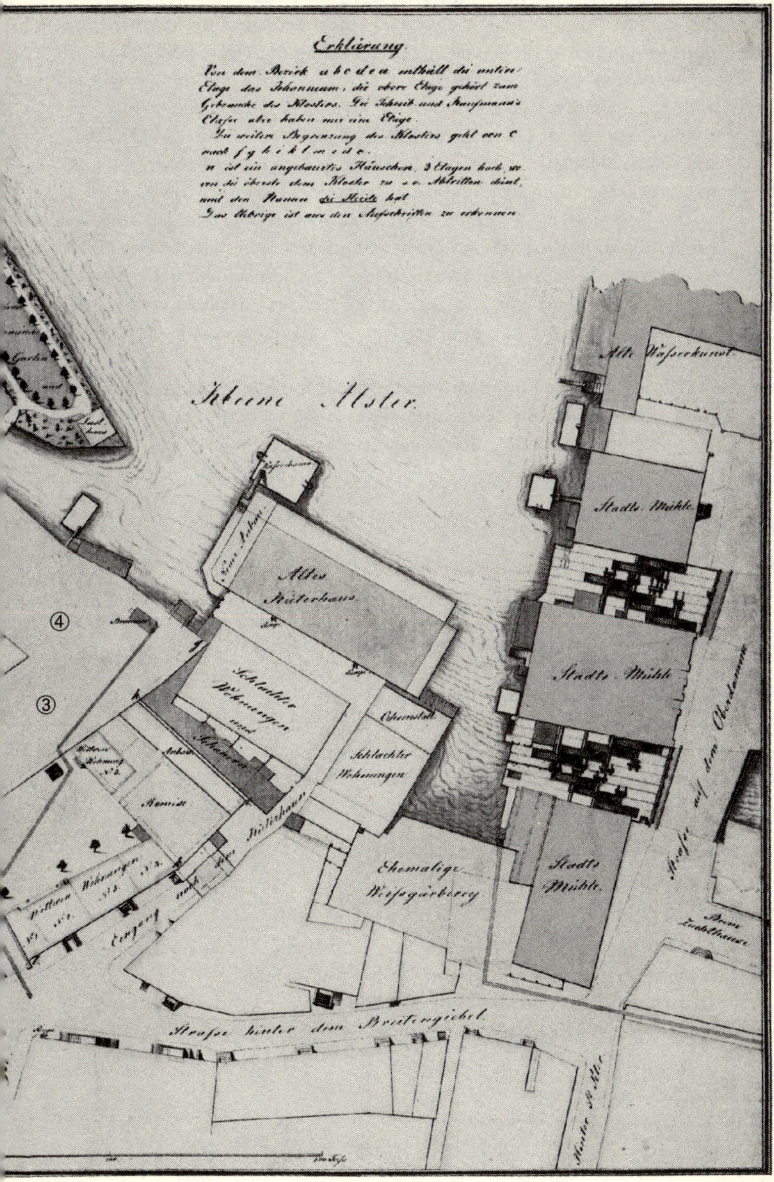
Erklärung
Kleine Alster
Alte Wasserkunst
Stadts Mühle
Stadts Mühle
Stadts Mühle
Altes Waterhaus
Schlachter Wohnungen
Ehemalige Weißgärberey
Straße hinter dem Breitengiebel
Straße auf dem Oberdamm
④
③

Legende zum Grundplan des St.-Johannis-Klosters: Der hier abgebildete Plan der überwiegend im Hochmittelalter erbauten Gebäudetrakte und ihrer direkten Umgebung stammt aus dem Jahr 1823, aber er vermittelt einen realistischen Überblick. Auch die Umgebung sah 1768 ganz ähnlich aus, zumindest im Grundriß. Das Haus der Patriotischen Gesellschaft (ganz links) gab es damals gewiß noch nicht, es ist davon auszugehen, daß an seiner Stelle kleinere alte Fachwerkhäuser mit Werkstätten und Wohnungen standen.

Die Gebäude, die als ‹Zum Johanneum gehörig› bezeichnet sind, waren 1768 womöglich schon Lehrerwohnungen, denn die Lehrer lebten in der Regel nahe bei der Schule. In dem das Johanneum beherbergenden Teil des ehemaligen Klosters ist die Klassenaufteilung verzeichnet, die in den Anfängen zur Zeit der Reformation anders, im 18. Jahrhundert aber schon so gut wie identisch war.

Der ‹blinde› Teil um den mit einigen Bäumen bestandenen Hühnerhof beherbergte in drei Geschossen das Jungfrauenstift St. Johannis, das hier in seiner Aufteilung etwas vereinfacht dargestellt wird:

Kellergeschoß
① Holzgang (unter dem linken längeren ‹Anbau› im Hof)
② und ③ Lagerkeller
④ Wohnungen der Wäscherin und des Klosterknechts
⑤ Küche (mit Holzraum im umlaufenden Gang)

Erstes Geschoß (Erdgeschoß)
① Anbau im Hof
② Gewölbe (mit Eingangspforte)
③ Diele (mit Kellerzugang) und Wäsche- und Mangelboden
④ und ⑤ Wohnung der Ehrwürdigen Jungfrau
Domina und Konventsaal
⑥ Waschraum der Domina

Zweites Geschoß (Obergeschoß)
(auch über dem Johanneum)
Wohnungen für Stiftsdamen

Die Rückseite der St.-Johannis-Kirche und die Toreinfahrt zum Klosterhof von der Straße Hinter dem Breitengiebel zwischen Klosterschreiberei und Witwenwohnungen finden sich auf dem Umschlagbild dieses Romans in einer Abbildung aus dem 19. Jahrhundert wieder.

auch das erste Geschoß über den Schulklassen zum Stift, aber diese Räume standen überwiegend leer, denn von den neunzehn Stiftswohnungen waren nur elf belegt.

Auch die alte Johanniskirche, einst Teil des Klosters, war nicht mehr mit den anderen Gebäuden verbunden. Die Stiftsdamen gehörten der St.-Petri-Gemeinde an und hatten in der noch um vieles älteren Hauptkirche auch ihre Grabstätte. Der Durchgang, der früher den Zellentrakt der Mönche mit der Kirche St. Johannis verbunden hatte, war schon zu Zeiten der Reformation zugemauert worden.

Wer auf dem Plan oder der kurz Breitengiebel genannten Straße das ehemalige Kloster passierte, konnte seine Ausmaße kaum erkennen. Claes Herrmanns war viele Jahre lang Johanneumschüler gewesen. Sein Vater hatte zwar nicht erlaubt, daß er die Schule bis zur Prima besuchte (was ganz in seinem Sinne gewesen war), doch die Jahre bis zum Abschluß der Quarta erschienen ihm selbst heute noch als seine gesamte Kindheit und Jugend. Dennoch hatte er damals nie das benachbarte Damenstift betreten. So hatte er sich heute bei dem Weg über den Hof und durch das Portal in die Diele für einen Moment wieder wie ein Schüler auf verbotenem Terrain gefühlt.

«Von dort oben gibt es keine Treppen zu den Schulräumen hinunter?» Er stand mit Weddemeister Wagner und dem Klosterschreiber Malchow in der weiten Diele unter dem uralten Kreuzgewölbe, den Türknauf zum Aufgang ins Obergeschoß in der Hand, und sah die hölzerne Treppe hinauf.

«Keine, Monsieur Herrmanns, absolut keine.» Der Klosterschreiber machte ein Gesicht, als habe er das nahe bevorstehende Ende der Welt verkündet. «Die Jungfern legen von jeher großen Wert auf diese Trennung. Von jeher. Man weiß ja, wie Jungen sind, stöbern in allen Ecken herum, stecken ihre Nasen in alles, was sie nichts angeht, machen Lärm und Schmutz.» Er wußte, wovon er redete. Er war stets bemüht, seine sechs Söhne als besondere Gnade Gottes zu verstehen, aber ein bißchen weniger Gnade, etwa ausreichend für vier Söhne, hätte er als noch größere Gunst empfunden. «Lärm und Schmutz, ja», wiederholte er, «die Ehrwürdige Jungfrau Domina verabscheut Lärm und Schmutz.»

Claes nickte, und Wagner sagte: «Dann gehen wir am besten gleich in den Keller hinunter. Geht voraus, Malchow, wir verlaufen uns sonst nur.»

Malchow, der dem Weddemeister bisher nur ein knappes Kopfnicken gegönnt hatte, blinzelte irritiert, klapperte mit dem Schlüsselbund und öffnete die Tür zum Klosterkeller. Der Schlüssel, groß wie ein Suppenlöffel, schnarrte ein wenig in dem alten Schloß, aber das leistete keinen Widerstand, und Malchow schob die Tür mit den gut gefetteten Angeln weit auf. Der muffige Geruch alter Gewölbe schlug ihnen entgegen, und Claes spürte den kühlen Hauch aus langen, dunklen Gängen, die nie ein Sonnenstrahl erreicht. In einigen Wochen würde die Muffigkeit vom Duft der Äpfel gemildert werden, die jetzt noch an den Bäumen in den Gärten der Klostergüter reiften. Die langen Holzgestelle mit ihren niedrigen Fächern waren in dem schummerigen Licht der Laterne im ersten Raum schemenhaft zu erkennen. An der anderen Wand standen hölzerne Tonnen, säuerlicher Geruch verriet in Essigwasser eingelegte Gurken, Kraut und anderes Sauergemüse. Irgendwo in dieser Düsternis würden auch Säcke voller Zucker, Salz, Mehl und

Getreide, Körbe mit getrockneten Bohnen, Erbsen und Linsen lagern. Kürbisse und Zwiebeln, auch Sandkisten voller Rüben und Karotten, Fässer mit gepökeltem Fleisch – dieser Keller barg nichts anderes als der Herrmannssche. Der durchdringende Duft von Geräuchertem, von Würsten, Speck und Schinken fehlte. Das alles hatte auch hier seinen Platz in der Küche. Er trat zur Seite, damit Wagner mit der Laterne dem Klosterschreiber folgen und ihm leuchten konnte.

Daß die Wäscherin Monsieur Donner vor einiger Zeit an der Klostertür gesehen hatte, mußte nicht viel bedeuten. Er konnte sich nicht vorstellen, was der da gesucht haben mochte. Vielleicht hatten ihm seine Schüler einen Streich gespielt. Oder er war einfach nur neugierig gewesen. Aber es machte wenig Mühe und konnte nicht schaden, sich auch in diesem Teil des alten Klosters ein wenig umzusehen.

«Hier beginnen, wie Ihr seht, die Lagerkeller», sagte der Klosterschreiber am Fuß der Treppe und zeigte nach rechts in einen großen, düsteren Raum. «Weiter hinten, unter der Wohnung der Domina an der Fleetseite, schließen sich die Wohnungen der Wäscherin, des Klosterknechts und die Küche an.»

«Und an der anderen Seite? Zum Johanneum hin?» Wagner hielt die Laterne hoch und leuchtete in den Gang, der sich direkt vor ihnen auftat. Eifriges Rascheln und das Geräusch vieler winziger Füße verriet eine ganze Mäusefamilie auf der Flucht vor dem Licht und den unerwarteten Eindringlingen in ihr Reich.

«Dort wird nur das Feuerholz gelagert. Jetzt ist der Gang ziemlich leer. Die Winterlieferung kommt erst im Oktober.»

«Aber die Küche und die Wäscherei brauchen doch auch jetzt Holz.»

«Gewiß, Meister Wagner.» Der Klosterschreiber hatte beschlossen, daß ein wenig Respekt gegenüber dem Begleiter des Scholarchen doch von Vorteil sei, auch wenn der nur ein Weddemeister war. «Die Küche hat einen eigenen Holzraum, direkt neben ihrer Tür, von dort holt auch die Wäscherin ihr Holz. Der Holzraum der Küche verschließt diesen Teil des Ganges. Sozusagen. Früher konnte man dem Gang gewiß wie im Kreis unter dem ganzen Gebäude folgen. Hier vor uns wird nur das Holz für die Winterfeuerung der Wohnungen der Jungfrauen gelagert. Von April bis Oktober betritt deshalb niemand diesen Gang. Er endet an der Rückseite des Holzraumes der Küche. Dort gibt es aber keinen Durchlaß.»

«Man kann also nicht durch den ganzen Keller gehen? Wenn ich durch diese Lagerräume gehe und weiter den Gängen folge, komme ich nicht am anderen Ende hier wieder heraus?»

Malchow schüttelte den Kopf. «Früher mag das, wie ich schon sagte, möglich gewesen sein, Meister Wagner. Nun liegt der Holzraum der Küche dazwischen, und das muß schon viele Jahrzehnte so sein.»

«Und diese Tür hier, Malchow? Wohin führt die?» Claes Herrmanns drückte auf eine staubige hölzerne Klinke, die für die Hand eines Riesen gemacht schien, an einer Tür gleich neben dem Fuß der Treppe. Ihr Holz war uralt, rissig und unter dem in alle Furchen und Risse gedrungenen feuchten Staub fast schwarz.

«Nirgendwohin, mit Verlaub. In alter Zeit führte sie zum Keller unter dem Johanneum. Als es eben noch nicht das Johanneum war, sondern der ganze Trakt die

Zellen der Mönche und den Kreuzgang um den Friedhof beherbergte. Ihr seht ja, daß sie seit langem nicht mehr benutzt wird. Seit Generationen nicht mehr.»

Claes versuchte, die Klinke herunterzudrücken, sie bewegte sich nicht. Wagner trat näher und hielt die Laterne vor das Schloß. Der Eisenbeschlag war rauh und rostig, und das große Schlüsselloch mit Holzspänen verstopft, die ebenso alt wie die Tür sein mußten. Wagners Versuch, sie mit seinem Messer herauszudrücken, war zwecklos, die Späne, oder was immer es sein mochte, waren hart und bröckelig wie Kalkstein.

«Wenn ich Euch nun den Lagerkeller zeigen darf, Monsieur Herrmanns?»

«Danke, Malchow, aber ich denke, das ist nicht nötig. Ich glaube kaum, daß jemand von dort einen Gang unter dem Kloster bis zum Johanneum gegraben hat.

«Gewiß nicht», sagte Malchow, der sich nicht vorstellen konnte, daß ein Mitglied des Scholarchats einen Scherz machte, insbesondere in einer so ernsten Sache, «er würde auch nicht weit kommen, viel zuviel Wasser. Das Kloster steht nahezu in der Kleinen Alster, so daß wir unsere Vorräte stets einige Fuß hoch lagern. Im Spätherbst, wenn die Stürme die Flut hoch auflaufen lassen, kommt es immer wieder vor, daß sich das Wasser in die Keller drückt. Noch darunter zu graben wäre ganz vergeblich.»

«Und das hier ist die einzige Möglichkeit?» fragte Wagner.

«Auf dem Dachboden ist es im Sommer natürlich zu heiß, dort würden die Vorräte schnell verderben, außer den getrockneten Bohnen und Erbsen vielleicht, aber kein vernünftig vorsorgender Mensch ...»

«Vorräte?» Wagner hatte nicht zugehört. Er studierte immer noch das Schloß. «Ich meine die Tür. Ist dies die einzige Tür, durch die man hinüber zur Schule kam?»

«Die Tür? Natürlich, die Tür. Nein, es gibt eine zweite, dort hinten.» Malchow zeigte in die Dunkelheit. «Aber mit der ist es wie mit dieser. Fest versperrt, seit langem, wahrscheinlich seit Gründung der Schule. Sie ist nicht einmal richtig zu sehen, weil das Holz für den Winter den ganzen Gang entlang aufgestapelt wird.»

«Auch vor der Tür? Sehr schön. Dann können wir wieder hinaufgehen.» Claes wandte sich zufrieden der Treppe zu. Er begann zu frösteln und fand, daß sie lange genug in der muffigen Dunkelheit gestanden hatten.

«Wenn Ihr erlaubt», Wagner hielt die Laterne wieder hoch und leuchtete in den Gang, «ich möchte mir die Tür trotzdem gerne ansehen. Gewiß habt Ihr recht, und es ist völlig überflüssig, aber es dauert nur eine Minute. Wenn Ihr schon in den Hof hinaufgehen wollt, ich bin gleich bei Euch.»

Ohne Claes' Antwort abzuwarten, marschierte er, die Laterne hoch über dem Kopf, in den Gang.

«Aber die Tür ist verschlossen», rief der Klosterschreiber ihm nach, «seit Jahren nicht mehr geöffnet!» und eilte ihm mit kurzen Schritten nach – er trug dem hohen Besuch des neuen Scholarchen zu Ehren seine besten Schuhe mit den eleganten, allerdings sehr unpraktischen höheren Absätzen.

Claes setzte sich mißmutig auf den oberen Treppenabsatz und wartete. Die Schritte der beiden Männer im Gang wurden dumpfer, das Licht verschwand, und gerade als er sich überlegte, doch lieber im Hof zu warten – er hatte unter einer der Linden eine Bank entdeckt, genau richtig, um sich im Halbschatten von dem Ausflug in diese klamme Düsternis zu erholen –, hörte er Wagner rufen: «Monsieur Herrmanns, wenn Ihr das hier bitte ansehen würdet.»

Seine Stimme klang heller als gewöhnlich, und bevor Claes sich auch nur von den Stufen erhoben hatte, kam das Licht der Laterne schnell und schwankend näher.

Malchow kam eilig den Gang heruntergestolpert. «Es ist mir rätselhaft, ganz und gar rätselhaft. Ich hätte geschworen …»

Da hatte Claes ihm schon die Laterne aus der Hand genommen und war mit langen Schritten im Dämmer verschwunden. Wagner hockte am Ende des Ganges vor der zweiten Tür, die allerdings, anders als Malchow angenommen hatte, nicht hinter den Holzstapeln verborgen war. Der letzte Winter war hart gewesen, an der Mauer des Ganges lagen nur noch spärliche Reste des Wintervorrats, nicht mehr als zwei oder drei Körbe voll.

«Hier!» sagte Wagner, seine Stimme klang, als habe er just den Dieb des Ratssiegels auf frischer Tat ertappt. «Wenn Ihr die Laterne, bitte, ein wenig senken würdet? Seht Ihr? Es ist nicht verstopft, und», er wischte mit dem Finger über den ebenfalls uralten und rostigen Beschlag, «bestes Wagenfett. Jemand hat das Schloß wieder gängig gemacht. Malchow? Malchow! Wo seid Ihr?»

Ein Rumpeln verriet, daß Malchow zumindest in der Nähe war, ein Schmerzenslaut folgte, dann ein unterdrückter gänzlich unfrommer Fluch, und der Klosterschreiber taumelte in den Lichtkreis der Laterne.

«Das Schlüsselbund, Malchow.» Wagner hatte nun kein Auge für die staubigen Knie und die blutig zerschrammte Hand des Schreibers.

«Aber es wird nicht gehen», jammerte der, «es ist schon *immer* verschlossen. Seit fünfzehn Jahren bin ich der Klosterschreiber, und vor mir mein Vater seit …»

«Das Schlüsselbund, Malchow.»

Das Schlüsselbund wanderte aus Malchows Tasche in Wagners fordernd ausgestreckte Hand.

«Dieses Schloß», murmelte der Weddemeister, «mag Jahrhunderte versperrt gewesen sein, aber seit einigen Wochen oder Monaten ist es das nicht mehr.»

Er hielt das Schlüsselbund ins Laternenlicht und untersuchte es mit gespitztem Mund. Es bestand aus einem guten Dutzend Schlüssel an einem eisernen, wie eine gedrehte Kordel geschmiedeten Ring, die meisten waren riesig, so wie sie zu alten Türen gehörten, einige kleiner, passend für Truhen oder Salontüren. Wagner probierte alle. Nur fünf ließen sich überhaupt in das Schloß stecken, aber keiner ließ sich darin drehen. Er murmelte etwas, das nach Teufel und ähnlich Verderblichem klang, griff schließlich ärgerlich nach der Klinke, um sich daran hochzuziehen, das lange Hocken hatte sein linkes Bein einschlafen lassen – und fand sich flach auf dem Rücken liegend wieder. Die Tür vor ihm schwang mit sanftem Knarren weit auf. Die Schlüssel hatten sich nicht drehen lassen, weil die Tür gar nicht verschlossen war.

Der Raum, der sich ihnen hinter der Tür öffnete, unterschied sich kaum von dem Keller des Klosters. Er war genauso dunkel, nur sehr viel staubiger und sehr klein, nicht mehr als zehn mal fünf Fuß, und bis auf eine alte, vom vielen Gebrauch vor Urzeiten blankgesessene einfache Holzbank in einer Ecke neben einer Tür leer. Schon wieder eine Tür, und wenn deren Schloß auch genauso gut gefettet war wie das der vorigen, so war sie doch fest verschlossen. Keiner der Schlüssel am Bund des Klosterschreibers vermochte sie zu öffnen.

Der Vormittag war noch nicht weit vorangeschritten, doch die Sonne brannte schon heiß. Noch duftete es aus den Häusern, Läden und Werkstätten nach morgenfrischem Brot, nach gebratenen Würsten und der fetten Suppe, die ein Händler an einem Stand nahe dem Küterhaus feilbot. Aus der Möbeltischlerei am Plan roch es nach frisch gehobelten Spänen, und vor der Hufschmiede erhob sich nach dem Zischen des Eisens im Wassertrog der seltsam metallisch riechende Dampf. Aus irgendeinem Küchenfenster der reicheren Häuser drangen Aromen von Vanille und Zimt – Wagner liebte diese morgendlichen Düfte in den Straßen. Am meisten allerdings liebte er sie im Juni, wenn die Honigsüße der blühenden Linden all den anderen Gerüchen eine besondere liebliche Würze gab. Nur wenige Stunden noch, und der modrig-faulige Gestank aus den von der Sonne erhitzten Fleeten würde all diese köstlichen Aromen besiegen. Das war die Zeit, zu der alle, die es sich leisten konnten, einen Garten zu besitzen oder auch nur zu pachten, am Sonnabendnachmittag in ihre Kutschen oder in einen der Stuhlwagen stiegen, die vor dem Steintor zu mieten waren, und hinausfuhren in die großen Gärten am Ufer der Bille. Zu diesen Glücklichen gehörte ein Weddemeister nicht.

Wagner zog sein großes, blaues Tuch aus der Rocktasche und wischte sich den Schweiß vom Nacken. Es war schon ganz naß vom Wasser der Pumpe, das er sich im Klosterhof nach dem Herumkriechen in den alten Kellergängen über den Kopf hatte laufen lassen. Es nützte nicht viel, doch es gab ihm immerhin die Illusion einer Erfrischung.

Er bog von der Knochenhauerstraße in den Berg ein, drängte sich durch das Gewimmel auf dem großen Platz und blieb bei einer Händlerin stehen, die auf einem umgedrehten Korb saß und Zimtkringel feilbot. Sie schwatzte mit ihrer Nachbarin, allerdings nicht ohne nach jedem halben Satz ihr lautes «Ziiiimtkringel, süße Ziiiimtkringel» zu rufen. Die andere stand hinter einer Kiepe, aus der sechs grob geschnitzte Köpfe von Stekkenpferden ragten, und hielt Gerten mit zu Windmühlen gebundenen Federn hoch. Ab und zu holte sie weit aus, und die kleinen Federkreise begannen sich munter zu drehen. Wagners Augen wanderten über die Menge, suchten, ohne daß es ihm bewußt war, nach flinken Händen, die sich aus fremden Taschen und Körben bedienten, verzichtete trotz des vom süßen Duft wachsenden Appetits auf einen Kringel und entschied, sich auch erst später in der Fronerei mit einem Becher Wasser zu erfrischen.

An der Einmündung zur Großen Johannisstraße entdeckte er Grabbe. Seit Öffnung der Tore bei Sonnenaufgang drückte sich der Weddeknecht dort herum, um gleich zu melden, wenn Uhrmachermeister Godard seine Werkstatt verließ. Womöglich mit einem Reisekorb und in verstohlener Eile.

Grabbe stand in der Sonne, als sei er dort angewachsen, und auch wenn seine Augen wie bei irgendeinem Tagedieb vor Schläfrigkeit halb geschlossen waren, seine ganze Haltung müßig und träge erschien, war Wagner gewiß, daß ihm niemand entgangen war, der die Godardsche Werkstatt betreten oder verlassen hatte. Zwei andere Männer hockten vor den beiden Gängen, die aus dem Labyrinth der hinteren Höfe auf den Breitengiebel und die Knochenhauerstraße mündeten und möglicherweise auch zu einem Hinterausgang der Werkstatt führten. Wie die anderen beiden, an denen Wagner wenige Minuten zuvor vorbeigegangen war, gab ihm auch Grabbe kein Zeichen des Erkennens.

Wagner neigte sich zu dem ersten der beiden Fenster der Werkstatt, beschattete seine Augen und blinzelte durch die Scheibe. Das Sonnenlicht fiel in schrägen Bahnen hell in den Raum, und Wagner erkannte die Arbeitstische, sah Uhren an den Wänden, zwei Standuhren mit langen, sanft schwingenden Pendeln in polierten, rötlich schimmernden Holzgehäusen. Auf schmalen Borden über den Arbeitsplätzen standen nebeneinander aufgereiht Kästen mit allerlei Gerät, er sah auch lange Holzbretter, an denen griffbereit Werkzeuge hingen. Äußerst diffizile Werkzeuge, ganz andere als die zumeist gröberen der Schlosser, deren Zunft die Uhrmacher angehörten.

«Er ist drin», murmelte Grabbe mit kaum bewegten Lippen, «seine Tochter und die Wirtschafterin auch, sonst keiner.»

Wagner nickte zufrieden. Er konnte nun kein Publikum brauchen. Die Türglocke schlug ihre helle Melodie, und Wagner betrat die Ladenwerkstatt. Neugierig sah er sich um, aber es gab kaum mehr zu entdecken, als er schon durch das Fenster gesehen hatte. Aus einem hinteren Raum hörte er knarrende Geräusche, dann quietschte es, als zöge jemand einen widerspenstigen dicken Nagel aus festem Holz. Eine Männerstimme ächzte erleichtert, die hellere Stimme einer noch jungen Frau antwortete mit einem Lachen, dann folgte ein schneller, offensichtlich heiterer Wortwechsel. Wagner lauschte, doch vergeblich. Sie sprachen nicht leise, aber – leider – französisch.

Er räusperte sich und wartete. Die Stimmen ließen sich nicht stören. Er ging zur Tür, öffnete und schloß sie erneut, und endlich erstarb das Gespräch. Er hörte Schritte, in der Tür erschien eine junge Frau, lächelte verbindlich und sagte: «Guten Morgen, Monsieur.»

Was für ein Lächeln. Was für Augen – samtdunkel unter dem sonnenblonden Haar, das sich in zarten Locken hinter kleinen Ohren kringelte.

«Monsieur?» Sie sah ihn fragend an, in ihren Augen blitzte Amüsement. Der kleine, dicke Mann im dunklen Rock mit der schwitzenden Stirn war nicht der erste Kunde, der sie so ansah, mit diesem Blick, als sei er der heiligen Maria persönlich begegnet. «Womit kann ich Euch helfen? Möchtet Ihr Eure Uhr reparieren lassen?»

«Meine Uhr? Nein, nicht meine Uhr.» Um nichts in der Welt hätte er zugegeben, daß er keine besaß. «Nein, ich habe nichts zu reparieren. Ich möchte Monsieur Godard sprechen. Ist er da?»

Aus dem hinteren Raum kam ein angestrengtes Knurren, dann der Klang splitternden Holzes und ein erleichtertes Schnaufen.

Emma sah sich lächelnd nach der seltsamen Melodie um. «Ja, Monsieur, er ist da, Ihr könnt ihn hören. Aber Ihr könnt auch hören, daß er im Moment sehr beschäftigt ist. Gewiß kann auch ich Euch helfen. Ich bin Emma Godard und mit den Geschäften meines Vaters völlig vertraut, wenn Ihr mit mir vorliebnehmen würdet?»

Nichts hätte Wagner lieber getan. Er senkte seinen Blick von den dunklen Seen ihrer Augen zu ihrem Hals, aber das machte ganz und gar nichts besser.

«Es tut mir leid, Mademoiselle, wirklich sehr, aber leider, es ist nicht möglich, ich muß Euren Vater selbst sprechen. Und zwar sofort, leider.» Seine Stimme fand nun beinahe zu einem angemessenen amtlichen Ton zurück. «Es geht um eine äußerst wichtige Sache. Wenn Ihr ihn bitte holen wollt?»

«Wenn es so eilig ist», rief da die Männerstimme aus dem hinteren Raum, «stehe ich gleich zur Verfügung.»

«Eilig», sagte Wagner, «in der Tat eilig», und marschierte schnurstracks an Emma vorbei in den hinteren Raum, in dem er sofort über die eisernen Griffe einer Zange stolperte und in einem alten Lehnstuhl landete.

Der Uhrmacher, der inmitten einer Unmenge von weichen Tüchern, Holzspänen, flauschigem Kapok und Kästen verschiedenster Größe auf dem Boden hockte, lachte. «So ist es ganz richtig, Monsieur, setzt Euch nur in meinen alten Stuhl und seht mir noch einen Moment bei der Arbeit zu. Ich möchte nur schnell kontrollieren, ob alle Teile geliefert und sorgfältig numeriert sind. Sonst geht es mir womöglich wie Monsieur Kulubin. Der brauchte ganze drei Wochen, bis er die Teile eines der kostbarsten Automaten, die in unserer Zeit gemacht wurden, so sortiert hatte, daß er den Mechanismus begreifen und die Uhr endlich zusammensetzen konnte. Und dann? Dann brach in der Nachbarschaft ein kleines Feuer aus, sein ängstlicher Sohn warf flink alle Teile in eine große Kiste, und der gute Ivan Kulubin konnte wieder von vorne anfangen. Ist dieser kleine Sänger nicht wunderschön?»

Godard zog behutsam ein Seidentuch von einem schimmernden Vogel, hielt ihn in das nur spärlich hereinfallende Licht und strich liebevoll mit den Fingerspitzen über das vergoldete Gefieder. «Dieser Automat wird nicht ganz so prächtig wie der, den Kulubin für den Fürsten Potemkin gebaut hat, aber dafür wird Mijnheer van Zoom sich lange selbst daran erfreuen, anstatt ihn der russischen Kaiserin Katharina zum Geschenk machen zu müssen wie Potemkin.»

Die Automatenuhr der Zarin, erfuhr Wagner nun, war wie die für den holländischen Gesandten von James Cox in London gebaut worden. Allerdings unvergleichlich viel größer und kostbarer als dieser reichverzierte Vogelkäfig mit den beiden alle Stunde singenden Vögeln und der plätschernden Wasserfontäne, den kleinen goldenen Nashörnern an den vier Ecken des Käfigs und dem silbernen Elefanten auf dem Lapislazuli-Grund.

Katharinas Uhrenkunstwerk war aus vergoldeter Bronze, etwa mannshoch und hatte die Gestalt eines Eichenstumpfes. Auf dem thronte ein lebensgroßer Pfau, der den Kopf schütteln, die Schwanzfedern entfalten und sich drehen konnte. Auf einem Zweig hockte unter Glöckchen, die eine zarte Melodie spielten, eine Eule mit blinzelden Augen, auf einem anderen ein Hahn, der zuzeiten krähte und sich das Gefieder putzte.

«Und am Fuß des Baumstumpfs», fuhr der Uhrmacher mit sichtlichem Stolz auf seinen Berufsstand fort, «wachsen Kürbisse und Efeu. Und Pilze. Im Hut des größten Pilzes sind Öffnungen, die in römischen Zahlen die Stunden und in arabischen die Minuten anzeigen. Die Sekunden zeigt eine Grille neben dem Pilz, sie bewegt sich sechzigmal in der Minute.»

Godard hatte inzwischen einen zweiten Vogel ausgewickelt, von allen Seiten begutachtet, wieder eingewikkelt und in seine Schachtel zurückgelegt.

«Ihr müßt verzeihen, Monsieur, ich vergesse, daß Ihr es eilig habt. Ich habe sehr lange und mit großer Ungeduld auf diese Lieferung aus London gewartet, und sie ist gerade erst angekommen. Doch nun kann das Auspacken noch ein paar Minuten länger warten. Womit kann ich Euch dienen, Monsieur?»

«Das ist eine sehr kostbare Lieferung.» Wagner ignorierte die Frage des Uhrmachers und zeigte streng auf die scheinbare Unordnung am Boden des Zimmers. «Sehr kostbar, in der Tat. Habt Ihr keine Sorge, daß jemand bei Euch einbrechen und sie stehlen könnte? Ihr zeigt mir das alles recht bedenkenlos, Ihr wäret nicht ganz unschuldig, wenn heute nacht ...»

«Aber nein, Monsieur.» Godard lachte vergnügt. «Bevor es Nacht wird, werden alle diese kostbaren Teile wieder in den Kästen und die in den drei Tonnen liegen, sorgfältig verpackt und gesichert, und von Mijnheer van Zooms Bediensteten abgeholt. Sicher wäre es praktischer gewesen, sie gleich in die Gesandtschaft am Valentinskamp bringen zu lassen, aber ich wollte sichergehen, daß alles unversehrt angekommen ist, bevor ich auch nur die Teile van Zoom präsentiere. Zusammensetzen werde ich den Automaten in seinem Haus. Er ist empfindlich, und die Erschütterungen beim Transport vom Berg in die Neustadt könnten die feinen Mechanismen wieder aus dem Takt bringen. Die Gesandtschaft ist gut bewacht, aber Eure Sorge ist sehr freundlich.»

«Es ist weniger Sorge als Wachsamkeit, Monsieur», sagte Wagner streng, «das gehört zu meinem Amt.» Er nannte endlich Namen und Stellung. Anders als er es sonst gewohnt war, beunruhigte die Erwähnung der Wedde die beiden Godards nicht.

«Dann, Monsieur, können der Uhrenautomat und mein Haus sich um so sicherer fühlen», sagte Godard, und Wagner war nicht sicher, ob sich hinter der ergebenen Verbeugung des Uhrmachers eine gute Portion Spott verbarg. Wenn Emma überhaupt eine Regung zeigte, so nicht mehr als das Aufblitzen von Neugier in ihren Augen.

«Nun gut.» Wagner erhob sich, wippte einmal auf den Fußballen auf und ab, verschränkte seine Hände hinter dem Rücken und sah den Uhrmacher so durchdringend wie möglich an. «Nun zu meinem Anliegen. Es handelt sich nur um eine Belanglosigkeit, nicht mehr als eine Frage. Oder zwei, ja. Es geht um Monsieur Donner, um den Lehrer, der vorgestern im Johanneum», er hüstelte, als sei ihm das Wort, das er nun aussprechen mußte, äußerst peinlich, «ja, der getötet wurde. Von unbekannter Hand. Ihr habt gewiß davon gehört, und wenn Mademoiselle diese unerfreulichen Dinge erspart bleiben sollen, vielleicht hat sie in der Küche zu tun …»

«Meine Tochter hat selten in der Küche zu tun, Monsieur Wagner, sie zieht die Arbeit mit den Uhren dem Zwiebelschneiden und Fleischklopfen vor. Fragt nur, was Ihr zu fragen habt. Allerdings sollten wir dazu besser zurück in die vordere Werkstatt gehen. Zwischen all diesen halbausgepackten Fässern redet es sich nicht gut. Wenn ich bitten darf?» Höflich ließ er den Weddemeister vorausgehen, bot ihm den gepolsterten Stuhl für die Kundschaft an, und als Wagner mit einer raschen Handbewegung ablehnte und stehen blieb, blieb auch er stehen. «Ihr wollt gewiß fragen, ob ich Monsieur Donner gekannt habe.»

Wagner nickte, und der Uhrmacher beugte sich über seinen Arbeitstisch und nahm ein kleines metallenes Werkzeug auf, das wie ein dicker, aber kopfloser Frosch mit gestreckten Armen und Beinen aussah, die über eine Schraube in seinem «Bauch», eine mandeldicke Metallscheibe, beweglich waren. Er steckte die dünnen, nach außen gedrehten Füßchen in einen silbernen Uhrdeckel, drückte sie sanft auseinander, und Wagner sah, wie sich die «Arme», an den Enden pfeilspitz, um den Bruchteil eines Zolls näherten. Der Abstand ihrer beiden Spitzen entsprach nun genau dem inneren Maß des Deckels. Der Uhrmacher sah auf sein seltsames Meßinstrument, nahm es aus dem Deckel und steckte es behutsam an seinen Platz in der Halterung an der Wand.

«Ich habe ihn gekannt, ja, aber nicht gut, wie gewiß viele andere. Noch vor wenigen Tagen war er in meiner Werkstatt. Er besaß eine sehr schöne Taschenuhr, sicher habt Ihr sie bei ihm gefunden, er trug sie immer in der Rocktasche. Ein wirklich gutes Stück von Daniel Quare. Das Schlagwerk funktionierte nicht mehr richtig ...»

«Ein Schlagwerk?» Wagner wußte nichts von Uhren, aber er wußte, daß ihn das Schlagwerk der Tischuhr in der Stube des Weddesenators van Witten stets erschreckte. «Seid Ihr sicher? Ist es nicht sehr störend, wenn während des Unterrichtes alle Viertelstunde oder Stunde die Uhr anschlägt?»

«Ganz gewiß ist es das. Aber wie ich sagte, es ist eine Uhr von Quare.»

«Mein Vater», erklärte Emma und setzte sich mit anmutigem Raffen ihrer Röcke auf den gepolsterten Stuhl für die Kunden, «will damit sagen, daß diese Uhr erlaubt, das Schlagwerk ganz nach Belieben an- oder auszuschalten. Monsieur Quare war einer der ersten, der Uhren mit einem solchen Mechanismus gebaut hat.»

«Richtig, und genau dieser An- und Ausschalt-Mechanismus war nicht mehr zuverlässig.»

Monsieur Donner habe das natürlich sehr gestört. Aber die Uhr habe auch sonst eine Überholung nötig gehabt. Sie sei voller mit winzigen Staubpartikeln ausgehärtetem Öl gewesen. Es sei ein Wunder, daß sie überhaupt noch gegangen sei, das jedoch ohne Zweifel und schon seit geraumer Zeit unpünktlich, wovon Monsieur Donner allerdings nichts erwähnt habe. Er sei sicher, daß die Uhr erst vor wenigen Jahren von unfähigen Händen überholt worden sei. Mit zuviel Öl. Sogar viel zuviel Öl. Er, Godard, habe seine Arbeit gewissenhaft ausgeführt, dennoch habe es ein Problem gegeben. Auch nach der Reparatur ging die Uhr nicht ganz zuverlässig, jedenfalls hatte der Lehrer das behauptet.

Godards Gesicht war deutlich anzusehen, daß er an Donners Behauptung zweifelte. Er hatte die Uhr also noch einmal geöffnet, weitere drei Tage in der Werkstatt behalten und gefunden, daß das Uhrwerk zuverlässig und pünktlich schlug und auch – anders als vor seiner Reparatur – präzise die Zeit anzeigte. Er nehme an, daß Monsieur Donner, ein vielbeschäftigter Mann, gewiß den Kopf ständig voller Gedanken und Ideen für eine Verbesserung des Unterrichtes, womöglich vergessen hatte, die Uhr richtig ein- oder auszuschalten. So etwas sei nicht ungewöhnlich, und die Kunden zögen es vor, den Fehler in der Arbeit der Uhrmacher zu sehen. So sei das nun einmal.

«Und wann hat Monsieur Donner die Uhr wieder abgeholt?»

«Er hat sie nicht abgeholt. Ich habe sie ihm gebracht.» Normalerweise mache sein Gehilfe solche Botengänge, aber in diesem Fall, Monsieur Donner sei recht ungehalten gewesen, habe er es für besser gehalten, die Uhr selbst zu überbringen und dabei Monsieur Donner den Mechanismus noch einmal zu erklären. «Was der jedoch ablehnte. Er kenne seine Uhr am besten und brauche keine Unterweisung.»

«Es war am Mittwoch, nicht wahr, Vater?» Emma erhob sich und stellte sich neben ihn. «Am Mittwoch. Ich erinnere mich genau. Ich habe die Uhr selbst in das Seidentuch eingeschlagen.»

«Mittwoch? Wenn du es sagst, wird es stimmen. Emmas Gedächtnis», wandte er sich mit einem kleinen Lächeln an Wagner, «ist viel besser als meines.»

«Ihr habt ihm die Uhr also gebracht. In seine Wohnung, nehme ich an.»

«Aber nein. Er wünschte die Uhr nicht in seine Wohnung, sondern in die Schule gebracht zu bekommen. Am Mittwoch, wie meine Tochter sagte, bin ich in der Pause in das Johanneum gegangen. Es ist ja nur wenige Schritte von hier. Ich denke, es war einige Minuten nach halb zwölf. Ja, ich erinnere mich, die Uhr von St. Petri schlug halb, und die geht stets ein wenig nach.»

«In der Mittagspause, aha, kurz nach halb zwölf.» Endlich wurde die Unterredung interessant. Leider Mittwoch, Donnerstag wäre ihm sehr viel lieber gewesen, aber immerhin in der Mittagspause. «Wie seid Ihr in die Schule gekommen? Das Portal ist während der Pause immer verschlossen.»

«Das mag sein, aber als ich kam, war es das nicht. Ich nehme an, Monsieur Donner hat dem Pedell, oder wer immer die Schlüssel verwaltet, Bescheid gegeben. Er wußte, daß ich an diesem Tag kommen würde. Und nun, Monsieur, würde ich gerne zu meiner Arbeit zurückkehren. Mehr kann ich Euch wirklich nicht sagen.»

«Nur noch eine kleine Frage. Dann überlasse ich Euch sofort wieder Eurer Pflicht. Warum kam Monsieur Donner zu Euch? Es gibt viele Uhrmacher in der Stadt.»

«Viele lutherische, meint Ihr? Und nun sucht Ihr die finstere Ursache, warum er ausgerechnet zu einem Hugenotten kam.» Godard lachte, und es klang nicht bitter, sondern rundum amüsiert. «Ich weiß sehr wohl, Monsieur Wagner, daß Ihr denkt, ein Lehrer der Gelehrtenschule würde einen lutherischen Uhrmacher vorziehen. Aber die Zeiten ändern sich, habt Ihr das noch nicht bemerkt? Eine Uhr ist eine Uhr, ein wertvolles Kunstwerk von großer Raffinesse, und sie braucht die richtigen Augen und Hände. Ob die einem Lutheraner, einem Mennoniten, einem Katholiken oder Calvinisten, ja selbst einem Juden gehören, ist ihr gleichgültig. So wird es auch ihren Besitzern gleichgültig, wenn sie nicht gerade Prediger sind. Glaubt mir, hätte ich nur Kundschaft, die meinem Glauben angehört, wäre das Kleid meiner Tochter ganz gewiß nicht aus so feinem Kattun. Monsieur Donner kam zu mir, weil er wußte, daß ich mein Handwerk verstehe. Nur deshalb, aus keinem anderen Grund. Und ich kann Euch versichern, er zeigte sonst keine besondere Vorliebe für mich. Was er über meine Tochter dachte, möchte ich nicht erörtern. Ich glaube allerdings, daß er kein besonders einnehmender Mensch war. Seine Augen zeigten weder Wärme noch

Heiterkeit. Obwohl er sich doch als gewiß sehr braver Lutheraner und Auserwählter des Scholarchats der Gnade unseres Herrn sicher sein konnte.»

Godards Augen blitzten, und Wagner kam sich wie ein Tölpel vor. Wahrscheinlich war er einer. Es stimmte ja, eine Klosterwäscherin, ein Knopfmacher oder ein, ja, auch ein Weddemeister würde sich kaum eine hugenottische Werkstatt aussuchen. Selbst wenn der Meister wie Godard schon in der zweiten Generation in der Stadt lebte. Aber einer Familie wie den Herrmanns', die alle Tage mit Händlern, Gesandten und gebildeten Reisenden aus aller Welt von unterschiedlichsten Bekenntnissen und Überzeugungen Geschäfte machten und auch zu Tische saßen, war es egal, ob ein Uhrmacher, Strumpfwirker oder Goldschmied Hugenotte war, wenn er nur als der Beste in seinem Metier galt. Tatsächlich waren ja auch einige der reichsten und vornehmsten Familien in der Stadt hugenottischen Ursprungs und immer noch ihrer eigenen Kirche und Tradition verbunden. Man mochte die langsam wachsende Toleranz in Glaubensdingen als Niedergang der Treue zum rechten Glauben oder als einen Triumph der Vernunft bezeichnen – es war, wie es war. Und vielleicht war es deshalb auch gar nicht von Bedeutung, daß Donner seine Uhr ausgerechnet zu Meister Godard gebracht hatte, dessen Werkstatt zudem so nahe beim Johanneum lag.

«Euer Erfolg macht Euch Ehre, Monsieur Godard.» Wagner kratzte den Rest seiner Würde zusammen und sah dem Uhrmacher gerade ins Gesicht. «Noch eine letzte, wirklich allerletzte Frage.» Er griff in seine Rocktasche, zog ein kleines Päckchen heraus, wickelte das Tuch ab und hielt die seltsame Nadel mit dem Holzknauf hoch, die Dr. Reimarus dem Toten aus der Brust gezogen hatte. «Könnt Ihr mir sagen, was das ist?»

«Mon Dieu», murmelte Emma, und Godard nahm Wagner behutsam das Werkzeug aus der Hand. Er hielt es vor dem Fenster ins Sonnenlicht.

«Das ist ein Stichel. Ein Uhrmacherstichel, ohne Zweifel. Ich würde ihn gerne genauer untersuchen», fuhr er unwillig fort, als Wagner ihm das Werkzeug wieder aus den Fingern nahm.

«Das könnt Ihr gleich tun, aber sagt mir erst: Wozu wird so ein Werkzeug benutzt?»

«Zu verschiedenen Arbeitsgängen. Vor allem aber, um ganz feine Späne abzuheben ...»

«Späne? Was für Späne?»

«Metallspäne. Eine Stichelspitze ist wie ein winziges Messer, scharf und hart genug, um Metalle zu formen. Die meisten Uhrwerke bekomme ich aus Frankreich oder England. Aber für die Instandhaltung der Uhren, für ihre Wartung oder für Reparaturen, muß ich einzelne Teile selbst anfertigen. Auch sind die neuen Uhrwerke, besonders die preiswerteren, nicht immer akkurat genug gearbeitet. Ob eine Uhr gut läuft, hängt aber von den präzisen Maßen ihrer Teile ab. Da kann eine Unebenheit, eine Ungenauigkeit von der Stärke eines Seidenfadens schon Schaden anrichten. Ganz besonders bei den Taschenuhren.» Er sah Wagners ratloses Gesicht und unterdrückte ein Lächeln. «Ich werde es Euch zeigen», fuhr er fort, «die Unruh-Welle zum Exempel. Das ist ein Stahlstift, der ein kleines Rad trägt, das den Tisch- oder Taschenuhren ihren Takt vorgibt. So ähnlich wie das Pendel bei der Standuhr.»

Er setzte sich an seinen Arbeitstisch vor eine kaum

handgroße Drehbank, nahm behutsam einen nicht viel mehr als fingernagellangen Stahlstift, der an beiden Enden seltsam abgebogene, ohrenähnliche Fortsätze trug, und spannte ihn in die Haltestäbe der Drehbank. Godards Hände bewegten die winzigen Metallteile ruhig und sicher, aber doch so rasch, daß Wagner nicht genau erkennen konnte, was er tat. Der Uhrmacher hatte noch eine winzige Klammer auf die Welle und ein Rädchen auf einen der Haltestäbe gesteckt, um das Rädchen wand er den Seidenfaden eines kleinen Fidelbogens. Wenn er den nun auf- und abbewegte, drehte es sich und – Wagner erkannte immer noch nicht genau wie – mit ihm die eingespannte Unruh-Welle. Godard nahm einen Stichel aus der Halterung an der Wand, und während er mit der linken Hand den Fidelbogen und damit das Werkstück in der Drehbank bewegte, nahm seine rechte mit dem Stichel winzige, für Wagner unsichtbare Späne von den Enden des sich drehenden Stahlstiftes, den der Uhrmacher als Unruh-Welle bezeichnet hatte.

«Uhrmacherarbeit», sagte Godard, ohne den Blick von seiner Arbeit zu heben, «erfordert große Konzentration und viel Geduld. Wenn Ihr lange genug wartet, werdet Ihr sehen, wie sich das Ende der Welle immer mehr verdünnt, bis es genau die richtige Stärke hat.»

«Aha», sagte Wagner, sah dem sich flink bewegenden Fidelbogen zu und sagte noch einmal: «Aha. Sehr interessant. Leider erlaubt mir mein Amt nicht, Euch lange zuzusehen. Ja, leider. Wie ich sehe, habt Ihr auch so einen Stichel bei Eurem Werkzeug.»

«Jeder Uhrmacher hat einen solchen Stichel, gewöhnlich mehrere.» Godard löste seinen Blick von der Drehbank und wandte sich wieder zu Wagner um.

«Und dieser hier?» fragte der Weddemeister. «Kann es sein, daß er Euch gehört?»

Die Uhren tickten, Godard starrte mit zusammengekniffenen Augen auf das Instrument in Wagners Hand, und Emma saß reglos auf ihrem Stuhl, die Hände im Schoß. Von irgendwoher, wahrscheinlich aus dem Untergeschoß, pochte es dumpf, als schlage jemand mit einem Küchenbrett auf einen Kabeljau oder ein zähes Stück Hammelfleisch ein, bis sie mürbe genug für eine dicke Suppe waren.

«Stichel sehen einander alle recht ähnlich», sagte Godard. «Wenn Ihr ihn mir noch einmal gebt, werde ich das gleich feststellen.»

Wagner rührte sich nicht, er hielt den Stichel fest in der Hand. «Ihr müßtet es doch wissen, wenn Euch einer fehlte. So ein Werkzeug ist nicht irgendein beliebiges Stück Feuerholz. Aber bitte, wenn Ihr wollt.» Er gab ihm den Stichel und fuhr fort: «Am besten seht Ihr gleich auf die winzigen eingeritzten Buchstaben am oberen Ende der Nadel, direkt unter dem Knauf.»

Godard griff nach der Lupe, klemmte sie sich in sein rechtes Auge und seufzte. «Ja», sagte er, «das sind meine Buchstaben. Und nicht nur das, es gibt ja auch andere, deren Initialen ein P und ein G sind, Paul Gösta, zum Beispiel, der Uhrmacher in der Steinstraße. Ein frommer Lutheraner übrigens. Aber Ihr braucht Euch nicht in die Steinstraße zu bemühen, diese Initialen habe ich gemacht, sie sind mein Zeichen, und es ist auch meine Handschrift. Ja, es ist mein Stichel. Woher habt Ihr ihn?»

Wagner konnte sich nicht vorstellen, daß der Uhrmacher das nicht wußte. Es mochte ja sein, daß er Gasthäusern fernblieb, aber es war nahezu unmöglich, nicht zu wissen, daß der Tote ein nadelähnliches Ding an einem Holzknauf in der Brust gehabt hatte. Die ganze Stadt redete davon.

«Habt Ihr ihn noch nicht vermißt? Euer Werkzeug scheint mir gut gepflegt, und in Euren Kästen und auf den Borden herrscht große Ordnung.»

«Doch, Monsieur Wagner, ich habe ihn vermißt. Schon seit einigen Tagen. Genauer kann ich es leider nicht sagen. Ich habe noch zwei weitere, der Stichel ist natürlich nicht nur ein Stück Feuerholz, aber er ist doch ein einfaches Werkzeug. Zuerst dachte ich, er sei in den falschen Kasten gerutscht, dann dachte ich, Jerôme habe ihn. Schließlich war ich sicher …»

«War?»

«Nun gut, ich *bin* sicher, daß ich ihn in einem der Häuser liegenließ, deren Uhren ich warte. Ich habe Jerôme geschickt, meinen Gehilfen, um danach zu fragen, aber niemand hatte ihn gefunden. Was auch nicht bemerkenswert ist, denn so ein Stichel kann zu manchem nütze sein, was mit Uhrmacherei nicht das geringste zu tun hat. Jemand wird ihn liegen gesehen und eingesteckt haben, irgendein Knecht oder eine Magd. Vielleicht auch, um ihn für eine kleine Münze auf dem Markt oder vor den Toren zu verkaufen. Das dachte ich, und das denke ich immer noch. Wenn Ihr es noch deutlicher hören wollt: Ich habe nicht meinen Stichel genommen und ihn Monsieur Donner in die Brust gestoßen. Warum hätte ich das tun sollen?»

Das war genau die Frage, nach deren Antwort Wagner suchte. Warum hätte er das tun sollen? Die Wäscherin hatte Donner und Godard durch das Fenster beobachtet und behauptet, die beiden Männer hätten eine Auseinandersetzung gehabt. Dafür hatte Godard eben selbst eine Erklärung genannt. Donner hatte sich geärgert, daß das Uhrwerk auch nach der Reparatur nicht zuverlässig schlug. Eine Auseinandersetzung, vielleicht hatte der Lehrer den Uhrmacher sogar beleidigt. Aber das war ein zu geringer Anlaß für einen Mord.

«Gut, gut.» Wagner wippte mit plötzlicher Unruhe auf den Zehenspitzen. «Gewiß könnt Ihr mir eine Liste Eurer Kunden geben. Ihr werdet verstehen, ich muß Fragen stellen, nun ja, niemand wird ernstlich belästigt werden, aber ich muß doch fragen, ob sich ein solches Werkzeug nicht doch noch irgendwo angefunden hat.»

«Natürlich», Godard nickte, «Ihr könnt sie gleich mitnehmen. Emma, würdest du bitte die Namen für den Weddemeister notieren? Am besten auch gleich die Tage meiner letzten Besuche.»

«Ach, noch eines», sagte Wagner und sah zu, wie Emma ein großes, an den Ecken abgewetztes Buch aufschlug, nach Feder und Papier griff und begann, die Liste der Namen und Daten zusammenzustellen, «nur noch eines. Wie sah die Taschenuhr aus, die Ihr für Monsieur Donner repariert habt? Und wie groß war sie?»

«Wie groß? Wartet.» Godard öffnete einen kleinen Karton aus poliertem Ebenholz mit einer silbernen Schließe, schlug ein Seidentuch auseinander und nahm eine Uhr heraus, etwa so groß wie ein Gänseei, nur flacher und makellos rund.

«Wie diese, ziemlich genauso groß wie diese.» Auf seiner Hand lag ein mit Schildpatt überzogenes Uhrgehäuse, in das filigrane silberne Vögel, Blumen und Blattranken aus Silber eingelegt waren. Er ließ den Deckel aufspringen, seine Berührungen waren behutsam, fast zärtlich, in seinem Blick lag Ehrfurcht vor dem Wunderwerk an Präzision und Schönheit in seiner Hand. Ein durch einen Glasdeckel geschütztes silbernes Zifferblatt kam zum Vorschein.

«Diese kommt auch aus London», sagte er. «Sie stammt aus den zwanziger Jahren unseres Jahrhunderts. Die von Monsieur Donner wird zwanzig oder vielleicht auch dreißig Jahre älter sein. An Präzision sind sie einander nahezu gleich, diese hier ist nur wertvoller ausgestattet. Donners Uhrgehäuse ist auch aus Silber, aber der Deckel hat bis auf eine kleine Ziselierung in der oberen Mitte, eine efeuähnliche Ranke um eine schlichte Blüte, wenn ich mich richtig erinnere, keinen weiteren Schmuck. Das Zifferblatt auf seiner Uhr zeigt genau wie diese im äußeren Kreis die arabischen Zahlen in Fünfersprüngen, also fünf, zehn, fünfzehn bis sechzig, die sind für den Minutenzeiger, im inneren Kreis in römischen Zahlen für die Stunden, I, II, III bis XII. Und seht Ihr? Die vergoldete Sonne auf diesem Zifferblatt zeigt den Tag an, am Abend ist sie weitergewandert, und der Mond erscheint an ihrer Stelle. Monsieur Donners Uhr dagegen zeigt nur die Stunden und Minuten. Wenn das Zifferblatt seiner Uhr auch einige sehr fein gearbeitete Verzierungen aufweist, so doch keine Vergoldungen. Allerdings hat sie auf dem Unruhkolben unter dem Zifferblatt ein sehr delikat gemaltes Emaillebildnis einer Dame. Doch bitte ich Euch sehr, danach nicht selbst zu suchen. Wenn ihr die Uhr öffnen wollt, um das Bildnis zu prüfen, wobei ich nicht weiß, wozu das gut sein könnte, bringt mir die Uhr. Oder, wenn Euch das lieber ist, einem anderen Uhrmacher. Uhren sind empfindliche Wesen. Sie wollen zart und nur mit dem richtigen Werkzeug behandelt sein.»

Diese Erklärung mochte stimmen, aber gerade in diesen Tagen fand Wagner sie höchst unpassend.

«Wo wart Ihr eigentlich gestern?» fragte er, schon die Türklinke in der Hand. «Die Werkstatt war geschlossen.»

«Gestern ist die *King George* eingelaufen. Wir waren seit dem späten Vormittag am Hafen und haben auf unsere Fässer gewartet. Sie sollten ihres kostbaren, empfindlichen Inhalts wegen in der Kapitänskajüte verstaut werden, was aber nicht geschah. Jedenfalls wurden sie erst heute morgen entladen.»

Wagner wußte nicht viel von der Seefahrt und ihren Gewohnheiten. Daß ein Kapitän drei Frachtfässer in seiner Kajüte verstaute, hatte er noch nie gehört.

In Jensens Kaffeehaus war es noch still. Erst in einer guten Stunde, wenn um zwölf Uhr die Börse schloß, würden sich die niedrigen Räume schlagartig füllen. In einer Ecke saßen zwei Männer in schlichten dunklen Röcken in ein leises Gespräch vertieft, Advokaten vielleicht oder Reisende aus England oder Dänemark. Claes kannte sie nicht. Den Mann im eleganten grünseidenen Rock an einem der vorderen Fenster kannte er hingegen gut. Seine frischgepuderte Perücke hätte eher zu einer Soirée als zu einem vormittäglichen Kaffeehausbesuch gepaßt, mit tadellos manikürten Fingern hielt er eine mit Perlmutt belegte Lorgnette und las in einer Pariser Zeitung: Der französische Gesandte leistete sich heute die Extravaganz, das vornehme Baumhaus am Hafen mit dem Kaffeehaus bei der Börse zu vertauschen. Er nickte Claes mit trägem Lächeln zu und vertiefte sich wieder in seine Lektüre. Was dem nicht unangenehm war. Der Vertreter

Frankreichs war für seine Geschäfte ein wichtiger Mann und mußte angemessen hofiert werden. Aber leider war er auch sterbenslangweilig, ganz besonders für einen Herrn aus Paris, von dem noch funkelnder Esprit und ein gewisses Maß an Interesse an Klatsch und Unterhaltung zu erwarten gewesen wären.

«Monsieur Herrmanns, Ihr schwänzt heute die Börse? Was bringt Euch um diese frühe Stunde zu Müßiggang und in unser sündiges Kaffeehaus? Das wird Euch ruinieren.»

Ein großer Mann, breit und kräftig, das volle widerspenstige Haar nur mühsam mit einem schwarzen Band im Nacken gebändigt, stand im senffarbenen Rock an der Tür zum Billardraum, die Enden seiner Halsbinde hingen locker und tintenbefleckt über seiner grün und weiß geblümten Weste, und er sah ganz so aus, als sei Müßiggang sein liebstes Tagewerk. Was völlig falsch war. Johann Bode hatte es vom Hütejungen zum Übersetzer aus dem Französischen, Italienischen und Englischen und zum Besitzer einer florierenden Druckerei und Buchhandlung gebracht, das wäre mit Müßiggang kaum möglich gewesen.

«Wahrscheinlich habt Ihr recht, aber Ihr wißt ja, die Kunst der Erholung ist ein Teil der Kunst der Arbeit.»

«Ein kluger Satz. Dann erholt Euch am besten mit uns. Lessing und ich streiten wieder einmal herum, das ist allemal amüsanter als das Gerede über den festen Stand der Mark Banco.»

Claes war zwar nicht sicher, ob das stimmte, aber er folgte Bode bereitwillig. An dem ovalen Tisch im Billardzimmer, an dem sich gewöhnlich die passionierten Kartenspieler um Haus und Hof oder doch zumindest um etliche Mark lübisch brachten, begrüßte Claes Monsieur Lessing, den umstrittenen Literaten und Denker, der seit dem letzten Jahr Kritiker am neuen Theater beim Gänsemarkt und schon häufig Gast in seinem Haus gewesen war. Neben ihm saß Lazare Curieux, von dem Claes wußte, daß er gerne ein Literat gewesen wäre, aber nur als Korrespondent einiger französischer Zeitungen seinem Namen Ehre machte. Mehr oder weniger. Den dritten am Tisch, Curieux stellte ihn als Monsieur Mosbert aus Mannheim vor, hatte er nie gesehen. Ein spitznasiger Mann von etwa vierzig Jahren und noch neu in der Stadt. Er wolle ein festes Theater in Mannheim gründen, erklärte Bode, und Lessing gebe sich alle Mühe, ihm dieses Unternehmen, das ihn und seine Auftraggeber ganz gewiß in den Ruin treiben werde, auszureden. Aber über so unerfreuliche Angelegenheiten wollte Lessing nun nicht mehr reden.

«Monsieur Herrmanns», er schob mit weitausholender Geste Tintenfaß, Kaffeetassen und leergerauchte Tabakspfeifen zur Seite, «Ihr kommt wie gerufen.» Nach kurzem Blättern fischte er einen Bogen aus dem Stapel, den er gerade beiseitegeschoben hatte, und legte ihn vor sich auf den Tisch. «Wir brauchen einen unparteiischen Rat. Ihr als ein Mann, der der Literatur in keiner Weise verbunden ist, kommt dazu gerade recht.»

Wenn Claes auch die Lektüre von Romanen und ganz besonders von Versen für einen ausgesprochen weiblichen Zeitvertreib ohne berechenbaren, also sinnvollen Nutzen hielt, fand er doch nicht, daß Lessings Einschätzung vollkommen angemessen war, aber einem Mann, der wie Lessing nur der Literatur und dem Theater lebte, mochte das wohl so erscheinen.

«So setzt Euch doch», Lessing beugte sich vor und zog einen weiteren Stuhl an den Tisch, «der schlaue Bode übersetzt gerade einen neuen englischen Roman, *A Sentimental Journey Through France and Italy*. Es ist eilig, weil die Veröffentlichung schon für den September angekündigt ist, und die Subskribenten dürfen nicht verstimmt werden. Ihr kennt ja Bode: Immer fleißig, aber auch immer auf die letzte Sekunde.»

«Spott trifft stets den Spötter.» Bodes Bariton dröhnte vergnügt durch das Zimmer. Er balancierte ein Tablett mit zwei dampfenden Tassen, drei Gläsern und einer Karaffe Portwein. «Ich habe mir erlaubt, Jensen das Tablett abzunehmen, bevor er damit hinter seinem Schanktisch einschlief. Für Euch einen Kardamomkaffee, Monsieur Herrmanns. Oder habt Ihr etwa Eure Gewohnheiten gewechselt?»

Er verteilte Tassen und Gläser, die zweite Tasse war für Monsieur Mosbert und duftete mehr nach Zimt als nach Kaffee, und stellte die Karaffe auf einen winzigen leeren Fleck inmitten der Papierbögen. Dann ließ er sich auf seinen Stuhl fallen, der unter dem mächtigen Körper bedrohlich knarzte, füllte die Gläser und rieb zufrieden die Hände, die eher einem Schmied als einem Literaten zu gehören schienen.

«Wie Lessing schon sagte», fuhr er fort, «wir können uns nicht einigen. Lassen wir also keinen Mann der Worte, sondern einen Mann der Zahlen entscheiden. Mr. Sterne hat seine Reise *sentimental* genannt. Es gibt kein deutsches Wort, das dies zutreffend übersetzt, und Lessing beharrt nun auf einer neuen Wortschöpfung, natürlich *seiner* Wortschöpfung, die mir sehr befremdlich erscheint. Er schlägt ‹empfindsam› vor. Eine empfindsame Reise durch Frankreich und Italien. Eine empfindsame Reise», wiederholte er, und noch einmal: «Empfindsame Reise. Wenn man es öfter spricht, klingt es gar nicht übel. Trotzdem, wer wird ein Buch kaufen, dessen Titel ihm schon ein unbekanntes Wort entgegenwirft?»

«Ihr habt einfach keinen Mut, Bode», sagte Lessing. «Im Englischen gab es kein Adjectivum zu *sentiment*, Sterne hat einfach eines gemacht: *sentimental*. Wir haben gleich mehrere zu Empfindung. Empfindlich, empfindbar, empfindungsreich – aber keines ist hier wirklich passend. Empfind*sam*, das ist das richtige Wort. So wie eine Reise, die viel Mühe macht, und welche täte das nicht, eine müh*same* Reise ist, ist eine Reise, die die Seele bewegt, die also viele Empfindungen auslöst, eine empfind*same* Reise. Empfindsam, Bode. Und die Leute? Die werden sich an das ungewohnte Wort gewöhnen und bald denken, es sei schon immer dagewesen.»

«Lessing», seufzte Bode, ganz gegen seine Vernunft als Verleger schon halb überzeugt, «ist ohne Zweifel ein beachtlicher Dichter, als Geschäftsmann ist er allerdings eine Katastrophe. Nun sagt doch etwas, Monsieur Herrmanns, was haltet Ihr von ‹empfindsam›? Würdet Ihr ein Buch kaufen, dessen Titel Euch schon fremd erscheinen muß?»

Claes nippte an seinem Kaffee, streckte die Beine unter den Tisch und sagte: «Empfindsam. Das klingt recht hübsch. Ungewöhnlich, aber», er nippte noch einmal an dem Kaffee, «doch hübsch. Und bedeutungsvoll.»

Er war nun doch geneigt, Lessing recht zu geben. Für solcherlei Fragen war er nicht geübt genug in der Literatur. Auch hielt er es für müßig, sich lange um ein Wort zu streiten, das letztlich nur dem Zeitvertreib dienen und unter dem jeder etwas anderes verstehen würde, so wie auch jeder etwas anderes unter hübsch oder vortrefflich verstand.

«Hübsch», wiederholte er, sah die skeptischen Gesichter und suchte nach etwas Beeindruckenderem. In diesem Moment sah er durchs Fenster den Kantor und Musiklehrer des Johanneums vorbeieilen, und er sagte: «Ein musikalisches Wort, sozusagen.»

«Da seht Ihr es, Bode.» Lessing schlug triumphierend mit der flachen Hand auf den Tisch und griff mit der anderen nach seinem schwankenden Portweinglas. «Das trifft es genau. Musikalisch. So soll ein Wort sein, das einem Gefühl Ausdruck gibt. Musikalisch.»

Bode lachte, legte mit einer ergebenen Verbeugung die Hand auf sein Herz und griff nach dem Papierbogen. Er tauchte die Feder in das Tintenfaß, das bei Lessings festem Schlag auf den Tisch ein ganzes Stück zur Seite gehüpft war, machte einen großen energischen Strich durch die lange Liste der Worte und schrieb mit akkuraten Buchstaben EMPFINDSAM darunter.

«Ihr werdet in die Geschichte der Literatur eingehen, Monsieur», sagte er immer noch grinsend, «obwohl unserem klugen, so ungemein belesenen Wortkünstler Lessing der Lorbeer gebührt. Aber er ist nun einmal keiner, der sich aufs Lorbeerernten versteht. Und nun», er warf die Feder auf den Tisch und lehnte sich breit in seinen Stuhl zurück, «nun erzählt uns endlich von den Greueltaten, die sich dieser Tage im Johanneum ereignet haben. Oder glaubt Ihr etwa, ich habe Euch nur der edlen Literatur wegen an unseren Tisch gelotst?»

Auch wenn Claes nur berichtete, was sowieso schon in der ganzen Stadt bekannt war und in jeder Spelunke, in jedem Kontor und Salon debattiert wurde, jedesmal um greulichere Details angereichert, füllte sich der hintere Raum des Kaffeehauses nun in Windeseile. Trotz der Kargheit des Berichts – immerhin war Claes Herrmanns ein Vertreter des Scholarchats und beinahe ein Augenzeuge, konnte man da nicht ein wenig mehr erwarten? – entbrannte schon einige Minuten später die heftigste Debatte darüber, wer denn den ehrenwerten Lehrer der Sekunda erstochen haben mochte und vor allem, warum.

Claes saß in der Mitte des Gedränges – selbst Jensen vernachlässigte seine Geschäfte und mischte sich ganz gegen die guten Sitten unter seine Kundschaft – und hörte zu. Zu Beginn voller Staunen über die blühende Phantasie in den Köpfen dieser Männer, von denen er die meisten sonst nur als kühle Rechner kannte, dann mit wachsendem Interesse. Viele hatten wie auch er einst das Johanneum, einige sogar das Akademische Gymnasium besucht. Er konnte sich nicht erinnern, auch nur mit einem von ihnen jemals über die Jahre an der Gelehrtenschule geredet zu haben. Nicht einmal mit seinem alten Freund Bocholt, der sich nun aus den hinteren Reihen zu ihm nach vorne an den Tisch drängte. Sie hatten das Johanneum besucht, das hatte sie manchmal erfreut, oft gequält, irgendwann war die Zeit vorbei gewesen, und das Leben hatte begonnen. Und nun redeten plötzlich alle von ihrer Schulzeit, redeten von Lehrern, an die er sich kaum erinnerte, rezitierten Brocken der alten Texte von Cicero und aus Caesars «De bello Gallico», mehr oder weniger falsch, was aber auch ihm nicht auffiel, da er es nicht besser konnte. Redeten immer lauter von den wunderbaren Jahren, die sie einst auf der Schulbank verbracht hatten, Cicero hin, Hebräisch und Geographie her. In der Erinnerung, so stellte Claes mit Verwunderung fest, war den meisten die Schulzeit eine Zeit der lustigen Streiche.

Claes erinnerte vor allem Jahre der unendlichen Stunden des erzwungenen Stillsitzens, des Auswendiglernens und monotonen Rezitierens belehrender Texte, erinnerte harte Schläge, demütigende Verweise auf die Eselsbank, das Zittern vor den Osterprüfungen.

Schließlich bekamen die Rufe nach Kaffee, Branntwein oder Port ärgerliche Untertöne, und Jensen mußte doch wieder in seine Küche und hinter seinen Schanktisch. Persching, ein hagerer Mann, der es im Rußland-Handel mit Hanf, Getreide, Pottasche und Juchten gegen Zucker, erlesen bedruckte Kattune und kostbare französische Seiden und Galanteriewaren zu einem sechs Fenster breiten und vier Etagen hohen Haus am Neuen Wall und einem beachtlichen Garten in bester Lage an der Bille gebracht hatte, rief ihm nach: «Aber gemeine Lehrer hat es auch schon immer gegeben, das weiß unser Jensen am besten. Was, Jensen?»

Aber der war schon verschwunden, mit ungewohnter Geschwindigkeit, und Persching lachte meckernd hinter ihm her. Jensen, rief er, wäre heute womöglich Hauptpastor oder gelehrter Professor in Göttingen, wenn ihm der Lehrer – wie habe der Kerl doch geheißen?, der Name sei ihm nun entfallen, Jensen könne sich aber garantiert erinnern –, wenn der damals nicht dafür gesorgt hätte, daß er nach der Quinta aus der Schule entlassen wurde. Weil keine Hoffnung sei, daß er die oberen Klassen bewältige, was vielleicht gestimmt habe, vielleicht auch nicht. Jensen sei nicht dumm gewesen, sondern nur nervös. Jawohl, dünne Nerven, wie man heute sagen würde.

Er habe immer alles gewußt, aber sobald er von seiner Bank aufstehen und etwas rezitieren mußte, den Lehrer mit den Augen eines Bussards beim Sturzflug auf ein Kaninchen direkt vor der Nase, wurde er zum Stotterer, wie es kaum je einen zweiten gegeben habe, jedenfalls nicht, solange er, Persching, zur Schule gegangen sei. Und er habe in der Tat – wieder lachte er, daß sich seine schmale Brust nur so blähte – besonders viele Jahre gebraucht, bis er endlich diesem staubigen Marterhaus entkommen sei.

«Moment», Claes fühlte sich in seiner neuen Scholarchenehre angegriffen, «so einfach ist das nicht. Dazu sind doch die Prüfungen durch die Scholarchen da, damit nicht ein einzelner Lehrer einen Schüler falsch beurteilt, und Johann Müller ...»

Eine Welle des Gelächters rollte durch Jensens Kaffeehaus. «Herrmanns», rief Bocholt vergnügt, der sonst nie laut sprach, geschweige denn vergnügt lachte, «dein Gedächtnis ist ein Sieb. Aber du hattest ja schon immer ein dickes Fell. Wenn dich einer was fragte, hast du's gewußt und gesagt, oder nicht gewußt und die Strafe auf der Eselsbank abgesessen oder hundertmal einen Absatz aus dem Katechismus aufgeschrieben. Ich hingegen», nun sah er gar nicht mehr vergnügt aus, «ich hingegen habe ein sehr viel feineres Gemüt, wenn ich den Schmerz bedenke ...»

«Die Scholarchen», rief ein anderer grob dazwischen, dessen Gesicht Claes hinter den Rücken der Männer nicht entdecken konnte, «mögen ja gerecht sein. Aber wenn die da sitzen, mehr als zwanzig würdige Männer in schwarzen Röcken, die Pastoren mit ihren Halskrausen gar und allem Drum und Dran und Gesichtern wie Gottvater persönlich, da kann auch dem stärksten Schüler mal die Rede vergehen.»

Wieder ging es hoch her. Jeder wußte zu berichten, wie er einmal – den Kopf vollgestopft mit Wissen – stumm vor seinem Lehrer gestanden hatte, aus lauter Angst, bei einem Fehler ertappt zu werden, den Aufstieg in die nächsthöhere Klasse zu verpassen und statt dessen ein väterliches Donnerwetter zu ernten, oder einfach, weil das Gesicht vor ihm so grimmig war und alle geheimsten Verfehlungen zu kennen schien.

«Ich kann da nicht mitreden», erhob sich nun Bodes Bariton über das Geschwätz der Männer, «ich hatte nie die Ehre, eine gelehrte Schule zu besuchen. Aber wenn ich mir all diese Affairen anhöre, würde ich den Mörder unter den Schülern suchen. Es sind ja nur zwei- oder dreihundert. Oder unter den Scholarchen.» Er schlug Claes krachend auf die Schulter. «Da kann man doch auch als braver Scholarch einen Zorn bekommen, wenn einem die Lehrer ständig stumme Schüler vorführen, und man muß sie examinieren, und sie wissen nur zu stottern.»

Was wiederum alle sehr lustig fanden, und Claes wünschte, er wäre nicht auf die dumme Idee gekommen, sich an diesem Vormittag im Kaffeehaus sehen zu lassen.

Es war ja nur wegen des Kaffees gewesen, nun gut, auch weil er hören wollte, was man in der Stadt über den Tod des Lehrers sprach. Schließlich hatte ihn das Scholarchat beauftragt, die Untersuchung des Weddemeisters zu begleiten, so hatten sie gesagt, obwohl sie ‹überwachen› gemeint hatten. Ein Mord im Johanneum war nicht ganz so heikel wie ein Mord im Rathaus, aber es kam doch nahe heran. Kaum einer der Männer im Rat, in den Deputationen und auch in der Bürgerschaft, der nicht einen Johanneumschüler in der Familie hatte, als Sohn, Neffe oder Enkel. Die Schule war renommiert, besonders seit Müller vor nun schon fast vierzig Jahren das Regiment übernommen hatte.

Er machte zwar in der letzten Zeit einige Unruhe mit seinen seltsamen Ideen einer Reform des Unterrichts und vor allem der Unterrichtsinhalte, und die, die ihn noch nie besonders geschätzt hatten, flüsterten sogar, er wolle die Ideen Johann Bernhard Basedows heimlich verwirklichen. Ausgerechnet Basedow! Es war schon genug, daß der Rektor seine Verehrung für die Messieurs Voltaire und Rousseau nicht verleugnete, beide genaugenommen Verächter der Religion. Dabei war Müller ein honoriger Mann in reifem Alter, kein junger Heißsporn mit unausgegorenen Ideen im Kopf, wie ihrer immer mehr in dieser neuen Göttinger Alma mater herangezogen wurden. Müller sollte nur vorsichtig sein. Basedow, ein Mann von Mitte Vierzig und seit sieben Jahren Professor für Moral am Christianeum zu Altona, dessen Ruf als Lateinschule dem des Johanneums in nichts nachstand, war seit Jahren Zentrum des Streits um die Erneuerung der Pädagogik. Seine aufrührerischen Ideen hatten vor vier Jahren dazu geführt, daß der Hamburger Rat seine Bürger und insbesondere die Lehrer vor ihm warnte und seine Schriften beschlagnahmte. In Altona und den umgebenden Dörfern wurden er und seine ganze Familie gar vom Abendmahl ausgeschlossen. Letzteres jedoch lag wahrscheinlich weniger an seinen Ausführungen zur Erziehung zur Glückseligkeit und Gemeinnützigkeit, zur körperlichen Ertüchtigung und Natürlichkeit, als vielmehr an seiner Forderung, die Schulen der

Macht der Kirche zu entziehen, staatlicher Aufsicht zu unterstellen und alle Konfessionen zuzulassen.

Inzwischen hatte Basedow, nicht gerade ein umgänglicher Mensch, jedoch bedeutende Anhänger bis ins dänische Königshaus, und so war er in diesem Jahr vom Unterricht freigestellt worden, ohne sein Lehrergehalt einzubüßen, um sich ganz seinen Schriften widmen zu können. Was ihm auch nicht viele neue Freunde brachte, besonders nicht unter den anderen Lehrern. Müller hingegen schätzte Basedows pädagogische Vorstellungen, vielleicht um so mehr, als der berüchtigte Pädagoge vor drei Jahrzehnten zu seinen Schülern am Johanneum gehört hatte.

Claes Herrmanns, als Kaufmann von vornherein im Ruf eines Mannes der Zahlen und der hanseatischen Tradition, stand beim Scholarchat nicht im Verdacht umstürzlerischer Ideen, sondern wurde im Gegenteil als ein Bollwerk dagegen betrachtet. (Was nicht ganz richtig war, aber auch nicht ganz falsch.) Drei der Oberalten waren dennoch nicht dafür gewesen, ihm die Begleitung der Untersuchungen des Weddemeisters zu übertragen. Monsieur Herrmanns, gegen den natürlich nichts einzuwenden sei, im Prinzip!, sei doch gerade erst ins Scholarchat gewählt worden, und so eine verantwortungsvolle Aufgabe …

Jedenfalls wurde eine ganze Weile hin und her geredet, bis schließlich der Senior, Hauptpastor Goeze, auf den Tisch schlug, wie er es manchmal und stets mit großem Erfolg tat, und verkündete, es sei nun genug geredet, Zeit sei kostbar und Herrmanns genau der Richtige für diese Aufgabe. Wie man wisse, dabei hatte er heftig seine breite Stirn gerunzelt, sei er zwar als Scholarch nicht sonderlich erfahren, sehr wohl aber im Umgang mit der Wedde, was für einen guten Bürger nicht gewöhnlich, gleichwohl beizeiten von großem Nutzen sei. Außerdem, das sei nun mal eine Tatsache, sei er als einer der ersten nach dem Mord im Johanneum gewesen, und nun sei die Sitzung beendet, seine Prediger warteten auf Unterweisung wie an jedem Freitagvormittag. Punktum.

«Da hast du dich mal wieder in was reingeritten, Herrmanns.»

Bocholt, Kaufmann wie Claes und sein Freund seit Johanneumzeiten, setzte sich neben ihn, strich behaglich die Enden seiner Halsbinde und nickte bedächtig.

Das Knäuel der Männer hatte sich aufgelöst, sie saßen nun zu zweit oder zu dritt an den Tischen, eifrig das Für und Wider von Bodes Verdacht, die steigenden Getreidepreise, den Plan einer Verbindung der Elbe mit der Ostsee durch Kanäle oder auch die Zahl der Gertenschläge debattierend, die sie einst, ohne die Miene zu verziehen, durchgestanden hatten. Der Billardtisch war umlagert, und das Klicken der Bälle tönte hell durch den gedämpften Vorhang der Stimmen.

Lessing und Bode hatten sich verabschiedet, auch Lessings Kollege aus Mannheim war nicht mehr zu sehen. Monsieur Curieux, der französische Korrespondent, saß bei Wittenberg, dem Redakteur des *Hamburgischen Correspondenten*, an einem Tisch nahe der Tür. Aber Wittenberg schien im Gegensatz zu sonst wenig Sinn für dessen Plauderei zu haben. Claes sah, wie er immer wieder zu ihm und Bocholt herübersah. Es konnte nur eine Frage von Minuten sein, bis er sich neben ihm niederließ und versuchte herauszubekommen, was er tatsächlich über den Mord im Johanneum wußte und meinte. Natürlich würde er ihm nichts sagen, aber Wittenberg war berüchtigt für seine Fähigkeit, selbst eine Auster zur Redseligkeit zu verführen. Claes hatte überhaupt keine Lust, in der nächsten Woche in der Zeitung Details darüber zu lesen, was sich Schreckliches in Hamburg zugetragen hatte. Es war höchste Zeit, sich in Sicherheit zu bringen.

6. KAPITEL

SONNABEND, DEN 6. AUGUSTUS,
NACHMITTAGS

Rektor Müller fror. Dabei trug er seinen dunklen Rock aus feinem irischem Wolltuch, und der Augusttag war mindestens so heiß, wie es die letzten gewesen waren. Wieder sah er auf die Hände des Jungen, der aufrecht vor ihm auf der Kante seines Stuhles saß, und in das Gefühl der Kälte mischte sich heißer Zorn. Johann Samuel Müller war ein friedlicher Mann mit einem weiten Herzen. Zwar fühlte er oft Ärger, wenn er mit seinen Kollegen oder dem Scholarchat stritt, besonders in der letzten Zeit, seit es auch darum ging, die Lektüre englischer und französischer Romane, selbstverständlich nur äußerst sittsamer Werke, in den Sprachunterricht aufzunehmen, damit Wissen und Fähigkeiten der Jungen endlich den Anforderungen der modernen Zeit angepaßt wurden. Zorn jedoch war ihm kein vertrautes Gefühl. In seiner Jugend mochte er es gekannt haben, zu jenen unruhigen Jahren gehörte es eben wie die großen Träume von Reisen über die Meere, Entdeckungen unbekannter Kontinente, vielleicht auch von der großen, der ganz großen, alles überstrahlenden Liebe.

Der Zorn wie die Träume waren unter Jahrzehnten der Pflichterfüllung verschüttet. Er hatte seine Pflichten stets gerne erfüllt, er liebte seinen Beruf und war ein zufriedener Mensch. Und doch, so wie er in den letzten Jahren neue Träume entdeckte, ganz irdische Träume von einem richtigen Schultheater anstelle der wenigen Aufführungen zur Prüfungszeit, überhaupt von einer besseren Schule, die nicht nur half, papiernes Wissen anzuhäufen, sondern die Schüler das Denken lehrte. Das war natürlich ein gefährlicher Traum, wer wußte schon, was dabei herauskam? Aber ein Mensch, der keine eigenen Gedanken zu entwickeln lernte, blieb stumpf und verharrte auf der Stelle. Wenn er mit Basedow in Altona saß und über dessen neue Schriften zur Erziehung der Jugend debattierte, in der letzten Zeit vor allem zu den Pflichten der Eltern, fühlte er wieder einen Hauch des alten, lange vergessenen Zorns. Es war kein unangenehmes Gefühl. Fast genoß er es als einen Anflug von Kühnheit, von Entschlossenheit, dem verknöcherten Trott auf seine alten Tage wieder die ganze Kraft für das reale Leben, für das Neue, entgegenzusetzen. Diese Jungen, die ihm und den anderen Lehrern für viele Jahre anvertraut waren, durften nicht zur Angst und zum stummen Gehorsam gedrillt, sondern mußten für die Zukunft, für den mutigen Blick nach vorne geformt werden. Es war nicht genug, immer nur das Alte zu bewahren, es mußte mit dem Neuen zu etwas Besserem verbunden werden. Ob es einem behagte oder nicht, nichts blieb, wie es war, alles war im Fluß. Auf Gott zu vertrauen war gut und notwendig, aber nicht genug. Die Freiheit der Gedanken mußte möglich sein und zu einer Freiheit des Handelns führen. Einem gemeinnützigen Handeln, das allen zum Guten gereichte. Das mußte die Pflicht des Bürgers sein.

Gerade die fünf Hauptpastoren, seit jeher die führenden Stimmen im Scholarchat, und unter ihrem Senior Goeze, dem Hauptpastor von St. Katharinen, beharrliche Kämpfer gegen jede Veränderung, müßten das verstehen. Was wäre aus ihrer Religion geworden, wenn Luther nicht neue Wege gewagt hätte? Luther, so hatte Basedow allerdings neulich geketzert, Luther sei letztlich auch nur ein Fürstendiener gewesen. Nun gut, da hatten schon eine ganze Anzahl geleerter Weinkrüge auf dem Tisch gestanden. Er selbst fand das übertrieben. Basedow übertrieb ja immer gern. Aber es war doch bedenkenswert.

Und nun saß dieser Junge vor ihm, fast schon ein Mann, doch mit wundgeschlagenen Händen, und hatte nicht gewagt, sich ihm anzuvertrauen. Er sah auf diese noch immer geschwollenen Hände und schüttelte den Kopf. Simon lebte in seiner Wohnung, er hätte wissen müssen, daß den Jungen etwas bedrückte, schon lange und schwer bedrückte. Aber Simon war so still, so freundlich und höflich, er lernte fleißig, blieb nie zu lange aus. Ihm war nicht einmal der Gedanke gekommen, daß der Junge seine Hilfe brauchte. Damals, bei den Osterprüfungen, hatte ihn wohl gewundert, daß Simon nicht in die Prima aufgestiegen war, aber er war so mit den Theater- und Deklamationsvorführungen der Jungen beschäftigt gewesen, die stets ein Spektakel für die Bürger der Stadt waren und auch ihm selbst der höchste Genuß des ganzen Schuljahres.

«Es tut mir leid, Simon», sagte er, «ich hätte das schon am Donnerstag bemerken müssen, aber natürlich, das verstehst du gewiß, nach diesem schrecklichen Ereignis habe ich gar nichts anderes mehr gesehen als immer wieder das Bild deines Onkels, wie er da auf dem Stuhl saß, den Blutfleck auf der Brust. Trotzdem, das war ja erst nach der Mittagspause, warum hast du mir nur nichts gesagt, gleich nachdem er dich so geschlagen hatte?»

Der Junge saß da, mit gesenktem Kopf, und schwieg.

Johann Müller seufzte. «Du denkst, ich sei der Rektor, und die Lehrer und ich, wir seien eine Sippschaft, du seist nur ein Schüler ohne Rechte. Das ist Unsinn, Simon. Ich dachte, du weißt, wie ich zu diesen Dingen stehe.»

Er wußte auch, daß es nicht wirklich Unsinn, sondern die tägliche Erfahrung der Schüler war. Der Willkür unbeherrschter Pädagogen waren in der Schulordnung wohl Grenzen gesetzt, aber als Bürger wie als Rektor wußte er genau, daß Jungen, egal wie widerspenstig sie sein mochten, immer die Schwächeren waren. Wer sich nicht einfügte, mußte die Schule irgendwann verlassen und würde kaum eine andere finden.

Sein kurzer Anflug von Zorn wich Verzagtheit. Plötzlich wußte er, was dieser Zorn gemeint hatte. Nun verstand er, und es gefiel ihm überhaupt nicht. Es war nicht der Zorn auf den Toten, der, wie sich nun zeigte, ein so ungerechter Pädagoge gewesen war, nicht der Zorn auf den Jungen, der ihm nicht vertraut, nicht der Zorn auf sich selbst, der nicht genau genug hingesehen hatte. Es war der Zorn über den Verdacht, diesen schrecklichen Verdacht, der sich in seinem Kopf ausbreitete wie ein Fieber, sosehr er sich auch bemühte, ihm zu widerstehen.

Er hatte Simon zu sich gerufen, um mit ihm über den Tod seines Onkels zu sprechen und ihm Trost zu spenden. Nun hatte er erfahren, daß dieser Onkel den Jungen schon lange gequält hatte. So hatte Simon es nicht ausgedrückt, er hatte einfach erzählt, wie er ihn immer wieder unterbrach, wenn er Texte rezitierte, wie er ihn mit leisem, doch um so spitzerem Spott und seltsamen Andeutungen, die er nicht ganz verstand, die ihn aber doch verwirrt und beleidigt hatten, vor der Klasse lächerlich zu machen suchte. Wie er ihn schlug, am Tag seines Todes so heftig, daß Simons Hände immer noch keine Feder zu führen vermochten, ohne zu krakeln und zu klecksen. Kurz vor seinem Tod. War es möglich, daß in diesem stillen Jungen eine solche Leidenschaft brannte, die zum Haß und schließlich zur Tat geworden war?

Der Verdacht schlich sich in seinen Kopf – nicht in Worten, da waren nur Bilder, verschwommen, düster, weil er sie nicht sehen, nicht wahrhaben wollte. Sie konnten ja nicht wahr sein. Oder doch? Simon, der in der Pause heimlich in die Schule zurückkehrt, der seinen Onkel überrascht, ihm die lange Nadel ins Herz sticht, Simon, der davonläuft.

Er legte die rechte Hand auf seine Brust, aber sein Herz klopfte weiter heftig und drohend. Er wollte diese Bilder nicht sehen, diese Gedanken nicht denken. Er wollte, wenn Wagner oder Monsieur Herrmanns ihn danach fragten, nicht sagen: Ja, es gibt einen Schüler, der den Kollegen Donner gehaßt hat. Das wollte er nicht sagen müssen. Aber was? Was sollte er sagen? Und wie wurde er diese Bilder in seinem Kopf wieder los?

Er atmete tief, hob mit dem Zeigefinger Simons Kinn und sah ihn sorgenvoll an. Der hielt immer noch den Blick gesenkt. «Sieh mich an, Simon», sagte der Rektor. «Ich muß nun etwas fragen, was ich nicht fragen will. Aber ich muß, und du wirst mir antworten. Du warst nie einer, der zu lügen verstand. Ich werde deiner Antwort vertrauen, und damit wird es gut sein. Wirst du mir antworten?»

Der Junge sah ihn an, aus trockenen dunklen Augen, und er erkannte darin neben dem Schmerz und der Scham Erleichterung, die kindliche Bitte um Hilfe, um die Möglichkeit, sich einem Stärkeren anzuvertrauen, die Last der Verantwortung, der Einsamkeit endlich teilen zu können.

«Ich habe immer gewußt», begann der Rektor, «daß dein Onkel weder deine Nähe suchte noch dir die väterliche Freundschaft entgegenbrachte, wie es der Natur eurer familiären Bindung entsprochen hätte. So wie er dich auch nicht in seiner Wohnung aufnahm, sondern bei mir um Pension für dich anfragte. Ich habe das für einen Ausdruck seiner», er zögerte und fuhr dann fort, «seiner, nun ja, äußerst strengen Pflichtauffassung gehalten. Er wollte sich und auch dich, so glaubte ich, nicht dem Verdacht aussetzen, er bevorzuge dich vor den anderen. Es ist immer schwierig, den eigenen Sohn oder Neffen zu unterrichten und dabei gerecht zu bleiben. Ich habe allerdings nie vermutet, daß er es mit seiner Strenge so weit treibt.»

«Ihr wolltet mich etwas fragen.» Die Stimme des Jungen war nun ganz klar.

«Ja, Simon, natürlich.»

«Ihr wollt mich fragen, ob ich es getan habe.»

Der Rektor starrte in das blasse Gesicht, das in diesem Moment alles Jugendliche verloren hatte, und erschrak über die Kühle in der Stimme des Jungen. Er fühlte sich plötzlich, als seien ihre Rollen vertauscht: Er war nervös, wie Simon es sein sollte, und der wahr kühl und stark, wie er selbst es sein sollte.

«Ja, das muß ich dich nun fragen. Hast du es getan, Simon?»

«Nein, Monsieur, ich habe es nicht getan. Ich habe darüber nachgedacht, wie ich ihm die Demütigungen vergelten kann, ich wollte zu Euch gehen, sogar zum Scholarchat, um ihn anzuzeigen. Er ist ja nicht nur zu mir so gewesen, wenn auch zu mir besonders. Aber», er hob mit einer hilflosen Geste seine geröteten Hände, «nichts schien mir hilfreich. Ich malte mir auch aus, wie er unter ein Fuhrwerk gerät, unter die Hufe durchgehender Pferde. Wie ihm beim Neuen Kran ein Faß auf den Kopf fällt, wie er die große Treppe in der Bibliothek hinunterstürzt und sich … Das malte ich mir aus. Trotzdem habe ich nicht wirklich daran gedacht, ihn zu töten. Aber sosehr ich mich auch bemühe, es tut mir nicht leid, daß jemand anderes es getan hat. Es tut mir nicht leid.»

Auch wenn das vollständig der sechsten Bitte des Vaterunsers sowie etlichen anderen Geboten der christlichen Lehre widersprach und eine entsprechende Ermahnung erfordert hätte, schwieg Müller. Was sollte er darauf auch sagen? Simon war zu klug, auch nicht mehr Kind genug, um mit Zeigefingerermahnungen bedacht zu werden. Und er war zu redlich, als daß nicht gerade dieser Mangel an Mitleid und Bedauern über den Tod seines Onkels ihn bald um so schwerer bedrücken würde. Dann, das nahm sich Johann Samuel Müller fest vor, wollte er achtsam und bereit sein und dafür sorgen, daß der Junge mit seiner erdrückenden Last nicht wieder allein bliebe.

«Es ist nun gut, Simon», sagte er schließlich. «Du weißt, daß ich dir glaube. Ich habe nie angenommen, daß du es getan haben könntest, aber ich mußte es aus deinem Mund hören. Verstehst du das?»

Simon nickte, und in seinen Augen lag fast so etwas

wie Trost für seinen Mentor, dem er solche Sorgen bereitete.

«Geh hinaus in die Sonne, Junge. In den Garten oder auf die Wälle. Der schöne Tag wird dir guttun.»

«Wenn Ihr erlaubt, gehe ich lieber in mein Zimmer.»

«Ganz wie du willst. Vielleicht ist das auch besser. Heute nachmittag kommt der Weddemeister, und ich bin sicher, er wird auch mit dir sprechen wollen. Nein, nicht wegen der Schläge und dieser Dinge, davon weiß er nichts. Aber du warst nicht nur Adam Donners Schüler, sondern auch sein Neffe. Dieser Weddemeister sieht ein wenig einfältig aus, doch das ist er nicht. Was unangenehm, aber wahrscheinlich ein Glück für uns ist. Also wird er auch dich befragen wollen. Er will alles über ihn wissen, obwohl mir nicht ganz einleuchtet, wozu das nun, da er tot ist, noch gut sein soll. In schlechter Gesellschaft, der man eine solche Tat zutrauen könnte, ist er ganz gewiß nicht zu Hause gewesen. Aber wer weiß, vielleicht doch? Das wäre in der Tat ein Segen, wenn irgendein Spitzbube aus den dunklen Löchern der Gängeviertel ...» Er verschluckte das Ende dieses Gedankens. Es würde Simon kaum beruhigen, düstere Spekulationen über die Hintergründe der Untat zu hören. «Gewiß nimmt der Weddemeister an, daß du am meisten über ihn weißt: Mit wem er verkehrte, wie er seine freie Zeit verbrachte und so weiter. Wenn er kommt, lasse ich dich rufen, und dann ist es schnell vorüber.»

Simon verschwand in seinem Zimmer, mit leisen, unauffälligen Schritten, wie gewöhnlich, und der Rektor eilte in die Küche, Madame Müller zu bitten, eine Kanne Schokolade für Simon zu kochen und dabei nicht an Zucker und Vanille zu sparen.

Sein Verdacht gegen Simon, wenn es auch nur der Hauch eines Verdachtes gewesen war, erschien ihm nun absurd. Doch wenn selbst er diese Gedanken gehabt hatte, was mochte erst jemand denken, der den Jungen nicht kannte? Was erst ein Weddemeister? Andererseits, wußte er tatsächlich so viel mehr als ein Fremder von Simon? Wußte er wirklich, was er in seiner freien Zeit tat, mit wem er sich traf? Was in der Tiefe seiner Seele verborgen lag? Hatte er sich mehr um ihn gekümmert als irgendein Pensionswirt? Hatte er nicht freudig angenommen, daß dieser Junge endlich mal einer war, um den man sich nicht zu kümmern brauchte, den man nicht ständig kontrollieren mußte, der sich still und zufrieden in seinem Haus bewegte, seinen Pflichten unaufgefordert nachkam und keine Mühe machte? Womöglich war das ein Irrtum gewesen. Womöglich hätte gerade diese Unauffälligkeit ihm zeigen müssen, daß er mehr Beachtung brauchte. Wenn dies alles vorbei war, wollte er das ändern, dann wollte er Simon, egal wie still und zufrieden er schien, weniger als Pensionisten und mehr als geschätzten Gast in seinem Haus behandeln.

Johann Samuel Müller hatte sich umsonst gesorgt. Wagner kam wie angekündigt am Nachmittag, diesmal ohne Claes Herrmanns, der als Mitglied der Commerzdeputation mit Vertretern der Admiralität und der Lotsenbrüderschaften wieder einmal und immer noch über die Beseitigung der treibenden Elbsände streiten mußte. Tatsächlich verlangte Wagner, als erstes Simon zu sprechen, ganz wie Müller erwartet hatte. Es hatte ihn schon gewundert, daß der Weddemeister so viel Zeit hatte verstreichen lassen. Wagner schlug den angebotenen Stuhl aus, stellte sich mit dem Rücken an das Fenster von Müllers Arbeitszimmer und erwartete den Schüler und Neffen des Toten. Nein, er habe nichts dagegen einzuwenden, wenn der Rektor bei diesem Gespräch zugegen sei, ganz im Gegenteil. Was dazu führte, daß der das unbehagliche Gefühl hatte, Simon werde zwar befragt, er selbst jedoch genauestens beobachtet.

Simon betrat den Raum, sah dem Weddemeister trotzig ins Gesicht und gab sich nicht die geringste Mühe, seine Hände zu verbergen. So war die erste Frage: Was denn mit seinen Händen geschehen sei? Simon gab bereitwillig Auskunft. «Soso», sagte der Weddemeister nur und fragte, ob er Freunde seines Onkels kenne oder Lokalitäten, in denen er verkehrt habe. Simon wußte nichts davon. Falls der Weddemeister es seltsam fand, daß ein Neffe nichts vom Leben seines Onkels wußte oder zu wissen vorgab, ließ er das nicht erkennen. «Soso», sagte er noch einmal, und dann fragte er: «Diese Strafe», er schob sein Kinn in Richtung der Hände vor, «wann hast du die bekommen?»

«Nach dem Vormittagsunterricht vor der Mittagspause.»

Wagner mußte nicht fragen, von welcher Mittagspause der Junge sprach.

«Soso», sagte er wieder, und der Rektor begann nervös zu werden. «Dann hast du ihn wohl als letzter gesehen. Und was hast du dann gemacht?»

«Dann habe ich die Schule verlassen.»

«Und?»

«Vor dem Tor wartete ein Freund, und mit ihm bin ich an das Klosterfleet hinter dem Gymnasium gegangen. Ich habe die Hände ins Wasser gehalten.»

«Du hast dem Freund erzählt, was passiert war?»

«Natürlich. Er hatte es gleich gesehen.»

Wagner nickte. «Wer ist denn dieser Freund? Auch ein Johanneumschüler?»

«Ja, aus der Tertia. Er heißt Niklas Herrmanns.»

Rektor Müller atmete erleichtert auf. Der Sohn des neuen Scholarchen. Wer hätte Simon in dieser schrecklichen Mittagspause unter den gegebenen Umständen eine bessere Gesellschaft sein können?

«Und mit ihm hast du die ganze Pause verbracht.» Der Weddemeister schien nicht so erfreut wie der Rektor.

«Nein», Simon schüttelte ernsthaft den Kopf. «Niklas mußte bald zum Mittagessen nach Hause, und danach hatte er seinen Privatunterricht. Ich war alleine. Ich bin zum Hafen hinuntergegangen und habe zugesehen, wie ein Schiff entladen wurde.»

«Alleine am Hafen. So. Was war das für ein Schiff?»

Simon zuckte die Achseln. «Ich weiß nicht genau. Ein Schiff eben. Ich glaube, es war eine Bark.»

Eine Bark! Müller begann zu schwitzen. Was für eine Antwort. Die meisten der großen Segler in Europas Überseehäfen waren Barken. Der Weddemeister wollte den Namen wissen, wollte wissen ...

«Eine Bark, soso. Den Namen weißt du gewiß auch. Oder was für eine Galionsfigur sie am Bug trägt?»

Nein, den Namen wußte Simon nicht. «Aber ich glaube, es war ein spanisches Schiff. Jedenfalls sprachen einige der Männer, die die Säcke und Fässer in die Schuten luden, spanisch. Zwei sprachen aber auch holländisch miteinander. Ich kann Euch das Schiff zeigen, sie hatten erst mit dem Entladen begonnen, es kann noch nicht wieder ausgelaufen sein.»

Immerhin, das Schiff würde noch viele Tage, vielleicht sogar einige Wochen im Hafen liegen, bis seine Fracht gelöscht und eine neue gefunden und geladen war. Aber das schien Wagner nicht mehr zu interessieren. Er berührte die rechte Hand des Jungen, sah sich suchend um, griff nach dem Brieföffner auf dem Sekretär des Rektors, ein hübsches Stück aus poliertem ziseliertem Silber, und reichte ihn Simon. Der nahm ihn zögernd, und Wagner sagte: «Halt fest.»

«Warum?»

«Halt ihn einfach fest. So, ja, nun noch fester.»

Und schon hatte Wagner das glänzende Stilett aus Simons Fingern gezogen.

Damit war er entlassen. Es war möglich, daß der Junge mit dem Tod des Onkels, den er gewiß nicht geliebt hatte, zu tun hatte. Aber er konnte ihn nicht selbst erstochen haben. Wagner hatte seine Hände gesehen und gleich erkannt, was geschehen war. Und sich auch gleich erinnert, daß mit einer Gerte malträtierte Jungenhände tagelang schmerzen, kraftlos bleiben und nichts, nicht einmal eine Feder festzuhalten vermögen. Geschweige denn eine tödliche Waffe durch Kleider und Rippen eines Mannes zu stoßen.

Simon Horstedt, dachte er, kann es nicht gewesen sein. Aber er wird mehr als einen Freund haben, und vielleicht waren nicht alle nur schüchterne Kinder aus gutem Hause wie Niklas Herrmanns.

SPÄTNACHMITTAG

«Kann sein, da sind Blätter drin, Madame, oder nur 'n Brocken Erde. Kann auch ein Käfer sein, Käfer sind dumm, die fallen in alles rein. Und die sind hart. Die können so'n paar Tropfen Wasser nicht rausdrücken.» Der Gärtner schob seinen Hut zurück, wischte mit dem Handrücken einen Schweißtropfen von der Nasenspitze und betrachtete mit vorgeschobener Unterlippe den Springbrunnen, aus dem kein Wasser mehr sprang, sondern nur noch ein müdes Rinnsal herauströpfelte. «Da kommt nicht mehr viel durch. Verstopft ist verstopft.»

«Das sehe ich, Kampe, aber was machen wir jetzt? Dies ist ein Springbrunnen. Der ist dazu da, daß hier», Anne Herrmanns zeigte energisch auf die dicken Lippen des steinernen Fisches in den molligen Armen eines Amors, der in der Mitte des Beckens im Trockenen stand, «genau hier Wasser herausspringt. Ob Blatt oder Käfer, du mußt es rausholen.»

«Der Käfer ist sowieso tot, Madame, dem hilft jetzt nix mehr.»

«Das ist traurig, Kampe, aber im Moment ziemlich egal.» Der Rest von Geduld in Annes Stimme klang, als würde er nicht mehr lange vorhalten.

Kampe war ein guter Gärtner. Unter seinen Händen gediehen der Garten und der Park um das Herrmannssche Sommerhaus an der äußeren Alster, als sei Demeter persönlich am Werk. Wobei Anne nicht sicher war, ob die griechische Göttin sich nicht nur um Getreide und Gemüse zu kümmern hatte. Wenn es so war, machte sie hier eine Ausnahme. Der Boden war sumpfig und sauer gewesen, Kampe hatte es verstanden, ihn so zu entwässern und mit allerlei Substanzen anzureichern (von denen eine nur schlichter Sand gewesen war), daß alles, was Anne ihm zu pflanzen auftrug, aufs Prächtigste gedieh. Bis auf das Spalierobst, das kümmerte schon seit dem letzten Sommer. Doch alle anderen in den letzten Jahren neu gesetzten Bäume, selbst die Blumenbeete auf der anderen Seite des Hauses, die er für nichts als ein wildes Durcheinander gehalten hatte, das seine Gärtnerehre ernstlich in Gefahr brachte, lockten neugierige Besucher an. Um seine Ehre machte er sich inzwischen keine Sorgen mehr, außerdem wußte die ganze Stadt, daß Madame Herrmanns' Geschmack, besonders was ihren Garten betraf, recht eigen war. Nach der Natur sollte der sein, das klang nicht schlecht, aber Kampe konnte sich nicht vorstellen, warum man dazu einen Garten anlegte, so ungebärdig und wild. Levkojen neben Rittersporn, Gartennelken, Tunisblumen, Indianische Sonnenblumen, Marienglokken und Karthäusernelken, dicke Büsche von Johanniskraut und weißen und blauen Marienglocken. Dann diese Tomaten. Die Fruchtstände wurden ja hübsch rot, es hieß, daß manche Leute sie sogar aßen, aber sie hatten nur mickrige Blüten, und das Kraut roch streng. Wenigstens die Rosen hatten ein langes Beet vor dem Haus und ein Rondell im hinteren Garten für sich, aber sie wuchsen dort in allen Farben und die meisten in üppigen Büschen, nicht vornehm an halbhohen Stämmen wie die in Böckmanns Garten. In einer Ecke ließ sie sogar Kornblumen und Klatschmohn, in einer anderen, bei der Pumpe, Kapuzinerkresse machen, was sie wollten, und jeder wußte, daß die vor allem viel Platz wollten, jedes Jahr mehr, wie die Primeln und der Löwenzahn, die sie sich auf der Wiese am Ufer ausbreiten ließ. Da konnte sie ja gleich nach Eppendorf rübergehen, durch die Wiesen und die Eichenwälder, am Alsterufer entlang bis zu den Teichen, da sah es im Frühsommer auch nicht viel anders aus.

Andererseits mußte er zugeben, daß das, was sie als natürlich verstand, inzwischen recht hübsch war. Gediegen, aber doch hübsch anzusehen. Eigentlich war es auch angenehm, nicht immer nur die gleichen Pflanzen in von gestutztem Buchsbaum umrandete kleine Beete einzuzwängen. Es kamen nun auch viel mehr Schmetterlinge, und Schmetterlinge mit ihren zarten oder leuchtenden Farben, ihrem leise wippenden Flug, die liebte er sehr.

Aber so ein Springbrunnen? Es mochte lauschig sein, wenn es ein bißchen plätscherte, doch hier plätscherte es schon vom Alsterufer her. So ein Ding machte nur Arbeit. Nun war es auch noch verstopft, und er hatte keine Ahnung, wie es funktionierte.

«Du wirst das ganze Ding auseinandernehmen müssen, Kampe. Macht ihn sauber, dann springt er wieder, dazu ist er schließlich da.»

«Kann auch sein, daß ein Rohr kaputt ist, das muß man mal sehen, Madame. Das dauert, und ich dachte, ich soll zuerst die Rosen, also, die trockenen Blüten müssen ab, und bei dem Rittersporn ist auch viel dürres Zeug...»

Der Wind wehte matte Glockenschläge herüber, und Rosina, die mit wachsendem Amüsement dem Disput, beinahe war es ja einer gewesen, zugehört hatte, legte Anne leicht die Hand auf den Arm. «Vielleicht hat der verstopfte Springbrunnen bis Montag Zeit», sagte sie, «der Rittersporn sieht wirklich recht struppig aus, und gewiß will Kampe rechtzeitig zum Abendessen bei seinen Kindern sein. Nicht wahr, Kampe?»

Der Gärtner, verblüfft über die unerwartete Schützenhilfe, nickte und zog sich den Hut wieder tief in die Stirn. «Ja, das ist richtig, beim Abendessen, ja. Heute ist Sonnabend, Madame, und da ...»

«Schon gut, Kampe, daran habe ich nicht gedacht, natürlich sollst du pünktlich zu Hause sein. Dann schneide jetzt die alten Blüten und Dolden aus, aber bis Montag abend will ich, daß der Springbrunnen wieder plätschert.»

«Abendessen», knurrte sie, als Kampe mit der Geschwindigkeit eines alten Meutehundes am Abend einer Treibjagd um die Hausecke verschwunden war, «der sehnt sich nicht nach seinen Kindern, sondern nach seinem Bier.»

«Du bist streng heute, Anne. Ob seine Kinder oder das Gasthaus, gönne ihm doch seinen Sonnabendabend.»

«Habe ich mich als Sklavenhalterin gebärdet? Wahrscheinlich hast du recht. Es ist schon seltsam. Als der Strahl des Springbrunnens heute immer dünner und kleiner wurde und schließlich ganz versiegte, wurde ich tatsächlich ein bißchen ungeduldig. Ach was, ich wurde wütend. Ist das nicht albern? Nur wegen so einem bißchen Wasser? Aber die Sommer scheinen mir hier so kurz. Das Geräusch des Springbrunnens an einem warmen Abend gibt mir immer das Gefühl, der Sommer sei endlos und diese Monate voller kalter Nebeltage kommen niemals wieder.»

Anne Herrmanns hatte Heimweh. Das war nicht zu überhören. Rosina hakte sich bei ihr ein und zog sie mit sich zum Ufer hinunter. Sie verstand Annes Sehnsucht nach ihrer lieblichen Insel Jersey mit dem milderen Klima und den süßeren Früchten besser als irgendeiner in der Herrmanns-Familie – Niklas, gewiß ein heimlicher Experte in Sachen Heimweh, vielleicht ausgenommen. Im letzten Herbst hatte Claes Herrmanns seiner Frau versprochen, in nächsten Frühjahr werde er mit ihr nach

Jersey reisen, ganz bestimmt. Das Frühjahr war längst vorbei, auch der Sommer ging schon zu Ende, und die Herrmanns' waren immer noch in Hamburg. Anne lebte nun schon drei Jahre an der Elbe, sie wußte, was sie tat, als sie ihre Insel verließ. Sie war nicht mehr jung genug gewesen, um zu glauben, die Liebe mache alles möglich und das Vergangene vergessen. Nun war ihre späte Liebe glücklicher, als sie zu hoffen gewagt hatte, doch die Sehnsucht nach den Orten und Menschen ihrer Vergangenheit war deshalb nicht geringer geworden.

«Was kam diesmal dazwischen?»

«Dazwischen?» Annes Gedanken waren noch voller Ungeduld bei ihrem versiegten Springbrunnen.

«Ich meine den Grund, warum ihr in diesem Frühjahr nicht nach Jersey reisen konntet.»

Anne lachte leise. «Du kannst Gedanken lesen, Rosina. Ja, daran habe ich vorhin gedacht. Obwohl ich mich sehr bemüht habe, es nicht zu tun. Mein Leben ist jetzt hier, es war meine Entscheidung, und ich bedaure sie nicht. Nur manchmal habe ich eine kleine Schwäche. In unserem Garten in St. Aubin haben wir einen ganz besonderen Springbrunnen, er ist viel größer als dieser und schon sehr alt. Das Wasser springt aus einer Fontäne in der Mitte aus den Mäulern dreier dicker Fische. Er war immer da, solange ich denken kann. Der Marmor ist grünlich vom Alter, er sieht nicht einfach nur wie ein Gebilde aus Stein aus, und seine Geräusche waren die Geräusche des Sommers. In den Nächten, wenn es noch stiller war als an den ohnedies stillen Tagen, konnte ich ihn immer hören. Jedenfalls war er nie verstopft.»

Sie entzog Rosina ihren Arm, richtete mit energischen Handgriffen ihre – wie meistens – zerzauste Frisur, zog hier eine Haarnadel heraus und steckte sie fester, bändigte dort eine lichtbraune Strähne mit einem weißen Perlmuttkamm. Dann sah sie über den See, zeigte mit einer weitausholenden Handbewegung hinüber zu den kupfergrünen Kirchtürmen und den roten und schwarzblauen Ziegeldächern, die über die Wälle der Stadt ragten, auf die sich eifrig drehenden Mühlen links und rechts der Brücke beim Lombardhaus, auf die zu dieser Nachmittagsstunde schon wachsende Zahl der kleinen Boote voller fröhlicher Ausflügler auf dem weiten See.

«Ich weiß nicht, warum ich manchmal ein bißchen traurig bin, Rosina. Ist es hier nicht wunderschön? Habe ich nicht einen wunderschönen Garten, eine liebevolle Familie ...»

«Und ich habe eine wunderbare Frau.»

Claes Herrmanns kam, den weinroten Rock und die rosenholzfarbene Weste weit geöffnet, die Halsbinde in der Hand, mit großen Schritten über die Wiese. Der weiche Boden hatte den Klang seiner Schritte verschluckt, aber Rosina war sicher, daß er nur den letzten Satz gehört hatte. Selbst Claes Herrmanns, ein Meister, wenn es darum ging, nur wahrzunehmen, was er auch wahrnehmen wollte, hätte bei der Nachricht, daß seine Frau manchmal traurig sei, kaum ein so strahlendes Gesicht gezeigt. Er küßte Rosina galant die Hand, legte seiner Frau den Arm um die Schulter und sah beide an, als habe er gerade ein Königreich erobert.

Annes Betrübnis war wie weggewischt, und Rosina hoffte, daß es nicht nur so schien.

«Und nun, Madame, Mademoiselle, darf ich Euch meinen Arm bieten? Ich möchte Euch nämlich möglichst schnell ins Gartenzimmer befördern. Es riecht schon auf der Terrasse ganz köstlich aus der Küche nach irgend etwas Gesottenem, und wenn Elsbeth nicht gleich servieren kann, fange ich an, die Blätter von diesem seltsamen Busch zu verspeisen.»

«Das ist ein Schneeball, Claes. Der ist überhaupt nicht seltsam, sondern wächst in jedem Bauerngarten. Du erkennst aber auch gar nichts, was nicht in einem Sack, einem Faß oder einer Tonne steckt. Oder zwischen den Seiten deines Kontorbuches.»

Ihre Augen blitzten, und die Grübchen in ihren Wangen beruhigten Rosina. Solange der Anblick ihres Ehemannes solche Grübchen hervorzuzaubern vermochte, würde auch ihre Traurigkeit immer wieder verschwinden. Jedenfalls wenn Claes sich irgendwann doch noch dazu durchringen konnte, seine Frau auf eine Reise zu ihrer heimatlichen Insel zu begleiten.

Auf der Terrasse duftete es tatsächlich köstlich. Blohm und Elsbeth hatten mit der Hilfe des Pferdejungen den großen Tisch aus dem Gartenzimmer auf die Terrasse getragen, damit ihre Herrschaft, genauer gesagt, ihre Herrin den schönen Spätnachmittag genießen konnte. Claes war es gleichgültig, ob er das Essen im Garten oder in seinem Kontor serviert bekam, wenn es nur recht delikat war.

Im Halbschatten einer üppig wuchernden Waldrebe voller später tiefblauer Blüten saß Augusta, die silbergrauen Seidenschuhe neben ihrem bequemen Armstuhl, und fächelte sich mit dem Mundtuch frische Luft. Trotz der offensichtlichen Erschöpfung durch die Wärme des Tages sah sie außerordentlich unternehmungslustig aus.

«Anne, meine Liebe, guten Tag. Rosina, es ist wunderbar, daß du hier bist, du wirst dringend gebraucht. Und, Anne, könntest du Wagner davon überzeugen, daß er *nicht* in der Küche gebraucht wird? Ich fürchte, Blohm wird es uns niemals verzeihen, wenn Wagner ihm womöglich das Feuerholz aus der Hand reißt, um ihm die Arbeit zu erleichtern.»

Da trat Wagner schon aus dem Haus, mit hochrotem Kopf, den Dreispitz zerknautscht in der Hand, den dunkelblauen Rock akkurat geschlossen.

«Verzeihung», murmelte er und neigte sich grüßend Anne und Rosina zu. «Madame, Mademoiselle. Ich wollte nur helfen, aber ich glaube, es ist nicht erwünscht.»

Claes lachte. «Wagner, Ihr seid unser Gast. Es ist wirklich eine edle, aber ich glaube, keine *gute* Idee, wenn Ihr in Blohms Reich eindringt. Setzt Euch, nehmt von dem Zitronenwasser, und öffnet um Gottes willen Euren Rock. Kein Senator weit und breit zu sehen. Eure Weste auch, legt den Dreispitz beiseite, und macht nicht ein so amtliches Gesicht.»

Wagner wäre gerne in eines der Maulwurflöcher gekrochen, die trotz der rabiaten Verfolgung durch Kampes Spaten hinter dem stummen Springbrunnen ein kleines dunkelbraunes Gebirge bildeten.

«Trinkt, Wagner.» Rosina setzte sich neben den Weddemeister, der gehorsam auf einen Stuhl gesunken war, nun mit geöffnetem Rock, nichts würde ihn dazu bringen, in dieser Gesellschaft auch noch die Weste zu öffnen, und füllte Limonade in sein Glas. «Der Weg aus der Stadt muß Euch erhitzt haben, wenn Ihr nicht sofort etwas trinkt, platzt Euch der Kopf.»

«O nein», rief Claes vergnügt, und hielt Rosina auch sein Glas entgegen, «es war nicht der lange Weg. Es war mehr die Kutsche. Damit also doch auch der lange Weg, obwohl er das eigentlich gar nicht ist, lang, meine ich. Jedenfalls nicht mit der Kutsche.»

Anne verstand kein Wort und verlangte lachend Aufklärung. Claes und Augusta hatten Wagner auf dem Gänsemarkt getroffen und darauf bestanden, ihn mitzunehmen. Alle Proteste und höflichen Ausflüchte hatten nichts genützt, immerhin hatte der Weddemeister darauf beharrt, nicht neben dem Scholarchen und seiner ehrwürdigen Tante Platz zu nehmen, sondern sich auf das schmale Brett hinter der Sitzbank der Kutsche zu zwängen, das für einen Lakaien bestimmt war, aber nie benutzt wurde. Hätte er gewußt, welche Schüttelei das bedeutete, wäre er womöglich nicht so entschieden auf die Wahrung der guten Sitten und des korrekten Abstandes zu Personen eines höheren Standes bedacht gewesen.

Blohm, schon ein Mann in mittleren Jahren, als er den jungen Claes Herrmanns vor langer Zeit zu dessen Lehrzeit nach London begleitet hatte, kam mit einer großen Terrine aus der Küche, und die köstliche Suppe aus pürierten Gurken in frischem Rahm mit Dill, weißem Pfeffer und einer Prise geriebener Muskatnuß rettete Wagner vor der Pein, Mittelpunkt zu sein.

Anne dankte Blohm, füllte selbst die Teller, und der alte Diener, er hatte Wagner mit keinem Blick gewürdigt, wahrscheinlich hätte er ihn auch beim Auffüllen der Suppe übersehen, ging steifbeinig zurück in die Küche. An der Tür drehte er sich noch einmal um. «Für Herrn Niklas und den anderen Jungen haben wir was zurückbehalten», sagte er, und seine steinerne Miene verriet, daß er diese neue Sitte, die der jungen Generation gestattete, zu spät oder womöglich gar nicht zum Essen zu erscheinen, ganz und gar nicht billigte.

«Danke, Blohm, das ist sehr freundlich. Die beiden müssen bald kommen. Tatsächlich», fuhr Anne an Claes gewandt fort, «sollten sie längst zurück sein.»

Es waren schon mehr als zwei Stunden vergangen, seit Niklas die Erlaubnis erbeten hatte, mit Muto den Garten zu verlassen und die Alsterwiesen zu erkunden.

Als Blohm die mit Kalb- und Schweinefleischgehacktem gefüllten Täubchen mit der nach Wacholderbeeren duftenden Soße aus Bratensud, saurem Rahm und Rotwein servierte, begann Anne unruhig zu werden. Die Jungen waren keine Kinder mehr, beide konnten schwimmen, und was sollte ihnen bei einem harmlosen Ausflug in die Nachbarschaft geschehen? Es war auch nichts Besonderes, daß Niklas die Zeit vergaß, aber dennoch ... In der Schule war ein Mord geschehen, und der Tote war Niklas' Lehrer gewesen. Natürlich war ihre Unruhe völlig überflüssig. Gewiß machte sie nur das Wetter empfindlicher als angemessen, diese Wärme, die nun auch in die Häuser kroch und selbst den Nächten die Frische zu nehmen begann.

«Laß nur», Claes legte beruhigend seine Hand auf die seiner Frau, «du hast ihm erlaubt, heute länger auszubleiben. Er wird bald kommen.» Schon wieder einer, dachte Anne, der heute ihre Gedanken zu lesen vermochte. «Gleich kommt er mit zerrissenen Strümpfen und nassen Schuhen angerannt und zieht vergnügt seine Beute aus der Tasche, irgendeinen unansehnlichen Käfer oder ein stinkendes Kraut. Selbst Niklas wird irgendwann hungrig. Und Muto», fügte er mit einem Lächeln zu Rosina hinzu, «ganz gewiß auch.»

Dann fand er, nun sei genau die richtige Zeit für einen kühlen weißen Bordeaux, wogegen niemand etwas einzuwenden hatte. Nicht einmal Wagner, wenn er es denn gewagt hätte, obwohl er immer unruhiger auf seinem Stuhl hin- und herrutschte. Er war zu einem dienstlichen Gespräch mit dem Scholarchen über den Stand der Dinge in Sachen Mord im Johanneum nach Harvestehude gekommen, und nun saß er in der Sonne inmitten eines blühenden Gartens, hörte dem Familiengeplauder zu, aß gefüllte Täubchen und trank teuren französischen Wein, als sei er ein Großbürger – er betete im stillen, daß nicht ausgerechnet an diesem Nachmittag Weddesenator van Witten auf die Idee kam, den Herrmanns' einen Besuch zu machen.

«Und plötzlich wurde die Tür aufgerissen, und Mademoiselle Meyerink stürzte ins Zimmer», hörte er Madame Kjellerup sagen, als er sein stilles Gebet, besser gesagt, seinen Stoßseufzer, gerade zum drittenmal wiederholte. Aus den Täubchen waren abgenagte Gerippe geworden, und das Geräusch des Schneebesens aus der Küche verriet, daß Elsbeth eine ihrer delikaten Cremes aus Früchten, Sahne, Eidottern und viel weißem Zucker zum Dessert bereitete.

«Mademoiselle wer?» Auch Claes hatte seiner Tante nur mit einem Ohr zugehört. Ihr Bericht über den Besuch bei der Domina war recht launig, Augusta erzählte immer amüsant, aber die Stiftsdamen interessierten ihn heute nicht mehr, als die Höflichkeit erforderte.

«Mademoiselle Meyerink. Ich glaube, sie ist eine Cousine von den Rotenbachs in der Gröningerstraße. Oder eine Nichte. Jedenfalls ist sie eine seltsame Person. Spindeldürr und äußerst nervös. Und nun», Augusta legte eine effektvolle Pause ein, «hat sie Geräusche im Keller gehört und ist überzeugt, daß der heilige Dominicus persönlich in den alten Gängen herumspukt. Auf der Suche nach Erlösung, was ein anständiger Katholik als schwere Beleidigung empfinden muß. Aber ich bin sicher, daß Mademoiselle keinen kennt.»

Plötzlich fand Claes den Bericht über die Stiftsdamen außerordentlich spannend, und Wagner stellte schlagartig seine Stoßgebete ein und vergaß den Weddesenator.

«Geräusche im Keller, Augusta? Tatsächlich? Was waren das für Geräusche? Türenklappen? Stimmen?»

«Ich dachte mir, mein lieber Claes, daß dich das interessieren würde. Vielleicht erinnerst du dich, daß ich dir erst vorgestern sagte, auch die Jungfrauen im Stift haben Ohren und Augen. Geräusche eben, was für welche weiß ich nicht. Das weiß sie selbst wohl nicht so genau. Aber es ist doch interessant.»

«Äußerst interessant. Vor allem, wenn man bedenkt, daß Wagner und ich gestern im Keller des Klosters, ganz am Ende der Gänge, wo sonst nur das Winterholz gelagert wird, eine Tür entdeckt haben, die angeblich seit zweihundert Jahren verschlossen, aber tatsächlich offen und auch noch gut gefettet ist. Es ist eine von zwei uralten Türen, die früher zu den Verbindungsgängen zum anderen Teil des Klosters führten, in dem heute die Schulräume untergebracht sind.»

«Dann kann man also vom Kloster durch den Keller in die Johannisschule gehen, ohne daß man dabei gesehen wird?» Selbst Anne gelang es für einen Moment, ihre Sorge um Niklas und Muto zu vergessen. «Aber muß man dazu nicht zuerst in das Kloster gelangen? Dort wird es doch einen Hof zu passieren geben, eine Diele, womöglich eine Pförtnerin. Laufen dort nicht ständig Bedienstete oder die Stiftsdamen selbst herum?»

«Und sicher», ergänzte Rosina, «gibt es im Hof einen Hund …»

«Gänse», warf Wagner ein und tastete unter dem Tisch nach seinem Knöchel, «vier große weiße Gänse.»

«… der jeden Fremden verbellt.»

«Das glaube ich nicht.» Augusta genoß sichtlich die Aufregung, die ihre Geschichte über Mademoiselle Meyerinks Erscheinungen ausgelöst hatte. «Mich hat jedenfalls kein Hund verbellt. Ich kann mir auch nicht vorstellen, daß Mette solche lauten Tiere in ihrem Herrschaftsbereich duldet. Es ist tatsächlich ein Wirtschaftshof, da sind ständig Leute. Aber sicher ist es zur Mittagszeit ganz ruhig. Wer sich auskennt, wird schon eine stille Viertelstunde finden, um unbemerkt über den Hof in die Diele und in den Keller zu gelangen. Die Kellertreppe beginnt doch in der Diele, Claes?»

«Ja, gleich wenn man hereinkommt in der hinteren linken Ecke. Aber ich glaube, es gibt noch einen weiteren Zugang zu den Gängen von der Küche aus. Haben wir das eigentlich geprüft, Wagner?»

«Nun, eigentlich, also nicht direkt geprüft. Der Klosterschreiber hat so etwas erwähnt. Ja. Aber er hat auch gesagt, daß die Küche einen eigenen Holzraum hat, und der teilt den Gang. Man müßte also, wenn man diese geöffnete Tür erreichen wollte, von der Küche den Gang nach vorne durch den Lagerkeller und an der vorderen Treppe vorbei gehen. Dann kann man zu der hinteren Tür gelangen. Ja, das ist möglich.»

«Sehr gut. Obwohl es mir schwerfällt zu glauben, daß ausgerechnet eine der Jungfrauen sowohl Grund genug als auch den Mut zu einer solchen Tat gehabt haben soll, so ist das doch sehr interessant. Ich kann mir nicht einmal vorstellen, daß es auch nur entfernte Bekanntschaften zwischen den Lehrern und den Jungfrauen gab. Aber das werden wir feststellen. Morgen werde ich bei der Domina vorsprechen und mir diese Meyerink …

«Das wirst du ganz bestimmt *nicht* tun!» Augusta saß plötzlich sehr aufrecht, und der Triumph in ihrer Stimme war energischer Empörung gewichen. «Auf gar keinen Fall wirst du das tun, Claes. Ich habe Mette versprochen, kein Wort von diesen Vorfällen im Kloster zu erwähnen. Niemandem gegenüber. Sie ist sehr besorgt um den Ruf ihrer Konventualinnen, und ganz besonders um den der armen Meyerink. Die ist ein wenig exaltiert, aber wenn erst über diese Geschichte getratscht wird, heißt es gleich, sie ist verrückt. Du wirst *nicht* zu Mette van Dorting gehen und ihr erzählen, ich hätte mein Versprechen gebrochen. Daß ich es getan habe, ist schlimm genug, aber hier geht es um eine ernste Sache. Da darf man ein bißchen mogeln, auch wenn es um so ehrenvolle Dinge wie ein Versprechen geht.»

«Eine ernste Sache. Da hast du sehr recht, Augusta. Aber ein bißchen mogeln, wie du sagst, reicht hier nicht. Du kannst nicht erwarten, daß wir uns diese Geschichte anhören und ‹aha› sagen, ‹sehr interessant›, sie aber nicht weiter untersuchen. Womöglich ist dieses nervöse Fräulein gar nicht so nervös, sondern hat den Mörder durchs Haus schleichen gehört.»

«Womöglich, ja. Wenn sich das in der Stadt herumspricht, und das wird es in jedem Fall, in so einem Kloster haben nicht nur die Jungfrauen Ohren, sondern auch die Wände, und ganz besonders die, die sich dahinter herumdrücken. Wenn du und Wagner die Meyerink oder die Domina – Gott bewahre, da würdest du Mette kennenlernen! – ins Verhör nehmt, blamierst du nicht nur mich, sondern bringst sie auch in Gefahr. Soll Mademoiselle Meyerink sich einschließen, bis dieser Mensch gefangen ist? Nein, nein, das kommt überhaupt nicht in Frage. Es gibt eine viel bessere Möglichkeit.»

«Nein, Augusta, das kommt erst recht nicht in Frage.» Anne hatte dem Disput mit wachsender Unruhe zugehört. Nie zuvor hatte sie Claes und Augusta, die sich einander auf eine ganz besondere Weise verbunden fühlten, so scharfe Worte wechseln gehört. Das jedoch beunruhigte sie viel weniger als die Erinnerung an den ersten Teil von Augustas Bericht, in dem sie von dem ungeschickten Mädchen der Domina erzählt hatte, für das dringend ein Ersatz gesucht wurde.

«Warum nicht, Anne?» Rosina griff nach ihrem Weinglas, drehte es in den Fingern und betrachtete das Glitzern der geschliffenen Blüten und Ranken im Kelch, als sei hier des Rätsels Lösung zu finden. «Du machst dir zu viele Sorgen.» Sie trank einen Schluck und stellte das Glas auf den Tisch zurück. «Ich finde die Idee ausgezeichnet, Madame Kjellerup. Ihr denkt, das ließe sich arrangieren?»

«Ganz leicht. Sicher morgen schon.»

«Könnte mir bitte jemand sagen, wovon ihr sprecht?»

«Mademoiselle Rosina findet», erklärte Wagner und hob dazu den rechten Zeigefinger wie vor vielen Jahren in der Armenschule, «daß Madame Kjellerups Idee, Mademoiselle Rosina als neues Mädchen der Domina in das Kloster einzuschleusen, ausgezeichnet ist.»

«Richtig, Wagner, aber könntet Ihr Euch bitte endlich das ewige Mademoiselle verkneifen? Rosina genügt mir ganz und gar.»

Woraufhin Wagner tief errötete, eilig von dem Bordeaux trank und sich sofort verschluckte. Claes beachtete weder seinen Hustenanfall noch den Einsatz des unvermeidlichen großen blauen Tuches. Er sah Augusta an, sah Rosina an, sah schließlich seine Frau an, er sah in ein eifriges Gesicht, ein gelassenes und ein ärgerlich-besorgtes.

«Nun ja», sagte er. «Ich bin mir zwar wie Anne nicht sicher, ob das eine gute Idee ist ...»

«Was heißt: nicht sicher?» rief Anne. «Ich bin mir *ganz* sicher, daß das *keine* gute Idee ist. Es muß doch möglich sein, Wagner, daß einer Eurer Weddeknechte für ein paar Tage im Kloster den Ich-weiß-nicht-was macht. Warum muß immer Rosina den gefährlichsten Teil der Arbeit übernehmen?»

Was Claes kränkend fand. Offenbar hatte sie vergessen, daß auch er schon ‹den gefährlichsten Teil› übernommen hatte und dabei während einer Nebelnacht fast in der Elbe ertrunken wäre.

«Weil die Domina gerade keinen Mangel an einem Ich-weiß-nicht-was hat, sondern an einem Mädchen.» Rosina lachte. «Ach, Anne, es ist nicht wirklich gefährlich, das weißt du. Ich muß eine Rolle spielen, so wie alle Tage im Theater, nur ohne Tanz und Gesang. Und du weißt auch, daß es nicht das erste Mal ist und daß mir nie etwas passiert. Ich bin vorsichtig und kein bißchen nervös wie Mademoiselle Meyerink. Ich werde für einige Tage die Domina bedienen, hoffentlich geschickter als meine Vorgängerin, mehr nicht. Ich werde ein bißchen auf den Tratsch hören, und mit etwas Glück, wenn es sich so ergibt, auf Geräusche im Keller. Obwohl ich glaube, daß nun, da Monsieur Donner ja schon tot ist, keine mehr zu hören sein werden. Leider. Es sei denn, Mademoiselle Meyerink hat recht mit dem seligen Dominicus. Und dort», sie zeigte zum Seeufer hinunter, «kommen endlich unsere beiden Vermißten.»

Entgegen der Annahme seines Vaters waren Niklas' Strümpfe nicht zerrissen. Er hatte sie rechtzeitig ausgezogen und in sein Hemd gesteckt. Seine Schuhe, allerdings durch und durch naß, trug er in der Hand. Muto hatte solche Umstände nicht nötig. Wie für die meisten Jungen und Mädchen, die nicht in den großen Häusern lebten, gehörten Schuhe und Strümpfe für ihn zur kalten Zeit des Jahres.

Nach den üblichen Verbeugungen und höflichen Floskeln einer ordentlichen Begrüßung, die heute angesichts der immer noch köstlichen Düfte aus der Küche recht eilig ausfiel, zupfte Muto Niklas eifrig am Hemdärmel. Seine Hände machten flinke Bewegungen, sein Mund öffnete sich zu einem stummen Lachen der Vorfreude, und auch als Niklas kurz und energisch den Kopf schüttelte, zog er weiter an dessen Ärmel und zeigte auffordernd auf die Wölbung von Niklas' Hemd.

«Was will der Junge?» Claes sah ratlos der stummen Zwiesprache zu.

«Er will, daß Niklas irgend etwas aus seinem Hemd zieht und uns zeigt.» Rosina, seit langem mit Mutos Art zu reden vertraut, fand es immer wieder erstaunlich, daß andere ihn nicht verstanden.

«Die Beute. Natürlich!» rief Claes. «Die wollen wir unbedingt sehen.» Und Anne sagte: «Unbedingt, Niklas. Laß uns sehen, was ihr mitgebracht habt.»

«Ihr werdet sie aber nicht mögen.» Niklas legte schützend die Hände auf sein vorgewölbtes Hemd.

«Woher willst du das wissen? Nun zeig es uns schon.» Augusta beugte sich vor und wollte nach dem weißen Zipfel greifen, der aus dem Hemd hervorsah.

Niklas stöhnte, wie es nur ein Dreizehnjähriger kann, der sich von Erwachsenen wie ein Kind behandelt fühlt, öffnete ergeben einen Hemdknopf und hob behutsam, als sei er aus kostbarstem chinesischem Porzellan, einen seiner Strümpfe heraus, legte ihn auf den Tisch und faltete ihn mit spitzen Fingern auseinander.

Er hatte recht gehabt, sie mochten seine Beute nicht. Vor allem, als sie ihre acht schwarzbehaarten Beine auseinanderfaltete und mit großer Eile zwischen Tellern, Gläsern, Mundtüchern und Schüsseln über den Tisch zu rennen begann.

«Pfui Teufel», schrie Augusta, Niklas rief: «Halt!», und Muto flitzte auf die andere Seite des Tisches, hielt seine Hände auf, und schon hatte er die fette Spinne gefangen.

«Sofort bringt ihr dieses Untier weg, und zwar sehr weit, am besten bis zu Böckmanns Garten!» Claes hatte völlig vergessen, daß er selbst auf der Vorführung der Beute bestanden hatte.

Niklas schwieg. Seine Zähne verschwanden hinter seinen Lippen, und die Art, wie er sein Kinn trotzig nach unten zog, ließ Anne auflachen. Genauso sah sein Vater aus, wenn ihm etwas überhaupt nicht paßte.

«Ach, Claes», sagte sie und bemühte sich um den der Beute angemessenen Ernst. «Es ist doch kein Skorpion, sondern nur eine Spinne, wenn auch ein besonders beeindruckendes Exemplar. Ganz bestimmt hat es Niklas und Muto viel Geduld und List gekostet, sie zu fangen. Findest du nicht, daß Niklas sie in eine Spanschachtel legen sollte, damit er sie am Montag Monsieur Klamm zeigen kann?»

So wanderte die Spinne aus Mutos Händen wieder in den Strumpf und dann in eine Spanschachtel. Die war ein Geschenk von Claes an Anne, hatte bis vor kurzem kandierte Früchte aus La Rochelle beherbergt und sollte nun eigentlich, Claes gelang selten ein Geschenk ohne praktischen Nutzen, als Behältnis für Knöpfe oder Reste von Spitzen und Bändern dienen. Monsieur Klamm, Herr der Bücher in der Commerzbibliothek und als heimlicher Liebhaber von Insekten und Spinnen aller Art in diesem Sommer Niklas' ganz privater Lieblingslehrer, würde an ihrem Inhalt seine Freude haben.

Als die Jungen ihre Täubchen gegessen hatten – die erstaunliche Geschwindigkeit, mit der sie die Teller leerten, zeigte das Maß ihres Hungers – und Niklas ausführlich von den Jagdabenteuern im Unterholz des Eichwaldes zwischen der Krugkoppel und dem Lizentiatenberg berichtet hatte, fragte Claes Niklas nach seinem Freund.

«Wer er ist? Was meinst du, Vater? Simon ist Schüler in der Sekunda. Und er kommt aus Husum. Er ist ein guter Schüler.»

«Das weiß ich. Euer Rektor spricht nur das Beste von ihm. Ich fürchte jedoch, obwohl Simon bei ihm wohnt, weiß der gute Müller nicht viel über ihn. Du bist sein Freund, sicher weißt du mehr. Monsieur Donner war sein Onkel, und Wagner berichtet, der habe ihn am Tage seines Todes, genau gesagt, wenige Stunden vor seinem Tod, geschlagen, und zwar über das übliche Maß hinaus. Mochte Simon seinen Onkel nicht? Gab es da Familienstreitigkeiten?»

Anne warf Rosina einen hilfesuchenden Blick zu und versuchte ihren Seufzer hinter ihrem Mundtuch zu verbergen.

Niklas faltete umständlich das seine und legte es neben den Teller. «Das weiß ich nicht, Vater. Nein, ich glaube, er mochte ihn nicht, jedenfalls nicht immer. Aber daran ist nicht Simon schuld. Niemand mochte Monsieur Donner.»

«Warum nicht?» fragte Wagner.

Niklas zuckte mit den Schultern. «Warum nicht? Er war nicht nett. Ich meine, er sprach oft so, daß man sich wie ein Wurm fühlte und alle anderen über einen lachten.»

«Woher weißt du das? Du gehst doch nicht in seine Klasse.»

«Das weiß jeder, Vater. Nur Rektor Müller nicht. Und das Scholarchat.»

«Na», Augusta tätschelte Niklas beruhigend die Schulter. «Nun weiß es zumindest einer aus dem Scholarchat.»

Niklas nickte. «Ja, jetzt.» Wo es zu spät ist, wollte er hinzufügen, aber er schwieg.

«Na gut.» Claes wußte nicht recht weiter. Er kannte diese Miene an seinem Sohn, sie war besser als jedes Schweigegelübde. Aber warum? Warum wollte Niklas nicht über Simon reden? Wußte er nichts? Oder wußte er etwas, von dem er nicht wollte, daß es jemand erfuhr?

«Du warst gleich danach mit ihm am Fleet», versuchte es nun Wagner. «Das ist kein Geheimnis, Simon hat es mir heute selbst erzählt. Ihr habt doch sicher darüber gesprochen. Wofür hat sein Onkel ihn bestraft?»

«Das hat er nicht gesagt, er hat überhaupt fast nichts

gesagt, nur daß er sich das nicht länger gefallen lassen will. Aber das hat er nicht so gemeint. Simon würde niemandem etwas tun, nicht einmal einer Spinne. Er wollte es dem Rektor melden. Oder», fügte er leiser hinzu, «dem Scholarchat. Auch wenn er nicht dachte, daß es viel ändert.»

«Nicht länger, aha.» Wagner sah den Jungen, der den Blick starr auf seinen Teller gerichtet hielt, aufmerksam an. «Monsieur Donner hat seinen Neffen also schon länger ungerecht behandelt?»

Niklas nickte. «Er ist … Er war sehr schlau. Wenn Simon es erzählte, oder auch ein anderer aus der Klasse, dann klang es gar nicht schlimm. Ich weiß nicht, wie er das gemacht hat, aber wenn man vor ihm stand, dann, ja, dann fühlte man sich nicht wie sonst. Als wäre man plötzlich schlechter. Und viel dümmer. Er guckte immer so. Und dabei hat er gelächelt.»

Niklas' Stimme klang dünn, und Claes begriff endlich, welche Pein diese Fragerei für ihn bedeuten mußte. ‹Wenn man vor ihm stand, dann fühlte man sich nicht wie sonst.› Er wußte genau, was Niklas meinte. Auch wenn er geglaubt hatte, es nach all den vielen Jahren längst vergessen zu haben.

«Gut, mein Junge. Es ist gut, du mußt nicht ein so grimmiges Gesicht machen. Niemand glaubt, daß Simon etwas mit dem Tod seines Onkels zu tun hat, auch der Rektor nicht. Oder das Scholarchat. Aber wir müssen versuchen herauszubekommen, wer Monsieur Donner war, sonst finden wir nicht heraus, wer Grund hatte ihn zu töten. Ich weiß, daß du das verstehst.»

Wagner fand diese Milde sehr väterlich, allerdings war er nicht ganz derselben Meinung: «Wie Monsieur Herrmanns sagte, wir müssen das herausfinden. Es scheint, daß niemand Monsieur Donner wirklich gut kannte. Auch niemand in seinem Kollegium. Sicher hat dein Freund dir auch nicht erzählt, welche Bekanntschaften sein Onkel pflegte?»

Niklas schüttelte stumm den Kopf.

«Aber du weißt gewiß, wer außer dir Simons Freunde sind.»

«Manchmal besucht er Meckel. Der geht in seine Klasse, und sie spielen Schach zusammen. Aber ich bin sein Freund, er hilft mir auch immer in allen Schulsachen. Meistens lernt er, er möchte schnell in die Prima. Nur in den letzten Wochen», endlich hob er den Blick, und Anne spürte ein Hauch von Kühle in seinen Zügen und Worten, «in den letzten Wochen hatte er noch weniger Zeit. Er geht jetzt ziemlich oft zu dem Uhrmacher, der seine Uhr repariert hat. Es ist eine schöne Uhr, sie hat seiner Mutter gehört, glaube ich.»

«Was macht er denn da?» wollte Rosina wissen.

«Er hilft in der Werkstatt, als Entgelt für die Reparatur. Er konnte sie nicht bezahlen.»

«*Welcher* Uhrmacher?» Aus Claes' Stimme war alle Milde verschwunden. «Weißt du, wie er heißt?»

«Natürlich. Es ist der Uhrmacher, der die Werkstatt am Berg hat, und Simon sagt, er ist ein sehr kluger und freundlicher Mann. Er hat vornehme Kunden und viele Bücher und …»

«Der Name, Niklas.»

«Er heißt Godard. Monsieur Godard.»

«Das habe ich mir doch gedacht. Was sagt Ihr dazu, Wagner?»

Wagner sagte dazu: «Nun.» Er hatte nicht die geringste Lust, vor der versammelten Familie Herrmanns noch mehr seiner amtlichen Gedanken auszubreiten. «Nun», wiederholte er und erhob sich. Das sei interessant. Leider werde es jedoch bald dunkel und Zeit, die Tore zu schließen. Wenn Mademoi…, wenn Rosina erlaube, werde er sie und Muto in die Stadt und zu ihrer Wohnung zurückbegleiten.

Und so erfuhr an diesem Abend zwar nicht der ehrwürdige Scholarch, aber immerhin die Komödiantin Rosina, daß eine weitere Befragung der Lehrer nichts Neues ergeben habe und daß Grabbe damit beschäftigt war, die Kunden des Uhrmachers zu besuchen, um sie nach dem Stichel und ganz nebenbei nach dem Leumund des Uhrmachers zu fragen. Was unangenehm war, weil es nämlich, so betonte Wagner mit kummervoll gekrauster Stirn, kaum Erfolg haben werde. Wie er befürchtet hatte, standen auf der Liste vor allem Namen reicher Häuser, nur einige hugenottischer Abstammung. Die Godeffroysche Weinhandlung war darunter, der Goldschmied am Jungfernstieg, ein begüterter Kapitän am Grimm und die Gasthäuser *Zum Goldenen Lamm* am Fischmarkt und *Zum Weißen Einhorn* in der Steinstraße. Gasthäuser! Da gingen alle Tage so viele Menschen ein und aus – er könnte Grabbe ebensogut zum Grünhändlermarkt am Meßberg schicken. Natürlich, die Gasthäuser gehörten beide zur besseren Sorte, da trieb sich nicht soviel Lumpenpack herum, genaugenommen gar keines, aber da gab es dennoch genug, denen man fast alles zutrauen konnte. Die Brauerknechte zum Beispiel, die das Bier brachten, waren von jeher bekannt für ihren Hang zu Aufruhr und …

Rosina bemühte sich redlich, zuzuhören. Doch ihre Gedanken eilten immer wieder voraus zu der neuen

Rolle, die Madame Augusta ihr zugedacht hatte. In den letzten Jahren hatte sie viele Rollen gespielt, auf der Bühne wie im wahren Leben. Für die Suche nach einem Mörder war sie für einige Stunden oder gar Tage ein reicher junger Sachse gewesen, ein Kontorschreiber oder ein Serviermädchen. Nun also würde sie sich in das Dienstmädchen einer Domina verwandeln. Eine leichte Rolle, dachte sie, und spürte doch ein Gefühl von Unbehagen. Sie war nicht sicher, ob sich eine wachsame Domina genauso leicht täuschen ließ wie die selbstgefälligen Männer im Kaffeehaus.

7. KAPITEL

SONNABEND, DEN 6. AUGUSTUS,
NACHTS

Die Stadt lag in tiefem Dunkel, nur hinter einem der Fenster der Kattundruckerei am jenseitigen Ufer der Kleinen Alster schimmerte noch Kerzenlicht, und im Durchgang zum Neuen Wall schwankte einem dicken Glühwürmchen gleich ein gelber Punkt. Irgend jemand ließ sich nach einem späten Besuch von einem Laternenträger nach Hause begleiten. Die Laterne verschwand, und es schien Simon, als sei die Stadt nun ganz und gar verlassen. Es waren noch vier oder fünf Tage bis Neumond, doch selbst der sichelschmale Rest des Mondes verbarg sich hinter den aufziehenden Wolken und schenkte kein Licht. Keinen Trost, dachte Simon, und tadelte sich für diesen Gedanken des Selbstmitleids. Er sah hinunter auf die Straße und trat erschrocken zurück. Da war er wieder. Wer? Er trat an die Seite des Fensters, beugte sich im Schutz der Gardine vor und sah vorsichtig hinab auf den Plan. Da war niemand. Er sah Gespenster. Nein, da war niemand. Obwohl, wenn doch jemand zu seinem Fenster hinaufgesehen und ihn bemerkt hatte, war er vielleicht schnell davongegangen. Vielleicht hatte er sich aber auch im Schatten des Hauses an die Wand gedrückt. Oder er hielt sich hinter einem der Bäume vor dem Portal verborgen, oder …

«Unsinn», murmelte Simon, setzte sich wieder an seinen Tisch und griff nach der Feder. Selbst wenn tatsächlich jemand dort gewesen war – es liefen in jeder Nacht alle möglichen Leute in der Stadt herum, zu ihrem Vergnügen, auf dem Heimweg von einer Soiree, einem Gasthaus oder in Geschäften, gewiß auch in dunklen. Warum sollte einer ausgerechnet unter seinem Fenster stehen und ihn beobachten? Wozu? Er konnte kaum darauf hoffen, daß ein Schüler, zudem Pensionist des Rektors, zu so später Stunde noch aus dem Haus trat. Wer sollte mitten in der Nacht überhaupt etwas von ihm wollen?

Sicher hatte er sich auch heute mittag, als er vor den Gedanken und Bildern in seinem Kopf zum Hafen hinunter geflüchtet war, nur eingebildet, daß dieser Mann, ein ganz gewöhnlicher Mann mit einer etwas zu spitzen Nase, ihm gefolgt war. Der Fremde hatte ihn angesprochen und nach dem Weg zum Baumhaus gefragt, gewiß war es nur ein Zufall, daß er sich dann gar nicht dorthin wandte, sondern den gleichen Weg wie Simon einschlug, den Cremon hinauf, an St. Nikolai vorbei und schließlich über die Große Johannisstraße zurück zum Gymnasium. In der Johannisstraße hatte er ihn nicht mehr gesehen, er war ihm also gar nicht gefolgt, sondern nur ein Stück des gleichen Weges gegangen. Wie viele andere auch. Zur Mittagszeit wimmelte es auf den Straßen und Plätzen um St. Nikolai von Menschen und Fuhrwerken. Dennoch, er wußte nicht warum, hatte der Mann ihn erschreckt. Er war so nahe an ihn herangetreten, näher, als es für eine einfache Frage notwendig gewesen wäre. Seine Augen hatten ihn aufmerksam angesehen, und sein Lächeln – das war das schlimmste – sein Lächeln hatte ihn an seinen Onkel erinnert, an die Minuten, in denen er wenige Stunden vor seinem Ende immer wieder die Gerte auf seine, Simons Hände niedersausen ließ. Dieses schmale, fast füchsische Lächeln. Nur daß der Fremde nicht solche strichschmalen Lippen wie sein Onkel gehabt hatte. Auch war er ihm etwas größer erschienen.

«Schluß jetzt», sagte Simon laut, und noch einmal: «Schluß.»

Man durfte sich auf solche Gedankenspiele nicht einlassen. Außerdem mußte endlich dieser Brief geschrieben werden. Er tauchte die Feder in das Tintenfaß, streifte sie sorgfältig ab und starrte auf den Papierbogen, der vor ihm auf dem Tisch lag. Schließlich steckte er die Feder seufzend zurück in den Halter, stützte seine Stirn auf die gespreizten Finger und las, was er geschrieben hatte.

So ging es auch nicht. Er zerriß den Bogen, rieb und drückte die Fetzen zwischen den Handflächen zu einem flachen Knäuel und warf es auf den Boden. Da lagen schon drei andere, die genauso aussahen und von seinen vergeblichen Versuchen zeugten, einen liebevoll anteilnehmenden Brief zu schreiben. Er hatte es sich leicht vorgestellt, es waren ja nur Worte, geschriebene Worte, mit denen es leichter war zu lügen, als wenn man einander gegenüberstand. Doch immer wenn er Sätze wie: ‹Ich bin zutiefst betrübt über den schweren Verlust› schrieb, oder: ‹... herrschen in der ganzen Schule tiefe Trauer und Entsetzen›, begann seine Feder zu zittern, und die Buchstaben wurden häßlich. Noch häßlicher, als sie mit seinen immer noch ungelenken Fingern ohnedies wurden. Sie würde es merken, und es würde sie schrecklich traurig machen. Das durfte nicht sein, er durfte ihr zum Tod ihres Bruders nicht noch einen weiteren Anlaß zu Kummer und Gram geben. Dazu liebte er sie zu sehr.

Er wußte nicht genau, wann er begonnen hatte, sie Mutter zu nennen. Wahrscheinlich bald nach dem Tod seines Vaters. An ihn erinnerte er sich genau, er war ja schon fünf Jahre alt gewesen, als er starb. Oder sechs? Jedenfalls lebte in seinem Kopf immer noch das Bild eines großen Mannes mit breiten Schultern, dickem hellblondem Haar und Händen voller Farbreste. An das Gesicht erinnerte er sich kaum, aber im Salon zu Hause in Husum hing über der Kommode sein Selbstporträt. Das hatte die Lücke in Simons Erinnerung gefüllt.

Auf dem Bild sah er sehr jung aus, stolz und froh. Obwohl er sich natürlich bemüht hatte, auch nachdenkliche Würde in sein Gesicht zu malen, wie es sich für das Porträt eines seriösen Künstlers gehörte. In Simons Gedanken war sein Vater jedoch stets ernst und verschlossen. Das stimme schon, hatte seine Tante ihm irgendwann erklärt, als er das Bild gemalt habe, sei er ein fröhlicher junger Mann mit den besten Aussichten gewesen, und gerade erst ein halbes Jahr verheiratet. Sie hatte ihr Taschentuch aus dem Ärmel gezogen und sich die Augen getupft. Er habe damals auch ein Bild seiner jungen Frau gemalt, Simons Mutter, aber nachdem er nach ihrem Tod mit dem erst wenige Monate alten Simon nach Husum zurückgekehrt war, nie erlaubt, es aufzuhängen. Nein, sie wisse nicht, wo es sei, es sei verschwunden. Auch dieses Bild seines Vaters habe jahrelang in seiner Reisekiste gelegen, sie habe es erst aufgehängt, nachdem er ... Da hatte sie sich energisch die Nase geputzt, den nur vermeintlich schiefhängenden Rahmen zärtlich geradegerückt und gesagt: «Behalte ihn in Erinnerung, wie du ihn hier siehst, Simon. Genau so war er, heiter und voller Kraft, und so wäre er auch geblieben, wenn er deine Mutter nicht so früh verloren hätte. Er hat sie über alles geliebt. So wie auch dich», fügte sie nach einer winzigen Pause hinzu. «Er hat auch oft gesagt, du sehest ihr außerordentlich ähnlich.» Aber es war zu spät gewesen.

Wenn Peter Donner seinen einzigen Sohn tatsächlich geliebt hatte, so vermochte er kaum, es ihm zu zeigen. Simon lernte schnell, daß Fragen ihn nur störten, bei der Arbeit, wie er immer sagte, und tatsächlich stand er alle Tage in seinem kleinen Atelier, einem niedrigen, dennoch hellen Zimmer im ersten Geschoß über der Horstedtschen Apotheke am Husumer Markt, die seinem Schwager gehörte. Doch manchmal, das waren die Festtage für Simon, gab ihm sein Vater Papier und Pinsel, schabte ihm ein paar Farben auf eine alte Palette und ermunterte ihn zu malen. An solchen Tagen vergaß er auch nie, seinen Sohn zu loben. Er warf die bunten ungelenken Bilder des Kindes niemals ins Feuer, so wie er es oft mit seinen eigenen Skizzen tat, sondern legte sie zum Trocknen aus und später in eine Mappe, die er auf seinem Schrank verwahrte.

Von seiner leiblichen Mutter wußte Simon nicht viel, nur, daß sie aus einer guten, aber unvermögenden Familie stammte. Was ihn erstaunte, denn das einzige, was sie ihm vererbt hatte, schien ihm sehr wertvoll. Diese Uhr, die nun, nachdem Meister Godard sie repariert, auch den fehlenden Griff und die abgesprungene Holzleiste an der oberen Konsole ersetzt und das schimmernde dunkle Holz frisch gewachst hatte, wieder leise tickend auf seinem Tisch stand. Meister Godard hatte ihm prächtigere und modernere Uhren gezeigt, aber keine erschien Simon schöner als diese. Er mochte das Holz, Wurzelnußfurnier, hatte der Meister ihm erklärt, und er mochte das schlichte Zifferblatt, das auf weißer Emaille nur einen Kranz schwarzer römischer Zahlen zeigte. Vier vergoldete Putten, Lockenköpfe über ausgebreiteten Flügeln, füllten die Ecken zwischen den Rundungen und dem Türgehäuse. Die Uhr schlug alle Stunde. Ein gutes Schlagwerk, hatte der Uhrmacher gelobt. Joseph Knibb habe sich darauf besonders gut verstanden. Das war der in die Platine, die schwere messingne Platte eingeritzte Name, auf der das Wunderwerk aus Rädchen, Federn, Stäbchen und Scheiben montiert war.

Seine Tante – seit sie und ihr Mann ihn an Kindes statt angenommen hatten, seine Mutter –, hatte wochenlang an einem quälenden Fieber gelitten, nachdem sein Vater nach der Insel Amrum übergesetzt hatte und dort nie angekommen war. Es war ein Tag mit böig auffrischenden Winden gewesen, das wohl, doch der Schiffer war ein erfahrener Fährmann, und der Inselvogt, den er mitsamt seiner Gattin und den vier Kindern malen sollte, hatte auf einem umgehenden Beginn der Arbeit bestanden. Also hatten sie losgemacht und waren aus dem schützenden Hafen hinaus auf die See gesegelt. Das Wrack des Ewers wurde im Watt gefunden, und den ertrunkenen Fährmann spülten viele Tage später die Herbststürme an den Amrumer Strand. Sein Kopf war zerschmettert, und die Leute sagten, der brechende Mast müsse ihn getroffen haben, oder irgendeine Planke, als der Ewer im Sturm kenterte. Simons Vater, der Maler Peter Donner, wurde nie gefunden. Und immer noch, wenn auch sehr viel seltener als in den ersten Jahren, träumte Simon von ihm. Er träumte, wie sein Vater nach ihm rief, wie er in tiefschwarzer Nacht auf einer Sandbank stand, die herannahende eisige Flut schon tobte und brüllte, immer näher kam, näher – dann wachte er auf, manchmal mit einem Schrei, manchmal nur zitternd vor schwarzer Angst. Er hatte nie jemandem von diesen Träumen erzählt. Er wollte nicht hören, daß sie sagten: Es ist ja nur ein Traum, er ist jetzt bei Gott, und alles ist gut.

«Simon?» Die Stimme klang gedämpft durch seine Tür, es klopfte, und erst jetzt fiel ihm auf, daß es schon zuvor zweimal geklopft hatte. Er hatte es gehört und doch nicht gehört. Hastig wischte er sich über die Augen, da öffnete sich auch schon die Tür, und Rektor Müller trat ein.

«Ich will nicht stören, mein Junge, aber ich sah unter der Türspalte, daß deine Kerze noch brennt. Kannst du nicht schlafen? Es ist schon spät. Aber nicht doch, bleib sitzen.»

Simon, der sich beim Eintreten des Rektors erhoben hatte, rutschte auf die vordere Kante seines Stuhles.

«Ich habe nicht gemerkt, daß es schon so spät ist», sagte er, «ich bin noch nicht müde.»

«Ja», der Rektor nickte, «gewiß schläfst du nicht besonders gut in diesen Tagen. Es tut mir so leid, ich würde dir gerne helfen, aber ehrlich gesagt, ich weiß nicht so recht, was zu tun ist. Wenn du mit mir reden möchtest ...»

Er verstummte. Das Gesicht des Jungen mit den roten müden Augen und den geschlossenen Lippen zeigte deutlich, daß er mit niemandem reden wollte. Was Johann Samuel Müller nicht für gut hielt. Er hielt es überhaupt nicht für gut, wenn ein Mann immer alles mit sich allein ausmachte. Das war zwar so üblich, aber, davon war er überzeugt, nicht gut, wirklich nicht gut. Besonders wenn der Mann noch ein Junge war.

«Du schreibst einen Brief?» sagte er in das Schweigen, um irgend etwas zu sagen. «Nach Husum?» Als Simon zögernd nickte, fuhr er, ohne die Fetzen auf dem Boden eines Blickes zu würdigen, fort: «Das ist gut, sehr gut. Aber laß dir nur Zeit. Ich habe schon an Monsieur und Madame Horstedt geschrieben, gleich am Freitag morgen. Der Brief hat noch die Dänisch königliche Post erreicht und ist schon mittags auf die Reise gegangen. Ich weiß leider nicht, wie lange der Bote bis Husum braucht, zwei Tage, denke ich, diese Reiter sind ja sehr schnell, manche reiten sogar nachts. Ich bin sicher, daß Monsieur Horstedt in der nächsten Woche hier eintreffen wird, vielleicht auch Madame Horstedt. Ja, bestimmt werden beide kommen.»

Müller hörte sich zu und fand, daß er plappere. Er setzte sich auf den Hocker neben Simons Bett und faltete die Hände im Schoß. «Ich schlafe in diesen Tagen auch nicht besonders gut. Ich grübele ständig herum, das ist äußerst unangenehm, und es kommt auch nicht viel dabei heraus, fürchte ich. Vielleicht kannst du mir helfen, Simon? Du willst nichts Schlechtes über deinen Onkel sagen, das weiß ich, aber nun, da er tot ist, und auf so unappetitliche Weise» – er biß sich auf die Lippen, ein ganz falsches, äußerst pietätloses Wort –, «auf so tragische Weise ums Leben gekommen ist, vielleicht könntest du mir erzählen, wie er war, bevor er an diese Schule kam. Es erscheint dir vielleicht unwichtig, aber für mich ist es wichtig. Ich wäre dir wirklich dankbar.»

«Wie er war?» Simon konnte sich in der Tat nicht vorstellen, was daran für den Rektor noch von Wichtigkeit sein sollte. «Mein Onkel war, wie er hier auch war. Aber eigentlich», er rutschte ein winziges Stück auf seinem Stuhl zurück, so daß er beinahe bequem saß, «eigentlich war er die meiste Zeit nicht mehr in Husum, als ich dort war. Zuerst war er auf dem Christianeum in Altona, dann auf der Universität, in Helmstedt und danach in Halle, und bevor er hierher kam, war er Lehrer an der Uelzener Lateinschule. Das alles wißt Ihr ja.»

Müller nickte. Ja, das wußte er. Er suchte nach Worten, stand schließlich abrupt auf und begann in dem kleinen Zimmer auf und ab zuwandern, zwei Schritte hin, drei Schritte her. «Ich will offen mit dir reden, Simon. Ich weiß ja, daß er dich nicht sehr gut behandelt hat, und ich bedauere zutiefst, daß ich das so lange falsch verstanden und deshalb zugelassen habe. Wenn er auch nur selten bei euch in Husum war, wie war er dann? War er freundlich zu dir? Du bist schließlich der einzige Sohn seines Bruders. Auch sein einziger Neffe, ich glaube, seine Schwester, Madame Horstedt, hat keine eigenen Kinder?»

Simon fühlte sich plötzlich sehr müde. Er fand keine Kraft für höfliche Sätze. Niemals hatte er gewagt, sich über die bitteren Sticheleien seines Onkels zu beschweren, zu sagen: ‹Nein, das stimmt nicht›, wenn der behauptete, Simon sei es gewesen, der die Bienenkörbe auf der hinteren Wiese umgestoßen habe. Wenn er log, Simon habe am Abend versäumt, den Hühnerstall zu verschließen, wie es seine Pflicht war, so daß am nächsten Morgen die Kräuterbeete der Apotheke aufgekratzt und zerwühlt waren. Oder wenn er flüsterte, der Sohn eines Malers könne eben nicht rechnen, habe nur Flausen im

Kopf, und die meisten Malerkinder würden im Irrenhaus enden, das sei ganz klar, schlechte Träume seien nur der Anfang. Nein, er hatte nicht zu protestieren gewagt. Er wollte nicht noch mehr neuen Kummer bereiten, sondern ein braves Kind sein. Er wollte seiner Mutter ihre Liebe danken.

Nun endlich sprach Simon, nun rannen die Worte aus ihm heraus, leise und heftig, und er dachte nicht daran, ob man ihm glauben würde, ob man sagen würde, das bilde er sich nur ein, und lügen helfe nicht, wenn man etwas falsch gemacht habe, da helfe nur ein Bekenntnis der Schuld und tätige Reue. Er sprach ohne Pause, und mit jedem Satz wurde seine Stimme klarer.

«So etwas habe ich mir gedacht», murmelte der alte Lehrer, als Simon schließlich schwieg. «Und hier hat er das mit anderen Mitteln fortgesetzt. Der dumme Kerl war eifersüchtig.»

Das verstand Simon nicht.

«Wenn ich es recht bedenke», fuhr Müller fort, «kann es nicht nur das gewesen sein. Ich fürchte, er war auch nicht für unseren Beruf geeignet, das hätte ich merken müssen, bevor ich ihn dem Scholarchat empfahl. Aber er hatte eine so exzellente Empfehlung aus Uelzen. Nun ja», er kratzte sich ungehalten an der Stirn, «vielleicht aus gutem Grund. Es ist kein vornehmer, dafür ein sicherer Weg, einen», er hüstelte, «nun, einen unliebsamen Kollegen, dem man keine fachlichen Fehler oder Versäumnisse nachweisen kann, loszuwerden. Sicher ein besserer Weg als der, den bei uns jemand gewählt hat. Du meine Güte», erschrocken blickte er Simon an, «ich wollte damit nicht sagen, daß einer meiner Kollegen sich so versündigt hat. Das glaube ich ganz gewiß nicht.»

Simon nickte. Ihm war schwindelig, und er wünschte, der Rektor würde nun gehen. Was hatte er da nur alles erzählt? Und warum? Warum?

«Monsieur Müller? Ich habe eine Bitte.»

«Sprich nur, was immer ich erfüllen kann, will ich tun.»

«Es ist nur, wenn Ihr, bitte, meiner Mutter nichts von dem sagen würdet, was ich Euch gerade erzählt habe. Ich möchte nicht, daß sie noch mehr Kummer hat.»

Seine Augen füllten sich mit Tränen, und Johann Samuel Müller war plötzlich intensiv damit beschäftigt, aus dem Fenster auf das nachtschwarze Fleet hinunterzusehen und eine neue Kerze in den Halter zu stecken, obwohl von der alten noch ein gutes Viertel übrig war.

«Natürlich, Simon, ich sehe keinen Grund, ihr irgend etwas davon zu erzählen. Auch sonst niemandem.» Er hörte, wie Simon sich die Nase putzte, und wandte sich wieder zu ihm um. «Das bleibt unter uns. Allerdings habe ich eine Bedingung. Sieh mich nicht so erschrocken an. Du sollst nicht den halben Cicero abschreiben oder solch einen Unsinn. Ich möchte nur, daß du, wann immer dich etwas bedrückt, ab jetzt damit zu mir kommst. Oder wenn es dir lieber ist, auch zu einem der anderen Kollegen. Es ist nicht gut, allein auf seinen Sorgen herumzusitzen. Sie werden davon nicht kleiner, sondern immer schwerer. Glaube mir das, mein Junge. Ich will dir nicht damit kommen, daß ich älter und weiser bin als du, das ist auch gar nicht nötig. Ich denke, du kennst dich mit Sorgen selbst gut aus. Doch nun ist es wirklich Zeit, schlafen zu gehen.»

Als der Rektor leise die Tür hinter sich ins Schloß gezogen hatte, trat Simon ans Fenster. Der Platz und die

Straße vor dem Gymnasium lagen dunkel und verlassen. Nicht einmal eine Katze schlich dort herum. Er sollte dem Rektor seine Sorgen anvertrauen? Was sollte er ihm sagen? Dort unten steht ein Schatten und beobachtet mich?

SONNTAG, DEN 7. AUGUSTUS,
NACHMITTAGS

Das Schwalbenpärchen, das den Sommer Jahr für Jahr in der Remise verbrachte, sauste nur wenige Handbreit über dem Boden durch den Klosterhof, stieg plötzlich steil auf und verschwand unter dem hölzernen Dach. Rosina sah ihm nach und seufzte leise. Die beiden hatten nun, da ihre Jungen flügge waren, den ganzen Tag nichts zu tun, als in der warmen Sommerluft zu tanzen und Mücken zu fangen.

«Ich hab's schon heute morgen gemerkt», sagte eine Stimme hinter ihr und schnaufte zufrieden, «es gibt Regen. Da kann Magda sagen, was sie will. Wenn die Schwalben zu Fuß gehen, gibt's nun mal Regen.»

Rosina sah sich um und entdeckte auf der Bank unter einer der Linden die Wäscherin. Sonst war niemand da, nicht einmal die Gänse. Die durften sich heute am saftigen Gras der Wiese beim Garten der Domina gütlich tun.

«Ja», Rosina lächelte Mieke freundlich zu, «der Flug der Schwalben ist die beste Voraussage.»

Dann setzte sie sich neben die Wäscherin, plauderte weiter über das Wetter, und es dauerte keine drei Minuten, bis Mieke die Hände mit ihrer Flickarbeit in den Schoß legte, die Stimme senkte und dem neuen Mädchen der Domina die frischesten Nachrichten anvertraute. Ein besonders befriedigendes Unternehmen, da für einen Neuankömmling auch die schon etwas altbakkenen Nachrichten frisch waren.

Zunächst erfuhr Rosina, daß Malchow vor Höhergestellten ein Schleimer sei, der aber, wenn man nicht acht gebe, allen weiblichen Wesen an die Röcke gehe, die Köchin ein Dragoner und aufgeblasen, als sei sie persönlich die Domina, wobei die Ehrwürdige Jungfrau wahrhaft vornehm sei und niemals aufgeblasen. Ja, und ob sie schon von dem Streit zwischen Magda und dem Pedell gehört habe? Das sei ein großer Spaß gewesen, natürlich nicht für Magda und den Pedell, aber doch für alle anderen. Die Domina vielleicht ausgenommen, weil die Streit nie als Spaß verstehe, dazu sei sie eben zu vornehm, was das Leben auch nicht einfacher mache. Für die Ehrwürdige Jungfrau selbst wie für alle anderen in ihrer Umgebung.

«Mit dem Pedell? Was hat Magda mit dem zu tun? Schule und Kloster sind doch strikt getrennt.»

«Das schon, aber Töltjes findet immer einen Grund, Ärger zu machen. Neulich erst ...»

Da stolperten zwei Sänftenträger in den Hof. Ihre naßgeschwitzten Rücken und hochroten Gesichter ließen auf einen außerordentlich gewichtigen Kunden schließen, doch als sie ihre Last abgesetzt hatten, stieg eine zierliche Dame aus. Ihr Gesicht war so bleich wie das der Männer rot, ihr feldmausbraunes, zwirnglattes Haar fest und ohne Eleganz um den Kopf geschlungen. Außer winzigen Ohrringen aus Granat und noch winzigeren Perlen trug sie keinen Schmuck, ihr Kleid aus braunrotem, mattgeblümten Damast war eindeutig zu weit und brauchte ein Bügeleisen.

«Das ist Mademoiselle Nieburg», flüsterte Mieke. Eigentlich sei sie immer sehr nett gewesen, habe sogar das eine oder andere Mal mit ihr, der Wäscherin, einige Worte gewechselt, was nicht jede der Damen täte. In der letzten Zeit jedoch, wenn sie es recht bedenke, schon den ganzen Sommer, laufe sie herum wie eine Heilige kurz vor ihrem Martyrium. Natürlich nicht wirklich wie eine Heilige, aber doch irgendwie, jedenfalls war sie mit ihren Gedanken nur selten dort, wo sie sich gerade tatsächlich aufhielt. Dabei sei sie erst in der Mitte der Dreißiger, noch längst nicht alt genug, um an die Seligkeit im Jenseits zu denken.

«Im Jenseits?» Rosina hörte nicht richtig zu. Sie sah Mademoiselle Nieburg nach, die, nachdem sie dem ersten Träger eine Münze in die Hand gedrückt hatte, eilig über den Hof schritt und in der Diele des Klosters verschwand. Eilig, als flüchte sie vor etwas oder vor jemandem. Rosina beugte sich vor und sah nach der Hofeinfahrt, aber dort war niemand, der sie verfolgen oder auch nur beobachten könnte. Natürlich nicht. Sie schalt sich töricht, vielleicht hatte Mademoiselle Nieburg Kopfschmerzen, oder jemand in ihrer Familie war krank. Es gab viele Gründe, zerstreut oder auch leidend auszusehen.

«... reich, sage ich dir», schwätzte Mieke längst weiter. «Die Nieburgs haben Ländereien wie ein Herzog, drei eigene Schiffe und wer weiß wie viele Parten an anderen.»

«Warum ist sie dann hier? Warum lebt sie nicht in einem großen Haus und läßt sich bedienen?»

«Bedient wird sie hier auch, und ein großes Haus hat sie bestimmt nicht. Ihre Brüder haben das Geld, sie hat ihren Platz hier im Stift. So ist das, wenn man nicht als Mann geboren wird, und wenn einem keiner gut genug ist, bis einen keiner mehr will.» Mieke seufzte, und was nach verächtlichem Spott geklungen hatte, wurde durch ihre kummervolle Miene über alle Standesgrenzen hinaus zum Ausdruck weiblichen Mitgefühls. «Ich glaube nicht, daß es ihre Schuld ist. Ihre Brüder waren es, denen keiner gut genug schien. Die wollten einen Prinzen für ihre einzige Schwester, einen Grafen mindestens. Geld und Gold sackweise, und die Schwester an einen Adeligen verhökern, damit sie damit rumprotzen können.»

Mademoiselle Nieburg, fuhr sie fort und senkte wieder vertraulich die Stimme, lebe seit mehr als zehn Jahren im Johannisstift, was ja genau besehen fast so sei wie ein Kloster. Dennoch, Natur sei Natur. Am letzten Sonntag im Juli habe sie Mademoiselle mit einem der Lehrer im vertraulichen Gespräch gesehen, im Garten der Domina!, und zwar mit dem, der jetzt tot sei, mit diesem Donner, tatsächlich, sei das zu glauben? Noch dazu, wo der ein so unangenehmer Mensch gewesen sei?

«Ich sage immer, Jungfrauen im Stift hin oder her, kein Mensch ist heilig, solange er noch nicht tot ist. Ja, das sage ich immer, und Mademoiselle Nieburg, nun, sie ist vielleicht keine blühende Rose, aber doch ein nettes Veilchen, wenn auch nicht gerade mehr knospend, aber mit diesem niedlichen Silberblick, den Männer allerdings nicht so gerne haben, es heißt ja auch, ein Silberblick sei nicht von guten Geistern, ich finde aber ...»

«Mademoiselle?» Einer der Träger sah suchend über den Hof und die Fensterreihe im ersten Geschoß. Er hatte sich in die Sänfte gebeugt, um das Kissen für den nächsten Kunden aufzuschütteln, und hielt nun einen gefalteten Bogen Papier in der Hand. Bevor er ein zweites Mal rufen konnte, stand Rosina schon vor ihm.

«Hat Mademoiselle Nieburg etwas verloren?» Sie bemühte sich, nicht allzu begehrlich auf den Brief zu starren. «Gib es mir, ich bringe es ihr gleich.» Was dem Träger nicht gefiel. Es dem Mädchen zu geben, hieß, sich mit einem Lächeln zufriedenzugeben, anstatt einer kleinen Münze für den zusätzlichen Dienst.

«Nun gib ihr schon den Fetzen», brummte der andere, «wir müssen weiter.»

Schon hielt Rosina den Brief in der Hand. Sie bringe ihn schnell zu Mademoiselle Nieburg, rief sie Mieke zu, die stirnrunzelnd den unsonntäglichen Diensteifer des Mädchens beobachtete, sie sei gleich zurück.

Die Wäscherin wartete vergebens auf Rosinas Rückkehr. Dabei gab es noch eine Menge zu erzählen, aber wenn Rosa so dumm war, sich freiwillig Arbeit aufzubürden, behielt sie den zweiten Teil der Geschichte vom Streit zwischen Magda, der Köchin, und Töltjes, dem Pedell, eben für sich.

Es war dabei um die Gänse gegangen, Magdas Gänse, die sie hütete, als habe sie sie selbst geboren, auch wenn sie im Winter gnadenlos im Bratentopf endeten. Jedenfalls war es den Gänsen gelungen, bis heute wußte niemand wie, auf den Innenhof des Johanneums zu gelangen, was schon Skandal genug war. Weil sie den Rückweg nicht finden konnten, veranstalteten sie auch noch ein mordsmäßiges Geschrei, was besonders störend war, da Monsieur Bach gerade mit dem Chor für das Leichenbegräbnis eines besonders verdienstvollen Ratsherren probte. Der Kantor, sonst, wie man hörte, ein friedfertiger, geduldiger Mensch, rannte durch die Gänge und schrie fuchsteufelswild nach dem Pedell, der solle seine Gänse fortschaffen, oder es passiere ein Unglück, und was er, der Pedell, sich überhaupt einbilde, sein lärmendes Federvieh im Hof der Schule weiden zu lassen? Töltjes Beteuerungen, weder seien es seine Gänse, noch würde er es je wagen, Gänse, wenn er denn welche hätte, in diesen Hof zu lassen, hörte Monsieur Bach nicht mehr. Er knallte die Tür zum Musikraum hinter sich zu und war verschwunden.

Gleich darauf erklang wieder der leiernde Gesang der Jungen: «Valet will ich dir geben, du arge falsche Welt, dein sündlich böses Leben, durchaus mir nicht gefällt.»

Der Pedell hatte Magda noch nie leiden können, ein Gefühl, das von der Gegenseite leidenschaftlich erwidert wurde, und machte nun seinerseits ein Geschrei im Klosterhof, dessen Inhalt allerdings nicht an die geschliffene Empörung des Kantors heranreichte. Kurz und gut: Die Gänse hatten überlebt, und die Feindschaft zwischen Magda und Töltjes war unauflöslicher denn je.

Das alles erfuhr Rosina nicht mehr, allerdings hätte es sie auch kaum so brennend interessiert, wie Mieke annahm. Jedenfalls noch nicht in diesem Moment. Sie stand in der Diele und lauschte in die bleierne sonntägliche Stille. Nichts war zu hören, nicht einmal eine knarrende Bohle oder ein klapperndes Fenster. Das ganze Kloster schien zu schlafen. Sie drehte den gefalteten und mit einer dünnen Schnur zusammengehaltenen Briefbogen in den Händen. Die Schnur war locker, sie mußte nur ein ganz kleines bißchen daran ziehen, schon fiel sie herab, und der steife Bogen öffnete sich. Ein wenig nur, aber genug, um die erste Zeile des Briefes zu zeigen und alle Scham über die eigene Neugier sofort zu vergessen.

Meine einzig geliebte Rose, stand da, und Rosina war sicher, daß damit Mademoiselle Nieburg, das nette Veilchen, gemeint war. Die nächsten Zeilen waren ein wenig von Tränenspuren verwischt, dennoch konnte Rosina das meiste entziffern. Nichts, beteuerte der Schreiber – sie zweifelte keinen Moment daran, daß dies der Brief eines Mannes war –, nichts werde seine Liebe ersticken. Was er getan habe, sei schändlich, gewiß kein Zeichen von männlicher Ehre und tief zu verachten. Sie erhebe ihn zu sehr, wenn sie es als ein Opfer bezeichne, es sei nichts als der Ausdruck seiner unverbrüchlichen Liebe und Treue gewesen. Er habe es tun müssen, um sie zu schützen. Sein Schicksal sei ihm nicht mehr wichtig. Nun, da sie glaube, sie habe ihn, habe sein ganzes Leben mit einer schweren Last beladen, bedaure er zutiefst, ihr diese seine Schwäche überhaupt anvertraut zu haben. Wenn sie ihm nun nie mehr zu begegnen wünsche, werde er alles versuchen, sein Herz zu bezähmen und ihre Entscheidung zu ertragen. «Auch wenn dann alles, was ich für uns tat, vergeblich war. Adam Donner war ein verworfener Mensch, wie könnte ich seinen Tod bedauern ...»

Leichte Schritte kamen auf dem oberen Gang näher. Bevor sie die Treppe erreichten, faltete Rosina hastig den Bogen, wand die Schnur notdürftig darum, und gerade, als das Schreiben in ihrer Rocktasche verschwunden war, eilte Mademoiselle Meyerink die Treppe herab, heute in silbergrauer, mit weißen und gelben Streublumen übersäter Seide. Sie nickte dem neuen Mädchen der Domina einen flüchtigen Gruß zu und war schon durch die Diele hinaus in den Hof verschwunden. Mademoiselle Meyerink war eindeutig in Eile, allerdings sah sie heute nicht aus, als fliehe sie vor dem Gepolter des heiligen Dominicus. Ihr Gesicht leuchtete von freudigem Eifer, aus ihrem Haar rieselten überschüssige Reste frischen Puders – Mademoiselle Meyerink war unterwegs zu einer Einladung. Vielleicht in einen der Gärten oder zu einem Teenachmittag, auf alle Fälle zu einer anregenden Abwechslung von ihrem täglichen Konventualinnen-Einerlei.

Rosina widerstand der Versuchung, den Brief ganz zu lesen, sie warf nur noch einen Blick auf das Ende. Da stand etwas von Bitte um Verzeihung, so eine Liebe komme von Gott, die dürfe man nicht so einfach verwerfen. Und die Unterschrift: *Dir ewig ergeben, Melchior.* Leider einfach nur Melchior. Kein Familienname. Wer in drei Teufels Namen war Melchior? Und was hatte der getan, um seine Rose zu schützen? Wovor zu schützen? Wieder klapperten im Obergeschoß Schritte über den Flur, Rosina schob den Brief eilig in die Tasche zurück und machte sich auf die Suche nach seiner Besitzerin.

Sie fand Mademoiselle Nieburg schließlich in der kleinen Hainbuchenlaube am Rand des Gartens der Domina. Zuerst sah sie nur einen Schimmer der matten Seide des Kleides zwischen den Büschen, dann hörte sie leises Weinen und Seufzen, und da saß Mademoiselle Nieburg, bleich und mit tränennassem Gesicht, goldene Sonnenflecken auf dem feldmausbraunen Haar, ein Bild des Jammers an einem lieblichen Sommernachmittag.

Dies war keine Gelegenheit, wegen eines herabgefallenen Stückchens Papier zu stören, sondern eine, sich auf leisen Sohlen davonzuschleichen. Mademoiselle Nieburg würde ihr nie verzeihen, wenn sie sie in einem solchen Moment der Verzagtheit ertappte.

«Mademoiselle Nieburg? Ich weiß, daß ich störe. Verzeiht, aber Ihr habt etwas verloren, und ich dachte, Ihr vermißt es vielleicht schon.»

Mademoiselle Nieburg sah Rosina an, als sähe sie sie nicht wirklich, die Lider ihrer hellen grauen Augen waren gerötet wie ihre kleine spitze Nase. Sie richtete sich auf, straffte die Schultern und entdeckte den Brief. Rosina hatte ihn aus der Tasche gezogen, das Band war dabei herabgerutscht, und der Bogen öffnete sich.

«Der Brief», Mademoiselle zitterte und begann fahrig die Taschen in ihrem Rock zu betasten, «der Brief. Du hast ihn gelesen, oh, das hättest du nicht tun sollen. Es ist mein Brief, niemand darf ihn lesen.» Ihre Schultern sanken plötzlich herab, als habe jemand alle Knochen herausgezogen.

«Nein, Mademoiselle», log Rosina entschlossen, «ich habe ihn nicht gelesen. Ihr habt ihn in der Sänfte liegengelassen, ich will ihn Euch nur bringen.»

Ein neues Schluchzen schüttelte ihren kleinen Körper. «Ach», schluchzte sie, «es ist ja doch alles zu spät.»

Natürlich ging es überhaupt nicht an, daß eine Dienerin, und sei es die der Domina, sich neben eine Konventualin setzte und ihr tröstend den Arm um die bebenden Schultern legte. Noch weniger ging es an, daß eine Konventualin sich in die tröstende Umarmung einer Dienerin, und sei es die der Domina, ergab und ihren Tränen freien Lauf ließ. Aber das kümmerte keine der beiden.

«Er hat es für mich getan», schluchzte sie, «und ich habe es nicht verdient, ich habe überhaupt nichts verdient. Monsieur Donner war ein so schlechter Mensch, und ich bin so kleinherzig, ohne Mut und Kraft. Hätte ich doch nur ein Fünkchen seines Mutes! Nur für mich hat er es getan.»

Es war Mademoiselle Nieburg egal, wer da so schützend den Arm um sie legte, es war ihr egal, wer ihr zuhörte, wenn sie nur endlich ihre quälenden Gedanken aussprechen konnte. Rosina fühlte sich plötzlich sehr matt. Der Jammer rührte sie tief, und sie wünschte nichts, als still dazusitzen und allein durch ihre Gegenwart zu trösten. Aber sie mußte wissen, wer Melchior war.

8. KAPITEL

MONTAG, DEN 8. AUGUSTUS,
MITTAGS

Claes Herrmanns blieb abrupt mitten auf dem Platz vor der Börse stehen. «Was hast du gesagt, Bocholt? Wen hast du am Donnerstag aus dem Johanneum kommen sehen?»

«Da siehst du es wieder. Nie hörst du mir richtig zu, und ich muß immer noch mal von vorne erzählen.»

«Das ist Unsinn. Gerade jetzt habe ich ganz genau zugehört. Ich glaube nur, daß ich dich falsch verstanden habe. Vorsicht!»

Claes griff nach Bocholts Arm und zog ihn hastig zur Seite. Zwei Kutschen rollten eine nach der anderen haarscharf an ihnen vorbei. Die Kutscher kümmerten sich kaum um das Gedränge auf der Straße, die hier zum langgestreckten Platz erweitert mit Rathaus, Bank und Börse, Gericht, Commercium und Kran das Geschäftszentrum der Stadt bildete.

Bocholt zog ein Tuch aus seiner Rocktasche, tupfte sich die vor Schreck feuchte Stirn, scheuchte ein Bettelkind unwirsch davon und sah Claes vorwurfsvoll an. «Die Kerle hätten uns fast umgefahren. Wozu haben wir dich in die Commerzdeputation gewählt? Warum sorgst du nicht dafür, daß solche Verbrecher auf dem Kutschbock endlich aus der Stadt verschwinden?»

«Weil das nun wirklich nicht Sache der Commerzdeputation ist. Das ist Sache der – ach, Bocholt, das weiß ich jetzt nicht, irgendeine der vierunddreißig Deputationen wird schon zuständig sein, und ganz bestimmt die Wedde. Du kannst ja mal dem Weddesenator sagen, er solle sich darum kümmern, allerdings, wenn ich mich nicht sehr irre, saß van Witten selbst in einer dieser beiden Kutschen mit den Verbrechern auf dem Bock. Aber vergiß das jetzt mal. Du hast gesagt, daß du am letzten Donnerstag – richtig?»

Bocholt, immer noch ein bißchen beleidigt, nickte.

«... am letzten Donnerstag gesehen hast, wie der hugenottische Uhrmacher von der Großen Johannisstraße aus dem Johanneum kam.»

«Ja, das stimmt. Aber hör endlich auf, mit mir zu reden und mich anzustarren, als wärst du von der Inquisition. Ohne mich hättest du damals den Cicero nie begriffen, und den ...»

«Dafür bin ich dir auch nach dreißig Jahren immer noch dankbar, Bocholt. Ohne dich hätte ich es auch ganz gewiß nie weiter als bis zur Septima geschafft. Also der Uhrmacher. Du meinst Godard?»

«Godard? Heißt der so? Ich kann mir Namen schlecht merken, das weißt du doch. Ich meine den, der seine Werkstatt an der Ecke Berg und Große Johannisstraße hat. Da gibt es nur einen. Und jetzt laß uns endlich weitergehen, sonst rennt uns tatsächlich noch einer um.»

«Gleich, Bocholt.» Claes folgte ihm widerwillig einige Schritte zur Seite, so daß sie auch den Männern mit ihren Karren und den Sänftenträgern nicht mehr im Weg standen ... «Also Godard. Gut. Am Donnerstag. Du hast eben auch gesagt, es sei gegen Mittag gewesen?»

«Halb zwölf, denke ich, oder ein bißchen später. Ich war um halb zwölf am Plan in der Segeltuchmacherei verabredet, ich weiß noch, ich war in Eile, eine Depesche aus Leipzig kam dazwischen, ganz eilig. Aber ich will jetzt endlich zu Jensen, laß uns dort weiterreden.»

«Da hören immer alle zu, und mir ist lieber, ich höre es erst einmal allein. Sei nett, Bocholt, und hilf mir. Nur noch eine Minute. Gegen halb zwölf, hast du gesagt. Wie sah er aus, ich meine, war er auch in Eile?»

«So genau habe ich natürlich nicht hingesehen, ich sehe den Leuten nicht nach. Für so was habe ich keine Zeit. Gerannt ist er jedenfalls nicht gerade. Er ist mir nur aufgefallen, weil er in der Mittagspause aus dem großen Portal kam, und um diese Zeit ist die Schule ja immer leer und geschlossen. Was macht der da? dachte ich. Was hat der Kerl im Johanneum zu schaffen? Dann sah ich es.»

«Was?»

«Wen? meinst du. Das habe ich doch vorhin als erstes erzählt, du hast mir also doch nicht zugehört.»

Claes seufzte tief. «Na gut, es stimmt, zu Anfang habe ich nicht richtig zugehört. Aber da hat mir Bauer gleichzeitig von seinem neuen Tabakgeschäft erzählt, und du sagst doch seit Jahren, ich soll mich um Tabak kümmern. Ich bitte dich trotzdem um Verzeihung, und nun sag es mir noch einmal. Bitte, Bocholt.»

Der zupfte sich ein Stäubchen von der Schulter, ließ den Blick über den Platz schweifen, beantwortete den Gruß eines vorbeieilenden Kontorboten mit einem gnädigen Nicken und sagte schließlich: «An einem der Fenster zum Plan stand dieser tote Lehrer, natürlich war er noch nicht tot, sonst hätte er ja nicht da stehen können.

Er machte ein Gesicht, als habe ihm gerade jemand mitgeteilt, daß er nach Archangelsk auswandern muß. Ich habe ja nichts gegen Archangelsk, verdammt kalt da oben, aber immer noch gute Geschäfte, wenn auch längst nicht mehr so gut wie vor Jahren. Aber Juchten ...»

«Der Lehrer, Bocholt!» Claes' Gesichtsfarbe tendierte bedrohlich nach Ziegelrot. «Er stand am Fenster, hast du gesagt, und er sah wütend aus.»

«Ja. Obwohl ich eher sagen würde: grimmig. Ich wäre ihm in diesem Moment aus dem Weg gegangen, wenn ich etwas mit ihm zu tun gehabt hätte, was ich natürlich nie hatte. Er stand da, und als der, wie hast du gesagt, heißt er?»

«Godard?»

«Godard, richtig. Jedenfalls, als der Uhrmacher in sein Blickfeld kam, riß er plötzlich das Fenster auf, was nicht leicht ist, diese Fenster haben schon früher geklemmt, und jetzt tun sie das bestimmt noch mehr, also, er riß es auf, und dann sah er mich.»

Bocholt sah triumphierend Claes an.

«Er sah dich. Gut. Und?»

«Er machte erst seinen Mund und dann das Fenster wieder zu, mit einem tüchtigen Knall. Ein Wunder, daß die Scheiben nicht rausgefallen sind. Ich bin sicher, der wollte dem Uhrmacher etwas zurufen, aber als er sah, daß ich ihn sah, hat er es sich anders überlegt. Das ist alles. Wenn du jetzt nicht mit ins Kaffeehaus kommst, gehe ich allein.»

Damit drehte er sich um und drängte sich mit raschen Schritten durch die Menge. Claes folgte ihm, aber er, den es sonst nach der Börsenzeit stets am schnellsten an einen der Tische in Jensens Kaffeehaus zog, hatte es heute nicht eilig. Godard war also nicht, wie er behauptet hatte, am Mittwoch, sondern am Donnerstag, dem Todestag des Lehrers, bei ihm im Johanneum gewesen. Und zwar in der Mittagszeit, um die Stunde, in der Donner ermordet worden war.

«Verdammt», sagte er, blieb stehen – und sah genau in Wagners Gesicht.

Der errötete rief und verbeugte sich knapp. «Ich will Euch nicht in Euren Gedanken stören, Monsieur Herrmanns, wenn Ihr erlaubt, gehe ich gleich weiter. Ich hätte Euch auch nicht angesprochen, hier direkt vor der Börse und all den Leuten.»

«Um Himmels willen, Wagner, Ihr könnt mich ansprechen, wo und wann immer Ihr wollt. Dachtet Ihr, mein Ärger habe Euch gemeint? Ihr solltet inzwischen wissen, daß ich vielleicht kein sehr edler Mensch bin, mich aber um ein Mindestmaß an Höflichkeit bemühe. Im übrigen kommt Ihr genau recht. Ihr erspart mir, Euch zu suchen. Dort drüben», er zeigte auf eine niedrige, von zwei Sommerlinden beschattete Mauer nahe dem Alten Kran, «haben wir Ruhe.»

«Aber warum», fragte Wagner wenige Minuten später, «hat er behauptet, er sei am Mittwoch im Johanneum gewesen? Das war doch gar nicht notwendig, wenn er nicht der Täter ist. Daß er der nicht sein kann, scheint ja nun bewiesen: Monsieur Donner war noch höchst lebendig, nachdem Godard das Johanneum verlassen hatte. Oder ist es möglich, daß Monsieur Bocholt sich im Tag geirrt hat?»

«Bocholt hat sich ganz gewiß nicht geirrt, und Godard konnte nicht wissen, daß es jemanden gibt, der gesehen hat, daß Donner noch lebte, als er ihn verließ. Andererseits, wer sagt uns, daß er nicht kurz darauf wieder ins Johanneum zurückgegangen ist?»

Wagner schwieg. Dieser plötzliche Zeuge kam ihm seltsam vor. Obwohl alle davon ausgegangen waren, daß das Tor zum Johanneum verschlossen gewesen war, hatte Grabbe einen halben Tag damit verbracht, den Plan hinauf- und hinunterzulaufen und alle Anwohner zu fragen, ob sie zu jener Zeit jemanden gesehen hatten. Niemand hatte etwas gesehen, und einige hatten gesagt, das sei auch eine unsinnige Frage, weil das Tor zur Mittagszeit stets verschlossen sei. Nun, an jenem Tag war es das nicht gewesen. Jedenfalls für eine geraume Zeit.

Claes erhob sich, blinzelte kurz hinüber zum Kaffeehaus und sagte: «Wir können uns nun lange Gedanken machen, Wagner, aber das nützt wenig. Ich bin die Spekuliererei leid, gehen wir zu Godard und fragen ihn. Dann werden wir sehen.»

Genau das hatte Wagner befürchtet. «Gewiß. Das wird das beste sein, aber sicher habt ihr wichtigere Geschäfte als so eine Befragung.» Er sah Claes Herrmanns hoffnungsvoll an.

«Sicher. Aber die können warten. Es wird schon nicht den ganzen Tag dauern.»

«Das weiß man vorher nie, Monsieur Herrmanns. So eine Befragung kann sehr schwierig sein.»

«Spart Euch die Mühe», Claes grinste den Weddemeister fröhlich an, «Ihr werdet mich jetzt nicht los. Aber ich verspreche, Euch das Fragen zu überlassen. Ich will mal sehen, wie es sich anfühlt, wenn man sich dümmer stellt, als man ist.»

Die Tür zur Werkstatt des Uhrmachers stand weit offen. Am vorderen Arbeitstisch saß ein junger Mann. Er trug zwar keinen Rock, dafür aber eine große Leinenschürze über dem einfachen weißen Hemd. Als die beiden Männer eintraten, erhob er sich eilfertig und begrüßte sie mit einer Verbeugung.

«Es ist gut, Jerôme.» Godard trat aus dem hinteren Raum in die Werkstatt und streifte seine aufgerollten Hemdsärmel herunter. «Die Messieurs wollen zu mir. Oder irre ich mich?»

«Nein, Ihr irrt nicht», sagte Wagner. Er zog sein blaues Tuch aus der Rocktasche, wischte sich die feuchten Hände ab und steckte es umständlich wieder zurück. «Es haben sich noch einige Fragen ergeben, neue Fragen, sozusagen. Monsieur Herrmanns und ich, nun ja, wenn wir in einen etwas abgeschlosseneren Raum gehen könnten?»

Godard warf Claes, dessen Namen er wie jeder in der Stadt kannte, einen neugierigen Blick zu. «Es ist mir eine Ehre, Monsieur Herrmanns, wenn auch der Anlaß weniger ehrenvoll ist. Wenn ich vorausgehen darf.»

Wagner und Claes folgten ihm in den Raum hinter der Ladenwerkstatt, der zugleich als Lager, Werkstatt für gröbere Arbeiten und als Schreibzimmer diente. Die drei Fässer mit den Teilen für Mijnheer van Zooms Automaten waren verschwunden. Nur ein paar Reste der weichen Kapokfasern, die sich zwischen den Kästen in den Regalen verfangen hatten, zeugten noch davon, daß sie hier gewesen waren.

«Bitte.» Godard zeigte auf zwei alte Lehnstühle und setzte sich selbst auf den gepolsterten Hocker vor dem Sekretär, ein schmuckloses Möbel, das seit Jahren anstelle von Honigwachs und Firnisöl nur Staub gesehen hatte. Monsieur Godard, fand Claes, zeigte für einen, der des Mordes verdächtigt wurde, eine erstaunliche Gelassenheit.

«Ja», Wagner wartete immer noch darauf, daß Claes Herrmanns, wie es sonst seine Art war, sofort das Wort ergriff, aber der lehnte sich zurück und schwieg.

«Ja», wiederholte Wagner, «noch einige Fragen. Ihr habt gesagt, daß Ihr am vergangenen Mittwoch bei Monsieur Donner im Johanneum wart. Ist es möglich, daß Ihr Euch geirrt habt?»

«Möglich? Gewiß. Aber ich glaube nicht ...» Er verstummte. Das Ticken der Uhren wurde lauter, die Geräusche, die vom Berg hereindrangen, das Rattern der Räder, Hundegebell, die Stimmen der Menschen – alles wich zurück. «Ich will Euch und mir nicht mehr Mühe machen als notwendig», sagte Godard schließlich in die angespannte Stille, «und ich hoffe auf Eure Nachsicht gegen eine fürsorgliche Tochter. Emma kennt keine Verfolgung, auch ich nicht. Mein Vater und seine Brüder flohen mit ihren Familien aus den Cevennen, das ist sehr lange her, aber es ist die Geschichte unserer Familie, vieler Familien unseres Glaubens, und Emma ist ein empfindsames Geschöpf. Vielleicht hilft Euch das, zu verstehen. Ich bin tatsächlich am Donnerstag bei Monsieur Donner gewesen, und ich habe das immer gewußt. Gewiß erinnert Ihr Euch, Weddemeister, daß es Emma war, die mich bei Eurem ersten», er zögerte und fuhr mit schmalem Lächeln fort, «Eurem ersten Besuch darauf hinwies, ich sei schon am Mittwoch im Johanneum gewesen. Ich weiß nicht, warum ich ihr nicht gleich widersprach. Ich sah in ihren Augen die Sorge und ließ ihre Lüge stehen, denn das war es, eine Lüge, wenn auch aus den besten Motiven.»

Sein Blick wanderte aus dem Fenster hinaus in den schattigen kleinen Hof. Eine magere Pappel wuchs neben einem Schuppen, ein paar Hühner scharrten im Staub, und eine dicke Frau, die nackten Füße unter dem groben grauen Kleid in abgetretenen Pantinen, packte Holzscheite in einen Korb.

«Als ich ging, lebte Monsieur Donner noch. Mein Gewissen ist rein. Ich sah keinen Grund, Emma vor Euch bloßzustellen.»

«Bloßstellen? Es wäre doch nur ein kleiner Irrtum zu berichtigen gewesen.»

«Wahrscheinlich, Weddemeister, wahrscheinlich. Und nun? Was geschieht nun? Bringt Ihr mich in die Fronerei?»

Wagner ignorierte die Frage. «Warum habt Ihr Monsieur Donner nun tatsächlich besucht? Ihr sagtet, Ihr hättet ihm am Mittwoch seine Uhr gebracht. Nun war es nicht der Mittwoch, sondern der Donnerstag. Was habt Ihr ihm da gebracht?»

«Seine Uhr natürlich. Alles, was ich sagte stimmt, nur der Tag war falsch. Emma meinte, wenn bekannt wird, daß ich am Donnerstag bei ihm war, zudem so kurz vor seinem Tod, werde man mich verdächtigen. Eine berechtigte Sorge, wie sich nun zeigt. Ich habe ihm seine Uhr gebracht und bin wieder gegangen. Das war alles.»

«Gegangen», sagte Wagner. «So. Gab es nicht noch eine Unterhaltung? Eine heftige Unterhaltung vielleicht?»

«Heftig? Nein. Ich gab ihm die Uhr, wollte ihm noch einmal den Mechanismus erklären, was er jedoch schon nach dem ersten Satz unwirsch zurückwies: Er kenne seine Uhr selbst am besten. Dann beschwerte er sich wieder, daß es kein Zeichen guter Arbeit sei, wenn eine Uhr erst nach der zweiten Reparatur fehlerfrei arbeite. Doch vor allem, das war mein Eindruck, war ihm wichtig, daß ich schnell wieder gehe. Er habe zu arbeiten, sagte er, steckte die Uhr in die Tasche, und ich war entlassen. Tatsächlich hatte ich den Eindruck, daß mein Besuch ihn überraschte, doch da muß ich mich geirrt haben. Wir hatten das Treffen zwar schon vor einigen Tagen verabredet, aber ich kann mir nicht vorstellen, daß er es vergessen hatte. Monsieur Donner war kein besonders konzilianter Herr. Unwirsch, ja – heftig würde ich unser Gespräch jedoch nicht nennen.»

«Wie seid Ihr eigentlich in die Schule gekommen?» Nun mußte Claes doch eine Frage stellen. «War das Portal nicht verschlossen?»

«Nein, es war offen. Das habe ich vorgestern schon dem Weddemeister gesagt. Ich nehme an, Monsieur Donner hatte dem Pedell aufgetragen, es offenzulassen.»

«Ich denke, Monsieur Donner war über Euren Besuch überrascht. Wie kann er dann dem Pedell aufgetragen haben, das Portal für Euch offenzulassen?»

Godard zuckte mit den Achseln. «Das paßt tatsächlich nicht zusammen. Ich weiß darauf keine Antwort.»

«Habt Ihr den Pedell getroffen? Hat er das Portal gleich hinter Euch geschlossen?»

«Den Pedell habe ich nicht gesehen, ich habe überhaupt niemanden gesehen. So kann ich Euch auch niemanden nennen, der Monsieur Donner gesehen hat, nachdem ich gegangen war.»

Er lächelte immer noch, nur die winzigen Schweißtropfen über seiner Oberlippe verrieten, daß er längst nicht mehr so gelassen war, wie er vorgab.

«Es hat Euch trotzdem jemand gesehen. Und, was für Euch von noch größerer Bedeutung ist, es hat auch jemand Monsieur Donner gesehen. Der stand am Fenster und sah Euch nach, als Ihr die Schule verließt.»

Godard wurde plötzlich sehr blaß, dann rötete sich sein Gesicht, er sank zurück und schloß für einen Moment die Augen. «Messieurs», sagte er dann, «das ist das Schönste, was ich seit sehr langer Zeit gehört habe. Seit sehr, sehr langer Zeit. Vor einer Minute war ich noch sicher, niemand werde mir glauben, daß ich den Lehrer ganz und gar lebendig verließ. Die Straße lag völlig verlassen, als ich zurück zur Werkstatt ging, ich habe niemanden gesehen, es war ja Mittag.» Er sprang auf und lief zum Flur, der hinter dem Raum ins Dunkle führte. «Emma», rief er, «Emma. Ach nein», sagte er dann, «sie macht ja einen Besuch.»

Auch Claes erhob sich, und Wagner tat es ihm, wenn auch zögernd, nach. Claes war mit dem Verlauf des Gesprächs sehr zufrieden. Er fühlte sich, als habe er einem Hungrigen einen köstlichen Braten geschenkt.

«Dann wollen wir Euch nicht länger aufhalten, Monsieur Godard, gewiß warten Eure Uhren schon auf Euch. Oder habt Ihr noch eine Frage, Wagner?»

«Nein, Monsieur, keine Frage. Vielleicht später», murmelte der Weddemeister, verbeugte sich, wie es sich gehörte, und marschierte, ohne auch nur eine Minute an freundliche Höflichkeitsfloskeln zu verschwenden, zurück in die vordere Werkstatt und durch die immer noch offene Tür auf die Straße. Was Claes nicht gefiel. Nun, wo Godard sich als unschuldig erwiesen hatte, hätte er sich gerne noch einige der Wunderwerke in dessen Werkstatt erläutern und vorführen lassen.

Wagner stand im Schatten des nächsten Hauses, das blaue Tuch in der Faust, den Blick fest auf die Spitzen seiner Stiefel gerichtet.

«Na, Wagner? Endlich sind wir ein Stück weiter.» Claes war immer noch sehr mit sich zufrieden.

«Ein Stück. Gewiß. Der Lehrer lebte noch, als Godard ihn verließ. Aber warum sollte er nicht zurückgekommen sein? Diese Frage ist noch nicht geklärt.»

«Die Frage ist nun doch eher: Warum sollte er das überhaupt getan haben? Es ist natürlich sehr lästig, daß wir ein Stück weiter sind und zugleich wieder am Anfang stehen. Wenn es nicht Godard war, wer dann? Und warum?»

Wagner stopfte sein Tuch in die Tasche, ganz ohne sich Stirn und Nacken zu wischen, wie es seine Gewohnheit war, wenn er Ärger oder Unsicherheit fühlte, sah grimmig die Straße hinab (fast wie der selige Monsieur Donner, dachte Claes amüsiert) und sagte: «Es hätte noch einige Fragen gegeben, noch einige.»

«Warum habt Ihr sie ihm dann nicht gestellt?»

Wagner schüttelte den Kopf und schwieg. Er war nicht in der Stimmung, seine Gedanken preiszugeben. Diese Art Fragen machten keinen Sinn mehr, nachdem Claes Herrmanns Godard die beruhigende Mitteilung gemacht hatte, es gebe einen Zeugen für seinen Besuch. Solange er Angst gehabt hatte, gleich in Ketten gelegt zu werden, hätte er geredet. Leute redeten immer, wenn sie sich fürchteten, sie logen dann vielleicht, aber sie gerieten mit ihren eigenen Lügen durcheinander, sie – nun, das war jetzt egal. Jetzt fühlte der Uhrmacher sich wieder sicher.

«Ich verstehe Euch nicht, Wagner, Ihr verbeißt Euch in die Idee, Godard sei der Schuldige. Ich finde, es ist höchste Zeit, nach anderen zu suchen.»

«Die Frage ist doch», sagte Wagner langsam, als überlege er sich sehr genau, was er Claes Herrmanns anvertrauen konnte, «die Frage ist jetzt: Warum war er tatsächlich im Johanneum? Er hat gesagt, um die Uhr zurückzubringen. Sehr seltsam. Zum einen ist es seltsam, die Uhr in die Schule zu bringen, das ist sehr umständlich, besonders, wenn dazu extra das Portal geöffnet bleiben muß. Viel wichtiger aber ist: Wir haben bei Monsieur Donner keine Uhr gefunden. Deshalb glaube ich nicht, daß Monsieur Godard als Uhrmacher in das Johanneum gegangen ist, der einen Auftrag erfüllt. Ich glaube, daß er einen anderen Grund hatte.»

MONTAG, DEN 8. AUGUSTUS,
ABENDS

Der Himmel im Westen brannte glutrot und färbte die Ränder der dunklen Wolken, die sich behäbig über den Fluß heranschoben, violett. Es war ein prächtiges Schauspiel, und die Menschen, die auf den westlichen Wällen zum behaglichen Abschluß des Tages unter den Ulmen promenierten, sammelten sich auf den vorgeschobenen Bastionen, um es zu bewundern. Mehr oder weniger. So ein Himmel, sagte einer, verheiße nichts Gutes, und ein anderer erinnerte daran, daß im Oktober anno '56, am Abend vor der letzten großen Flut, der Himmel ganz genauso ausgesehen habe. Sein Begleiter, seit kurzem Besitzer einer kleinen Caffamacherei, sagte nichts. Er betrachtete die grandiose Komposition der Schattierungen, die sich im tief-, fast schwarzblauen Wasser des Flusses spiegelten, sah über die weite Landschaft am jenseitigen Ufer, deren Farben von einem in den letzten

Sonnenstrahlen unwirklich leuchtenden Grün zu stumpfem Umbra verblaßt waren, und fand, daß diese Tönungen wunderbar für seine Stoffe paßten.

Eine junge Frau im blau-weiß gestreiften Rock aus leichtem Kattun, die weiße Leinenhaube und das Brusttuch in der Hand, eilte an ihnen vorbei und hörte weder die Worte, noch hatte sie einen Blick für den Himmelszauber. Rosina war ganz sicher gewesen, daß Jean und Helena, Titus und die anderen noch im Komödienhaus beim Dragonerstall waren, aber es war zu spät. Sie hätte es wissen müssen. Beim ersten Schimmer des Abendrots hatte Jean das Textbuch, den Hammer, eine Sonne aus Goldpapier oder was immer er gerade in der Hand gehalten hatte, fallen gelassen und das Ende des Tages und der Arbeit verkündet. Jedenfalls war das Komödienhaus verschlossen, von drinnen kam kein Laut, selbst vor dem Stall der Stadtsoldaten war niemand mehr zu sehen. Von Osten zog schon die Dunkelheit herauf, und sie mußte sich beeilen, wenn sie den *Bremer Schlüssel* noch in der Dämmerung erreichen wollte.

Ihr war, als sei sie heute schon bis nach Bremen und zurück gewandert. Was hieß hier gewandert? Gerannt. Ständig gerannt. Die Domina hatte ihr keine Minute Ruhe gelassen. Rosina war gewohnt, schwer zu arbeiten, aber sie war nicht gewohnt, ständig Befehle entgegenzunehmen und pausenlos hin- und herzulaufen, für einen Krümel Salz oder um ein Fenster zu öffnen, nur um es wenige Minuten später wieder schließen zu müssen, für eine Frage an die Köchin nach dem Speiseplan für die übernächste Woche oder um zu prüfen, ob die Pflaumen im Garten der Domina gut reiften. Sinnlose Befehle, die nur jemand gab, der zuviel Zeit hatte. Oder Langeweile.

Dabei herrschte im Zimmer mit dem großen Sekretär neben dem Salon der Domina ein ständiges Kommen und Gehen. Nicht nur die Stiftsdamen klopften an ihre Tür, auch der Klosterschreiber mit seiner Mappe voller Listen und Notizen, der Gärtner nahm Befehle entgegen, der Klostervogt kam aus Eppendorf mit seinem Bericht über die neuen Mühlenpachtverträge, der Bote des Ersten Bürgermeisters, von jeher Patron des Klosters, wollte empfangen werden. Die Domina, das hatte Rosina spätestens an diesem zweiten Tag ihres Dienstes bei der Ehrwürdigen Jungfrau begriffen, war energisch darauf bedacht, ständig über alles informiert zu sein, was die ausgedehnten Besitzungen des Klosters betraf. Vogt und Patron hatten gewiß kein leichtes Leben mit ihr.

Bevor Mette van Dorting zur Ersten unter den Konventualinnen gewählt worden war, so hatte ihr die Wäscherin zugeflüstert, hätten Patrone und Vögte sich keinen Deut um die Meinung der jeweiligen Domina gekümmert, aber diese ... Dann hatte sie vielsagend geschwiegen, und Rosina war schon weitergehetzt, den Arm voller frischgebügelter Mundtücher, die die Domina unbedingt sofort aus der Wäscherei geholt haben wollte. Als läge nicht ein ganzer Stapel, akkurat gefaltet und nach Melisse und Lavendel duftend, in ihrem Schrank.

Andererseits schien es Rosina, als scheuche die Domina sie mit einem gewissen Vergnügen. Wahrscheinlich wollte sie sie auf die Probe stellen, wollte ihren Verstand und ihre Geschicklichkeit prüfen, ihre Behendigkeit und ihren Gehorsam. Vor allem ihren Gehorsam. Was Rosina völlig überflüssig fand, schließlich sollte sie nur für einige Tage aushelfen.

Schon gestern, am Sonntag vormittag, hatte sie sich in

der blau-weiß gestreiften Tracht der Herrmannsschen Mädchen als Rosa Stein bei der Domina vorgestellt. Madame Augusta hatte recht gehabt, ein kleines Billett von ihr am frühen Sonntagmorgen hatte genügt, um ihr noch am gleichen Tag den Weg in das Stift zu öffnen. Die Ehrwürdige Jungfrau hatte kaum Fragen gestellt, offensichtlich war Augusta Kjellerups Wort Bürgschaft genug. Ihr Blick blieb nur kurz an der langen schmalen Narbe auf der Wange des neuen Mädchens haften, und eine kaum wahrnehmbare Bewegung ihrer linken Augenbraue verriet, daß sie deren Rock für mindestens drei Fingerbreit zu kurz hielt, aber sonst hatte sie nichts auszusetzen. Sie ließ Rosina, für die nächsten Tage Rosa, das Teegeschirr in ihrem Salon auf ein Tablett und wieder zurück auf den Tisch räumen, hieß sie einmal im Zimmer auf und ab gehen, auch einige Male knicksen, und erklärte knapp, sie dulde weder Tölpelhaftigkeit noch Schlendrian. Absolute Reinlichkeit müsse sie gewiß nicht extra erwähnen. Dann schickte sie Rosina hinunter in die Küche, die Köchin sei die Seele der Hauswirtschaft, die werde sie in ihre Arbeit einweisen und ihr alles weitere zeigen, was sie hier zu wissen und zu kennen habe. Damit senkte sie ihren Blick wieder auf den *Hamburgischen Correspondenten*, und das Mädchen Rosa war mit einer huldvollen Handbewegung entlassen.

Wäre es nicht so absurd gewesen, hätte Rosina geschworen, daß die Domina sich dabei auf die Lippen biß, als müsse sie ein Lachen unterdrücken. Oder zumindest ein Lächeln.

Genau das fiel ihr wieder ein, als sie in eine der schmalen Gassen einbog, um den Weg zur Neustädter Fuhlentwiete abzukürzen, dieses Lächeln. Sie wußte nicht, ob

Anne recht hatte, als sie sagte, sie, Rosina, bekomme immer den gefährlichsten Part – ganz gewiß bekam sie immer den lästigsten. Es sah so aus, als wolle Mette van Dorting sich an ihr für irgendwelche Kränkungen, Possen oder wer wußte schon was für alte Zwiste entschädigen, die sie mit Augusta in ihrer Mädchenzeit auszutragen versäumt hatte. Die mußten nahezu ein halbes Jahrhundert zurückliegen. Sie hoffte, daß sie selbst, falls sie so alt wurde, nicht so nachtragend sein würde. Und sie hoffte noch mehr, daß sie schnell etwas herausfand. Nicht nur wegen ihrer vom vielen unnützen Herumgerenne schmerzenden Füße, ihre Camouflage konnte nicht lange unentdeckt bleiben.

Auf dem Weg zur Küche unter den Räumen der Domina hatte sie schon auf der Treppe die Stimme der Köchin gehört: Seltsam sei das ja doch. So plötzlich, dazu am heiligen Sonntagvormittag, ein neues Mädchen. Auch habe sie noch nie gehört, daß bei den Herrmanns' eine Rosa in Diensten sei, sehr, sehr seltsam, wo die Domina doch sonst auf alles achte wie ein alter Fuchs. Morgen früh auf dem Hopfenmarkt wolle sie Elsbeth nach dieser Bedienung fragen, deren Augen für eine Aushilfsmagd gar zu stolz in die Welt blickten, und dann werde man ja sehen.

Rosina hatte ein bißchen auf der Treppe herumgetrampelt, die Küchentür mit ergeben gebeugten Schultern geöffnet und sofort der Herrin der Klosterherde die allerbesten Grüße von Elsbeth, der Herrmannsschen Köchin, ausgerichtet. Dazu hatte sie gleich erklärt, daß sie ja erst seit wenigen Wochen im Herrmannsschen Haus, und zwar zumeist im Gartenhaus in Harvestehude, diene, und daß der Duft des Mirabellenkompotts dort auf dem Tisch unvergleichlich sei. Gewiß würze sie auch mit

Zimtstangen? Sie selbst könne leider nur einfache Grützen zubereiten, aber das Kochen und Wirtschaften sei ja eine höhere Kunst, die nicht zu den Arbeiten eines einfachen Mädchens gehöre.

Was den Argwohn der Köchin nicht minderte, sie aber beschließen ließ, das neue Mädchen, sowieso nur ausgeliehen, bis eine neue für die Domina gefunden worden war, nicht weiter zu beachten. Das jedenfalls hatte Rosina in ihrem Gesicht zu lesen geglaubt. Trotzdem, obwohl Elsbeth und Blohm, Brooks, der Kutscher, und auch Betty, deren Kleid sie nun trug, eingeweiht waren, war es nur eine Frage der Zeit, bis herauskam, daß tatsächlich keine Rosa in Herrmannsschen Diensten stand.

Als sie den *Bremer Schlüssel* in der Fuhlentwiete erreichte, verlor sich die letzte Dämmerung in der Dunkelheit. Die Tür des Gasthauses wurde aufgestoßen, und heraus polterten Servatius, der Knopfmacher aus der Caffamacherreihe, und Vandenfelde, der Knochenhauer vom Schlachthaus bei der Heiliggeistbrücke. Es war nicht eindeutig, wer wen stützte. Sie schwankten gemeinsam zur Seite, und Rosina schlüpfte schnell an ihnen vorbei durch die Tür.

Der langgestreckte Raum war von einigen Rüböllampen an den Wänden und Unschlittkerzen auf den langen Holztischen in gelbes Dämmerlicht getaucht. Geruch von Bier und säuerlichem Wein, von scharfem Tabak und zu vielen Menschen schlug ihr dumpf entgegen. Darüber jedoch lag der würzige Duft einer kräftigen Fleischsuppe, die Jakobsens Schwester Ruth in der Küche hinter dem Schankraum rührte. Und ein Hauch Lavendel? Rosina mußte nicht lange suchen, Helena hatte sie gleich entdeckt und winkte sie mit beiden Armen heran. Neben ihr saß Jean, mit Titus in eine heftige Debatte vertieft. Muto hockte zwischen ihnen und ließ sich davon nicht stören. Er kratzte mit einem viel zu großen Löffel die letzten Fleischbrocken von seinem Teller, und Manon, heute ganz würdevolle junge Dame, saß auf der Bank ihm gegenüber, sah ihm mit leicht heruntergezogenen Mundwinkeln zu und knabberte zierlich an einem Stück Brot. Ihre Eltern waren nicht zu sehen, gewiß saß Gesine bei einer Kerze in ihrer Kammer im Haus der Krögerin und stichelte an den Kostümen, und Rudolf grübelte bei einer zweiten über den Skizzen für seine neuen Kulissen. Auch Filippo fehlte, der neue Komödiant. Er war zwar nicht annähernd ein so guter Akrobat wie Sebastian, aber dafür ein sehr viel besserer Sänger und Akteur. Sebastian, einst Student in Halle und bis zum Frühjahr der beste Akrobat der Gesellschaft, hatte die Beckerschen verlassen, um in ein bürgerliches Leben zurückzukehren. Er begleitete nun einen Lübecker Kaufmannssohn auf dessen Bildungsreise nach Italien. Fritz und Manon beneideten ihn glühend, wenn auch aus sehr unterschiedlichen Gründen. Muto war überzeugt, ihm das Fortgehen nie verzeihen zu können, und Jean hatte gesagt, wenn er das Domestikendasein, denn nichts anderes bedeute diese Entscheidung, dem freien Leben vorziehe, so sei das seine Sache.

Ganz im Gegensatz zu Sebastian gelang es Filippo nur selten, seine Lieblingsrolle auf der Bühne zurückzulassen. Die großen Gesten, der kokette Charme und das süßliche Geschwätz des jugendlichen Helden und Liebhabers hätten im *Bremer Schlüssel* allerdings kaum Eindruck gemacht. Rosina war nicht sicher, ob er lange bei den Beckerschen Komödianten bleiben würde. Er war Jean einfach zu ähnlich, der würde eine solche Konkurrenz kaum lange neben sich dulden. Zumal, wenn sie zwei Jahrzehnte jünger war und bei den meisten Damen entsprechend größeren Eindruck machte.

Rosina winkte Jakobsen zu, der sich gerade, drei Krüge mit Branntwein in den Händen, zwischen den Bankreihen hindurchdrängte, setzte sich neben Helena und ließ sich zur Begrüßung umarmen.

«Trink das aus», sagte Helena und drückte ihr ein mit weißem Wein gefülltes Glas in die Hand, «jeder kann sehen, daß du erst mal einen ordentlichen Schluck brauchst. Und dann erzähl. Wie ist es bei den Damen im Stift? Sind sie sehr vornehm? Und hast du schon etwas herausbekommen?»

«Danke, Helena», Rosina trank durstig, «aber könntest du bitte etwas leiser sprechen? Sonst kannst du gleich einen Anschlag an der Börse machen.» Sie sah sich um, doch niemand an den Nachbartischen beachtete sie. «Ich habe nur wenige Minuten Zeit. Die Domina hatte einen Brief zu besorgen, die Adresse ist ganz nah dem Dragonerstall, und als ich euch dort nicht mehr traf, dachte ich mir, daß ihr vielleicht hier wärt.» Sie begrüßte Titus, Jean und Manon, strubbelte Muto durchs Haar, brach sich ein Stück von dem dunklen Roggenbrot, das auf dem Tisch lag, und biß hungrig hinein. «Nein, ich habe nichts herausgefunden», fuhr sie leiser fort. Alle – selbst Manon vergaß ihre herablassende Haltung – neigten sich ihr mit gespitzten Ohren zu. «Höchstens, daß ich nie mein Brot als Magd oder Zofe verdienen möchte.»

«Das habe ich dir gleich gesagt», rief Jean, bei dem Ermahnungen, leise zu sprechen, grundsätzlich nichts nützten. «Ich habe dir die Erlaubnis für diese Eskapade nur gegeben, damit du endlich merkst, wo es dir gutgeht.»

«Jean, sei still.» Helena boxte ihn lachend in die Seite. «Die Erlaubnis hat sie von uns allen bekommen, und du hast noch nie etwas dagegen gehabt, wenn Rosina ... na ja, du weißt schon was.»

Titus grinste, prostete Rosina und Helena zu, schlug Jean auf die Schulter und brummte, so wie er es meistens tat, wenn er eigentlich lieber laut gelacht hätte: «Gib's auf, Prinzipal, unsere Damen machen doch immer, was sie wollen.» Er winkte Jakobsen um einen neuen Krug Wein.

«Na gut», Jean polierte beiläufig den etwas zu großen und zu bunten Stein seines Ringes am Rockrevers, «aber ihr werdet sehen, bald ist das alles vorbei. Wenn wir erst auf der Bühne des neuen Theaters zu Mannheim ...»

Alle lachten. Nur Muto und Manon nicht – der Junge, weil er mit seinen Gedanken ganz woanders war und nicht zugehört hatte, und Manon, weil sie keinen Anlaß zu solcher Heiterkeit sah.

Immer wieder tauchten bei den Wanderkomödianten Männer auf, die ihnen die schönsten Zukunftsbilder malten. Gewöhnlich versprachen sie lukrative Einladungen an fürstliche Höfe, mit Vorliebe an möglichst weit entfernte. Wer auf solche Schwätzereien hereinfiel, saß kurz darauf mit leerer Kasse da. Manchmal auch ohne erste Ballerina oder jugendliche Liebhaberin, von denen man allerdings auch niemals hörte, daß sie später zum Stern eines Schloßtheaters aufgestiegen waren.

«Ach, mein lieber gutgläubiger Jean.» Helena küßte ihn tröstend auf die Wange. «Du bist doch sonst nie auf solche Schwadroneure hereingefallen. Warum glaubst du ausgerechnet diesem? Was hat er dir heimlich versprochen?»

«Ganz einfach: Ich glaube ihm, weil er nichts verlangt.

Er will kein Geld, um uns die Reisebilletts zu kaufen, nicht mal ein winziges Darlehen, um eine kurzfristige Notlage, wie es sonst immer heißt, zu überbrücken. Er erzählt auch nicht, daß er größere Summen erwarte und Briefe mit Siegeln und Säckchen voller Pretiosen für die Damen. Er sagt nur, und warum zum Teufel sollte das nicht stimmen, daß in Mannheim ein Nationaltheater eröffnet werden soll, ganz wie in Hamburg, nur mit sehr viel mehr Geld, und er mit den Vorbereitungen betraut ist. Warum soll ich nicht glauben, daß wir, wenn er uns empfiehlt, einen Vertrag mit den Mannheimer Entrepreneuren bekommen? Warum soll ich das nicht glauben?»

«Mannheim ist eine Residenzstadt, Jean. Warum sollte dort ein bürgerliches Theater eröffnet werden? Glaube lieber *mir*, der ist auch nichts als ein Schwätzer, und sucht nur eine Gelegenheit, Manon schöne Augen zu machen, nachdem es ihm bei Rosina ja nicht gelungen ist. Nein, keine Widerrede, und du, Manon», sie blickte streng in das errötende Gesicht des Mädchens, «du bist dumm genug, all diese Salbaderei zu glauben. Ach», sie seufzte, «das ist man wohl in deinem Alter.»

«In meinem Alter?» begehrte Manon auf. «Er ist …»

Jean legte ihr schnell die Hand auf den Mund. «Nicht so laut. Er ist gerade hereingekommen. Dort ist er, seht ihr? Mit einem sehr bedeutenden Herrn.»

Alle reckten die Hälse, und tatsächlich nahm Monsieur Mosbert, Reisender im Auftrag schwerreicher Entrepreneure, an einem der Tische nahe dem Erker Platz. Sein Begleiter war nicht zu erkennen, der zeigte nur seinen breiten Rücken, und für einen, wie Jean gesagt hatte, bedeutenden Herrn, war sein Rock aus ziemlich billigem Tuch.

«Mit einem sehr bedeutenden Herrn?» Jakobsen stellte den Krug auf den Tisch und sah abschätzend zu den beiden neuen Gästen hinüber. «Ich weiß nicht, wen du für bedeutend hältst, Jean. Der», er zeigte mit dem Daumen über die Schulter, «ist nicht viel mehr als ein Türschließer. Das ist Töltjes, der Pedell vom Johanneum. Keine Ahnung, warum der Mensch da ihm Branntwein spendiert.»

Jean wurde um einige Zoll kleiner, murmelte etwas von der kolossalen Bedeutung der superben Theaterdarbietungen an den Lateinschulen, und Rosina reckte sich weiter vor, um die beiden Männer genauer zu sehen.

«Der Pedell vom Johanneum? Hast du gehört, worüber sie reden, Jakobsen?»

«Nicht viel. Über das Wetter, glaube ich, und über die Ungebärdigkeit der heutigen Jugend oder so etwas. Ich hab nicht hingehört. Das tue ich nie. Wie du ja weißt.»

Jakobsen, das wußte jeder, war die beste und zuverlässigste Nachrichtenbörse der Neustadt.

«Es ist doch ganz natürlich», Jean hatte sich wieder zu seiner vollen Größe aufgerichtet, «Monsieur Mosbert tut hier seine Arbeit. Er sammelt Auskünfte, wo er kann. Gewiß ist Monsieur Töltjes ein fleißiger Besucher des hiesigen Nationaltheaters. Die Stimme des Volkes ist sehr wichtig für ein neues Unternehmen. Deshalb gehören solche Gespräche zu seinem Erwerb. Vielleicht will er auch nur nach Mannheim berichten, was sich hier Schreckliches zugetragen hat. Er ist sehr klug, wenn er auch Stoff für ein neu zu schreibendes Drama liefert. Das Leben ist die beste Grundlage für das Theater, und die dröhnenden Schläge des Schicksals in dieser Stadt – was gibt es da schon wieder zu lachen, Helena?»

«Was hier dröhnt, ist nur deine Stimme. Ich kann mir nicht vorstellen, daß irgendein Theaterdirektor im Süden sich für einen toten Lehrer im Johanneum interessiert. Die werden dort selbst genug Verbrechen haben. Was denkst du darüber, Rosina?»

Rosina erschien dieses Treffen sehr seltsam. Andererseits, wer wußte schon, was diese Menschen interessierte? Für die düsteren Seiten des Lebens, die dröhnenden Schläge des Schicksals, wie Jean es so bühnenreif ausgedrückt hatte, gab es stets ein Publikum. Nicht nur auf der Bühne. Erst vor wenigen Tagen hatte der *Hamburgische Correspondent* von der Hinrichtung zweier Kohlenträger berichtet, die während der Unruhen im Londoner Hafen einen Mord begangen hatten. Wobei allerdings die eigentliche Nachricht war, daß beide Katholiken gewesen waren und sich noch unter dem Galgen geweigert hatten, mit einem anglikanischen Geistlichen zu beten, was als weiterer Beweis ihrer gottlosen Seelen gewertet wurde. So mochte ein Mord in Hamburg auch für die Leute in einer fernen Residenzstadt berichtenswert sein, selbst wenn er weder mit Aufruhr noch mit Gottlosigkeit in Verbindung stand.

«Was du dazu denkst, Rosina?» Helena, der es heute besondere Freude machte, Jean zu ärgern, bestand auf einer Antwort.

Rosina zuckte mit den Schultern. «Wahrscheinlich langweilt er sich nur. Solange die Gesellschaft des Hamburger Nationaltheaters in Braunschweig gastiert, hat er hier wenig zu tun. Und sicher ist er wie alle anderen neugierig. Von den Lehrern wird keiner bereit sein, ihm zu berichten, von Weddemeistern und Scholarchen gar nicht erst zu reden, so hält er sich an den Pedell.»

Doch nun, schloß sie und zwängte sich aus der Bank, müsse sie ganz schnell zurück ins Johannisstift. Die Domina werde schon argwöhnen, warum sie so lange ausbleibe. Nein, keine Notwendigkeit, sie zu begleiten. Es sei zwar dunkel, aber der Weg nicht weit und die Stadtwache patrouilliere beständig.

Die Fuhlentwiete lag still und dunkel, und Rosina beeilte sich auf ihrem Weg durch die anderen, zumeist noch engeren Straßen, das Stift zu erreichen. Aus einigen geöffneten Fenstern klangen Stimmen, sie passierte ein oder zwei Gasthäuser und hörte das gedämpfte Gemurmel der Männer. Sonst war alles ruhig. Nur unten am Hafen, in den Kaschemmen und Absteigen, in den schmuddeligen Hinterzimmern für verbotene Spiele und Geschäfte, war jetzt noch Lärm.

Die Stille der Straßen ließ ihre raschen Schritte laut werden, sie drängte wie ein geheimes Flüstern, wie fremde Augen in ihrem Rücken. Schließlich raffte Rosina ihre Röcke und lief. Erst als sie die Toreinfahrt zum Kloster erreichte, über den dunklen Hof gelaufen war und die große Tür zur Diele hinter sich ins Schloß zog, hörte sie nichts mehr als ihr heftig schlagendes Herz und das Rauschen des Blutes in ihrem Kopf.

Sie hoffte sehr, der Pedell habe sie nicht gesehen oder gar als das neue Mädchen der Ehrwürdigen Jungfrau Domina erkannt. Besonders nicht im vertraulichen Gespräch mit fahrenden Komödianten.

9. KAPITEL

DIENSTAG, DEN 9. AUGUSTUS, MORGENS

Sie wußte nicht, wovon sie erwacht war. Vielleicht hatte einer der Hunde in den engen Höfen der Schlachter beim Küterhaus gebellt, allesamt vierschrötige Kerle auf kurzen, kräftigen Beinen, vielleicht auch nur ein Käuzchen gerufen. Eine Nachtigall war es jedenfalls nicht gewesen. Dann würde ihr Herz kaum so erschreckt klopfen. Sie wußte auch nicht, wie spät es war. Bis auf das schläfrige Plätschern des Alsterfleets unter ihrem Fenster war noch alles still. Leise schlüpfte sie aus dem Bett, schlich auf Zehenspitzen, damit keine der alten Dielen knarrte, zum Fenster und schob den Leinenvorhang ein wenig zur Seite. Die Sonne ging um halb fünf auf, lange konnte es bis dahin nicht mehr sein, denn in die Schwärze der Nacht mischte sich schon der erste graue Schimmer. Sie öffnete das Fenster und hielt ihr heißes Gesicht in die kühle feuchte Luft, ein letzter Hauch der würzigen Süße von Nachtviolen und Seifenkraut, die erst in der Nacht ihren vollen Duft entfalten, wehte vom Garten der Domina herüber.

Die Stille und die Reinheit dieser Stunde erschienen ihr unwirklich. Das Kloster stand ziemlich genau in der Mitte der Stadt, in der Mitte der Wohnungen und Arbeitsstätten von fast hunderttausend Menschen, und doch war kaum ein Laut zu hören, der daran erinnerte. Noch herrschte jene kurze, kaum eine oder zwei Stunden währende Stille, wenn auch die letzten Trunkenen und selbst die Schwerkranken endlich Schlaf gefunden hatten, kurzen Schlaf, bevor das Morgenlicht und die stetig anschwellende Melodie des beginnenden Tages sie wieder weckten: Zuerst klappten einige Türen, klangen vereinzelte Schritte hohl in den Gassen, dann mischte sich das Rollen der Räder von Karren hinein, unterwegs zu Märkten, Anlegern, Werkstätten. Das angstvolle Blöken der Tiere bei den Schlachthäusern, krähende Hähne und der vom frühen Gemurmel bis zum mittäglichen Geschrei anwachsende Chor der menschlichen Stimmen. Um sechs riefen die Glocken der Hauptkirchen zur Predigt und vermischten sich schon mit den ersten Tönen aus den Werkstätten: dem Sägen und Klopfen, dem Kreischen von Metall, den hell und dunkel tönenden Schlägen der Huf- und Kupferschmiede oder der Faßmacher, dem Ächzen des Krans am Hafen. Auch die schweren Kutschen mit ihren eisenbeschlagenen Rädern und quietschenden Federn holperten nun über die Straßen, von bellenden Hunden und Bettelkindern verfolgt, und das Klappern der Hufe, die Ausrufe der Wasserträger, Aalverkäufer, der Gemüse- und Blumenfrauen, all der Kleinhändler, die sich in den Straßen drängten, übertönten die Rufe der Ewerführer auf den Fleeten und der Männer an den Seilwinden der Speicher.

Doch jetzt war die Nacht noch ohne Töne, so wie sie ohne Farben war. Alles schien grau und mild. Rosina kannte Nächte voller Angst, Nächte, in denen die Gespenster aus den düstersten Ecken der Erinnerung und der Zukunft herankrochen und die Finsternis zum erstikkenden Gefängnis machten. Aber diese Stunde war reiner Frieden, ihre Dunkelheit war die der Zuversicht auf das schon heraufziehende Licht und den neuen Tag.

Sie griff nach dem wollenen Schultertuch, schlang es um ihren Körper und stützte sich auf das schmale Fensterbrett. Sie war noch müde, aber die Stunde doch zu schön, zu kostbar, um sie zu verschlafen. Da sang auch schon die erste Amsel, leise zuerst, nur ein zartes Tschilpen, dann ein lauter jauchzender Triller, kurz, als erschreckte der Vogel sich vor seiner eigenen Freude, aber gleich antwortete ein zweiter, und kurz drauf sangen beide ein Duett. Irgendwo klappte ein Fenster zu, kurz und hart. Nicht jeder freute sich am Gesang vor seiner Kammer zu dieser frühen Stunde. Dann war es wieder still. Auch die Amseln schwiegen.

Sie war durstig, noch immer spürte sie die rauchige Luft des *Bremer Schlüssels* trocken in ihrer Kehle. Der Krug auf dem Waschtisch war leer, da blieb nichts, als in die Küche hinunterzusteigen. Sie öffnete die Tür und lauschte in den Gang hinaus. Sie glaubte ein entferntes Knarren zu hören, wie vorsichtige Schritte auf alten Dielen, und dachte an Mademoiselle Nieburg. Vielleicht konnte sie nicht schlafen und ging, in Gedanken an ihren Melchior, im Zimmer auf und ab. Leider war es Rosina in der Gartenlaube nicht gelungen, herauszubekommen, wer sich hinter dem Namen verbarg. Sie hatte überhaupt nichts herausbekommen. Kaum hatte Mademoiselle Nieburg ihr tränennasses Gesicht an Rosinas Schulter sinken lassen, hatte sie sich ihres Fauxpas besonnen, war hochgeschreckt und hatte Rosina geboten zu gehen. Sie würde also noch ein bißchen Mühe und Phantasie aufwenden müssen, um dieses Rätsel zu lösen.

Sie lauschte erneut. Kein Knarren mehr. Sicher ächzten hin und wieder die alten Balken des Hauses in der Kühle des Morgens. Alles lag noch in tiefem Schlaf.

Sie hörte das Geräusch auf den letzten Stufen, als der Geruch von Asche, fettigem Ruß und verglimmender Glut schon die Nähe der Küche verriet. Zuerst dachte sie, die Köchin oder das Aschenmädchen seien schon da und schürten das Feuer oder setzten die Morgengrütze auf. Aber dazu war es noch mindestens eine Stunde zu früh. Der Ton war dumpf gewesen, als falle etwas um. Sie verharrte auf den Stufen und lauschte mit angehaltenem Atem, die Kälte der Steine kroch ihre Beine hinauf, aber Rosina bewegte sich nicht. Da. Wieder ein Laut, diesmal klang es eher wie ein Schaben. Wie hatte Mademoiselle Meyerink gesagt, der heilige Dominicus suche Erlösung? Es war kaum anzunehmen, daß er dabei Körbe umstieß oder Säcke herumschob. Warum hatte sie nur keine Kerze mitgenommen? Hier unten war es stockfinster, und in den Gängen des Kellers würde es – aber da war sie schon im Holzraum der Küche, öffnete behutsam und nur einen Spaltbreit die Tür zum Kellergang und lauschte in die Finsternis.

Sie schob sich flink und geräuschlos in den Gang, die Luft schlug ihr kalt und klamm entgegen, der muffige Geruch von Rüben, Erde, Staub und jahrhundertealtem feuchtem Mauerwerk kitzelte in ihrer Nase. Nur nicht niesen, bitte, jetzt nicht niesen! Sie wollte ja nur sehen, wer oder was sich dort herumdrückte, aber auf gar keinen Fall gesehen oder gehört werden. Sie tastete sich, immer eine Hand an der Wand, den Gang entlang, dorthin, wo es immer noch raschelte. Und das? War das nicht ein verzagter Seufzer gewesen?

Der Gang weitete sich nun zum ersten Lagerraum, graues Morgenlicht fiel matt von dem Fenster herein, das kurz unter der niedrigen Decke und nur zwei Handbreit hoch zum Hof hinausging. Sie erkannte die Schemen der Lagerregale, der Tonnen, Säcke und grob gezimmerten Truhen. Nun bewegte sich das Tapsen eiliger, und gerade als Rosina am Durchgang zum zweiten Lagerraum über einen umgestürzten Weidenkorb stolperte, hörte sie einen tiefen unterdrückten Schrei, eilig davonhastende Füße – und irgendwo klappte eine Tür ins Schloß.

Rosina hatte keine Ahnung, wer dieser Kellergeist gewesen war. Der heilige Dominicus ganz gewiß nicht.

Wohin war das Nachtgespenst gelaufen? Drei Türen gab es hier unten, hatten Wagner und Claes Herrmanns gesagt, eine führte hoch zur Diele und hinaus in den Hof, eine zweite, am Fuß der Treppe, war verschlossen, die dritte, nur vermeintlich seit Ewigkeiten ebenfalls verschlossene, führte – wahrscheinlich – hinüber zum Johanneum. Zu der waren Rosinas Füße schon unterwegs, bevor ihr Kopf eine Entscheidung auch nur abwägen konnte.

Ihre Augen hatten sich an die Dunkelheit gewöhnt, der graue Dämmer, der auch in diesen Teil des Ganges fiel, genügte nun, den Weg zu finden. Da war die Tür, am Ende des Holzganges. Sie drückte die Klinke hinunter, und wie Wagner und Claes Herrmanns berichtet hatten, öffnete sie sich zu einem winzigen fensterlosen Raum, von dem eine weitere Tür zum Johanneum hinüberführte, jedenfalls nahmen sie das an. Wohin sonst?

Rosina zögerte. Was wartete hinter dieser Tür? Und vor allem: wer? Sie erinnerte sich daran, daß sie Anne versprochen hatte, in brenzligen Situationen Hilfe zu holen, anstatt sich allein ins Feuer zu stürzen. Später, wenn es hell war und der Hof voller Menschen, konnte sie immer noch in den Keller schleichen und versuchen, etwas herauszufinden. Vielleicht fand sie auch eine Gelegenheit, das Kloster zu verlassen und Wagner zu benachrichtigen. Bis zum Neuen Wandrahm war es zu weit. So lange konnte sie ohne besonderen Auftrag der Domina nicht fortbleiben.

Höchste Zeit, wieder hinauf in ihre Kammer zu schleichen. Zumindest wäre es von Vorteil, einem solchen Spuk, egal ob er harmlos oder gefährlich war, nicht ausgerechnet im Nachtkleid nachzuschleichen. Sie bezwang ihre Neugierde und wandte sich um, als sie plötzlich einen kühlen Lufthauch spürte. Mit einem dumpfen Ton fiel die Tür zum Holzgang ins Schloß. Schlagartig versanken alle Schemen des Kämmerchens in undurchdringlicher Finsternis. Rosina stolperte hastig die wenigen Schritte zurück zur Tür und tastete nach der Klinke. Wo war sie? Sie mußte doch groß und leicht zu ertasten sein, so ein altes hölzernes Ding.

Doch soviel sie auch suchte und tastete – da war keine Klinke.

«Einige Zoll weiter nach links wäre noch vorteilhafter, Ehrwürdige Jungfrau. Dann fällt das Licht am mildesten auf Euer Gesicht. Wenn Ihr erlaubt?»

Mette van Dorting erhob sich aus ihrem Lehnstuhl und trat beiseite. Der junge Mann legte Rötelstift und Skizzenblatt auf den Tisch und rückte den Stuhl wenige Zoll weiter nach links, trat zurück, betrachtete ihn stirnrunzelnd, schob die Gardine zwei Fingerbreit zur Seite und bewegte den Stuhl noch einmal. Allerdings um so wenige Zoll, daß Mette glaubte, er habe ihn gar nicht bewegt. Sie konnte sich nicht vorstellen, daß eine solche Winzigkeit den Lichteinfall verändern sollte, aber wenn er es so wollte – nun gut. Sie hatte beschlossen, geduldig zu sein.

Was ihr gerade heute schwerfiel, denn der Tag hatte nicht gut begonnen. Rosa war verschwunden, und was zuerst nur die Empörung über eine unerhörte Schlamperei war –, sie hatte angenommen, das Mädchen habe verschlafen –, war tiefer Besorgnis gewichen. Kein Waschwasser, kein Tee am Morgen, das war in der Tat unbequem. Immerhin hatte die Köchin das Küchenmädchen mit Wasser und Tee heraufgeschickt, nachdem sie höchstpersönlich in die Küche hinuntergestiegen war, um nach Rosa zu suchen, und ihr Erscheinen das Aschenmädchen zu Tode erschreckt hatte. Aber Rosa war nicht in der Küche, auch nicht in ihrer Kammer, was besonders seltsam war, weil der blau-weiß gestreifte Rock, Mieder und Bluse ordentlich an den Haken neben dem Fenster hingen. Nur Rosa fehlte. Und ihr Nachtkleid.

Niemand wußte, wo sie war, also hatte sie sie im ganzen Stift und auch im Garten jenseits des Klosterfleets suchen lassen. Die Köchin sagte, sie habe es ja gleich gesagt, mit der stimme was nicht, und wenn eine im Nachtkleid verschwinde, sei das wohl eindeutig. Am besten, man suche mal in der Stube des Klosterschreibers, der sei wohl häßlich wie die Nacht, aber immerhin ein Mann. Was die Domina überhörte, weil sie sich schon vor vielen Jahren angewöhnt hatte, Unsinn zu überhören. Rosa, sagte sie und klopfte Ruhe einfordernd energisch mit den Knöcheln auf den Küchentisch, sei womöglich in aller Frühe zum Herrmannsschen Haus gegangen, das sei ihr ausdrücklich erlaubt. Wenn es auch mehr als ungehörig sei, fügte sie in Gedanken hinzu, dies ohne Nachricht zu tun und gerade am Morgen, wenn sie besonders gebraucht werde. Man werde bis zum Zehn-Uhr-Läuten warten, fuhr sie laut fort, wenn sie bis dahin nicht erschienen sei, solle die Köchin jemanden nach dem Neuen Wandrahm schicken. Und nun wolle sie *bitte* ihren Tee.

Inzwischen war es Viertel nach neun, und über der Aufregung um Rosas Verschwinden hätte die Domina fast den Maler vergessen, der für den heutigen Morgen bestellt war, um erste Skizzen für ein neues Porträt anzufertigen. Nun stand Amtsmeister Gehrmanns bester Schüler in ihrem Salon, betrachtete den Raum, das Licht und auch sein Objekt mit kühl abschätzenden Augen. Mette van Dorting war nicht mehr sicher, ob es eine gute Idee gewesen war, sich dieser Prozedur auszusetzen, ganz besonders durch diesen jungen Mann mit Augen wie dunklen Türkisen in einem klaren Gesicht, das sie seltsamerweise an ihren ersten Ball erinnerte. Aber an diese so unendlich lange vergangenen Zeiten in einer anderen Welt mit einer anderen Mette wollte sie nun nicht zurückdenken.

«Seid Ihr sicher, daß es jetzt der richtige Platz ist, Monsieur Tulipan?»

Der schüttelte den Kopf, doch sein Lächeln ließ Mettes aufsteigenden Grimm schmelzen. Es war kein entschuldigendes Lächeln, wie es angemessen gewesen wäre, es war einfach ein freundliches Lächeln. Nicht ohne Respekt, aber ohne jede Unterwürfigkeit. Mette van Dorting erwartete und forderte Respekt, aber sie verabscheute Unterwürfigkeit. Jedenfalls meistens. An die Respektlosigkeit ihrer Köchin und die klebrige Unterwürfigkeit des Klosterschreibers hatte sie sich gewöhnt. Aus reiner Bequemlichkeit, was sie allerdings niemals zugeben würde. Sie hatte einfach keine Lust, die eine wie den anderen noch zu erziehen. Schon nach ersten Versuchen hatten sich diese beiden als solchen Übungen außergewöhnlich widerständige Subjekte erwiesen.

«Nein, Ehrwürdige Jungfrau, nicht sicher, aber gleich werden wir es wissen. Nehmt bitte wieder Platz. Doch, jetzt bin ich sicher.» Er nickte zufrieden, als Mette wieder in ihrem Lehnstuhl saß, den Rücken kerzengerade, das Kinn vorgereckt, die Hände im Schoß gefaltet, wie es ihrer würdevollen Stellung entsprach.

«Allerdings ...»

«Allerdings? Soll ich wieder aufstehen?»

«Nein. Aber vielleicht könntet Ihr an etwas Angenehmes denken. Mit Verlaub, Ihr sitzt da und seht aus, als wolltet Ihr ein Strafgericht halten, dabei habe ich noch nicht einmal eine Skizze gemalt, für die Ihr mir gram sein könntet. Vielleicht denkt Ihr an einen hübschen Ausflug in einen Eurer Gärten vor dem Steintor oder an die Erträge der Eppendorfer Mühle. Oder Ihr lauscht einfach auf das Konzert vor Eurem Fenster. Ist das nicht ein Pirol?»

«Nein», behauptete Mette, die absolut nichts vom Gesang der Vögel verstand, es aber für an der Zeit hielt, Grenzen aufzuzeigen, «das ist eine Schwalbe.» Sie rutschte ungeduldig auf ihrem Stuhl hin und her. «Das Bild», sagte sie schließlich, «soll nicht *vorteilhaft* werden, sondern würdig. Es ist für die Ahnenreihe, sozusagen, der Dominas in der Diele. Vorteilhaft! Ich bin doch kein junges Mädchen mehr, das als Braut auf den Markt gebracht werden muß.»

Er versuchte, seine Züge zu beherrschen, aber das Grübchen in seiner rechten Wange machte alle Mühe vergeblich. «Ein vorteilhaftes Porträt, Ehrwürdige Jungfrau, schließt Würde nicht aus, und ein *gutes* Porträt zeigt mehr als die Gegenwart. Das junge Mädchen ist noch in Eurem Gesicht. Ich sehe es ganz deutlich.»

«Ihr redet dummes Zeug», sagte Mette. «Und nun fangt endlich an. Ich habe nicht den ganzen Tag Zeit, faul herumzusitzen und mich anstarren zu lassen.»

Es war dumm gewesen, auf Madame Bauers Geschwätz zu hören und nicht Meister Gehrmann selbst zu beauftragen, sondern seinen Schüler, von dem sie (und auch einige andere Damen) behauptete, seine Kunst reiche leicht an die des großen Dominicus van der Smissen heran. Sie hatte auch etwas von Monsieur Watteau gemurmelt, aber das hatte Mette überhört. Die Werke eines so frivolen Malers konnten kein Vorbild für das Porträt einer Domina sein.

Sie lehnte in ihrem Stuhl, bemühte sich, dem jungen Mann ihr gegenüber nicht ständig ins Gesicht zu sehen, und dachte, van der Smissen sei ein großer Porträtist gewesen, ganz bestimmt, aber sein Vorname gefalle ihr in diesen Tagen überhaupt nicht. Dominicus. Sie mußte sich wirklich mehr um die arme Meyerink kümmern. Wahrscheinlich langweilte die sich nur. Auch eine Konventualin brauchte eine Aufgabe. Sie seufzte, und Paul Tulipan sah von seiner Arbeit auf.

«Langweilt Ihr Euch, Ehrwürdige Jungfrau?»

«Ich langweile mich nie», antwortete sie knapp. «Ich habe immer genug zu bedenken. Es reicht übrigens, wenn Ihr mich mit Domina ansprecht.»

Er neigte zustimmend den Kopf, leider ohne sein türkisschimmerndes Lächeln, und vertiefte sich wieder in seine Arbeit. Auch sein Haar war hübsch, von der Farbe alten polierten Buchenholzes mit leicht rötlichem Schimmer, und dort, wo es von den durch das Fenster fallenden Sonnenstrahlen getroffen wurde, glänzten feine goldene Fäden auf. Es fiel von einem schwarzen Band gehalten weich über seinen gebeugten Nacken und den Kragen seines nachtblauen Samtrockes. Es muß sein Vater gewesen sein, dachte Mette und fühlte sich für einen Moment gar nicht mehr als Domina. Dann versuchte sie sich genauer zu erinnern, erkannte, daß es eher sein Großvater gewesen sein mußte, und fühlte sich sofort wieder als würdevolle, leider auch betagte Domina. Diesmal gelang es ihr, nicht zu seufzen.

Paul Tulipan, hatte Madame Bauer gesagt, sei nicht nur ein wahrer Zauberer in seiner Kunst, sondern auch aus gutem bremischem Haus, was man von einem Maler nicht unbedingt erwarten könne, aber es sei doch sehr angenehm, wenn einer sich zu benehmen wisse. Dabei hatten ihre Augen auf eine Weise geglänzt, die Mette van Dorting sehr befremdlich fand. Heute verstand sie es besser. Dann hatte Madame Bauer noch erzählt, Tulipan sei der jüngste Sohn seiner Familie, er habe nur gegen den größten Widerstand seines Vaters und mit Hilfe seiner kunstliebenden Mutter, die zum Glück über eigenes Geld verfüge, von einer Großtante, oder hatte sie eine ältere Cousine beerbt?, also nur mit Hilfe der Mutter das Malerhandwerk erlernen dürfen. Allerdings nicht in Bremen, das wäre nun doch zu peinlich gewesen, und im nächsten Jahr werde er nach Italien reisen, um dort, an der Wiege der Kunst, seine Talente weiter auszubilden. Die Domina verstand nun auch, warum Madame Bauer nur sich selbst, nicht jedoch ihre Tochter Henny von Tulipan hatte malen lassen. Madame Bauer, dachte die Domina, war eine leichtfertige Person mit zu vielen dummen Gedanken. Punktum. Im letzten Jahr hatte sie ihre Familie und auch etliche andere mit einem schweren Anfall von Frömmelei gequält, in diesem Jahr war die Kunst dran. Wenn man denn das einfache Abmalen von Gesichtern als Kunst betrachten wollte.

Lautes Poltern auf der Treppe, das eilig über den Gang näher kam, ließ sie wieder kerzengerade sitzen. Da wurde auch schon die Tür aufgestoßen, ein Klopfen hatte sie nicht gehört, und die Köchin stob herein, ihre Beute fest am Ärmel hinter sich herziehend.

«Hier ist sie, Ehrwürdige Jungfrau, hier ist die feine Mademoiselle. Ich hab gewußt, die ist nicht, was sie sein soll. Im Keller haben wir sie gefunden, versteckt hat sie sich, aber da kann sie machen, was sie will, geklaut ist geklaut.»

Die Köchin holte tief Luft, doch bevor sie ihre Tirade fortsetzen konnte, sagte die Domina: «Es ist genug, Magda. Laß das Mädchen los, du brichst ihr sonst den Arm. Und Euch, Monsieur Tulipan, wäre ich sehr dankbar, wenn Ihr für einige Minuten im Nebenzimmer warten würdet. Ihr seht ja, wir haben ein kleines Problem, das umgehend gelöst sein will. Wenn ich bitten darf!»

«Verzeiht, Domina.» Paul Tulipan erhob sich eilig. Er sah die Köchin mit dem hochroten Gesicht, den blitzenden Augen und feuchten Lippen, die über den kräftigen Armen aufgerollten Ärmel ihrer dunkelblauen Bluse. Vor allem aber sah er die junge Frau in einem Gewand, das ohne Frage ein Nachtkleid war, an einigen Stellen eingerissen und von oben bis unten mit Flecken und Streifen von schwarzem Staub bedeckt, auch ihre Hände und Füße waren schmutzig wie ihr blondes Haar, das ungebändigt und zerzaust über ihre Schultern fiel. Noch immer hielt die Köchin den Arm der Diebin – wenn sie denn eine war – umklammert. Die stand bewegungslos. Er sah in das blasse, schmutzige Gesicht, und erkannte, daß es nicht die Bewegungslosigkeit einer Beute war. In diesem Gesicht sah er wohl noch Angst, aber in den Augen wuchsen Zorn und Empörung. Niemals hatte er widerstrebender einen Raum verlassen. Er schloß die Tür zum Schreibzimmer der Domina hinter sich und zögerte nur einen winzigen Moment, bevor er das Ohr fest an das Holz preßte.

Mette van Dorting erhob sich aus ihrem Lehnstuhl, verschränkte die Finger vor der Taille und sah die Köchin und ihr neues Mädchen streng an. Was für ein Auftritt! Und schon der zweite in diesen Tagen, den jemand Fremdes miterlebte. Zuerst hatte sie Augusta die exzentrische Meyerink präsentiert, nun führte die Köchin Monsieur Tulipan ein halbnacktes Mädchen vor. Sie hoffte sehr, daß seine gute Herkunft noch nachwirkte und er nicht nur zu höflichen Plaudereien und Verbeugungen, sondern auch zur Diskretion erzogen worden war.

«Nun noch einmal von vorne, Magda. Ein Satz nach dem anderen und zwar so, daß ich dir folgen kann. Du hast also Rosa im Keller gefunden. Nein, Rosa, du schweigst jetzt. Du wirst anschließend sagen, was du zu sagen hast. Bitte, Magda!»

Die Köchin, endlich ließ sie Rosinas Arm los, platzte beinahe vor gerechtem Eifer. Sie sei in den Keller gegangen, um Rote Rüben und ein Stück Ingwerwurzel für die

Suppe zu holen, und da habe sie es gleich bemerkt. Ein umgestürzter Korb habe im Gang gelegen, die ganze Erde und die Rüben daneben, ja, und dann habe sie nach den Weinvorräten gesehen und es auch gleich gemerkt. Das kleine Faß mit dem weißen Bordeaux tropfte, es war nicht richtig verschlossen, was ihr niemals, niemals! passieren würde, und der Korb mit den Aprikosen! Halbleer! Obwohl er gestern abend noch randvoll gewesen sei, der mit den guten, die kleinen blassen seien noch alle da. Die anderen Vorräte habe sie noch nicht überprüfen können, ganz sicher fehle noch mehr, denn da habe es plötzlich gepoltert. Sie habe sich furchtbar erschreckt, weil man doch wisse, daß im Keller, sie schluckte und sah die Domina unsicher an, daß da unten der heilige Dominicus herumgeistere.

Mette van Dorting schickte einen nicht sehr frommen Spruch zum Himmel. Und sie war so dumm gewesen zu glauben, die Meyerink habe nur ihr selbst davon erzählt!

«Aber dann», fuhr die Köchin schon fort, «merkte ich, daß es gar nicht der Dominicus sein konnte, ich hörte nämlich eine Frauenstimme, nur ganz schwach, aber doch, irgendwie, und da habe ich das Küchenmädchen gerufen, Josefa, ja. Die kam sofort mit einer zweiten Kerze, ich hatte natürlich auch eine mitgenommen, und das Aschenmädchen kam auch. Das habe ich nach dem Klosterschreiber geschickt, der war aber nicht da, wer weiß schon, wo der sich wieder herumtreibt. Und dann sind wir dem Lärm nachgegangen, es hörte sich an, wie wenn jemand mit der Faust gegen eine Tür schlägt.»

Die hintere Tür im Holzgang, von dort sei der Lärm gekommen. Obwohl die doch seit ewigen Zeiten abgesperrt sei, habe sie sie aufgemacht, ganz leicht sei es gegangen, da sei ihr Rosa entgegengefallen. «Wie ein nasser Sack, verzeiht den Ausdruck, aber genauso ist es gewesen, wie ein nasser Sack. Die Aprikosen und der Wein waren schon weg. Die hat sie bestimmt ...»

«Aha!» sagte die Domina energisch, und die Köchin verstummte. Mette van Dorting war inzwischen nicht mehr sicher, ob dieser Auftritt peinlich oder höchst amüsant war. Sie durfte nicht vergessen, Magda täglich einen Becher Melissentee zu verordnen, sonst platzte sie tatsächlich irgendwann, womöglich just an einem Tag, an dem hohe Gäste bewirtet werden mußten.

«Aha», sagte sie noch einmal, dann öffnete sie die Hände, sah Rosa kurz an und sagte: «Das war mutig, Magda, und ich bin gewiß, das alles hat dich sehr echauffiert. Am besten gehst du nun hinunter in die Küche und kochst eine Schokolade. Für alle, vergiß das Aschenmädchen dabei nicht. Ich werde mit Rosa reden, du kannst beruhigt sein, sie wird mir nicht davonlaufen. Und, Magda, du wirst mir keine Schokolade heraufbringen, bevor ich danach verlange.»

Magda, die Köchin, hielt gar nichts von Malern, und die Unterstellung, sie habe irgend etwas mit diesen tagträumenden Farbklecksern gemein, hätte sie ernstlich erbost. Doch nun ging es ihr ganz genauso wie kurz zuvor Paul Tulipan: Noch nie hatte sie einen Raum widerstrebender verlassen. Trotz der Aussicht auf den ungewohnten Luxus einer Tasse Schokolade.

«In der Stadt spricht man, Augusta Kjellerup halte für solche Anlässe immer eine Karaffe Rosmarinwein bereit», sagte die Domina, als die Köchin gegangen war. «Damit kann ich nicht dienen, aber vielleicht tut es dies vorerst auch.» Sie nahm ein Glas von der Fayence-

Platte auf der Kommode, füllte es aus ihrer Wasserkaraffe und reichte es Rosina. Dann öffnete sie den großen Schrank und nahm einen langen samtenen Morgenmantel heraus. «Zieh ihn an und setze dich. Dann möchte ich hören, was da unten passiert ist. Und zwar die Wahrheit. Ich merke immer, wenn man mich belügt.»

Rosina schlüpfte in den Mantel, nahm das Leintuch, das ihr die Domina nun auch entgegenhielt, und wischte sich notdürftig den gröbsten Schmutz ab. Einen Moment lang drückte sie es auf ihr Gesicht und atmete den frischen Duft von Gras und Sonne des auf der Wiese neben dem Klostergarten gebleichten Leinens.

«Danke. Ihr seid sehr rücksichtsvoll», sagte sie und sah auf. «Ich habe nichts gestohlen. Wenn ich es getan hätte, müßte es ja noch da sein. Ich war in diesem winzigen Raum gefangen, und es gab kein Fenster, keinen Ausgang, und dann kamen die Schritte ...»

«Langsam, Rosa. Ich möchte die ganze Geschichte hören. Von Anfang an. Ich glaube nicht, daß Augusta mir eine Diebin geschickt hat, besonders keine, die ungeschickt genug ist, sich im Nachtgewand an die Arbeit zu machen und sich dann auch noch so mißlich erwischen zu lassen. Nun beruhige dich und fange an zu erzählen. Tatsächlich», fügte sie hinzu, «bin ich inzwischen recht neugierig.»

So erzählte Rosina, wie sie noch vor der Morgendämmerung erwacht und durstig in die Küche hinuntergegangen war, um einen Becher Wasser zu trinken. Sie erzählte von den Geräuschen, von ihrer Suche im Keller und der davonhastenden Gestalt, der sie gegen alle Vernunft sofort gefolgt war. Bis in die Kammer hinter der Tür am Ende des Holzganges.

«Von dort ging es nicht weiter, da ist wohl eine weitere Tür, aber die ist verschlossen. Ich hörte nun auch nichts mehr, es kann sein, daß wer immer in dieser Nacht im Keller war, nicht in den Gang, sondern die Treppe zur Diele hinaufgelaufen ist, daß ich mich durch den Widerhall der Töne habe täuschen lassen. Es ging alles so schnell, und es war auch kaum Licht dort unten.» Ein Frösteln lief durch ihren Körper, und sie wickelte sich fester in den weichen Samt. «Ich wollte zurücklaufen, doch da fiel die Tür zum Gang ins Schloß, und ich war gefangen. Von innen hat sie keine Klinke, ich konnte nicht hinaus.»

«Du meine Güte. Das war kein Vergnügen. Trotzdem kann ich kein Mitleid mit dir haben, Rosa. Es war dumm von dir, mitten in der Nacht einem Geräusch im Keller zu folgen, in der Dunkelheit und mutterseelenallein. Wirklich sehr dumm.»

Rosina senkte schuldbewußt den Kopf, rieb ihre schmutzigen Hände aneinander und schwieg.

«Nun gut. Was hast du dann gemacht? Du mußt Stunden in dieser Kammer gewesen sein. Hast du um Hilfe gerufen?»

«Nicht gleich. Es hätte keinen Sinn gehabt, im Kloster schlief ja noch alles. Ich fürchtete, meine Rufe um Hilfe würden nur den zurückrufen, dem ich nachgelaufen war. Und ich ... nun, ich fürchtete mich. Ich wußte nicht, wer das war, was er gewollt hatte. Ich wußte auch nicht, was er mit mir tun würde. Ich habe mich auf den Boden gesetzt und gewartet. Es war so stickig und auch so kalt. Und dann bin ich irgendwann eingeschlafen.»

«Eingeschlafen? Allein in der finsteren kalten Kammer?»

«Ich war plötzlich so furchtbar müde. Irgendwann wachte ich auf und hörte Stimmen aus dem Holzgang.»

«Magda auf der Suche nach ihren Roten Rüben und der Ingwerwurzel.»

«Sie schimpfte fürchterlich», Rosina versuchte ein Lächeln, «daran habe ich sie gleich erkannt. Ich habe gegen die Tür gehämmert, dann hörte ich Schritte, aber sie kamen nicht aus dem Holzgang, sondern von der anderen Seite, vom Johanneum. Da habe ich noch heftiger gegen die Tür gehämmert, und gerade als ich hörte, wie jemand auf der anderen Seite einen Schlüssel im Schloß umdrehte, riß Magda die Tür zur Klosterseite auf. Sie sah überhaupt nicht freundlich aus, aber ich muß gestehen, ich habe mich ungeheuer gefreut, sie zu sehen.»

«Und wer öffnete die andere Tür?»

«Niemand. Als Magda gleich losschimpfte, wurde der Schlüssel wieder zurückgedreht. Das nehme ich jedenfalls an, es knirschte ein wenig, dann blieb es still hinter der Tür. Allerdings machte Magda ziemlichen Lärm, ihre Stimme übertönte alle anderen Geräusche.»

«Magdas Vater», sagte die Domina, «war Dragoner. Manchmal merkt man das noch.»

Sie sah Rosina mit diesem ausdruckslosen Gesicht an, das nicht nur die Konventualinnen, sondern auch der Bürgermeister und der Klostervogt fürchteten, und schwieg. Dann erhob sie sich, ging zum Fenster und sah hinaus, als suche sie etwas auf dem Fleet. Als sie sich endlich umdrehte, war ihr Gesicht streng.

«Diese Eskapade war, wie ich schon sagte, sehr dumm. Oder sehr mutig. Es wäre mir lieb, das entscheiden zu können, Rosa. Deshalb möchte ich nun endlich wissen, wer du wirklich bist und was du hier suchst.»

Daß Paul Tulipan, der Porträtist, immer noch in ihrem Schreibzimmer wartete, hatte sie völlig vergessen.

DIENSTAG, DEN 9. AUGUSTUS, NACHMITTAGS

«Ärgere dich nicht, Anne. Es dauert alles seine Zeit, und wenn es um eine so bedenkliche Neuerung geht, ganz besonders viel. Tröste dich mit einem Stück dieser köstlichen Makronentorte. Gegen Ärger und Gram hilft nichts besser als ein Krümchen von etwas besonders Delikatem.»

Henny Bauer schob, ohne eine Antwort abzuwarten, ein ordentliches Stück Torte aus Sahne, Schokoladencreme und in Zuckersirup eingelegten Früchten auf den silbernen Vorlegelöffel und kippte es schwungvoll auf Anne Herrmanns' Teller. Ihr Rezept gegen die Beschwerlichkeiten des Alltags war ihr anzusehen. Henny Bauer, gerade zwanzig Jahre alt, war von jeher bis auf ihr etwas spitz geratenes Kinn ein rundliches Geschöpf. In den letzten Monaten allerdings schienen Kummer und Gram deutlich nachzulassen. Henny würde nie eine schlanke Birke werden, aber aus dem ungelenken Mädchen war seit dem letzten Jahr eine hübsche junge Frau geworden, deren Molligkeit besonders von den jungen Herren mit Wohlgefallen zur Kenntnis genommen wurde. Nicht, daß sie darüber gesprochen hätten, schon gar nicht in Anwesenheit von Damen, aber Anne wußte, daß auch ihr Stiefsohn Christian Mademoiselle Henny neuerdings mit anderen Augen ansah.

Leider zu spät. Im letzten Jahr noch hatten alle – außer Christian natürlich – bemerkt, daß Henny keine Gelegenheit ausließ, dem ältesten Sohn der Familie Herrmanns ganz zufällig über den Weg zu laufen, stets auch ganz zufällig frisch frisiert, im schönsten Kleid und mit dem durchscheinendsten Brusttuch. Das hatte in diesem Frühjahr schlagartig aufgehört, und Agnes Matthew, Gastgeberin des Nachmittagstees und unbestritten beste Spürnase für sich anbahnende Affairen, behauptete, der Grund sei einzig der junge Schöffer, neuerdings Lehrer der Kirchenschule von St. Jakobi, was die Damen allgemein – Henny war noch nicht eingetroffen, man konnte das hochinteressante Thema ausführlich debattieren – für unwahrscheinlich hielten. Was sollte die Tocher eines wohlhabenden Kaffee- und Galanteriewarenhändlers an einem Hungerleider von Kirchenschullehrer finden, auch wenn der einer guten (allerdings völlig verarmten) Familie angehörte und noch so schöne Gedichte machte? Dieser neuen Mode frönten schließlich viele, sogar der Kritiker am Theater am Gänsemarkt. Wobei die von Monsieur Lessing sehr viel vergnüglicher ausfielen als die von Monsieur Schöffer.

«Danke, Henny, aber ich habe wirklich keinen Hunger mehr.» Anne sah auf den fetten Kuchen und hatte nicht die geringste Lust, auch nur ‹ein Krümchen› davon zu essen. Sie mochte die Teenachmittage in Agnes Matthews Salon, seit dem letzten Herbst regelmäßige Treffen, und ließ kaum einen aus, auch wenn der ursprüngliche Anlaß inzwischen ein wenig in Vergessenheit geraten war. Zwar wurde immer noch über neue Bücher debattiert, insbesondere solche, die sich mit der Erziehung befaßten wie Monsieur Rousseaus (leider sehr dicker) Roman *Émile*, aber der allgemeine Klatsch nahm doch eindeutig mehr Raum ein. Mademoiselle Stollberg hatte heute unverdrossen vorgeschlagen, das neue, ja druckfrische Werk von Monsieur Basedow zu lesen und zu debattieren, was Madame Bilsen nicht billigte. Es sei doch viel manierlicher, seriöse Schriften zu studieren, was aber kaum Gehör fand, da seriöse gewöhnlich auch langweilige Schriften waren. Mademoiselle Stollberg wollte zunächst den Titel erörtern: *Vorstellung an Menschenfreunde und vermögende Männer über Schulen, Studien und ihren Einfluß in die öffentliche Wohlfahrt.* Als ob es nicht auch etliche vermögende Frauen gebe, wahrhaft christliche Witwen zumeist, die große Summen für Wohltätigkeiten gaben oder hinterließen? Ein äußerst interessanter Aspekt, der aber nach einigem ‹Nun ja› und ‹Gewiß› umgehend versikkerte.

Anne hatte ausnahmsweise gar nichts gesagt, und auch zum Klatsch konnte sie wie üblich nur wenig beitragen. Nur Henny verstand, warum sie sich so verdrießlich zeigte. Seit Jahren gab es Streit um die Einführung von Blitzableitern. Nicht auf allen Häusern, wer würde wagen, so etwas auch nur zu denken?, nein, nur auf den Kirchen, deren hoch in den Himmel aufragende Türme die reinsten Blitzfänger waren. St. Michaelis war durch einen Blitzschlag in Schutt und Asche gelegt worden, im vorigen Herbst hatte einer den Turm von St. Nikolai gestreift, es war ein Wunder, daß er kein Feuer gefangen hatte. Was die Kirchenvorsteher und Ratsmitglieder allerdings anders beurteilten, nämlich als weiteren Beweis für Gottes allgegenwärtige schützende Hand, die so eine neumodische Erfindung überflüssig, wenn nicht gar gotteslästerlich mache.

Anne interessierte sich brennend für alles, was mit elektrischen Experimenten verbunden war. Sie hatte mit großem Eifer und dank ihrer guten Verbindungen sämtliche Berichte über Blitzableiter aus ihrer englischen Heimat und den amerikanischen Kolonien herbeigeschafft, übersetzt und zu Dr. Reimarus getragen. Und nun?

Schon im Februar hatte der Arzt, ein wahrer Kämpfer für den Blitzableiter, der Gesellschaft zur Beförderung der Künste und nützlichen Gewerbe seine umfangreiche Abhandlung über die Ursachen der Blitze und die Möglichkeiten, ihre Gefahren auf natürliche Weise abzuwenden, gehalten. Die Herren, eine Vereinigung von Bürgern, die sich in der Stadt um vernünftige Veränderungen zum Wohle aller bemühten, waren sehr angetan gewesen, der Sieg schien sicher. Die Abhandlung war gedruckt und an die Kirchenvorsteher gesandt worden, und nun war es August, und was war passiert? Nichts. Gerade hatte Reimarus ihr ein hastig gekritzeltes Billett gesandt, in dem er ihr mitteilte, die Entscheidung sei wieder einmal vertagt.

«Man stelle sich vor», rief gerade Madame Bilsen, ganz standesbewußte Gattin eines Reeders und Tranhändlers mit langer Familientradition, «ein einfacher Physikus aus dem kleinen Altona, bisher alle Tage in den Armenhäusern auf Visite und kaum ein paar Mark lübisch in der Tasche, und nun königlicher Reisearzt!»

«Altona, meine Liebe», sagte Madame van Witten, ohne den Blick von ihrem Teller zu wenden, der von dem Mädchen gerade mit einem Pudding von Aprikosen, Mandelmus, staubfeinem Zucker und unzähligen Eiern gefüllt wurde, «Altona ist nach Kopenhagen die größte Stadt in Dänemark. Und Struensee, man mag über ihn und seine Ansichten sagen, was man will, ist ein tüchtiger

Arzt. Was er allerdings bei seinem neuen Herrn auch sein muß.» Sie ertränkte ihren Pudding in dunkelroter Fruchtsoße und griff nach dem Löffel. «Ein kränklicher Mensch, manche halten ihn schlicht für verrückt.»

«Aber doch sehr vornehm», zwitscherte Agnes, «er weiß wirklich zu repräsentieren. Er reist mit einem Gefolge von sechzig Damen und Herren quer durch Europa, und seit sie in London angekommen sind, läßt er einen Ball nach dem anderen geben, Feuerwerke, Pferderennen, Paraden, Bootsfahrten, ach, es muß einfach grandios sein. Allein *eine* Maskerade, schreibt die Cousine meines Mannes, die die Ehre hatte, zu den auserwählten Gästen zu gehören, hat er sich 20000 Taler kosten lassen.»

«Ich sage ja», Madame van Witten streckte in fröhlichem Triumph ihr Kinn vor, «völlig verrückt. Ich kann mir nicht vorstellen, daß ausgerechnet Struensee mit seinen aufrührerischen Ideen in einer solchen Gesellschaft lange seinen Kopf behalten wird.»

Was Agnes überaus geschmacklos fand. Für einen Moment war sie froh, daß Gräfin Bentinck, die seit dem letzten Jahr das große Haus am Jungfernstieg gleich neben dem ihren bewohnte, auch diesmal ihrer Einladung nicht gefolgt war. Zwar war nicht anzunehmen, daß sie mit dem dänischen Königshaus verwandt war (Agnes nahm sich vor, das umgehend zu überprüfen), aber eine so respektlose Beurteilung eines gekrönten Hauptes hätte sie gewiß zutiefst beleidigt. Was ganz und gar nicht zutraf, aber das konnte Agnes nicht wissen.

Die Gräfin war eine ehrfurchtgebietende Dame. Obwohl sie sich schon in jungen Jahren von ihrem niederländischen Ehemann, immerhin ein waschechter Reichsgraf, hatte scheiden lassen und seither ein unstetes Leben geführt hatte (wie es hieß, mit etlichen Liebhabern), versuchte sich jedes der großen Häuser in der Stadt mit ihrer Bekanntschaft zu schmücken, und das, obwohl die Dame aus Friesland nicht annähernd so begütert war, wie es ihrem Stand gebührte. Die Gräfin führte dennoch ein großes Haus, in ihrem Salon verkehrte alles, was Rang und Namen hatte, allerdings weniger im Handel, sondern in Literatur und Philosophie.

Seit Monaten bemühte sich Agnes, jeden wissen zu lassen, wie belesen sie war und wie sehr sie die Philosophie liebte, ganz besonders die von Monsieur Voltaire (von dem man wußte, daß die Gräfin ihn bei ihrem langen Aufenthalt am preußischen Hof kennengelernt hatte und ihm immer noch sehr nahe stand). Dennoch war es ihr nicht gelungen, in den erlesenen Kreis der alleradeligsten und wahrscheinlich auch allergebildetsten Dame in der Stadt aufgenommen zu werden.

«Ihr seid heute so schweigsam.» Madame van Witten sah Anne prüfend an. «Ihr eßt nichts von den Kunstwerken aus der Küche unserer lieben Agnes, und blaß seid Ihr auch. Habt Ihr etwa ein Geheimnis?»

Madame Bilsen kicherte, Agnes reckte ihren langen Schwanenhals noch länger, und Mademoiselle Stollberg, Henny Bauers beste Freundin und heimliche Verehrerin ihres Bruders Lorenz, beugte sich errötend über ihren längst leeren Teller.

«Ein Geheimnis?» Henny neigte den Kopf, um Anne, die neben ihr saß, besser betrachten zu können. «Was für ein Geheimnis? Oh», rief sie dann und klatschte in die Hände, «Madame van Witten meint, ob du guter Hoffnung bist.»

«Ganz so deutlich, meine liebe Henny», sagte die Senatorin würdig, «hätte ich es nicht ausgedrückt, aber ...»

«So ein Unsinn.» Anne spürte heiße Röte in ihrem Gesicht. Keine Röte zarter weiblicher Scham, die bei diesem Thema unbedingt zu erwarten war, sondern die Röte heißen Zorns. Natürlich wäre es nun angemessen gewesen, einfach still zu lächeln und manierlich über das Wetter zu parlieren, aber Anne war es leid. Seit Monaten, eigentlich schon seit mindestens zwei Jahren sahen die Damen, wo immer und egal zu welchem Anlaß sie sie trafen, mehr oder weniger diskret auf ihre Taille.

«Ein für alle Mal», platzte sie heraus, «ich bin *nicht* guter Hoffnung. Absolut nicht. Wenn Ihr so begierig darauf wartet, werdet doch selbst schwanger. Ich bin es jedenfalls nicht. Sollte ich es eines Tages sein, werde ich einen Anschlag in der Börsenhalle machen, damit es gleich und ohne Verzug die ganze Stadt erfährt und endlich beruhigt sein kann!»

Atemlose Stille senkte sich über den Salon, nur das Ticken der Standuhr und das leise Schnarchen von Carlino, dem Mops, waren noch zu hören.

«Hups», sagte Madame van Witten und stellte behutsam ihren Teller auf den Tisch zurück. «Es tut mir leid, meine Liebe, ich wollte Euch nicht brüskieren.»

Anne schluckte, sie saß sehr aufrecht in ihrem Sessel, die Hände fest im Schoß verknotet, und sah wütend in das betretene Gesicht der Senatorin. Wie wütend, erkannte sie an den erschreckten Gesichtern der Damen.

Plötzlich erschien ihr die ganze Situation absurd. Die vergnügt plaudernde Runde, der schnarchende Mops, der nagelneue chinesische Wandschirm aus feinem Reispapier mit seiner zierlichen Landschaft samt nicht minder zierlichen grün und weiß gewandeten Damen und dem fliegenden Schwan zwischen all den Möbeln aus dunklem Mahagoni und den seidenbezogenen Armsesseln und Stühlen, mittendrin Agnes' Teekanne in Form eines dicken Blumenkohls – ein Nachmittag mit Tee und Damen, ganz wie er sein sollte. Und sie fiel völlig aus der Rolle, nur weil die freundliche Madame van Witten die Vertraulichkeit der Stunde ein wenig überstrapaziert hatte.

Anne hob entschuldigend die Hände. «Mir tut es auch leid. Bitte, verzeiht meine Unbeherrschtheit. Ich verspreche, mich zu bessern. Manchmal bin ich es nur müde, daß die ganze Stadt darauf wartet, daß ich meine Pflicht erfülle. So sagt man doch? Mir scheint, niemand sieht mir mehr ins Gesicht, alle schauen nur noch auf meine Taille.»

«Ach, meine Liebe», Madame Bilsen heftete ihren Blick entschlossen auf Annes Augen, «ich schwöre Euch, ich sehe *nie* auf Eure Taille. Es ist ja auch nicht nur reine Freude, guter Hoffnung zu sein, und wenn man erst einmal Mutter ist, wird das Leben furchtbar beschwerlich. Aber mir scheint doch, als schnürtet Ihr Euch in der letzten Zeit nicht mehr ganz so ...»

Madame van Wittens Räuspern klang nach bedrohlich nahem Donner, Madame Bilsen verstummte abrupt.

«Wäre es möglich, noch ein wenig Tee zu bekommen», piepste sie schließlich, und Agnes, die sonst nie einen Schritt tat, wenn sie mit dem Glöckchen nach einem dienstbaren Geist rufen konnte, eilte, das Glöckchen fest in der Hand, persönlich in die Küche hinab, um frischen Tee in Auftrag zu geben. Henny Bauer begann umgehend, über das wunderbare Wetter zu plaudern, und Mademoiselle Stollberg erinnerte standhaft an den Mangel an Schulen für Mädchen, was aber im Moment niemanden interessierte. Nicht einmal Anne.

«Die Gräfin», rief Agnes, als sie wieder in den Salon trat, und jede wußte, welche der wenigen Gräfinnen, die sich in der Stadt aufhielten, gemeint war, «die Gräfin läßt ihre Uhren von diesem Uhrmacher warten, du weißt schon, Anne, der, der in euren Mord verwickelt ist. Monsieur Godard. Wußtest du das?»

Agnes hatte sich auf dem Weg von der Küche zurück in den Salon große Mühe gegeben, ein Thema zu finden, das Anne über ihren schrecklichen, tatsächlich unverzeihlichen Fauxpas hinweghalf.

«Oh», sagte Anne, und Madame van Witten seufzte. Gerade Agnes, eine enge Freundin des Hauses Herrmanns, mußte doch wissen, daß Anne es stets vermied, über die Geschäfte ihres Mannes zu sprechen, vor allem, wenn es so delikate waren. Aber diesmal schwieg sie. Die Sache mit dem Mord im Johanneum und dem Uhrmacher vom Berg war fast so interessant wie der Zustand von Anne Herrmanns' Taille.

Madame Bilsen lächelte süß: «Die Gräfin», sagte sie und zog dabei das ‹ä› in die Länge wie einen Hefeteig, «ist bekannt für ihre Vorliebe für die Refugiés. Aber dieser Uhrmacher – er soll ein sehr stattlicher Mensch sein, und die Gräfin ist *auch* bekannt für ihre Vorliebe für stattliche Männer. Ich kenne ihn natürlich nicht, aber doch, er soll, nun ja, eben ein stattlicher Mensch mit sehr schönem, noch ganz dunklem Haar sein. Und sehr belesen. Was mich wundert. Wahrscheinlich hat er in seiner Werkstatt nicht genug zu tun, wie sonst könnte er soviel Zeit erübrigen ...»

«Meine Liebe», Madame van Witten lehnte sich gemütlich zurück, «sie hat ihn nicht zum Mocca oder zu einer Soirée geladen, sondern läßt ihn nur ihre Uhren warten. Gewiß sind es eher seine geschickten Hände als seine Stattlichkeit, die Gräfin Bentinck dazu veranlaßt haben.»

Henny Bauer, die allerdings fand, daß Hände sehr viel über männliche Qualitäten aussagten, kicherte, Madame Bilsen machte schmale Lippen und rührte in ihrem Tee. Überhaupt wurde heute sehr viel im Tee gerührt, und Anne beschloß, der getrübten Stimmung, immerhin war sie nicht ganz unschuldig daran, endlich ein Ende zu bereiten.

«Claes sagt», begann sie – und schlagartig saßen alle Damen sehr aufrecht –, «Monsieur Godard sei ein recht angenehmer Mensch. Ein wenig verschlossen vielleicht, aber höflich und, nun ja, er hat in seiner Werkstatt sehr kostbare Uhren, außerdem macht er gerade einen Automaten für Mijnheer van Zoom. Eine Uhr mit einem Spielwerk, allerlei beweglichen Vögeln und den verschiedensten astronomischen Anzeigen. Er muß ein echter Meister seiner Kunst sein, und ich bin sicher, nur das ist der Grund, warum auch deine Nachbarin, Agnes, ihm ihre Uhren anvertraut.»

«Das ist gewiß richtig, wenn Monsieur Herrmanns es sagt.» Henny Bauer, immer noch ein wenig beschämt, weil auch sie ständig Annes Taille im Blick hatte, stürzte sich mit Begeisterung auf das neue Thema. «Aber es heißt doch, das Werkzeug, dieses Ding, mit dem Monsieur Donner getötet wurde, habe ihm gehört. Lorenz hat gesagt, Monsieur Godard sei einer, bei dem wisse man nie. Das habe die Vergangenheit zur Genüge gezeigt.»

«Wisse man nie? Was meint dein Bruder damit?» fragte Anne. «Was hat denn die Vergangenheit gezeigt?»

Daß Lorenz Emma Godard den Hof gemacht hat, dachte Mademoiselle Stollberg mit zusammengezogenen Brauen, und daß Emma sich als Vergnügen für einen, der vor seiner Familie niemals zugeben würde, sie auch nur zu kennen, zu schade war. Aber das behielt sie für sich – wie hätte sie erklären sollen, daß sie stets bestens über Lorenz informiert war? Henny fuhr schon fort: «Es ist ein paar Jahre her, sagt Lorenz, da gelang es der Zolldeputation, eine veritable Schmuggelei aufzudecken. Ich kann mich daran nicht erinnern, ich weiß auch nicht, wer in den Betrug verwickelt war. Aber Lorenz sagt, Godard sei verdächtigt worden, daran beteiligt zu sein. Die meisten seiner Uhren kommen aus England, jedenfalls die Uhrwerke, dort macht man die besten, und teilweise auch die Gehäuse, jedenfalls die aus Mahagoni. Nußbäume, Kiefern und Eichen haben wir ja selbst genug. Jedenfalls wurde der Uhrmacher verdächtigt, geschmuggelte Rubine bestellt zu haben ...»

«Rubine?» Agnes Matthew bekam glänzende Augen. «Ist er denn auch ein Goldschmied? Ich denke, er macht nur Uhren und Automaten.»

«Das stimmt. Aber für die Uhrwerke braucht man Rubine, wohl auch Saphire oder andere Edelsteine, sagt Lorenz, weil die viel härter sind als Metalle und sich deshalb nicht so schnell abnutzen. Die Rädchen in so einem Uhrwerk bewegen sich über viele Jahre und ohne Pause, deshalb bekommen die Schrauben, oder nur einige, so genau weiß ich es nicht, eine Fassung, oder wie immer man das nennt, aus Edelstein, in der sie sich lange ohne Fehler drehen können.»

Lorenz' Verehrung für Emma Godard, dachte Mademoiselle Stollberg grimmig, muß in der Tat groß gewesen sein, wenn er sich so sehr um die Geheimnisse des Uhrmacherhandwerks bemüht hat.

Pierre Godard, so berichtete Henny weiter, habe im Verdacht gestanden, einer der Empfänger der Schmuggelware gewesen zu sein. Warum? Das wisse sie nicht, irgendwelche Hinweise werde es schon gegeben haben. Allerdings sei er niemals angeklagt worden, was nur daran liege, daß er ungewöhnlich genaue Listen über seine Arbeiten führe. Das, sage Lorenz, mache ihn besonders verdächtig, aber sie selbst denke, genaue Listen seien Ausdruck großer Ordnungsliebe, gegen die absolut nichts einzuwenden sei, denn Ordnung mache das Leben sehr viel einfacher. Wenn sie da an ihren neuen Sekretär denke, sechs Schubfächer auf jeder Seite und über der Schreibplatte ... Wie? Ach ja, der Uhrmacher. Er habe mit diesen Listen jedenfalls genau nachweisen können, wie viele Rubine er verarbeitet und wie viele er gekauft und auch verzollt habe. Was nichts heiße, aber immerhin. Es waren auch nicht viele, weil er nicht viele brauche, die meisten Uhrwerke kaufe er komplett, nur einige mache er selbst, und wenn eine Fassung für eines der Schräubchen zu erneuern sei, dann erneuere er es wohl mit einem Rubin, was aber sehr schwierig sei, und überhaupt sei die Verwendung von Rubinen in Uhren bisher fast nur in England üblich. Dann habe sich noch der französische Gesandte für ihn verbürgt, und weil der Rat es sich nicht leisten könne, noch mehr Ärger mit Frankreich zu bekommen, habe bald niemand mehr von dieser Angelegenheit gesprochen.

«Es ist auch möglich», schloß sie, «daß irgend jemand

Monsieur Godard verleumdet hat. Es gibt viele Uhrmacher in der Stadt, einer weniger könnte manchem sehr gelegen sein.»

Was zu einer von Madame van Witten energisch angeführten Auseinandersetzung darüber führte, ob man den braven hamburgischen Uhrmachern eine solche Kabale zutrauen könne, nur weil einer ein Konkurrent und dazu Hugenotte sei. Man sei zwar nicht in Altona, aber die Hugenotten hätten in Hamburg nie Schwierigkeiten gehabt. Woraufhin Mademoiselle Stollberg zart daran erinnerte, das möge schon sein, im Prinzip, aber bis heute dürften sie, nur zum Exempel, kein eigenes Gotteshaus bauen, sondern nur jenes besuchen, das der holländische Gesandte im Garten hinter seinem Haus am Valentinskamp errichtet habe. Woraufhin wiederum Madame Bilsen die Frage aufwarf, ob Mademoiselle Stollberg nicht doch schon ein wenig zu stark von der Freigeisterei angesteckt sei, die in den letzten Jahren selbst die besten Familien erreiche, und auch daran sei das neue Theater schuld.

All diese drängenden Fragen blieben unentschieden, denn just als das Thema endgültig von der fragwürdigen Reputation des Uhrmachers wieder einmal auf den verderblichen oder womöglich doch bessernden Einfluß des Theaters hinüberschwappte, wurde Niklas Herrmanns gemeldet, der Madame Herrmanns wie verabredet abholen wolle. Es sei schon eine halbe Stunde über die Zeit, und man erwarte Gäste.

Anne verabschiedete sich unter einem fünfstimmigen Chor des Bedauerns, und kaum war die Tür hinter ihr ins Schloß gefallen, kehrte Madame Bilsen zu der Frage zurück, die alle am brennendsten interessierte. Es sei doch sehr seltsam, wie blaß Madame Herrmanns sei, und auch dieses Aufbrausen, sie sei doch sonst nie so unbeherrscht. Habe sie nicht auch viel mehr von den Cornichons gegessen als von den köstlichen süßen Cremes und Kuchen? Als sie selbst seinerzeit mit ihrem ersten Kind in guter Hoffnung gewesen sei – also nicht gerade Gürkchen, aber doch sauer eingelegten Kürbis, immer wieder und alle Tage sauer eingelegten Kürbis.

10. KAPITEL

MITTWOCH, DEN 10. AUGUSTUS,
MORGENS

Sie war so leicht zu finden, daß Rosina sich des Gedankens nicht erwehren konnte: Die Stiftsdame *wollte* entdeckt werden. Melusine Nieburg saß, wieder einmal, in der Hainbuchenlaube am Rande des Gartens der Domina und blinzelte mit geröteten Augen in das dunstige Licht der Morgensonne.

«Verzeiht, Mademoiselle», Rosina knickste vor dem zusammenzuckenden Fräulein. «Ich dachte nur …»

Sie hatte sich nicht überlegt, mit welcher Ausrede sie Mademoiselle Nieburg dazu bringen wollte, den Namen des Absenders ihres Briefes preiszugeben, dazu war keine Zeit gewesen, und so hatte sie auf eine Eingebung des Augenblicks gehofft. Aber die war gar nicht nötig.

«Oh», seufzte Mademoiselle Nieburg und tupfte sich die Nase mit ihrem Spitzentüchlein. «Du bist es, Rosa.» Sie raffte ihre Röcke ein wenig, zum Zeichen, das Mädchen der Domina möge neben ihr Platz nehmen, und fuhr schon fort: «Ich danke dir sehr, daß du mir den Brief gebracht hast. Wirklich sehr.» Dann seufzte sie noch einmal, diesmal klang es allerdings geradezu entschlossen, und sah Rosina an. «Gewiß hast du mich neulich für äußerst exaltiert gehalten, so in Tränen aufgelöst, nur wegen eines Briefes.»

«O nein, Mademoiselle. Briefe können von großer Bedeutung sein. Ich würde auch nie wagen, mir ein Urteil zu erlauben. Aber gewiß», sie schlug brav die Augen nieder, «gewiß war dieser Brief von einem Euch besonders teuren Menschen, und wenn mir auch die Zartheit und Tiefe Eures vornehmen Gemüts fehlt, so verstehe ich doch, nun ja, ich verstehe, daß ein Herz in Not und Zweifel zittern kann.»

Mademoiselle Nieburg neigte mit irritiertem Blinzeln den Kopf zur Seite, und tatsächlich fand Rosina selbst, daß diese Worte einem einfachen Mädchen nicht angemessen und auch gar zu süß geraten waren.

«Mademoiselle», fuhr sie schnell fort, «ich bin nur eine Dienerin, aber doch nicht dumm, und mein Herz ist nicht grob.»

«Das sehe ich, Rosa.» Sie richtete sich zu ihrer ganzen kleinen Größe auf und heftete den Blick fest auf einen Rosenbusch voller tauglitzernder dunkelroter Blüten. «Das sehe ich», wiederholte sie, «und obwohl es ungewöhnlich ist, äußerst ungewöhnlich sogar und wohl auch nicht schicklich – ach was, nun ist keine Zeit für Schicklichkeit. Rosa», sie drehte sich um und sah ihr gerade ins Gesicht, «ich brauche deine Hilfe. Ich habe niemanden sonst, den ich fragen könnte, und ich glaube, niemand als du ist geeigneter für meinen Auftrag. Obwohl er zweifellos nicht schicklich ist. Ganz und gar nicht. Willst du ihn dennoch für mich ausführen?»

Rosina hatte mit Tränen gerechnet, mit Herablassung, sogar mit der Verleugnung ihrer Begegnung am vergangenen Sonnabend. Aber niemals mit einem Auftrag, noch dazu mit einem, den Mademoiselle Nieburg für unschicklich hielt.

«Wenn Ihr mir auch anvertrautet, um was für einen Auftrag es sich handelt, Mademoiselle, werde ich ihn gerne für Euch ausführen. Handelt es sich wieder um einen Brief? Soll ich eine Nachricht für Euch überbringen?»

Rosina bemühte sich, nicht zu fröhlich zu klingen. Wenn es ein Brief war, konnte es nur einer an den geheimnisvollen Melchior sein. So einfach hatte sie sich nicht vorgestellt, herauszubekommen, wer er war.

«Ein Brief, ja.» Mademoiselle Nieburgs stolze Haltung schmolz, und ihre Augen wurden bedenklich feucht. «Ein Brief. Aber er ist nicht zu überbringen», die erste Träne rollte über ihre rosige Wange, «nein, leider nicht zu überbringen, obwohl, nun, er ist», ihre Stimme sank zu einem Flüstern herab, «er ist zu holen. Verstehst du? Zu stehlen.»

Ein tiefer Schluchzer erstickte ihre Stimme. Rosina holte eilig ihr Taschentuch hervor und vertauschte es gegen Mademoiselle Nieburgs nutzloses Spitzentüchlein.

«Ich muß diesen Brief unbedingt haben», schluchzte sie, «unbedingt. Dieser böse Mensch hat ihn gestohlen, so ist es nur recht, wenn wir ihn zurückstehlen. Nur recht. Dieser böse Mensch. Er hat so getan, als suche er Melchiors Freundschaft, und dann hat er ihm den Brief gestohlen, von seinem Sekretär. Und dann hat er gesagt, er werde … er werde», wieder ertrank ihre Stimme in Tränen, doch schließlich putzte sie sich in dem festen Tuch des Mädchens der Domina die Nase und fuhr, immer noch von Zeit zu Zeit aufschniefend, fort: «Er hat gesagt, er werde es allen sagen, der Domina, meinen Brüdern, dem Rektor, dem Scholarchat. Überhaupt allen. Da hat Melchior es getan. Oh, er hätte es nicht tun dürfen.

Ich bin es nicht wert, überhaupt nicht wert. Und es hat nichts genützt, und dann, ja und dann geschah diese schreckliche, diese ungeheuerliche Tat. Es ist meine Schuld. Ich hätte von Anfang an, nein, ich hätte es nicht tun dürfen.»

«Mademoiselle, bitte.» Rosina fand es an der Zeit, diese kryptische Rede zu unterbrechen und zu begreifen, was ihr da erzählt wurde. Wenn sie es richtig verstanden hatte, war der Brief, den die Stiftsdame in der Sänfte liegengelassen hatte, von dem Mörder Adam Donners geschrieben worden. Einem Mörder, den Mademoiselle Nieburg mit jeder Faser ihres zitternden Herzens liebte. Rosina war, als schöbe sich eine Wolke vor die Sonne. Sie hatte eine Spur gewittert und aufgenommen. Sie hatte nicht daran gedacht, daß das Ende der Spur ihr nicht gefallen könnte, doch nun gab es kein Zurück.

«Am besten», sagte sie und fühlte sich als die Betrügerin, die sie war, «erzählt Ihr mir die Geschichte von Anfang an. Dann können wir überlegen, wie Ihr Euren Brief zurückbekommt.»

Mademoiselle Nieburg nickte. «Ja», sagte sie, einfach nur ja, und begann endlich, die ganze Geschichte der Reihe nach zu erzählen. Zum erstenmal hatte sie Monsieur Bucher – niemand anders als der Lehrer der Tertia war ihr geliebter Melchior – in St. Petri gesehen. Schon vor mehr als zwei Jahren, an einem Sonntag im März, und dann, nun, sie trafen sich immer häufiger, und auch wenn sie sich dagegen wehrte – kurz und gut: Die Stiftsdame und der Lehrer verliebten sich. Niemand durfte davon wissen, so trafen sie sich stets heimlich und immer nur für eine kurze gestohlene Zeit. Immer in Angst vor Entdeckung. Warum? Gewiß sei Liebe wunderbar. Aber sie sei eine Stiftsdame, und in ihrem Alter, sie sei ja schon über die Dreißig, sei das doch sehr lächerlich. Melchior sei ein so guter Mensch, schon bald habe er sie gebeten, bei ihrem Bruder vorsprechen zu dürfen, aber das habe sie nicht erlaubt.

Ihr Bruder, das glaubte sie sicher zu wissen, würde niemals erlauben, daß eine Nieburg einen einfachen Lehrer heiratete. Er hatte auch nicht erlaubt, daß sie die Frau eines Schreibers wurde, damals. Und wenn es bekannt geworden wäre, hätte sie das Stift sofort verlassen müssen. Ohne die Mitgift, für die ihr Vater sie vor vielen Jahren in St. Johannis eingekauft hatte. Dafür mit Schimpf und Schande. Dann wäre ihr nur geblieben, als arme Jungfer im Haus ihres Bruders zu leben. Nicht mehr als eine bessergekleidete Magd. Die ganze Stadt hätte über sie gelacht, Melchior hätte die Schule verlassen müssen, und er liebte sie doch so sehr, seine Schüler und sein Johanneum. So sehr. Deshalb sei alles ihre Schuld. Sie sei kleinmütig gewesen, sie habe es nicht gewagt, ihrem Bruder die Stirn zu bieten. Melchior sei auch bereit gewesen, sein Amt für sie aufzugeben und mit ihr die Stadt zu verlassen. Aber wovon hätten sie dann leben sollen? Nein, sie habe keinen Mut gehabt. Noch nie habe sie Mut gehabt.

So hatte er um ihretwillen den Erpressungen Donners nachgeben müssen. Der hatte von ihm gefordert, sich nicht auf die Stelle des Lehrers der Sekunda zu bewerben, aber auch nachdem er selbst die Stelle bekam, gab Donner den Brief nicht wie versprochen zurück, sondern drohte weiter, den Inhalt bekannt zu machen. Er forderte gewiß auch Geld, darüber hatte Monsieur Bucher natürlich nie gesprochen, aber sie war dessen sicher, denn er gab plötzlich viel mehr Privatstunden, als seine Kräfte zuließen. Sie brachte ihm nur Unglück, und so beschloß sie, ihn nicht mehr zu treffen. Nie mehr. Das hatte sie schon lange geplant, aber weder die Kraft noch die Entschlossenheit dazu aufgebracht. Doch in der letzten Woche, als er so bleich war von der vielen Arbeit und so tief betrübt, hatte sie es ihm gesagt und war schnell davongelaufen, um nicht mehr in sein Gesicht sehen zu müssen. Da hatte er ihr dann geschrieben, diesen Brief, den sie in der Sänfte verloren und den Rosina ihr in die Laube gebracht hatte.

«Nun ist dieser Unmensch tot, und ich weiß nicht», sie schwieg, preßte für einen Moment fest die Lippen aufeinander und fuhr fort, «und ich weiß nicht, wer es getan hat.»

«Fürchtet Ihr, er habe es getan? Monsieur Bucher?»

«Nein.» Das klang wie ein Aufschrei, und schnell legte sie die Hand auf den Mund. «Nein», flüsterte sie, «wie kann ich das glauben? Wie darf ich glauben, daß er dazu fähig wäre? Wenn er es getan hätte, dann nur für mich. Dann wäre es, als hätte ich es selbst getan. Nein. Ich werde das nicht glauben.» Wieder starrte sie auf die Rosen, deren Tau die Sonne längst aufgesogen hatte. «Aber wenn sie den Brief finden, werden es alle glauben. Deshalb, Rosa, brauche ich den Brief. Nicht mehr um meiner Feigheit willen, sondern um Monsieur Bucher zu schützen. Einen ehrenwerten, unschuldigen Mann», fügte sie nach einem Moment fest hinzu.

«Den Brief, den Donner bei ihm gestohlen hat?»

«Ja. Meinen Brief an Melchior. Ich habe lange darüber nachgedacht. Ich glaube nicht, daß er schon gefunden ist, er muß aber da sein, dieser Unmensch hat ihn ganz gewiß nicht vernichtet. In der Schule ist er nicht, dort hat Melchior schon gesucht. Er kann nur in seiner Wohnung sein, womöglich gut versteckt. Wir müssen ihn zurückstehlen. Ich weiß nicht, warum du es tun solltest, Rosa, ich weiß auch nicht», ihre Stimme klang nun nicht mehr zitterig, sondern kühl und beinahe trotzig, «ich weiß auch nicht, ob ich mit dieser Bitte wieder einem Menschen die Macht gebe, eine Liebe zu mißbrauchen und in großes Leid zu verwandeln. Dennoch: Wirst du mir helfen?»

Und so beschloß Rosina an diesem sonnigen Morgen im Garten der Ehrwürdigen Jungfrau Domina, in die Wohnung eines Toten einzubrechen. Um einen Brief zu finden, den Wagner bei seiner gewiß gründlichen Untersuchung nicht entdeckt hatte, und – sie hoffte innig auf ein Wunder – noch irgend etwas, irgendeinen Hinweis auf einen, der noch mehr Grund als Melchior Bucher gehabt hatte, Donner zu töten. Mademoiselle Nieburgs tapferes Angebot, sie als Magd verkleidet zu begleiten, lehnte sie höflich, aber entschieden ab. Es würde auch ohne eine vornehme, im Einbrechen und ähnlichen Unternehmungen völlig unerfahrene Dame an ihrer Seite schwierig genug sein. Außerdem hatte sie schon einen viel besseren Plan.

MITTWOCH, DEN 10. AUGUSTUS,
NACHMITTAGS

Von der St.-Johannis-Kirche schlug es drei, als Johann Samuel Müller sich an seinen Sekretär setzte, um seine ergebenste Bitte an das Scholarchat zu schreiben, die Schule wieder zu öffnen. Sie war nun fast eine Woche geschlossen, die Jungen hatten die Ausbildung und Förderung von Geist und Seele schon viel zu lange entbehrt. Die Anweisung, keinen Unterricht zu halten, bis der Täter gefunden sei, war pietätvoll, aber gewiß hatten die Herren sich nicht vorgestellt, daß die Wedde dazu so lange brauchen würde. Und wenn sie ihn niemals fanden? Eine schreckliche Vorstellung, aber gar nicht so unwahrscheinlich.

Seufzend tauchte er die Feder in die Tinte, und just in diesem Moment wehte eine warme Bö durch das Fenster, die Tür schlug mit einem lauten Knall zu, und Müller zuckte erschreckt zusammen. Nicht daß er ein schreckhafter Mensch gewesen wäre, in anderen Zeiten hätte er sich nur nach dem Lärm umgesehen, gefunden, daß es eben doch besser sei, Türen hinter sich zu schließen, und sich wieder seiner Arbeit zugewandt. In diesen Tagen jedoch, da der Tod eines Kollegen und der Kummer eines Schülers schwer auf seiner Seele lastete, erschrak er allzuleicht. Kurz und gut, der dumpfe Knall hatte seine Hand auffahren lassen, und die Tinte aus der Feder verteilte sich in vielen Klecksen auf seiner Weste. Er seufzte noch einmal, diesmal nicht verzagt, sondern ungehalten, rief nach Madame Müller, die ihn und sein Mißgeschick allerdings nicht mit Trost bedachte, sondern ihm wortlos und mit streng gerunzelter Stirn ruck, zuck Rock und Weste auszog. Tinte, erklärte sie, als sie ihm eine andere Weste brachte, gehöre nicht auf Kleider, sondern aufs Papier. Es wäre erfreulich, wenn er das nach vier Jahrzehnten Schule endlich beherzigte.

Sie legte die Weste über die Stuhllehne und schloß die Tür, nicht ein bißchen leiser als zuvor die Bö.

Fast hätte Müller über dem zweiten Knall das zarte

Klirren der Münze überhört, die aus der Westentasche fiel, über den Boden kullerte und unter der Kommode verschwand. Er versuchte zwar nicht, sie wiederzufinden, das würde das Mädchen tun, wenn sie die Räume fegte, aber er suchte in der Tasche, ob noch mehr Münzen darin waren. Er fand keine, dafür ritzte er sich einen Finger an etwas Scharfem, das sich im Seidenfutter verfangen hatte. Er zog es heraus und sah ein winziges Zahnrad aus Messing. Erst jetzt erinnerte er sich, daß er es auf dem Boden des Klassenzimmers liegen sah, gerade als Doktor Reimarus sich über den Toten beugte. Ein Sonnenstrahl hatte es aufblitzen lassen, er hatte es gedankenlos und rein um der Ordnung willen aufgehoben und in die Westentasche gesteckt. Er war nicht sicher, wozu es diente, aber er wollte Zuckerbäckerknecht werden, wenn es nicht eines dieser kleinen Rädchen war, die das Werk einer Taschenuhr antrieben.

Erst gestern hatte ihm Monsieur Herrmanns erklärt, der Uhrmacher Godard sei noch nicht frei von Verdacht. Er habe behauptet, dem Toten seine Taschenuhr gebracht zu haben, da man jedoch weder in dessen Kleidung noch Wohnung eine gefunden habe, glaube der Weddemeister ihm nicht.

Das hier war keine Uhr, aber vielleicht ein Beweis, daß eine dortgewesen war. Ein winziges Rädchen nur, doch womöglich bedeutete es einen großen Schritt vorwärts bei der Suche nach Donners mörderischem Feind.

Eilig verstöpselte er das Tintenglas, schlüpfte in Weste und Rock und machte sich auf den Weg zur Wedde. Eine halbe Stunde später erzählten sich die Leute am Berg, Johann Samuel Müller sei der Mörder des seligen Monsieur Donner, der Rektor sei schon arretiert, man habe ihn in großer Eile mit dem Weddemeister über den Berg gehen sehen. Leider gab der Elblachsverkäufer zu bedenken, daß die beiden nicht zur Fronerei, sondern zum Johanneum unterwegs gewesen waren, jedenfalls seien sie in der Großen Johannisstraße verschwunden, direkt entgegengesetzt zur Fronerei, der Rektor auch immer einen halben Schritt hinter Wagner. Einer von der Wedde lasse doch einen Arretierten nicht aus den Augen und schon gar nicht ohne Fessel. Was keinen Beifall fand, denn daß der Rektor persönlich seinen Kollegen erstochen hatte, war eine zu schöne Geschichte. Der Mann mit dem geräucherten Elblachs machte an diesem Tag sehr schlechte Geschäfte.

Eine weitere Stunde später kehrte Wagner zur Wache zurück, faltete ein zerknittertes Stück Papier auseinander und besah sich seinen Fund noch einmal. Er hatte nicht lange suchen müssen. Ein winziger vergoldeter Zeiger und drei kaum größere Glassplitter hatten in einer besonders breiten Ritze zwischen den alten Holzbohlen des Klassenzimmers gelegen, nur einen Schritt von dem Stuhl entfernt, auf dem der Pedell den Toten gefunden hatte und der immer noch an der gleichen Stelle stand.

Godard hatte nicht gelogen. Er hatte die Uhr zurückgebracht. Sie mußte Donner heruntergefallen und zerbrochen sein. Warum? Wo waren die anderen Teile? Vor allem: Wer hatte sie? Ein ganz gewöhnlicher Dieb? War Adam Donner wegen einer alten Taschenuhr ermordet worden? Wenn der Hunger nur groß genug ist, dachte Wagner müde, morden manche schon um einen halben Schilling. Aber verirrte sich ein ganz gewöhnlicher Dieb ausgerechnet in das Johanneum?

Natürlich war es möglich, daß irgend jemand in die

Schule geschlichen war, Donner getötet und ihm die Uhr gestohlen hatte. Vielleicht war sie bei einem Kampf heruntergefallen, vielleicht hatte der Tote sie gerade in der Hand gehabt und fallen gelassen, als ihn der tödliche Stich traf. Irgend jemand, vielleicht, womöglich. Wagner war kein phantasievoller Mensch, er hielt nichts von irgend jemand, vielleicht und womöglich. Wagner hielt sich an das Naheliegende, an das, was er sah. Eins und eins waren immer noch zwei.

Die Wohnung des Pedells war eng. Er lebte mit seiner Frau und einer Magd in einem der kleinen Häuser, die nahe der Johanniskirche aneinanderklebten wie Schwalbennester an einem Dachbalken. Seine Kinder hatten das Haus längst verlassen. Die Tochter war mit dem Küster von Kirchwerder verheiratet, die beiden Söhne hatten bei der ersten Gelegenheit auf einem Segler angeheuert und waren schon seit etlichen Jahren nicht mehr zu Hause gewesen. Beide hatten eine Armenschule besucht, der jüngere war für ein Stipendium am Johanneum ausersehen worden, aber das hatte sein Vater nicht erlaubt.

Thilde Töltjes öffnete die Tür. Muffige Luft schlug Wagner und Grabbe entgegen, aus der Küche gleich hinter dem winzigen Flur roch es nach Torffeuer und zu heißem Schmalz. Das Gesicht der Frau des Pedells war gerötet wie ihre knochigen Hände. Sie erkannte gleich, wer da vor ihrer Tür stand, und wischte sie sich eilig an der Schürze ab. Ihr Mann sei nicht da, sagte sie, es sei ihr nicht erlaubt, jemanden ins Haus zu lassen, wenn er nicht da sei. Auf keinen Fall.

Das sei eine gute Ordnung, aber leider, Wagner schob die hagere Frau einfach beiseite, könne er darauf keine

Rücksicht nehmen. Außerdem sei er kein Fremder, sondern der Weddemeister, und das Mädchen, er wies auf das Gesicht, das sich verstohlen in der Küchentür zeigte, solle bleiben, wo es sei, er wolle sich nur ein wenig umsehen.

«Umsehen? Aber Ihr seht doch, wir haben nichts, was sich ansehen ließe, wir ...» Es nützte nichts.

Das Häuschen war klein, aber Wagner hatte schon erbärmlichere Behausungen gesehen. Hier führte immerhin von der Küche noch eine schmale Stiege hinauf zu einer Schlafkammer und einer guten Stube, und unter dem schrägen niedrigen Dach gab es einen Verschlag, in dem Karlas Bett und eine alte Kiste für ihren mageren Besitz standen.

Wagner und Grabbe hatten das Häuschen bald durchsucht. Sie hatten in Töpfe und Kisten geschaut, Betten aufgeschüttelt und die Kleidung der Töltjes' in der Truhe neben ihrem Bett inspiziert. Auch den schmalen Verschlag neben der Küche hatten sie nicht ausgelassen, doch außer einer mit Wein gefüllten Flasche aus grobem grünlichem Glas und ein paar Aprikosen fanden sie dort nur, was sie erwartet hatten: Mehl und eine mit einem Tuch bedeckte Schale Fett, einige Würste, Körbe mit Bohnen und Erbsen, Tontöpfe mit eingelegtem Gemüse, eine Schüssel mit Sauerteig, ein paar Hanfstränge mit getrockneten Äpfeln und Kräutern – die üblichen Vorräte eines ärmlichen Haushalts. Nirgends eine Taschenuhr oder auch nur ein Bruchstück davon.

Gewiß hätte Wagner sie nie entdeckt, wenn ihm nicht aufgefallen wäre, daß das Mädchen, das ihm mit der Frau des Pedells auf jeden Schritt folgte, während der ganzen Zeit der Suche ihre rechte Hand in der Schürzentasche hielt. Er griff nach ihrem Handgelenk, zog es heraus, und so fand er endlich Adam Donners zerbrochene Uhr in einen Fetzen Baumwolltuch gewickelt in Karlas Faust. Sie weigerte sich nicht, sie zu öffnen, sie schlug auch selbst das Tuch auseinander. Dann hielt sie ihm ihre Hand entgegen, scheu und behutsam, als biete sie ihm ein Geschenk, von dem sie nicht sicher war, ob es ihn freuen würde.

Die Stadt lag nun schon eine ganze Weile hinter ihm. Er hatte sie durch das Steintor verlassen, war die lange Allee entlanggewandert bis zum Vorwerk hinter St. Georg, hatte dessen Tor bei der mittleren Bastion passiert und endlich das freie Feld erreicht. Kleine Wagen aus den nahen Dörfern fuhren in beide Richtungen, die meisten der großen Wagen, hochbepackt und vier-, sechs- oder gar achtspännig, kamen ihm entgegen, schmutzbedeckt von der langen Reise von Lübeck.

Simon war diese Straße erst einmal gegangen, im letzten Mai, als Niklas ihn zum Wandsbeker Gestüt mitgenommen hatte. Es war unmöglich, falsch zu gehen. Das staubige Band führte immer geradeaus, ließ die Dörfer weit links und rechts liegen, selbst die Abzweigung war leicht zu finden. Wenn er an der zweiten Mühle vorbeikomme, sie stehe rechts der Straße wie auch die erste, hatte Elsbeth ihn erinnert, seien es nur noch ein paar Schritte, dann müsse er links abbiegen und durch den kleinen Erlenwald gehen. Er solle aber unbedingt auf dem Weg bleiben, es sei zwar schon lange trockenes Wetter, doch dort sei es immer morastig. Dann sehe er schon die Dächer und auch die Pferde, die gewiß auf der Koppel seien.

Die letzten Tage waren grau gewesen, er mochte sein Zimmer kaum verlassen, und Madame und Monsieur Müller hatten ihn nicht gestört. Nach seinem ersten Ausflug an den Hafen war ihm auch darauf die Lust vergangen. Nur einmal noch hatte er geglaubt, einen dunklen Schatten nahe dem Eingang zur Schule und zur Rektorswohnung zu sehen, aber es gab in der Nacht viele Schatten von mancherlei Ursache, und die meisten, so hatte er sich immer wieder versichert, entsprangen nur der Phantasie. Zweimal hatte Niklas ihn besucht, begleitet von seinem seltsamen Freund Muto, dem jungen Komödianten, der niemals sprach, den Niklas dennoch verstand. Simon hingegen verstand kaum etwas von dem, was der Junge ihm zu bedeuten versuchte, aber es schien Muto nichts auszumachen. Er nahm sich bald eines von Simons Büchern und überließ die beiden Freunde ihrem Gespräch. Simon hatte gedacht, Muto besehe sich nur die Bilder, doch bald bemerkte er, daß Muto auch in den Büchern las. Natürlich, bestätigte Niklas, könne Muto lesen, alle Beckerschen Komödianten könnten das. Das erstaunte Simon, er hatte nicht gedacht, daß einer, der nicht spreche, das Lesen und Schreiben erlernen könne. Trotzdem blieb Simon der Junge mit dem roten Haar, barfuß und ohne hörbare Sprache unheimlich.

Heute morgen hatte ihn diese Unruhe befallen. Er war in seinem kleinen Zimmer auf und ab gelaufen, war auch hinaus in den Innenhof der Schule gegangen, fühlte die Mauern bedrängender denn je und beschloß, seinen selbstauferlegten Arrest zu beenden und einen Besuch im Neuen Wandrahm zu machen.

Niklas war nicht dort. Er habe seinen Privatunterricht, erklärte Elsbeth, die, einen Kochlöffel noch in der Hand, die Tür geöffnet hatte. Danach wolle er allerdings nicht nach Hause kommen, sondern zum Gestüt hinausreiten. Die Fohlen seien nun schon zehn Wochen alt, und Niklas habe sie zuletzt im Juni besucht. Wenn sie es recht bedenke, müsse der Unterricht längst beendet und Niklas unterwegs nach Wandsbek sein. Es sei wohl ein langer Weg, aber Monsieur Christian sei schon am Vormittag mit Madame Augusta hinausgefahren und werde ihn gewiß gerne mit zurücknehmen. Niklas sei ja mit dem Fuchs unterwegs.

Der lange Weg schreckte Simon nicht, je weiter er ging, um so lebendiger und leichter fühlte er sich. Es war dumm gewesen, so lange im Zimmer zu sitzen. Dicke weiße Wolken schwebten am hohen, tiefblauen Himmel, die glasklare Luft und ein sich langsam heraufschiebender grauer Streifen am Horizont prophezeiten, daß die sommerlichen Tage nicht andauern würden. Auf den Wiesen harkten Bauernfrauen und -kinder mit großen hölzernen Rechen Heu zusammen, und ein Wagen voller graugelber Garben schaukelte langsam mit seiner wertvollen Fracht zu einem der Höfe abseits der Straße.

Es war immer noch heiß. Simon ging einige Schritte beiseite ins Gras und sah zurück auf die Stadt. Die mächtigen Wallanlagen ließen nur noch die Kirchtürme sehen, grün vom alten Kupfer. Die Reihe der Wagen, die aus der Stadt hinaus und nach Osten fuhren, schien ihm dichter geworden zu sein. Er sah auch Kutschen, eine vornehme, schwarz glänzend und von vier prächtigen Rappen gezogen, und eine schlichte Mietkutsche, schmal und mit dem Staub der letzten Wochen bedeckt, deren kurzstößiges Holpern verriet, daß die Reisenden an ihrem Ziel jeden einzelnen Knochen im Leib spüren würden. Der lange Weg hatte Simon durstig gemacht, er beugte sich über eine Sauerampferstaude, zupfte ein paar junge Blätter ab, wischte sie sorgfältig über seinen Jackenärmel und steckte sie in den Mund. Vielleicht sah er nur deshalb den Reiter nicht, der trotz des beständig von den Hufen der Zugpferde und den großen Rädern aufwirbelnden Staubes zwischen den beiden Kutschen ritt.

Nicht lange darauf erreichte Simon die zweite Windmühle. Leiterwagen und Schubkarren standen in ihrem Hof, alle beladen mit Säcken voller Getreidekörner. Der Wind wehte Männerstimmen herüber, die stritten, wer zuerst dagewesen war und wessen Korn zuerst gemahlen werden müsse. Manchmal, wenn Simon über seinen Büchern brütete oder wenn der Unterricht gar kein Ende nehmen wollte, stellte er sich vor, wie schön es sein müßte, ein Bauer zu sein, nicht ein armer Kätner oder Leibeigener natürlich, sondern ein freier Mann auf eigenem Land unter dem weiten Himmel. Nun dachte er an die gekrümmten Rücken der Kinder im Heu, sah die schweren Karren mit den grob geflickten Säcken, hörte die harten Stimmen und war nicht mehr so sicher.

Rasch bog er in den schmalen Weg ein, der, wie Elsbeth gesagt hatte, nur wenige Schritte nach der Mühle links in einen Erlenwald führte. Schlagartig verschwand der Staub, die Luft strich kühl und feucht über sein Gesicht. Der im tiefen Schatten liegende Weg schien nach dem hellen Sonnenlicht finster, und Simon fröstelte. Der Wald konnte nicht groß sein, und auch wenn er nach ihnen benannt war, wuchsen hier nicht nur Schwarzerlen, sondern auch lichtere Gewächse wie Kopfweiden, Strauchbirken, Haselsträucher und allerlei andere, deren Namen Simon nicht kannte. Am Rand des Weges wucherten Nachtschatten und Springkraut und breit ausladende Farne.

Der Weg wurde zum Pfad. Simon folgte ihm um eine scharfe Biegung, und alle Geräusche der Straße, die Rufe und das Poltern der Wagen auf dem hartgefahrenen Grund, Peitschenknall und der dumpfe Klang der Hufe verschwanden wie hinter einer Wand. Er hörte keinen Vogel, sah kein Tier, dennoch schien der Wald voller Augen. Er spürte sie, aber er würde sich nicht umdrehen, er würde auch nicht feige laufen, er würde einfach weitergehen, bis er wieder freies Feld erreichte und die Dächer des Gestüts sah. Es sei nicht weit, hatte Elsbeth gesagt, aber vielleicht war er in den falschen Weg eingebogen. Hatte sie nicht auch ‹Weg› gesagt? Dies hier war nichts als ein morastiger Pfad.

Dann hörte er es. Zuerst glaubte er an eine Gaukelei seiner Furcht, aber nein, da waren tatsächlich Hufschläge. Ein Reiter näherte sich, ein menschliches Wesen in dieser dumpfen Düsternis. Warum erstarrte sein Körper? War das denn kein Glück?

Schon kam er um die Biegung. Simon versuchte ihm Platz zu machen, doch der Pfad war zu schmal. Der Mann auf dem Pferd wich tief über den Hals des Tieres gebeugt den herabhängenden Zweigen aus, schnell war er neben Simon, drängte ihn rüde vom Pfad in den Morast, beugte sich zugleich im Sattel vor, holte weit aus, und Simon traf der erste Schlag. Er taumelte, nur deshalb ging der zweite fehl. Das Pferd warf den schweren Kopf, tänzelte stampfend vorbei, doch bevor Simon sich besinnen konnte, war der Mann wieder da, stand nun vor ihm, einen Stein in der hochgereckten Faust. Woher hatte er den Stein? Hier konnte es keine geben. Der

Stein, dachte Simon. Immer nur: der Stein. Geblendet vor Schrecken, taumelte er zurück in den Morast, fühlte seinen linken Fuß einsinken, und der nächste Schlag traf ihn nur knapp, doch hart über dem Ohr. Das Licht schwand und kehrte zurück, schwand und kehrte zurück. Gleich kam die eiskalte Flut, rauschte heran in der Finsternis. Die Sandbank, wo war die Sandbank? Rief da jemand? Rief da jemand: Simon? Die Flut! Wieder sah er über sich die Faust mit dem Stein – und dann fiel der Mann mitsamt der Faust mit dem Stein um.

Ein Wolf, dachte Simon, ein Wolf mit rotem Haar und nackten Füßen. Er versuchte zu sehen, was auf dem Pfad geschah, er konnte es nicht erkennen, in seinen Augen tanzten Lichter, und die Erde schwankte. Der dünne Wolf rang mit dem schwarzen Mann um den Stein, keuchend und knurrend. Er hörte wütende Rufe, einen Fluch, dann war es für einen Moment still, still wie zuvor, als er keinen Vogel gehört, kein Tier gesehen hatte. Eine dünne Faust krallte sich grob in den Ärmel seines Hemdes. Wo war sein Rock? Madame Müller würde ärgerlich sein, wenn er ohne ihn heimkam. Wo war er? Wieder zog ihn die Faust, sein Blick klärte sich, und er sah in Mutos Gesicht.

«Steh auf», rief der Junge, der nicht sprechen konnte, und wieder klang es wie ein Knurren. «Auf. Komm. Komm schnell.»

Sein Körper erhob sich gehorsam, und es war, als sehe er ihm dabei nur zu, erhob sich und ließ sich fortziehen in die feuchte Finsternis des Gestrüpps unter den Schwarzerlen. Er fühlte seine Füße im Morast, fühlte immer noch die feste Hand an seinem Hemd, die ihn vorwärtszog, spürte die Dornen und harten Zweige des Gestrüpps in seinem Gesicht, und plötzlich war kein Grund mehr unter seinen Füßen, und er glaubte zu fliegen. Aber er flog nicht, er versank, langsam und immer tiefer. Er versuchte zu schreien, doch sein Mund blieb stumm, war taub, als sei er voller Morast, und endlich versank auch die Welt, und alles war still. Endlich war alles still.

«Verdammt», Claes Herrmanns schlug mit der flachen Hand auf den Tisch. «Da machen wir uns tagelang Gedanken, wo diese verflixte Uhr geblieben ist, ob sie überhaupt existiert hat, da hängt womöglich das Leben eines Menschen, gar eines exzellenten Uhrmachers, von ihr ab. Und wo ist das Ding? In der Schürze einer diebischen Magd. Was habt Ihr mit ihr gemacht? In die Fronerei gesperrt?»

Wagner schüttelte den Kopf. «Es ist nicht so einfach», sagte er. «Diebisch, meint Ihr. Das kann schon sein, aber ich bin nicht so sicher.»

«Was ist daran unsicher? Ihr habt die Uhr doch bei ihr gefunden. In ihrer Hand.»

Wagner griff in seine Rocktasche, holte das schon mehr als zerknitterte Bündel seiner kleinen Zettel hervor und begann sie vor sich auszubreiten.

«Es ist so», sagte er, ohne den Blick von den Zetteln zu wenden, von denen einige verkehrt herum lagen, was er jedoch nicht zu bemerken schien, «da, wo sie ist, dient sie uns besser. Sie ist auch ein scheues Kind, zuckt gleich zusammen, wenn einer nur die Hand hebt, um sich am Ohr zu kratzen. Es muß nicht sein, daß sie die Uhr *gestohlen* hat. Die lag zerbrochen am Boden, sie hat sie fortgeräumt, so wie sie alle Tage alles forträumen muß, was am Boden liegt. Die Uhr ist kaputt, sie tickt nicht mehr, für das Mädchen war sie Unrat.»

«Unrat? Das Uhrwerk aus Messing? Das versilberte Gehäuse?»

«Es mag Euch unglaublich erscheinen, aber das Mädchen, Karla, hat nie zuvor so etwas gesehen. Sie wußte sicher nicht um den Wert.»

«Gut, Wagner, lassen wir es dabei. Ihr werdet Gründe für Eure seltsame Milde haben. Das ist im Augenblick nebensächlich. Wichtiger ist: Wenn dieses Mädchen die Uhr hatte, muß sie bei dem Toten gewesen sein.»

Wagner nickte, sichtlich erleichtert und wieder auf sicherem Boden. Claes Herrmanns war keiner, der ständig nach Rache für böse Taten, nach Henken und Rädern schrie, gewiß war es dennoch besser, ihm nicht zu erzählen, daß Karla sehr wohl gewußt hatte, was sie vom Boden aufgehoben hatte. Das Mädchen war mehr als scheu, und Wagner war nicht sicher, ob all ihre Sinne ihren richtigen Dienst taten. Wohl schon sechzehn Jahre alt, handelte und redete sie wie ein Kind. Sie hatte die Uhr genommen und versteckt, vor den Töltjes' und vor ihm, doch als er sie entdeckte, schien ihr auch das selbstverständlich, als habe sie sich in alles zu fügen, wie es gerade geschah. Karla hielt Wagner die Uhr auf der zart gewölbten Hand entgegen, behutsam, als suche ein Vogeljunges darauf Schutz. Nur aufgehoben, flüsterte sie, es sei ja zu nichts mehr nutze, nun, wo der Lehrer nicht mehr lebe. Aber man könne es ansehen, niemals habe sie etwas so Schönes besessen.

«Das Mädchen gab mir die Uhr ohne jeglichen Widerstand», sagte Wagner und sah Claes so amtlich wie möglich an, «und gerade als ich sie fragte, ob sie denn bei dem Toten gewesen sei, polterte Töltjes herein. Er hatte schon auf der Straße erfahren, daß die Wedde in seinem

Haus sei, und tatsächlich war er mehr als aufgebracht. Karla, rief er kaum, daß er über die Schwelle trat, solle sofort in ihre Kammer gehen. Sie sei ein dummes Kind und habe mit alledem nichts zu tun. Dann sah er die Uhr und verstummte schlagartig. Er starrte nur die Uhr an.»

Ob er die Uhr kenne, fragte Wagner ihn, und der Pedell nickte. Das müsse Monsieur Donners Taschenuhr gewesen sein. Jeder, der ihn kannte, kannte auch die Uhr. Er habe sie oft aus der Tasche gezogen und in günstiges Licht gehalten, bevor er die Zeit prüfte. Man habe gar nicht übersehen können, daß er eine besaß.

Wie die Uhr in Karlas Schürzentasche kam, konnte er nicht erklären. Jedenfalls zuerst nicht. Bis seine Frau sich zwischen Wagner und Grabbe hindurchschob und vor ihrem Mann, dem sie kaum bis zur Schulter reichte, aufbaute. Es sei nun genug, er solle sagen, wie es wirklich gewesen sei. Es gebe keinen Grund, das Mädchen zu schützen, nun, wo sie eine Diebin sei, erst recht nicht.

So berichtete der Pedell endlich, was sich wirklich zugetragen hatte. Leider war es nicht halb so erhellend, wie Wagner geglaubt hatte. Zunächst gestand er, daß an jenem Tag, er sagte immer: an jenem Tag, die Tür zur Schule nicht verschlossen gewesen sei. Monsieur Donner habe ihm aufgetragen, sie offenzulassen, er erwarte einen Besucher. Seinen, Töltjes' Einwand, das sei gegen die Regel, habe er mit einer ungeduldigen Handbewegung fortgewischt: Es sei nicht Aufgabe eines Pedells, zu widersprechen, er solle Anweisungen entgegennehmen und befolgen. Also hatte er genau das getan, was er aber später, als Monsieur Donner tot war und diese Anweisung nicht mehr bestätigen konnte, lieber für sich behalten hatte. Sicher hätte der Rektor nicht geglaubt, daß

Monsieur Donner gegen die Regeln verstoßen, sondern daß der Pedell versäumt hatte, die Tür zu verschließen, wie es seine Pflicht war.

Und dann? hatte Wagner gefragt. Wer kam in die Schule? Wer war der Besuch, den der Lehrer erwartete?

Das wußte Töltjes nicht. Man habe ja gehört, der Uhrmacher sei dagewesen, den werde er dann auch erwartet haben. Er selbst habe niemanden gesehen. Er habe zu Mittag gegessen, wie es das Recht eines jeden sei, und von seiner Wohnung habe er keinen Blick auf das Portal.

Wagner nickte. «Nun erklärt mir, wie Karla zu dieser Uhr kommt. Donnerstag habt Ihr gesagt, Ihr wäret in das Klassenzimmer gegangen, um bei den Vorbereitungen für den Nachmittagsunterricht zu helfen.»

«Der Globus», sagte Töltjes. «Er brauchte den Globus. Der stand in der Quarta, und ich sollte ihn in die Sekunda tragen.» Er sank auf einen Schemel, warf Karla, die reglos an der Wand lehnte, einen grimmigen Blick zu und fuhr fort zu berichten.

Er betrat die Schule, die Tür war immer noch offen, und schon im Flur des Gymnasiums kam ihm das Mädchen entgegen. Nein, sie war nicht sehr aufgeregt, höchstens ein bißchen. Eigentlich sei Karla nie aufgeregt. Lehrer Donner, sagte sie ihm, sitze in seiner Klasse, und sie glaube, er schlafe. Er sehe seltsam aus, gewiß träume er schlecht. So fand Töltjes den Lehrer im Klassenzimmer der Sekunda, im Lehnstuhl, der doch für die Scholarchen und andere hohe Herren reserviert ist. Er erkannte gleich, daß der Lehrer tot war. Nein, eine Uhr hatte er nicht gesehen. Er hatte Karla nach dem Rektor und der Wedde geschickt, wie es seine Pflicht war, und neben dem Toten auf die Herren gewartet.

«Das stimmt. Töltjes stand neben ihm wie ein Wachsoldat.» Claes Herrmanns war enttäuscht. Ein bißchen spannendere Neuigkeiten hatte er doch erwartet. «Warum hat er nicht gleich gesagt, daß Karla den Toten gefunden hat?»

«Weil das Mädchen so schüchtern ist und er nicht wollte, daß sie von der Wedde befragt wird. Sie habe auch sicher nicht genau hingesehen, sagte er, das stehe ihr nicht zu.»

«Sehr zartfühlend. Glaubt Ihr ihm das?»

Wagner sagte: «Nun ja» und neigte abwägend den Kopf nach beiden Seiten. «Wenn Ihr sein Zartgefühl meint: Nein. Daß Karla zuerst bei dem Toten war: Ja. Doch, ich denke, es war so, wie Töltjes erzählt hat. Was immer der wahre Grund gewesen sein mag, daß er Karlas Rolle bei der Geschichte zuerst ausgelassen hat. Aber ich bin sicher», wieder schickte er seine Zettel auf die Rundreise über den Tisch, «irgendwas hat er noch nicht erzählt. Ich wüßte sehr gerne, was das ist.»

«Was hat sie überhaupt um diese Zeit in den Klassenzimmern gemacht?»

«Sie hatte am Morgen den Besen im Hof vergessen. Als Töltjes beim Mittagessen murrte, er habe das Portal offenlassen müssen, das werde ihm bestimmt Ärger einbringen, wollte sie ihn schnell holen, bevor die Frau des Pedells sein Fehlen bemerkte. Sie sah die offene Klassentür und, nun ja, die Neugier. Ich sagte ja, sie ist wie ein Kind.»

«Was man ihr allerdings nicht ansieht. Das gibt uns natürlich eine neue Spur. Womöglich hat Karla den Lehrer getötet.»

Da war es wieder, eines dieser ungewissen Worte.

«Womöglich», sagte Wagner. «Aber das ist sehr unwahrscheinlich. Dr. Reimarus sagt, der Lehrer müsse schon etwa eine Stunde, bevor er gefunden wurde, getötet worden sein. Welchen Grund sollte sie gehabt haben? Und wie sollte sie an das Werkzeug des Uhrmachers gekommen sein?»

«Es gibt einige Gründe, warum ein Mädchen so etwas tun könnte. Nicht unbedingt christlich vergebende, aber sehr menschliche. Daß Donner der fromme Ehrenmann war, als der er erschien, kann ich längst nicht mehr glauben. Monsieur Müller hat mir gestern erzählt, Donner habe keine Gelegenheit ausgelassen, ihm auch die kleinsten Versäumnisse seiner Kollegen zu melden. Sogar beim Scholarchat hat er einige Male vorgesprochen, um Verbesserungen des Unterrichts vorzuschlagen. Auch dabei hat er nie versäumt, deutlich zu machen, daß nur der Unterricht seiner Kollegen zu verbessern sei. Was Müller gar nicht angenehm fand. Ich fürchte, unser armes Opfer liebte es nicht nur, seine Schüler kräftig zu zwiebeln, er war auch ein gewiefter Intrigant. Jedenfalls», sagte Claes und warf einen bedauernden Blick in seine leere Kaffeetasse, «die Sache mit Godards Schmuggelei können wir nun vergessen. Es gibt keinen Zweifel mehr, daß er tatsächlich nur in der Schule war, um die Uhr abzuliefern.»

«Was für eine Schmuggelei?» Wagner war nie dafür, etwas zu vergessen.

«Es ist nur Klatsch, kaum der Rede wert. Madame Herrmanns wurde zugetragen, Godard sei vor einigen Jahren – Ihr wart damals noch nicht Weddemeister – von der Zolldeputation der Schmuggelei verdächtigt worden. Es ging um Rubine, die in England und neuerdings auch von einigen unserer Uhrmacher beim Bau der Uhrwerke verwendet werden. Man konnte ihm aber nie etwas nachweisen. Und da kommt endlich Rosina.»

Rosina, in der Tracht der Herrmannsschen Mädchen und vom eiligen Gang durch die Stadt erhitzt und zerzaust, stand in der Tür zum Salon. Sie war zu schnell die Treppe aus der Diele heraufgelaufen, als daß Blohm eine Chance gehabt hätte, sie zu melden.

«Die Schmuggelei, von der Ihr gerade spracht», sagte sie, ohne nach einer eiligen Begrüßung auch nur eine Minute verstreichen zu lassen, «mag in der Zolldeputation vergessen sein. Monsieur Donner allerdings war darüber genau informiert.»

«Der Lehrer?» rief Claes, und Wagner rutschte auf die vorderste Kante seines Stuhls. «Was hatte der damit zu tun?»

«Das weiß ich nicht, aber ich habe so eine Ahnung.»

Wagner lehnte sich matt zurück. Rosinas Ahnungen, so richtig sie oft sein mochten, bedeuteten meistens Verdruß.

«Ich glaube, eigentlich bin ich sogar sicher, der ehrbare Lehrer war so ganz nebenbei ein Erpresser. Zumindest hatte er vor, einer zu werden.»

Sie griff unter ihre Schürze, zog einen kleinen Stapel von Briefen und Papierbögen aus der Rocktasche und legte ihn auf den Tisch. «Diese Sammlung kann kaum etwas anderes bedeuten. Ich glaube nicht, daß Monsieur Donner rein aus stiller Freude am Wissen solche Informationen zusammengetragen und so gut versteckt hat. Einiges ist ganz klar, aber wozu diese Liste», sie schob die Papiere auseinander, fischte einen der Bögen heraus und hielt ihn hoch, «ihm dienen sollte, kann ich mir nicht vorstellen. Wenn es stimmt, daß Monsieur Godard in eine Schmuggelaffaire verwickelt war, macht sie allerdings Sinn. Dann sieht es ganz so aus, als habe Donner versucht, diese alte Geschichte wieder aufzuwärmen und den Uhrmacher damit zu erpressen.»

Sie reichte Claes den Bogen und fuhr zu Wagner gewandt fort: «Es sieht auf den ersten Blick aus wie eine Lieferliste, allerdings steht weder der Name einer Handlung noch eines Importeurs darauf, nur die Bezeichnungen der Waren und dahinter jeweils ein Datum.»

Wagner war aufgestanden und sah Claes Herrmanns über die Schulter. «Woher kann er so was gehabt haben? Was denkt Ihr, Monsieur Herrmanns? Könnte das eine Lieferliste sein? Oder eine Bestellung?»

Claes schüttelte den Kopf. «Nein, dem widersprechen die Daten hinter den einzelnen Posten. Es ist nicht üblich und auch überhaupt nicht sinnvoll, Waren zu bestellen und für jede einzelne einen Liefertermin zu geben. Das ist sogar völlig verrückt. Waren, egal ob Hölzer aus Brasilien oder Klöppelspitze aus Tondern, werden bestellt und mit der nächsten Möglichkeit, mit einem Schiff oder einem Fuhrwerk, geliefert. Es kommt vor, daß man sie langfristig bestellt, um sich die Lieferung sichern zu lassen, aber niemand käme auf die Idee, sie für ein bestimmtes Datum zu ordern. Wie sollte das gehen? Niemand kann wissen, wie der Wind wehen wird, wie lange ein Schiff für seine Fahrt brauchen wird. Hier zum Beispiel.» Er klopfte mit dem Zeigefinger auf den Bogen und las vor: «Sechs Rubine, London, St. Mary Redcliffe, 8. September 1762. Das steht für die Ware, für deren Herkunftsort und für das Schiff, das die Ware gebracht hat. St. Mary Redcliffe ist zwar der Name einer Kirche in Bristol, aber auch einer Bark. Sie gehört einigen Bristoler Händlern, Milgram & Sons, wir bekommen von ihnen auch hin und wieder Waren. Der 8. September. Das wird der Tag sein, an dem sie in Hamburg eingelaufen ist. 1762. Vor sechs Jahren?»

Rosina nickte. «Seltsam, nicht wahr? Das letzte Datum, das hinter den drei Uhrwerken, Zifferblättern und sieben vergoldeten Zeigern, ist jedoch jünger, 1764.»

«Jünger, nun ja», sagte Wagner und sah Rosina mit einer ungewohnten Mischung aus Strenge und Mißtrauen an. «Bevor wir weiter überlegen, was das zu bedeuten hat – sicher bergen diese anderen Schreiben vor Euch ähnliche Mirakel –, wüßte ich gerne, woher Ihr das alles habt. Wohl kaum von Eurer neuen Dienstherrin, der ehrwürdigen Domina.»

Rosina lehnte sich lachend zurück. «Endlich, Wagner. Ich dachte schon, Ihr würdet mich das nie fragen. Alle diese Papiere waren gut versteckt in Monsieur Donners Wohnung. Ich weiß, Ihr hattet sie schon gründlich durchsucht, aber ein Versteck habt Ihr übersehen, was in diesem Fall daran liegen mag, daß Ihr keine Hausfrau seid. Wenn Monsieur Herrmanns die Güte hat, noch ein wenig Kaffee zu bestellen, will ich es erzählen.»

«Wie seid Ihr in die Wohnung gekommen? Wieso hat Donners Wirtsfrau Euch hereingelassen? Sie ist alles andere als eine mitfühlende, vertrauensselige Person.»

«Das werde ich Euch besser nicht erklären. Ich bin Komödiantin, habt Ihr das vergessen? Und ein bißchen verstehe ich mich auch auf Tragödie. Jedenfalls hat sie mich hinein- und sogar für einige Minuten allein gelassen.»

Daß sie dazu die Hilfe ihres Prinzipals gebraucht

hatte, behielt sie tatsächlich besser für sich. Jean war in der Rolle des Mannes, der sich um die freigewordene Wohnung Donners bewarb, zu seiner besten Form aufgelaufen. Kaum daß er Rosina am Fenster im ersten Stock entdeckte, verlangte er entschieden und äußerst lautstark nach der Wirtin. Der blieb nichts anderes übrig, als das Mädchen der Domina bei der Suche nach einem Buch, das die Ehrwürdige Jungfrau dem verehrten Monsieur Donner geliehen hatte, eine Minute alleine zu lassen und hinunterzueilen. Es bestand auch kein Grund, dem Mädchen zu mißtrauen, schließlich hatte sie ein Schreiben der Domina vorgelegt, das die Wirtin zwar nicht zu lesen vermocht, aber sogleich am Wappen erkannt hatte. Aus der einen wurden etliche Minuten.

Der Fremde in ihrer Diele, ein honoriger Herr, Kandidat der Theologie aus Helmstedt und einst innigster Jugendfreund des seligen Monsieur Donner, war äußerst beredt, um nicht zu sagen, redselig. Er beteuerte seine Hoffnung, Monsieur Donner als Mieter nachfolgen zu können, was gewiß auch dem Andenken des lieben Verstorbenen diene. Dabei machte er ein so ergreifend grämliches Gesicht, daß die Wirtin, die ihren letzten Mieter nicht gerade geliebt hatte, feuchte Augen bekam. Er verstand es auch, umgehend die reifen Vorzüge der Dame des Hauses zu erkennen und zu lobpreisen (‹Madame de la maison›, gurrte er und leckte sich dabei flink die Lippen, was nicht ganz nach den strengen Vorschriften der französischen Sprachlehre, seiner Sache jedoch sehr förderlich war). Oft habe sein lieber Freund von ihrer Güte geschrieben, ja, und von der unvergleichlichen Art, wie sie ihr Haus führe, davon ganz besonders, von dieser Unvergleichlichkeit. Immer reinlich und dem Schönen zugewandt. Leider habe der selige Adam versäumt, er schlug errötend die Augen nieder und drückte die gefalteten Hände unters Kinn, den frommen Liebreiz zu erwähnen, den er nun vor sich sehe. Madame möge seine Vermessenheit verzeihen, aber was wahr sei, sei wahr. Und gottgegeben, ja. So sei es doch, alle Schönheit komme von Gott. Sein Freund Adam sei nicht kalt gewesen, das nicht, aber er habe seine tiefen Empfindungen hinter der Würde seines Amtes verbergen müssen ...

An dieser Stelle ging Jean der Text aus. In dem Vaudevillespiel, aus dem er ihn entliehen und für die Situation passend abgewandelt hatte, setzte nun die Musik ein und spielte zu einer mehr als frechen Tanzeinlage auf, was hier natürlich nicht angebracht war. Aber das machte nichts. Er hatte sowieso schon ein bißchen dick aufgetragen, und die Wirtsfrau war längst bereit, ihm die Wohnung zu überlassen. Sobald sie geräumt sei, man erwarte die Verwandten des armen Verstorbenen in Kürze. Wenn er ihr das Gasthaus nenne, in dem er logiere, werde sie ihr Mädchen mit Nachricht schicken, es könne nur noch wenige Tage dauern, ganz wenige Tage.

Unterdessen sah sich Rosina in der Wohnung des Toten um. Die war schlicht, um nicht zu sagen, spartanisch, ganz wie sie es erwartet hatte, und bestand aus zwei Zimmern, einer kleinen Schlaf- und einer etwas größeren Wohnstube. Sie hielt sich nicht lange mit Schrank, Kommode und Truhe auf, auch nicht mit den Schubladen, das alles hatte Wagner gewiß gründlich durchstöbert. Sie ließ ihre Finger durch die Polster des einzigen Sessels gleiten und fand nichts als einen schmerzhaft vorstehenden Nagel und eine Menge Staubflocken.

Nun nahm sie sich die Bücher in dem kleinen Regal

am Fenster vor. Keines diente nur der Erbauung, nicht einmal Klopstocks Oden oder Brockes naturpreisende Gedichte waren darunter, die doch in jedem Hamburger Salon mit einem Mindestmaß an Lesefreude oder Modebewußtsein zur Schau gestellt und hin und wieder sogar gelesen wurden.

Die meisten erwiesen sich als Unterrichtslektüre. Da waren Kirchmanns grammatische Übungen für den Lateinunterricht, Ulrich von Huttens Gesprächsbüchlein, die Ovidii Tristia, Ovids Tristien aus seinem langwährenden Exil am Schwarzen Meer, eine griechische Vokabelsammlung, ein Geographiebuch von Johann Hübner und gleich daneben dessen berühmtes Lehrbuch für die Biblische Geschichte *Zwey und fünfzig auserlesene Biblische Historien, den Lehrenden und Lernenden zum Besten abgefaßet*. Auch die *Epistolae Ciceronii*, Ciceros Briefe an seinen Freund Atticum, Gottscheds *Ausführliche Redekunst, nach Anleitung der alten Griechen und Römer, wie auch der neueren Ausländer* für den Rhetorikunterricht und schließlich der *Index Reinecii*, ein Lehrbuch in Deutsch und Hebräisch für den Hebräischunterricht.

Ein Buch, an das Rosina sich nur zu gut erinnerte, lag auf der Kommode. Sie schlug den Deckel auf und zuckte zusammen. Es war sogar die gleiche Londoner Ausgabe von 1712, über der sie oft in der Bibliothek ihres Vaters gesessen hatte, seine unerbittlichen Augen in ihrem Rücken. Eine kriegerische Reiterszene schmückte den Kopf des ersten Blattes, darunter stand *C Julii Cæsaris*. Und dann, in größeren Lettern: *Commentariorum De Bello Gallico, Liber II*. Der zweite Band von Cäsars Berichten zum Gallischen Krieg. ‹Quum esset Cæsarin citetiore Gallia in hibernis …›, begann sie zu lesen – und schlug schnell das Buch zu. Dieser Teil ihres Lebens war lange her und ein für allemal vergessen.

Entschlossen wandte sie sich zwei weiteren Büchern zu. Sie lagen quer oben auf dem Schrank, und Rosina mußte einen Stuhl heranschieben, um sie zu erreichen. Warum hatte er die beiden Bände, die *Fabeln und Erzählungen* von Christian Fürchtegott Gellert, an einen Ort gelegt, wo sie nur Staub fingen und den Spinnen Halt für ihre klebrigen Netze boten? Weil sie nicht dem Unterricht dienten? Oder weil er Gellerts Plauderton, seine Verbindung von Herz und Vernunft nicht mochte? Jedenfalls war ihre Kletterei umsonst. Auch zwischen den Deckeln dieser beiden Bände fand sie wie bei allen anderen nichts als die vielen Seiten, die hineingehörten.

Als sie von dem Stuhl herunterstieg und noch mit ihren Unterröcken kämpfte, die sich an einer schadhaften Stelle im Holz der Lehne verfangen hatten, fiel ihr Blick auf den Ofen, und endlich fand sie, was sie gesucht hatte.

«Wie seid Ihr nur auf die Idee gekommen, ausgerechnet in den Ofen zu sehen?» fragte Claes.

«Das war einfach. Ich fand nichts in den Büchern und überlegte, welche Plätze in einer so kleinen Wohnung vor der neugierigen Nase einer Wirtsfrau sonst noch sicher sind. Es sind sehr wenige. Im Sommer, dachte ich, ganz bestimmt auch die Ofenklappe. Die wird am Ende des Winters saubergemacht und erst im späten Herbst für die erste Feuerung wieder geöffnet. Warum sollte sie sich vorher bücken und darin herumstöbern?»

Claes war schon immer der Ansicht gewesen, daß Frauen zwar nicht gerade für Kontor, Kanzel oder Katheder gemacht waren (dabei vergaß er nur zu gerne, daß seine eigene Frau vor ihrer Heirat viele Jahre lang die heimliche Herrin des Handelshauses ihres allzusehr zur Behaglichkeit neigenden Bruders gewesen war), aber doch in ihren Fähigkeiten nicht unterschätzt werden durften. Dennoch war er beeindruckt.

«Ganz einfach, Rosina, tatsächlich. Es muß einem nur erst einfallen. Und nun laßt uns endlich sehen, was Ihr noch gefunden habt.»

«Gewiß. Unbedingt.» Wagner stand immer noch neben Claes Herrmanns, die Hände steif hinter dem Rükken verschränkt, das Kinn vorgeschoben. «Gewiß. Aber zuvor etwas anderes. Wenn Ihr uns schon nicht wissen laßt, mit welchen Mitteln Ihr in die Wohnung des Toten vorgedrungen seid, so möchte ich doch wissen, was Euch eigentlich darauf gebracht hat?»

«Ach, Wagner, seid bitte nicht beleidigt. Ich habe keine Sekunde daran gezweifelt, daß Ihr bei Eurer Suche gründlicher als gründlich gewesen seid. Keine Sekunde, das schwöre ich, ich kenne Euch gut genug. Es gab einen anderen Grund.»

«Einen anderen Grund. Aha. Und der wäre?» Noch konnte Wagner sich nicht entschließen, seine amtliche Miene abzulegen.

Rosina seufzte, schenkte sich Kaffee aus der dickbauchigen, mit roten Vögeln und goldenen Zweigen bemalten Kanne nach, die Blohm inzwischen gebracht hatte, rührte Zucker hinein und legte umständlich den Löffel auf die Untertasse.

«Ich will es Euch erklären, aber ich hoffe, daß die Geschichte in diesem Raum bleibt.»

Dabei sah sie Wagner an und meinte Claes Herrmanns. Wagner würde niemals dienstliche Angelegenheiten herumschwatzen, nicht einmal nach dem vierten

Bier, falls er jemals soviel trank, was sie sich aber nicht vorstellen konnte. Bei Claes Herrmanns war sie da überhaupt nicht sicher. Der konnte kaum der Versuchung widerstehen, eine schöne Geschichte im Kaffeehaus zu verbreiten, selbstverständlich unter dem Siegel der Verschwiegenheit, was soviel nutzte wie den Blitz zu bitten, es nicht donnern zu lassen.

«Rosina!» Claes richtete sich mit gerechter Empörung im Blick auf. «Natürlich bleibt alles, was hier gesprochen wird, in diesem Raum. Es sei denn, es ist eine Sache, die vor Gericht verhandelt werden muß. Dann natürlich nicht! Aber nun erzählt endlich. Warum wart Ihr in Donners Wohnung, und was habt Ihr dort gesucht?»

«Dies hier.» Rosina zog einen Brief aus dem Stapel, und obwohl sie ihn diesmal nicht triumphierend hochhielt, war Wagner schneller als Claes und schnappte sich das Papier.

«Es ist ein Liebesbrief», sagte Rosina.

«Ein Liebesbrief! Dafür habt Ihr Euch solche Mühe gemacht? Für Donners Liebesschwüre?»

«Für Donners Liebesschwüre hätte ich keinen Schritt getan, Monsieur Herrmanns, die hätten mich kaum interessiert. Wobei ich nach allem, was ich inzwischen über ihn weiß, nicht einmal glaube, daß er jemals welche verfaßt hat. Nein, dieser Brief ist von jemand anderem, von einer Dame, und wenn er bekannt wird, würde er sie sehr kompromittieren. Den Adressaten auch, obwohl ich glaube, daß es ihn nicht so bitter treffen würde. Donner hatte diesen Brief, und er hat ihn übel benutzt. Aber das ist ja nun vorbei, der Brief ist nur noch wichtig für die erheblich angegriffene Seelenruhe dieser Dame. Sie fürchtete, der Brief werde gefunden und sein Inhalt bekannt werden, spätestens wenn Donners Verwandte angereist kommen, um seine Habseligkeiten einzusammeln.»

«Eine Dame? Sie ist verheiratet. Oder ist der Adressat verheiratet?» Claes fand, der Nachmittag nehme eine außerordentlich anregende Wendung.

Wagner, der sich beherrscht und den Brief zwar nicht gelesen, aber inzwischen doch auf die Namen in der Anrede – Melchior – und der Unterschrift – Melusine – gesehen hatte, runzelte unwillig die Stirn. Nicht nur, weil er den Namen Melusine für eine anständige Frau unpassend fand: «Die Namen sagen mir nichts. Es sind ja auch nur Vornamen. Obwohl – Melchior? Das erscheint mir irgendwie vertraut, ein nicht sehr gewöhnlicher Name, ja, irgendwie vertraut. Eure Diskretion», er hüstelte und wischte sich, diesmal ganz ohne sein großes blaues Tuch, über die Stirn, «ist ehrenvoll, aber leider, Rosina, leider hier nicht angebracht, ja, leider. Ihr müßt uns die ganze Geschichte erzählen. So ein Brief, selbst wenn er nur Liebesworte enthält, kann eine Waffe sein, gegen die man sich verteidigen muß. Oder will. Ja. Wenn dieser Brief so kompromittierend ist, wie Euch bedeutet wurde, hatte wer immer ihn geschrieben oder bekommen hat einen Grund, Donner zum Schweigen zu bringen.»

Rosina seufzte. Natürlich wußte sie das. Sie wußte auch, daß Monsieur Bucher, Donners Kollege und Adressat der gewiß schüchternen, aber eindeutigen Worte, mehr als genug Anlaß für Rachegelüste gehabt hatte. Viel mehr als in diesem Brief zu lesen waren. Auch wenn sie es überhaupt nicht wollte, mußte sie die ganze Geschichte erzählen. Also tat sie es. So knapp wie möglich. Sie erzählte, wie Donner, als er noch vorgab, Buchers Freundschaft zu suchen, den Brief auf dessen Sekretär gesehen und eingesteckt hatte. Wie er danach begonnen hatte, Bucher zu beobachten, seine zärtliche Verbindung mit der Stiftsdame entdeckt und den Brief benutzt hatte, den Kollegen zu erpressen. So hatte Bucher zur Verwunderung aller auf die Bewerbung zur Beförderung zum Lehrer der Sekunda verzichtet, damit auch auf die Aussicht, in einigen Jahren Prorektor und irgendwann womöglich Rektor zu werden.

Warum Mademoiselle Nieburg sich für ihre Liebe schämte und fürchtete, dem Gespött der ganzen Stadt und der herablassenden Wohlfahrt ihrer Brüder und Schwägerinnen preisgegeben zu werden, verschwieg sie. Das ging nur die hasenherzige Mademoiselle Nieburg und ihren unglücklichen Verehrer etwas an und war hier nicht von Belang.

«Bucher also», sagte Wagner, und Claes fand: «Der hatte nun wirklich Grund, den Kerl umzubringen.» Und Rosina rief: «Aber er war während der Mittagspause doch in der Bibliothek.»

Worauf ein heftiger Disput begann, was das Zeugnis des alten Professor Wolf und seines begriffsstutzigen Gehilfen wert sei. Die Bibliothek habe mehrere Räume, es wäre ein leichtes für Bucher gewesen, flink die wenigen Schritte ins Johanneum hinüberzulaufen, um den Konkurrenten und die Gefahr für das Lebensglück seiner verehrten Melusine aus der Welt zu schaffen.

«Aber woher soll er den Stichel gehabt haben?» hielt Rosina dagegen.

«Daher, wo der Mörder ihn eben hergehabt hat. Das wissen wir nicht. Godard hat ihn irgendwo liegenlassen, im Gasthaus *Zum Weißen Einhorn*, beim holländischen Gesandten, in der Godeffroyschen Weinhandlung oder sonstwo. Wagner hat die Liste der Häuser, in denen Godard in den Tagen vor dem Mord seine Aufträge ausgeführt hat.» Claes war begeistert von der neuen, so vielversprechenden Spur. «Er kann ihn auch auf der Straße gefunden oder einem Bettelkind abgekauft haben.»

«Da sind aber noch mehr Briefe. Danach hatten auch andere Grund, Monsieur Donner zu fürchten. Hier!» Sie griff wahllos in den kleinen Stapel und hielt einige der Zettel hoch. «Notizen über alle möglichen Leute, Schüler, Kollegen, auch eine über den Pedell. Andere mit mir unbekannten Namen. Hinter jedem steht etwas. Dieser zum Beispiel: ‹P. Böck. Trinkt neuerdings sehr teuren Wein. Woher?› Oder dieser: ‹Mademoiselle Koch. Erster Donnerstag im Juni (nach Sonnenuntergang) mit Stadtpfeiffer Juhl allein auf Bastion Eberhardus.› Lauter Nichtigkeiten, die womöglich für diese Leute aber keine sind. Donner war ein gemeiner pedantischer Schnüffler und Intrigant. Er hat all das gesammelt, und vielleicht hat er es auch benutzt. Nicht nur bei Mademoiselle Nieburg und Monsieur Bucher. Aber vor allem», sie lehnte sich triumphierend zurück, «vergeßt Ihr eines: Er erwartete noch anderen Besuch, und zwar von außerhalb der Schule. Warum hätte er sonst dem Pedell aufgetragen, die Tür offenzulassen? Außerdem ist da noch dieser Brief von seiner Schwester, den solltet Ihr unbedingt lesen.»

Das war Claes, der die Mitteilung über Mademoiselle Koch überaus interessant gefunden hatte, sie war schließlich mit dem Goldschmied vom Jungfernstieg verlobt, sehr lästig, und Wagner schnaubte.

«Das mit der Schultür ist bedenkenswert», sagte der Weddemeister und klopfte ärgerlich mit den Fingerspitzen auf den Tisch. Godard und Bucher, dachte er. Offensichtlich hatten beide Grund, Donner zu fürchten oder gar zu hassen. Gewiß besaß auch Bucher eine Taschenuhr, die er von dem Uhrmacher nahe seiner Wohnung und Arbeitsstätte warten ließ. Sein Name hatte nicht auf Godards Liste gestanden. War es möglich, daß sie sich zusammengetan und ihres gemeinsamen Feindes entledigt hatten? Wenn Emma davon wußte, würde sie klug genug gewesen sein, den Namen nicht zu notieren. Er mußte unbedingt herausfinden, ob auch Bucher den Uhrmacher kannte. Aber dafür war der Tag schon zu weit vorangeschritten, morgen früh wollte er als erstes Grabbe auf den Weg schicken. Der würde schon etwas herausfinden.

«Müßt Ihr nicht eigentlich dringend zur Domina zurück?» fragte er Rosina plötzlich, wobei er begehrlich auf Donners Notizen sah, die sie immer noch mit ihren Händen bedeckt hielt.

«Eigentlich ja», sagte Rosina und blätterte schon wieder in ihrem kleinen Stapel, «es macht aber nichts, wenn ich ein bißchen zu spät komme. Die Domina weiß, wer ich bin und was ich im Kloster tue.»

«Was??» Das kam unisono aus zwei Mündern.

«Ja.» Rosina nickte, ohne aufzusehen. «Sie weiß alles. Seht mich nicht so empört an, mir blieb keine Wahl, als es ihr zu beichten.» Sie zog einen Zettel aus dem Stapel, überflog ihn flüchtig und steckte ihn umständlich zurück an seinen alten Platz. Nein, sie würde nicht von der Gespensterjagd im Keller berichten. Dann würde Wagner nichts davon abhalten, sofort mit seinen Weddeknechten das ganze Stift aufzuscheuchen. Das entsprach seiner Pflicht, und es war unwahrscheinlich, daß sie ihn von der

– wie sie und die Domina sicher glaubten – besseren Strategie überzeugen konnte: Anstatt alle Stiftdamen und ihre Bediensteten in Aufregung zu versetzten, was blitzschnell zum Stadtgespräch geworden wäre und den Dieb gewarnt hätte, still und heimlich abwarten, aufpassen und im richtigen Moment zur Stelle sein.

«Sie ist klug und eine scharfe Beobachterin», sagte Rosina schließlich und bot den beiden ärgerlichen Gesichtern ihr strahlendstes Lächeln. «Zuerst hat die Köchin geknurrt, sie habe noch nie von einer Rosa im Herrmannsschen Haushalt gehört, dann fand die Domina sehr schnell, ich entspreche nicht so ganz ihrem Bild eines Dienstmädchens oder einer Zofe. Es mag schon sein, daß mir meine Haltung und Sprache nicht devot genug geraten sind, sicher hätte ich auch hilfloser reagieren sollen, als sie mich plötzlich auf französisch in einen Disput über Molière verwickelte. Und schließlich – die Konventualinnen leben nicht so aus der Welt, als daß sie nicht an allem teilhätten, was in der Stadt geschieht – erinnerte sie sich, daß in den letzten Jahren eine Komödiantin im Hause Herrmanns ein und aus geht, so hat sie gesagt, ein und aus geht, und daß die den Weddemeister, nun ja, daß ich Euch hier und da ein wenig unterstützt habe. Sie hat mich gefragt, und ich habe ihr alles erzählt. Was hätte ich sonst tun sollen? Es gibt auch gar keinen Grund zur Sorge. Sie war nur zu gerne bereit, die ganze Geschichte für sich zu behalten und das Spiel mitzuspielen. Was alles für mich sehr viel einfacher macht. Und sie ist ganz ohne Zweifel äußerst verschwiegen.»

«Na gut, Rosina.» Claes Herrmanns lehnte sich zurück und grinste. «Wenn Ihr der Ehrwürdigen Jungfrau vertraut, dann wollen wir es auch tun. Mir kommt diese ganze Geschichte mit dem geöffneten Klostergang sowieso nicht so wichtig vor, wie es zuerst schien. Was meint Ihr, Wagner?»

Wagner meinte «nun ja» und schnaubte heimlich noch mehr. Nun war es sowieso zu spät. Rosina mochte an die Verschwiegenheit der Domina glauben, er nicht. Klatsch war schließlich das Lebenselixier alter Damen, keine – auch keine Ehrwürdige Jungfrau – würde sich einen so fetten Brocken entgehen lassen. Wie sollte man diskret arbeiten, heimlich und listig, damit der Täter seine Verfolger nicht bemerkte, wenn die halbe Stadt um deren Schliche wußte?

«Hier!» rief Rosina. «Hier ist der Brief aus Husum. Er geht Simon an. Simon Horstedt, den Neffen des Toten. Ein wirklich *sehr* interessanter Brief.»

Der Trick funktionierte. Wagner würde die neue Fährte zwar nicht endgültig vergessen, aber doch für ein paar Minuten.

«Am besten lese ich Euch den wichtigen Absatz vor. Zunächst schreibt sie nämlich sehr ausführlich über den Zustand des Apothekengartens, über die Befindlichkeit irgendeiner Nachbarin und», Rosina legte den ersten Bogen zurück auf den Tisch und begann den zweiten zu überfliegen, «und über die ausgezeichnete Wirkung einer neuen Fenchelteemischung, einer Erfindung ihres Gatten, gegen Belästigungen der Verdauungsorgane. Ich sagte ja, der Anfang ist nicht wichtig, aber hier, da ist es. Sie schreibt, ein Advokat aus England habe einen Brief geschickt, und wie froh sie sei, daß ihr lieber Asmund des Englischen mächtig sei und das auf so vorzügliche Weise – jetzt kommen noch ein paar Zeilen über weitere Vorzüglichkeiten Monsieur Horstedts. Der Advokat, heißt es dann endlich, habe ihr mitgeteilt, daß ihr lieber Ziehsohn Simon mit einem reichen Erbe bedacht worden sei, allerdings erst an zweiter Stelle, was soviel bedeute wie gar nicht. Der Erbe sei nämlich sein englischer Cousin, der, so erläutert sie, müsse der Sohn der Schwester ihrer lieben verstorbenen Schwägerin, der Gattin ihres lieben verstorbenen Bruders Peter sein. Du meine Güte, lauter liebe Verstorbene in dieser Familie! Das Erbe stamme von einem Freund des Großvaters der beiden Jungen, es umfasse nicht nur das Herrenhaus und die Ländereien, sondern auch mehrere, ungewöhnlich ertragreiche Kohlebergwerke. Nach dem schon vor langer Zeit verfaßten Testament gehöre das Erbe *dem* Sohn der beiden Schwestern, der zuerst geboren worden ist. Da Mr. Alfred Weller, der Vater des erstgeborenen Sohnes, mit amtlichen Siegeln versehene Abschriften der Kirchenbuch-Eintragungen der Geburt beider Jungen vorgelegt habe, sei zweifelsfrei erwiesen, daß Paul Weller, geboren zu Timberbridge am 6. September 1752, acht Tage älter sei als sein Cousin Simon Donner, geboren zu London am 14. September 1752. ‹Der ehrliche Mann›, schreibt sie weiter, ‹hatte die Freundlichkeit uns das mitzuteilen, denn falls Paul, Simons lieber Cousin – den er sein Lebtag nie kennengelernt hat, was sehr zu bedauern ist, denn nichts geht über einen guten Familienzusammenhalt, denke daran, mein lieber Adam, ich sage es immer wieder, und es ist wahr –, denn falls Paul stirbt, bevor er selbst ein Kind bekommen hat, tritt Simon das Erbe an. Das ist aber nicht zu befürchten, da sich der junge Master Paul allerbester Gesundheit erfreut.› Dann steht da noch die Anschrift der Familie des Jungen. Mr. Alfred Weller, Covent Garden, London. Das sei keine sehr gute Adresse, läßt Madame Horstedt ihren Bruder noch wissen, ihr Gatte, der liebe Asmund, habe London vor etlichen Jahren besucht und kenne sich aus. Gewiß sei die Familie dennoch äußerst ehrbar, und der liebe Adam solle doch einen recht verbindlichen Brief schreiben zur Festigung der familiären …»

«Halt!» Claes hatte sich redlich bemüht, Rosinas Worten, das heißt den Worten in Madame Horstedts Brief, zu folgen, aber er war nicht sicher, alles richtig verstanden zu haben.

«Verzeiht, Rosina, aber das ist mir alles zu verwickelt. Simon Horstedt hat also in England einen Cousin. Das kann sein, seine Mutter war Engländerin und ist auch in England gestorben, wenn ich mich recht an das erinnere, was Niklas von ihm erzählt hat. Diesen Cousin hat er nie kennengelernt, und der erbt von irgendeinem geheimnisvollen Freund seines Großvaters ein Riesenvermögen, weil er ein paar Tage vor Simon geboren wurde?»

«Richtig, so steht es hier. Und wenn der, nämlich Paul, stirbt, bevor er selbst Vater wird, kommt Simon nach ihm in der Erbfolge. Dann bittet Madame Horstedt ihren Bruder noch, also Adam Donner, Simon die ganze Geschichte zu erklären und gemeinsam mit ihm ein Gebet für die Gesundheit des lieben Paul zu sprechen. Danach folgen nur noch Ermahnungen, nicht soviel zu studieren und ausreichend zu schlafen. Und zu essen, aber nicht zu fett. Auch keine Kartoffeln, die bekanntermaßen dem Fieber und der Wassersucht förderlich seien. Der Brief trägt auch ein Datum», sie griff wieder nach dem ersten Bogen, «sie hat ihn am 28. Junius geschrieben. Das ist ziemlich lange her.»

Für einen Moment war es still im Raum.

«Natürlich ist das alles bedauerlich für den jungen Horstedt», sagte Wagner schließlich. «Trotzdem darf man nicht hoffen, daß dem anderen, diesem Engländer, etwas geschieht, meine ich, besonders etwas, das er nicht überlebt. Dennoch verstehe ich nicht, was das Ganze mit unserem Fall zu tun hat.»

«Ich auch nicht. Wagner. Ich finde es nur seltsam, daß Donner diesen Brief, der nichts Böses ahnen läßt, mit den anderen Papieren, die sehr wohl bösen Zwecken dienten, in der Ofenklappe versteckt hat. Und nun ist er tot. Nicht an einem Fieber oder einer besonders bösartigen Gräte im Hals gestorben, sondern erstochen. Ich weiß nicht auf welche Weise, aber es ist doch möglich, daß auch diese Geschichte mit seinem Tod zu tun hat.»

«Aber wie? Das Erbe geht ihn doch überhaupt nichts an. Sein Neffe würde erben, wenn es da nicht einen anderen gäbe. Wenn jemand Simon getötet hätte – aber auch das wäre unsinnig. Sinn macht nur, wenn jemand diesen anderen Jungen in England, diesen – wie heißt er? Ach ja, Paul –, wenn also jemand diesen Paul getötet hat, damit Simon ein reicher Mann wird. Davon hätte Donner als sein Onkel vielleicht profitiert. Ich kann mir aber nicht vorstellen, daß er ihn mit dieser guten Aussicht so schlecht behandelt hätte. Vielmehr hätte er sich doch um die Zuneigung seines Neffen bemüht, was kaum mit dem Stock zu erreichen ist.»

«Wer weiß?» murmelte Wagner, den sein Beruf gelehrt hatte, stets das Finsterste anzunehmen. «Vielleicht liegt der andere Junge längst im Grab, und wir wissen es nur nicht.»

Darüber mochte außer ihm niemand spekulieren.

«Oder dieser Dingsbums, dieser Vater des Jungen in

London, hat dem Advokaten falsche Urkunden vorgelegt, so etwas soll alle Tage vorkommen, und Simon ist *doch* der Erbe», überlegte Rosina laut.

«Aber warum dann Donner töten? Zuerst sollten wir Simon fragen, ob er überhaupt von diesem Brief weiß», schlug Claes vor. «Vielleicht hat er Niklas davon erzählt.»

Er stand auf, fand Betty auf der Treppe zur Diele und schickte sie nach seinem jüngeren Sohn. Der stand schon eine Minute später im Salon, mit zerzaustem Haar und leuchtenden Augen. Der durchdringende Geruch aus seinen Kleidern verriet, daß er sich lange und ohne Scheu vor den Tieren auf dem Wandsbeker Gestüt aufgehalten und gerade erst sein Pferd in den Stall gebracht hatte.

Claes sah seinen Sohn an, und auch wenn er fand, daß dessen Kleidung und Reinlichkeit sehr zu wünschen übrig ließen, freute er sich über die Lebendigkeit und das strahlende, vom Ritt noch erhitzte Gesicht. Er würde also doch nicht zwischen uralten Büchern und Vitrinen voller toter Käfer und Schmetterlinge verstauben.

Nein, sagte Niklas, er wisse nichts von irgendeinem Erbe, auch von einem Cousin in England habe Simon niemals erzählt. Allerdings – ein wenig von dem Strahlen in seinen Augen schwand –, Simon erzähle nie viel von seinen Belangen. Wenn es gewünscht werde, könne er ihn fragen. Er wolle gerne gleich zum Johanneum hinüberlaufen, der Rektor habe bestimmt nichts gegen einen Besuch, selbst wenn es dafür eigentlich schon zu spät sei.

Ehe Claes entschied, ob die Frage nach Simons Erbe, die ja tatsächlich kaum mit Donners Tod verbunden sein konnte, bis morgen Zeit habe, meldete Blohm Besuch. Monsieur Müller, *Rector Johannei*, bitte empfangen zu werden und habe gleich gefragt, ob Simon noch hier sei. Seine Verwandten aus Husum seien eingetroffen, sie hätten im *Kaiserhof* am Neß Logis genommen und wünschten dringend, ihn zu begrüßen. Elsbeth habe gesagt, fügte Blohm ganz gegen seine Gewohnheit unaufgefordert hinzu, der junge Herr sei wohl am Nachmittag hiergewesen, sie habe ihn aber gleich zum Wandsbeker Gestüt geschickt, damit er Niklas dort treffe. Eine halbe Stunde später sei der stumme Junge von den Komödianten gekommen, den habe sie auch hinterhergeschickt. Das sage er nur, weil auch Madame Helena sich in der Diele befinde und anfrage, ob der Junge noch hier sei.

11. KAPITEL

MITTWOCH, DEN 10. AUGUSTUS,
NACHTS

In dieser Nacht dauerte es lange, bis im Hermannsschen Haus am Neuen Wandrahm die letzten Lichter gelöscht wurden. Auch in der Wohnung des Rektors im Gymnasium und in den Zimmern der Beckerschen Komödianten im Haus der Krögerin in der Neustädter Fuhlentwiete fanden alle erst spät in den Schlaf.

Simon und Muto waren verschwunden, und niemand wußte, warum. Und schlimmer noch: wohin?

Alle hatten Helena und den Rektor umringt, die Blohm eilig in den Salon hinaufgefolgt waren, auch Anne, Augusta und Christian, und sie mit Fragen überschüttet. Claes' halbherzigen Beteuerungen, die beiden seien gewiß längst aus Wandsbek zurück und strolchten noch auf den Wällen oder am Hafen herum, hörte niemand zu. Normalerweise hätte das Verschwinden der Jungen eher Ärger als Besorgnis ausgelöst. Aber nach dem Mord im Johanneum war alles anders. So vermochte auch niemand Claes' zweiter Überlegung zu folgen, wahrscheinlich seien die beiden gar nicht erst nach Wandsbek hinausgewandert, der Weg sei recht weit ohne Pferd oder Wagen, sondern hätten sich gleich ein Vergnügen in der Stadt gesucht. Nicht einmal Christian, der noch in den dunkelsten Schatten helle Flecken aufstöberte. Der älteste Sohn des Hauses hatte gerade erst Tante Augusta aus Wandsbek zurückkutschiert. Nun ließ er sofort den Fuchs satteln und machte sich noch einmal auf zum Gestüt. Das war kaum zu verfehlen, aber vielleicht hatten die Jungen trotzdem den falschen Weg eingeschlagen, waren erst spät angekommen und verbrachten nun die Nacht dort im Heu. Was unwahrscheinlich, aber immerhin möglich war.

Vielleicht war Simon davongelaufen, dachte Rektor Müller verzagt. Vielleicht war er doch an dem Mord beteiligt gewesen, vielleicht wußte er mehr, als er zugab, und versuchte nun, vor seiner Schuld und der erdrückenden Last seines Gewissens zu fliehen. Womöglich versteckte er sich als blinder Passagier auf irgendeinem Schiff. Dann würden sie ihn nie finden. Andererseits war es zum Glück vieler Eltern gar nicht so einfach, als Schiffsjunge anzuheuern. Das wußte selbst Müller, der sich im Hafen gar nicht auskannte. Keiner durfte geheuert werden, ohne bei der Admiralität gemeldet zu werden, und kaum ein Schiffer würde es wagen, diese Vorschrift zu umgehen. Jedenfalls nicht, wenn gute Kleidung und gebildete Sprache eines Jungen verrieten, daß es irgendwo in der Stadt Menschen gab, die ihn vermissen und sein Verschwinden melden würden.

Helena eilte zurück zum Krögerschen Haus, und schon wenige Minuten später streiften die Beckerschen Komödianten durch die Stadt. Rudolf und Gesine liefen zum Komödienhaus am Dragonerstall, vielleicht hatte Muto Niklas' Freund das Theater zeigen wollen, und sie waren durch die morschen Bretter des Bühnenbodens oder von der kaum festeren Galerie gefallen. Titus machte sich mit Filippo und Fritz zum Hafen auf. Jean erbot sich, die Leute im *Bremer Schlüssel* auszufragen, was Helena nicht gerade selbstlos fand. Sie blieb mit Manon im Krögerschen Haus, damit sie, falls Muto plötzlich heimkehrte, im Neuen Wandrahm Bescheid geben konnte.

Wo sollte man noch suchen? Die Stadt war viel zu groß, und mit dem Einbruch der Dunkelheit war kaum noch jemand auf den Straßen, den man hätte fragen können.

Rosina blieb nur, eilig ins Johannisstift zurückzukehren. Schon jetzt mußte es schwer für die Domina sein, das lange Ausbleiben ihres neuen Mädchens zu entschuldigen. Wahrscheinlich würde sie, kaum daß Rosina ihren Salon betrat, eine ordentliche Strafpredigt halten, schön laut, damit es die Köchin hörte und umgehend im ganzen Stift verbreitete. Doch gleichgültig, wie sie empfangen werden würde, sie wollte noch heute nacht Mademoiselle Nieburg ihren Brief bringen. Ohne daß Mette van Dorting davon erfuhr. Wagner hatte zwar die Verwirrung über das Verschwinden der Jungen genutzt und schnell die Papiere aus Donners Ofen eingesteckt, aber Rosina war schneller gewesen. Mademoiselle Nieburgs Brief lag sicher in der Tasche ihres Rockes.

Im Neuen Wandrahm blieben Anne, Augusta und Niklas zurück. Sie standen an den Fenstern des vorderen Salons, sahen hinunter auf die dunkle Straße und warteten, daß jemand mit der Nachricht komme, Simon und Muto seien wohlbehalten zurück. Woher auch immer.

Niklas' Sorge um seine beiden Freunde war vielleicht nicht ganz so groß wie die der Erwachsenen. Anders als sie konnte er sich gut vorstellen, daß Simon und Muto gar nicht in Gefahr waren, sondern einfach beschlossen hatten, eine Nacht auszubleiben, egal, was für ein Donnerwetter das zur Folge haben würde. Er hatte sich oft vorgenommen, herauszufinden, wie die Stadt in der Nacht war, in der Dunkelheit, wenn die ordentlichen Menschen schliefen und die aus ihren Löchern gekrochen kamen, die das Licht scheuten. Böttcher IV hatte wunderbare Geschichten von der nächtlichen Stadt erzählt, die mit der Stadt am Tage nur wenig gemein zu haben schien. Wunderbar grauenvolle Geschichten, nach denen Niklas sich erst recht nicht mehr traute, das sichere Haus am Neuen Wandrahm nach dem Zehn-Uhr-Läuten zu verlassen. Er wußte einfach nicht, ob er Simon und Muto bewundern und beneiden oder sich wie die Erwachsenen um sie sorgen sollte. Und noch etwas anderes hob seine Stimmung: Sein Vater wußte nun, daß das Tor der Schule an jenem Donnerstagmittag unverschlossen gewesen war. Niklas mußte sich nicht mehr damit quälen zu beichten, daß er wieder einmal etwas vergessen hatte, daß auch er in der Mittagspause im Johanneum gewesen war und die Tür offen gefunden hatte. Je länger er geschwiegen hatte, um so mehr war seine Angst vor der späten Beichte gewachsen. Er war noch einmal davongekommen. Und so lernte er in dieser Nacht, daß man es entgegen den Ermahnungen seines Vaters mit der Wahrheit doch nicht immer zu eilig haben sollte.

Claes und Wagner machten sich mit Rektor Müller auf den Weg zum *Kaiserhof* am Neß. Wofür Müller sehr dankbar war, nichts wäre ihm schrecklicher gewesen, als den Horstedts vom Verschwinden ihres Adoptivsohnes berichten zu müssen. Er kannte Claes Herrmanns gut genug, um sich darauf zu verlassen, daß der als erster das Wort ergreifen werde. Auch wenn ihn das in der Vergangenheit manchesmal gestört hatte, war er heute nur zu gerne bereit, bescheiden einen Schritt hinter den Scholarchen zurückzutreten.

Als sie das Gasthaus erreichten, wurden sie schon von Brooks erwartet. Claes hatte den Stallmeister zur Godardschen Werkstatt geschickt, denn dort, hatte Niklas gesagt, könne zumindest Simon sein. Er sei ja ständig dort. Aber bei dem Uhrmacher, berichtete Brooks, sei der Junge nicht, keiner von beiden. Simon sei seit einigen Tagen nicht mehr dort gewesen, der Uhrmacher selbst sei übrigens auch nicht zu Hause, nur die Mademoiselle, die habe aber gerne Auskunft gegeben. Nein, er habe nicht gefragt, wo der Uhrmacher sei. Aber er könne noch einmal hingehen und es feststellen.

Das fand Wagner überflüssig, es hatte bis morgen Zeit. Er gebe jedoch einen anderen, dringlicheren Auftrag, sagte er, wenn Monsieur Herrmanns gestatten würde, daß sein Stallmeister noch einen Weg für ihn machte? Es sei eine Nachricht zur Wache zu bringen, die keinesfalls jedem beliebigen Boten anvertraut werden könne.

Eine halbe Stunde später stand Grabbe im Schatten des Hofeinganges gegenüber der Wohnung von Melchior Bucher. Alle anderen hatten über dem Verschwinden der Jungen vergessen, was Mademoiselle Nieburgs Brief bewies: Auch Donners Kollege hatte Gründe gehabt, ihm den Tod zu wünschen. Wagner hatte das nicht vergessen, und er würde nicht zulassen, daß noch jemand verschwand. So stand der Weddeknecht in der Nacht, starrte zu den dunklen Fenstern der Wohnung hinauf und überlegte, daß es noch sehr früh sei, um zu Bett zu gehen. Und daß möglicherweise ein weiteres Zimmer der Lehrerwohnung zum hinteren Hof hinaus lag.

Der Apotheker von Husum, Asmund Horstedt, und seine Frau Regina saßen in der Weinstube im hinteren Teil des Gasthauses. Außer ihnen war niemand da, aus der Gaststube drangen jedoch gedämpft Geschirrgeklapper und die Stimmen von etlichen Gästen herein. Teller und Schüsseln waren schon abgeräumt, nur der Duft von in schwerem Rotwein gesottenem Ochsenschinken, von Nelken und gebratenen Zwiebeln lag noch in der Luft. Ein Weinkrug und zwei hochstielige Gläser mit elegant geschliffenen Kelchen standen vor den Horstedts auf dem Tisch. Und neben ihnen der ergeben vorgebeugte Wirt. Der hatte gleich, als der neue Gast sich nach den Weinen seines Kellers erkundigte, gemerkt, daß der ein Kenner war, und die Bedienung selbst übernommen. Wer sich in diesen Dingen so gut auskannte, konnte weder arm noch knauserig sein und mußte entsprechend hofiert werden.

Madame Horstedt interessierte sich nicht im geringsten für den Austausch der Vorzüge und Nachteile verschiedener Weine aus Frankreich und aus dem Rheintal, sie entdeckte den Rektor mit seinen beiden Begleitern, kaum daß sie die Tür geöffnet hatten. Rasch erhob sie sich und eilte ihnen mit einer für ihre Körperfülle erstaunlichen Behendigkeit entgegen, daß ihre Röcke aus trauerschwarzem Taft nur so rauschten.

«Simon?» rief sie und reckte den Hals, um an den Männern vorbeizusehen. «Wo ist er? Noch in der Diele? Simon!»

Sie sah in die Gesichter, und die Freude der Erwartung in ihren Augen erlosch. «Wo ist er?» fragte sie noch einmal. Diesesmal klang es nicht heiter, sondern fordernd. «Warum bringt Ihr mir meinen Sohn nicht?»

«Madame», Claes Herrmanns ergriff ihre Hand, beugte sich höflich darüber und hielt sie für einen Moment in seinen beiden Händen.

«Wo ist er?» rief sie, entzog sich ihm ungehalten und wandte sich dem Rektor zu, dem Mann, dem sie vor zwei Jahren ihr einziges Kind anvertraut hatte.

«Madame», Müller hob beschwichtigend die Hände, «beunruhigt Euch nicht. Nur eine kleine Verzögerung. Alles wird sich aufklären! Er ist ausgegangen und noch nicht zurück. Monsieur Herrmanns», eine flatternde Handbewegung stellte Claes vor, «Mitglied des Scholarchats und einer der angesehensten Bürger unserer Stadt, hat persönlich die Suche eingeleitet, ja, er hat seinen älteren Sohn und seine Leute beauftragt.» Es war wirklich nicht nötig, zu erwähnen, daß der größere Teil dieser Leute eine Gruppe von Wanderkomödianten war. «Niemand kennt die Stadt wie er, außer vielleicht», gerade noch fiel ihm der Weddemeister ein, der höflich, den Dreispitz in der Hand, einen Schritt hinter ihm wartete, «außer Weddemeister Wagner natürlich, ein vorzüglicher Kenner aller Teile unserer Stadt, selbst der Vorstadt St. Georg und ...»

«Ein Weddemeister?» Madame Horstedt wurde blaß.

«Ein Weddemeister?» wiederholte Monsieur Horstedt, der sich aus der äußerst anregenden Debatte mit dem Wirt gelöst hatte und neben seine Frau getreten war. «Was soll das heißen? Wozu brauchen wir die Wedde, wenn mein Sohn nur ein bißchen ausgegangen ist?»

Endlich übernahm Claes Herrmanns das Wort, ganz wie Wagner es vorausgesehen und Rektor Müller es gehofft hatte, und wenige Minuten später saßen alle fünf um den großen runden Tisch, der Wirt brachte drei weitere Gläser und vorsorglich einen zweiten Krug mit seinem zweitbesten Wein. Der Anlaß des Besuchs war offenbar nicht heiterer Natur, das war aber kein Grund, sich ein Geschäft durch die Lappen gehen zu lassen.

«Ich bin ganz sicher», log Claes, während der Wirt den neuen Gästen einschenkte, «daß den beiden Jungen – auch ein anderer Freund Niklas' ist noch nicht heimgekehrt – nichts geschehen ist. Wir wissen, daß sie heute nachmittag die Stadt verlassen haben und nach Wandsbek gegangen sind, um dort meinen jüngeren Sohn zu treffen. Niklas ist gut mit Simon befreundet.»

Madame Horstedt nickte. Simon hatte ihr von Niklas Herrmanns und dessen vornehmer Familie geschrieben.

«Monsieur Müller ist wirklich kein Vorwurf zu machen. Euer Sohn ist kein Kind mehr und der Weg nach Wandsbek leicht zu finden, immer nur die Straße nach Lübeck entlang. Das ist völlig ungefährlich. Mein Sohn ist jünger als der Eure, und er reitet häufig ganz allein hinaus. Simon leidet sehr unter dem Tod seines Onkels und hatte seither kaum sein Zimmer verlassen. Wie Monsieur Müller halte ich es für ein gutes Zeichen, daß er sich auf den Weg gemacht hat, einen Freund zu treffen und eine gute Strecke durch den schönen Sommertag zu wandern.»

«Gutes Zeichen hin und her», Monsieur Horstedt war nicht im mindesten bereit, sich so einfach beruhigen zu lassen, «es ist seit mehr als einer Stunde dunkel, und der Junge ist nicht zurück. Wer ist überhaupt dieser zweite, der mit ihm verschwunden ist?»

Diese Frage hatte Müller befürchtet, aber Claes Herrmanns ließ sich nicht aus dem Konzept bringen.

«Auch ein Freund von Niklas, ein ruhiger, zuverlässiger Junge. Die beiden kennen sich durch meinen Sohn, auch ich kenne ihn seit einigen Jahren und vertraue ihm völlig. Sollte den beiden wirklich etwas zugestoßen sein, was aber gewiß nicht anzunehmen ist, hat Simon mit Muto den besten Begleiter, den man sich denken kann.»

Bevor Monsieur Horstedt fragen konnte, was denn das für ein seltsamer Name und wo und wer die Familie des Jungen sei, hob Wagner mehr bittend als fordernd die Hand.

«Wenn es erlaubt ist.» Er räusperte sich und legte die Hand wieder auf den Tisch. «Wenn es erlaubt ist», wiederholte er, «nach den Jungen wird gesucht, vielleicht sind sie auch im Gestüt geblieben und übernachten dort. Monsieur Herrmanns' älterer Sohn reitet schon nach Wandsbek, das zu prüfen. Ja. Er wird bald zurücksein, dann werden wir es wissen. Es wäre da eine andere Frage, deren Beantwortung uns sehr dringlich erscheint. Erforderlich, sozusagen. Es gibt da ein Faktum, nun ja ...»

Bevor Wagner weiterdrechseln konnte, ergriff Claes wieder das Wort. «Weddemeister Wagner hat recht. Wir müssen nur warten, bis Simon zurück ist, es kann nicht mehr lange dauern. Bis dahin können wir eine andere Frage klären. Ich bedaure, daß ich Euch so kurz nach dem betrüblichen Tod Eures Bruders, Madame Horstedt, mit diesen Dingen belästigen muß, aber ...» – Claes hatte absolut keine Idee, wie er seine Frage am unverfänglichsten stellen sollte – «... aber es scheint mir wichtig, gerade jetzt, wo ... Nun ja, gerade jetzt eben. Ihr habt Eurem Bruder vor einigen Wochen einen Brief geschrieben, in dem Ihr ihm mitteiltet, daß Simon einen

Cousin in England hat, der nun ein großes Erbe antreten wird.»

«Warum ist das wichtig, Monsieur? Gerade jetzt?» Der Apotheker schenkte sich Wein nach, aber er trank nicht. «Ich finde diese Angelegenheit nebensächlich. Gerade jetzt. Meine Frau hat ihre beiden Brüder verloren, der erste ist ertrunken, der zweite hier in dieser Stadt, in dem renommiertesten Institut, von fremder Hand getötet worden. Nun kommen wir, um den lieben Adam zu betrauern und seine sterblichen Überreste heimzuholen, und müssen hören, daß unser Sohn verschwunden ist. Wir sind erschöpft von der langen Fahrt in der Kutsche. Und da wollt Ihr Auskunft über eine Erbschaft? Über den Besitz fremder Leute irgendwo in England?»

«Leider muß ich danach fragen, Monsieur. Zudem sind diese Fremden Verwandte von Simon, sehr nahe Verwandte sogar, auch wenn sie ihm und Euch fremd sind.»

Claes schob nun alle Rücksichten beiseite – die schafften nur noch mehr Verwirrung – und erzählte knapp, daß man den Brief von Madame Horstedt gefunden und angesichts des tragischen Todes des Adressaten auf Diskretion verzichtet und ihn gelesen habe (wobei er allerdings behauptete, der Weddemeister habe ihn auf Adam Donners Kommode gefunden). Es stelle sich nun zunächst die Frage, ob auch Simon von diesem Erbe wisse.

Dessen war Madame Horstedt ganz sicher, sie habe ihrem Bruder schließlich aufgetragen, seinem Neffen davon zu berichten. Was zwar von schwesterlich liebendem Vertrauen sprach, aber nicht das Mindeste bewies.

Und ob Madame und Monsieur Horstedt sicher seien, daß tatsächlich der Cousin und nicht doch Simon der Erbe sei?

«Monsieur», fuhr da Madame Horstedt auf, «Ihr habt uns gesagt, diese Fragen seien von Wichtigkeit. Was daran ist in dieser sorgenvollen Stunde wichtig?»

«Nun, meine Liebe, das werden wir gewiß gleich erfahren», kam unerwartete Schützenhilfe von Monsieur Horstedt, der die Wichtigkeit dieser Fragen zu ahnen und zu fürchten begann. «Wenn du erlaubst, werde ich die Dinge darlegen. Ob dieser Junge, Simons Cousin, sich so guter Gesundheit erfreut, wie der Advokat uns schrieb, wissen wir natürlich nicht», fuhr er an Claes gewandt fort. «Aber daß er etwa zur gleichen Zeit, nämlich einige Tage vor Simon geboren wurde, ist ohne Zweifel richtig. Mein Schwager kehrte mit Simon nach dem Tod seiner Frau aus England zurück nach Husum. Der Junge war damals noch ein Milchkind, ein Wunder, daß er die lange Reise ohne Mutter überstanden hat. Gott muß ihm eine ganze Schwadron von Schutzengeln mit auf den Weg gegeben haben.»

«Aber da war diese Dame auf dem Schiff, Asmund. Die hatte auch ein so kleines Kind und genug Milch für zwei. Peter war damals so verstört, du kannst ihm nicht verübeln, daß er nicht besser vorgesorgt hatte. Er hat eben auf Gott vertraut, und alles fügte sich.»

«Natürlich», Monsieur Horstedt griff begütigend nach der Hand seiner Frau und hielt sie fest, «ich verstehe es ja. Und diese Frau – ich glaube übrigens nicht, meine Liebe, daß sie eine Dame war, eine Dame wäre kaum ohne Begleitung und ohne eine Amme für ihr Kind gereist – diese Frau war seine, genauer gesagt Simons Rettung. Nun gut. Das alles ist sehr lange her. Peter hat wenig von seinem Aufenthalt in England erzählt. Er war etliche Jahre dort, und wir hätten gerne von seinen Erlebnissen gehört, bei uns in Husum erfährt man ja nicht sehr viel von der weiten Welt. Aber die Trauer über den Tod seiner Frau hatte ihn schweigsam werden lassen, gewiß schmerzte ihn jedes Wort über die Vergangenheit aufs Neue. So unterließen wir bald das Fragen. Er hat jedoch erzählt, daß die Schwester seiner Frau seinerzeit Nachricht geschickt hatte, auch sie sei mit ihrem ersten Kind niedergekommen. Sie lebte damals in einem Dorf weiter im Norden und kann erst mit ihrer Familie nach London übersiedelt sein, nachdem Peter das Land verlassen hatte. Ihr Sohn, das hat auch Peter gesagt, wurde nur wenige Tage vor Simon geboren. Daran erinnere ich mich genau. Simons Geburtstag ist der 14. September, das andere Kind – war sein Name nicht Paul, meine Liebe?»

Madame Horstedt, die beständig mit den Tränen kämpfte, nickte. «Paul wurde am 6. September geboren», sagte sie, «oder am siebten? Jedenfalls einige Tage vor Simon, wie du sagst. Aber das ist doch ganz gleichgültig. Simon braucht dieses fremde Geld überhaupt nicht, wer weiß, auf welche Weise es erworben wurde? Wir sind nicht reich, aber es geht uns gut. Sehr gut. Simon bekommt von uns alles, was ein Mensch braucht, um behaglich zu leben.»

Ihr Mann, der gar nichts gegen Geld, nicht einmal gegen fremdes, einzuwenden hatte, seufzte und rieb sich die von Müdigkeit und Sorge geröteten Augen. «Wir haben diesen Brief von Peters Schwägerin in seinem Nachlaß gefunden. Deshalb erinnere ich mich auch an die Daten. Er hat nicht viele Briefe aufgehoben, den aber doch. Und nun habe *ich* eine Frage, Monsieur Herrmanns. Mir gefällt das alles gar nicht, und ich kann nicht umhin anzunehmen, daß Ihr all diese Fragen nach dem

Erbe stellt, das wie ich Euch noch einmal versichern möchte, Simon nicht betrifft, solange sein Cousin lebt, worüber Gott noch viele Jahrzehnte wachen möge – daß Ihr diese Fragen stellt, weil Ihr annehmt, Simons Verschwinden könnte damit zu tun haben?»

«Ich danke Euch für Eure Offenheit.» Claes lehnte sich erleichtert zurück. «Ja, das vermuten wir. Allerdings kann ich Euch nicht erklären, warum. In dieser Geschichte scheint nichts zusammenzupassen. Es ist dennoch eine Möglichkeit, die wir in Betracht ziehen.» Seine vage Handbewegung schloß den Rektor und den Weddemeister mit ein. «Aber nun, da Ihr die Sache bestätigt, bin ich ratlos. Wahrscheinlich war das eine ganz dumme Idee. Ihr versteht gewiß: Wenn es um so viel Geld und Besitz geht, wenn gleichzeitig ein angesehener Mann aus der gleichen Familie getötet wurde, liegt eine solche Vermutung nahe.»

«Ihr glaubt, daß auch Adams Tod», Monsieur Horstedt warf einen besorgten Blick zu seiner Frau, aber die saß sehr aufrecht und beherrscht auf ihrem Stuhl, «daß Adams Tod damit verbunden ist? Das klingt absurd. Simon steht immerhin an zweiter Stelle in der Erbfolge, aber Adam? Andererseits muß es einen Grund für seinen schrecklichen Tod gegeben haben. Warum sollte jemand einen angesehenen, allseits beliebten Mann des Geistes und der Wissenschaft töten? Wir hatten bis heute an einen Räuber gedacht, der in der Annahme, die Schule sei in der Mittagszeit verlassen, dort eingedrungen ist, um irgend etwas zu stehlen, das sich verkaufen ließe. Bücher vielleicht oder Landkarten, die Karten des derzeitigen Zeichenmeisters am Johanneum sind bekannt für ihre Qualität. Und unser guter Adam – immer fleißig, selbst wenn andere die Mittagszeit zu Schlaf und Erholung nutzten – war ihm zufällig im Weg.»

Daß es eine Reihe anderer, absolut nicht ehrbarer Gründe gegeben hatte, Adam Donner zur Hölle zu wünschen, behielten Claes, Müller und Wagner in stillem Einverständnis für sich. Davon würden die Horstedts noch früh genug erfahren.

Als Claes in dieser Nacht zum Neuen Wandrahm zurückkehrte, war er sehr müde. Der Tag war ungewöhnlich lang gewesen, aber vor allem drückte ihn die Sorge um diese Jungen, die er eigentlich nur wenig kannte und für die er sich auch nie besonders interessiert hatte, obwohl sie Freunde seines Sohnes waren. Die langen Gespräche, der tiefe Kummer der beiden Horstedts, die Sorge des Rektors und der Komödianten beschämten ihn. Er hatte das Gefühl, daß Niklas' Freunde ihm in diesen letzten Stunden sehr nahe geworden waren. Den ganzen Abend hatte er die Rolle des verantwortlichen Scholarchen ausgefüllt, der ruhig und erfahren den Tod eines Lehrers und das Verschwinden eines Schülers aufklärt. Und doch hatte er immer wieder daran denken müssen, daß es vielleicht nur ein Zufall war, daß sein eigener Sohn sicher in seinem Haus saß, mit nichts beschwert als der Sorge um seine beiden Freunde. Der Gedanke bereitete ihm Übelkeit.

In der Diele traf er Christian, zerzaust und verschwitzt, den Rock zusammengerollt unter dem Arm, das Hemd weit geöffnet und die Stiefel vom eiligen Ritt voller Staub und Straßenschmutz. Er hatte gerade erst Benni sein Pferd übergeben, und ein Blick in sein ernstes Gesicht machte Fragen beinahe überflüssig.

Niemand hatte Simon und Muto oder auch nur einen von beiden gesehen, berichtete er. Sie waren nie beim Gestüt angekommen. Auch die Wachen am Steintor, die ihn bei seiner Rückkehr lange nach Toresschluß nur gegen eine deftige Gebühr überhaupt wieder in die Stadt gelassen hatten, konnten sich nicht an die beiden erinnern. Hunderte gingen jeden Tag durch das Tor, zwei Jungen fielen da nicht auf, selbst wenn einer rostrote Haare hatte. Brooks sei schon unterwegs zum Rektor und zu den Komödianten, um die Nachricht, die ja eigentlich keine sei, zu überbringen. Er werde auch im *Kaiserhof* Bescheid geben. Mehr könne man heute nacht nicht tun.

Alle im Hause Herrmanns waren müde, aber Claes und Anne, Augusta, Christian und Niklas saßen noch lange im Salon. In der Küche hockten Elsbeth, Blohm, Brooks und Betty vor dem leise glimmenden Feuer, obwohl die Nacht so mild war. Im Salon wie in der Küche stand eine große Kanne Schokolade auf dem Tisch, Augusta holte den Rosmarinbranntwein aus ihrer Vitrine, und alle hofften, daß es doch noch an die Tür pochen würde. Sie hofften vergeblich. Simon und Muto blieben verschwunden.

Schließlich gingen doch alle zu Bett. Müde vom Warten und Abwägen der Begebenheiten, vom Debattieren der Verdächtigen für den Mord an Donner, der Möglichkeiten, wer den Jungen aus welchen Gründen etwas angetan haben konnte (Letzteres sehr leise, und erst nachdem Niklas auf der gepolsterten Bank beim Kachelofen eingeschlafen war). Auch Claes schlief ganz gegen seine Erwartung bald ein. Dabei hatte er noch in Ruhe und ohne das Gegenüber der besorgten Gesichter nachdenken wollen. Sein letzter wacher Gedanke in dieser Nacht galt der Hoffnung, die Schwadron von Schutzengeln, die Simon vor vielen Jahren auf der Überfahrt von England nach Husum beschützt hatten, wachten auch in dieser Nacht über ihn. Und über Muto.

Auch Anne nahm einen unruhigen Gedanken mit in den Schlaf. Niemand wollte es wahrhaben, weil es die Sorge um die Jungen immer mehr wachsen ließ, dennoch waren in dieser Nacht alle sicher, daß es einen Zusammenhang zwischen Simons plötzlichem Verschwinden und dem Tod seines Onkels gab. Aber welchen? Irgend etwas hatten sie übersehen, dessen war sie ganz sicher. Irgend etwas. Es war da, hockte in einer dunklen Kammer ihres Kopfes, versteckte sich und wartete doch darauf, entdeckt zu werden. Irgend etwas scheinbar Belangloses. Es wollte ihr nicht einfallen.

DONNERSTAG, DEN 11. AUGUSTUS, MORGENS

Es war genau so gewesen, wie Rosina erwartet hatte. Allerdings begann der Ärger schon, bevor sie den Salon der Domina erreichte. Das Tor zum Klosterhof war noch nicht verschlossen, wohl aber die Tür zur Stiftsdiele. Sie mußte lange klopfen, und gerade als in der Klosterschreiberei und den Witwenwohnungen neugierig die ersten Fenster geöffnet wurden, drehte sich knirschend der Schlüssel, und sie blickte in das grimmige Gesicht der Köchin.

Die Miene der Domina war kaum milder, allerdings raunte die Ehrwürdige Jungfrau ihr nach der nötigen Strafpredigt zu, sie habe sich ernsthafte Sorgen gemacht und erwarte als Entschädigung genaueste Auskunft. Die war rasch gegeben und Rosina zur Nachtruhe entlassen. Als sie die Wohnung der Domina verließ, war es in den langen Fluren des Stifts ruhig. Magda war weder zu sehen noch zu hören. So schlich Rosina, die Schuhe in der Hand, ins Obergeschoß hinauf und schob den Brief, der so viel Leid verursacht hatte, durch den schmalen Spalt unter Mademoiselle Nieburgs Zimmertür hindurch. Sie lauschte noch einen Moment, hörte einen kleinen erschreckten Schrei, dann das Huschen nackter Füße und schlich hinauf in ihre Kammer unter dem Dach, sicher, daß Mademoiselle Nieburg heute nacht, den Brief unter ihrem Kopfkissen, wieder besser schlafen konnte.

Rosina schlief wenig in dieser Nacht. Wirre Traumfetzen weckten sie immer wieder auf, schwarze Bilder der Jungen, verfolgt von übergroßen Schatten, vermischten sich mit den Bildern von dem Mädchen, das vor vielen Jahren durchnäßt und schmutzig, zitternd vor Hunger und Angst aus einer Hecke an der Landstraße bei Leipzig gezerrt und auf ein Pferd gesetzt wurde. Sie kannte Simon nicht, aber Muto liebte sie wie einen Bruder, und es war ihr unerträglich, nichts tun zu können, um ihn zu finden. Nichts tun zu können, als zu warten. Schließlich schlief sie doch ein, aber sie erwachte schon im allerersten Morgengrauen, plötzlich hellwach, und wußte, daß sie es nicht aushalten würde, auch nur eine Minute länger unter ihrer Decke zu liegen und zu warten. Sie hatte überhaupt keine Lust, noch einmal Magda in die Arme zu laufen, aber es war ja noch früh. Die Köchin würde, wie alle anderen im Klosterstift, noch schlafen.

Schnell schlüpfte sie in ihre Kleider, empfand jedes Knarren der alten Holzbohlen unter ihren Füßen wie einen Paukenschlag, doch auch wenn sie immer wieder verharrte und lauschte, hörte sie nichts als die ersten Töne eines schläfrigen Vogels im Garten der Domina hinter dem Fleet. Grauer Schimmer kroch zaghaft durch das Fenster und kündete den heraufziehenden Morgen an. Es war genau die richtige Zeit.

Ein Windhauch empfing sie kühl, als sie durch den Holzraum der Küche in den Gang zum Lagerkeller schlüpfte. Irgendwo mußte eine Tür offenstehen. Sie fröstelte, doch sie spürte keine Angst. Wenn es stimmte, was sie vermutete, wen sie hier vermutete, gab es keinen Grund zur Angst. Geräuschlos glitt sie durch den Gang bis zu den Holzgestellen und drückte sich schmal an deren Schatten. Es war stockfinster, aber vielleicht brachte der Kellergeist, der gewiß nicht der heilige Dominicus war, eine Kerze oder eine Laterne mit. Immer noch war es totenstill, ihre nackten Füße begannen auf dem kalten Lehmboden zu erstarren, irgendwo knisterte eine Maus, und dann hörte sie es. Leise, fast unhörbar kamen Schritte näher, eilig und leicht, nicht die Schritte eines schweren Mannes. Dann bog ein Schemen um die Ecke vom Holzgang in den Lagerraum, nur ein verschwommenes Grau in der Finsternis, blieb stehen, zögerte wie ein Tier, das die Witterung des Jägers aufnimmt, verharrte, kam noch einen Schritt näher, helle Arme schoben sich flink wie Tentakeln aus dem Schemen und griffen in die Regale. Da war Rosina schon vorgesprungen, umklammerte eisern die dünnen Handgelenke des Mädchens, die Schürze fiel herunter und mit ihr alles, was darin gelegen hatte. Tomaten, Pfirsiche und Reineclauden aus den Klostergärten, Rosinen, Mandeln und Orangen von einem spanischen Schiff, ein kleines Fläschchen Öl von schwarzen Oliven zerbrach auf dem gestampften Boden. Das Mädchen tat einen winzigen spitzen Schrei, irgendwo fiel dumpf eine schwere Tür ins Schloß, dann war es wieder still. Da war nun kein Windhauch mehr. Kein Atem keuchte, keine Füße stampften auf. Karla, die Magd des Pedells, kämpfte nicht. Sie ergab sich einfach in den festen Griff um ihre Handgelenke und ließ sich willig, als habe sie nichts anderes erwartet, durch die Klosterküche und die Treppen hinauf in die Wohnung der Domina führen.

VORMITTAGS

Der Springbrunnen plätscherte munter. Zugegeben, nicht ganz so munter wie vor zwei Wochen, aber immerhin. Kampe hatte sein Bestes gegeben, doch er war Gärtner, kein Meister der Springbrunnen. Wenn diese ganze schreckliche Angelegenheit vorbei war, dachte Anne, würde sie nach dem Glückstädter schicken, der den Brunnen eingerichtet hatte. Er war der beste, und daß er so weit entfernt elbabwärts lebte, war unbequem, aber nicht zu ändern.

Wahrscheinlich würde der Brunnen sowieso bald versiegen. Der Garten ihrer Familie in St. Aubin wand sich einen steilen Hang hinauf, und der Springbrunnen dort wurde von einem der zahlreichen Wasserläufe gespeist, die von der Höhe zur Bucht hinabplätscherten. Der Herrmannssche Garten in Harvestehude lag inmitten der im Vergleich zu den Klippen von Jersey nur wenig abfallenden Alsterwiesen, und auch wenn der Springbrunnen aus einem großen Bassin auf dem höchsten Punkt beim Mittleren Weg gespeist wurde, hatte er nicht annähernd so viel Kraft. Zudem waren die letzten Wochen trocken gewesen, und bevor die Gärtner ihre Tage damit verbrachten, immer wieder Wasser von der Alster zum Bassin hinaufzuschleppen, nur damit es vor der Terrasse hübsch plätscherte, würde sie auf ihn verzichten.

Anne beschirmte ihre Augen mit der Hand und blinzelte zum Himmel hinauf. Obwohl er bedeckt war, blendete das diffuse Licht. In der engen Stadt war es schon am frühen Morgen schwül gewesen, aber auch hier vor den Wällen, in dem grünen Land mit seinen weit verstreut liegenden einsamen Höfen und kleinen Dörfern, der weiten Alster und den vielen Bächen und Teichen, war es kaum besser. Es würde aber wohl doch nicht regnen, jedenfalls nicht heute oder morgen. Sie versuchte daran zu denken, wie gut der Regen ihrem Garten tun würde. Das Grasland, sonst von der nahen Alster stets zu feucht, begann an den höher gelegenen Stellen und außerhalb des Schattens der Bäume schon matt zu werden. Sie versuchte auch, an die Tomaten zu denken, die trotz etlicher geheimnisvoller Versuche Kampes unverändert an einer nicht minder geheimnisvollen Krankheit litten. Vielleicht war es einfach nur falsch, exotische Gewächse eines anderen Kontinents in einen Garten im nördlichen Europa zu verpflanzen. Wahrscheinlich kränkelten sie aus Heimweh.

Zwischen den Stämmen der Bäume, einige waren erst im letzten und vorletzten Jahr gesetzt worden und noch recht schlank, schimmerte der See. Die Dächer und der Kirchturm der Vorstadt St. Georg am jenseitigen Ufer zeigten sich nur als Schemen hinter dem Dunst. Zwei Kähne glitten gemächlich alsterabwärts auf die Lombardsbrücke zu, ihre schwere Ladung, Kalk aus Segeberg unterwegs zu den Kalköfen nahe der Binnenalster, drückte sie tief ins Wasser. Von St. Georg näherte sich ein Ruderboot, noch war es nicht viel mehr als ein schaukelnder dunkler Fleck, sonst lag die Alster in für einen ganz normalen Vormittag ungewöhnlicher Stille.

Anne nahm energisch die leichte Haube ab, löste das Brusttuch und ließ beides ins Gras fallen. Grübeln und Melancholisieren hatten ihr noch nie weitergeholfen, und davon, daß sie tatenlos herumstand, kamen Simon und Muto nicht schneller zurück. Wenn die Gärtner auch schon alle notwendige Gartenarbeit getan hatten, so konnte sie doch zu dem Stück Land hinter der Remise gehen, auf dem ein großer Gemüsegarten entstehen sollte, und neue Pläne für die Aufteilung der Beete machen. Das war in den letzten Wochen zwar schon zweimal geschehen, und eigentlich sollte sie es Elsbeth überlassen, die Köchin wußte schließlich am besten, wieviel Raum für welche Gemüse vorgesehen werden mußte, aber sie mußte jetzt etwas tun. Der Platz für das zweite Glashaus, von Kampe beharrlich als Orangerie bezeichnet, war noch zu inspizieren. Die Fundamente standen schon, aber wenn sie es recht bedachte, reichte die Fläche kaum für ihre Pläne aus. Am besten, sie schritt gleich den Raum für ein drittes ab.

Das Frühstück war an diesem Morgen in bedrückter Stimmung verlaufen. Niemand hatte in der Nacht an die große Vordertür geklopft, niemand eine Botschaft gebracht. Claes hatte gleich den Pferdejungen zu Rektor Müller und zum Haus der Krögerin geschickt, doch auch die Komödianten und der Rektor wußten keine Neuigkeiten.

So gingen alle an ihre Arbeit. Claes und Christian verschwanden im Kontor. Niklas konnte mit einiger Mühe und dem Versprechen, sofort Nachricht zu schicken, wenn Simon und Muto auftauchten, überredet werden, zu seinem Privatlehrer zu gehen, Augusta hatte beschlossen, trotz der frühen Stunde und ohne Einladung Mette van Dorting zu besuchen – plötzlich waren alle fort. Anne stand allein in der dröhnenden Stille des Hauses und beschloß, sich in ihrem Garten Beschäftigung zu suchen. Sinnvolle Beschäftigung. Soweit es sinnvoll sein konnte, sich um das Anlegen eines Gemüsegartens zu kümmern, obwohl das schon eine Köchin und drei Gärtner taten.

Sie hob den Kopf und lauschte. Es war gar nicht so totenstill, wie sie es empfunden hatte. Der Garten wurde nicht gerade von einem Vogelkonzert erfüllt, aber auf einem der unteren Äste einer jungen Blutbuche landete mit kurzen «Zick-zick»-Rufen ein Rotkehlchen und begann sein Lied, eine tanzende Melodie aus hohem, klarem Flöten, immer wieder unterbrochen von kurzen auf- und absteigenden Trillern. Als habe es einen besonders schönen Flug über die üppige Spätsommerlandschaft zu bejubeln. Vielleicht hatte es auch nur einen besonders fetten Wurm erwischt.

Da waren auch Ruderschläge, ganz nah. Wieder blinzelte sie durch die Büsche und Bäume zur Alster, und bevor sie darüber nachdachte, begannen ihre Beine schon zu laufen. Der Fährmann, den sie vorhin über den See hatte rudern sehen, sprang gerade aus dem Boot ins flache Wasser am Ufer und machte es am Anleger fest, nicht mehr als ein paar schwankende Bretter auf Pflöcken. Da war sie schon bei ihm, und er sah verblüfft zu, wie eine feine Dame, im schlichten Kleid aus hellblauem Kattun, aber ganz gewiß keine Dienstmagd, ohne auch nur die

Röcke zu raffen, ins Wasser sprang und den rothaarigen Jungen, der noch im Boot saß, den Kopf des anderen fürsorglich im Schoß, umarmte und dabei fast erdrückte.

Was ihn sehr erleichterte. Die beiden hatten am anderen Ufer plötzlich vor ihm gestanden, sie mußten auf allerleisesten Sohlen herangeschlichen sein, was nie Gutes verhieß. Sein Anleger war außerhalb des Vorwerks nahe der Kuhmühle, da stromerten alle möglichen Kerle herum, auch solche, die die Wachen nicht durch die Tore in die Stadt und über die Lombardsbrücke ließen, und diese beiden sahen zumindest nicht wie ordentliche Leute aus, die was bezahlen können. Sie waren verdreckt, als hätten sie ein Moorbad genommen, der eine dazu mit blutigem Kopf und leichenblaß, der andere mit rotem Haar, stumm wie ein Fisch und zappelig wie ein junger Hund. Er hatte keine Lust gehabt, diese seltsamen Fahrgäste über den See zu rudern. Überhaupt keine. Aber sie hatten Geld, und der, der so leichenblaß aussah, aber immerhin ein *bißchen* zu sprechen verstand, bot ihm den doppelten Preis, wenn er sie beide zum Herrmannsschen Gartenhaus hinüberrudere. Aber gleich müsse es sein. Und schnell. Dann waren sie einfach in sein Boot geklettert, und der eine, der sprechende, war gleich zusammengesunken und fortan genauso stumm geblieben wie der andere. Was ihn wiederum überhaupt nicht gestört hatte. Er mochte es nämlich noch weniger, wenn seine Fahrgäste ihm unterwegs ihr halbes Leben erzählten, was für gewöhnlich wenig erbaulich war. Erbauliches behielten die Leute für sich oder hoben es für ein besseres Publikum auf, jedenfalls erzählten sie es nicht ihm, dem Fährmann. Obwohl er nicht sicher war, was die Herrmanns' sagen würden, wenn er seine ramponierte

Fracht bei ihnen ablieferte, war er gerudert wie der Teufel. Wahrscheinlich würde überhaupt niemand dort sein, an einem gewöhnlichen Donnerstagmorgen höchstens ein Gärtner. Er kannte Kampe, der würde die Jungen gar nicht erst an Land lassen. Dann setzte er sie eben eine Viertelmeile weiter nördlich ab. Da gab es weder Herrschaften noch deren aufgeblasene Gärtner, nur ein paar Enten, Kühe und Schafe. Die störte gar nichts.

«Kampe!» schrie nun die Frau und wandte sich nach dem Gartenhaus um. «Kampe!!» schrie sie noch einmal, aber der konnte nicht kommen. Der Gärtner war mitsamt seinen beiden Gehilfen zu der Pflanzenzucht beim Besenbinderhof gefahren, um Stecklinge für das neue Glashaus auszusuchen und zu bestellen.

Gewöhnlich weigerte sich der Fährmann entschieden, Passagiere oder auch nur deren Gepäck zu schleppen. Doch eine Minute später trug er den Jungen, der ein bißchen sprach, aber im Moment offensichtlich weder dazu imstande war, noch vernünftig, nämlich mit dem Kopf nach oben, zu gehen, auf die Terrasse. Ein paar Minuten und einen halben Krug Feldbrunnenwasser für den Verletzten später stützte und schleifte er ihn zu dem Einspänner, den die Dame ganz allein angespannt hatte. Den Rothaarigen auf seinen Fersen, immer mit dabei, den anderen zu stützen, obwohl er letztlich nur störte. Gleich darauf war die Dame, naß bis zu den Knien, ohne Haube und Brusttuch mit seinen Passagieren davongerollt. Sie hatte ihm noch zugerufen, er solle im Herrmannsschen Kontor am Neuen Wandrahm vorsprechen, da bekomme er seinen Lohn, auch für den Weg und die Mühe. Zurück blieb nichts als eine Staubwolke.

So eine eilige Kutschfahrt, dachte der Fährmann, kann

dem mit dem Blut am Kopf nicht guttun. Aber ging ihn das etwas an? Er stieg wieder in sein Boot und trödelte gemächlich zurück zu seinem Anleger hinter dem Vorwerk bei St. Georg. Dafür, daß es noch so früh am Tag war, hatte er genug verdient, um sich bei dieser Schwüle ein bißchen Gemächlichkeit zu gönnen.

Schon bei Böckmanns Garten wurde der Weg holperig, und Anne mußte langsam fahren. Sie dachte flüchtig an Benni. Der Pferdejunge hatte sie nach Harvestehude hinauskutschiert und würde, wenn er mit den frischen Eiern, die Elsbeth ihm in Auftrag gegeben hatte, vom Glockschen Gehöft zurückkam, verwirrt sein, weder sie noch die Kutsche zu finden.

Am Dammtor herrschte Gedränge, wie stets um diese Tageszeit, aber ihre laute Stimme, gewiß auch ihr zerrupftes Aussehen und Simons blutiges, leichenblasses Gesicht, ließen zumindest die kleineren Karren und das Fußvolk bereitwillig Platz machen. Vor ihrer Kutsche stand nun nur noch ein vierspänniger hochbepackter Wagen. Zum Glück war er schon kontrolliert, und der Fuhrmann stritt sich lediglich noch mit den Wachen herum, bis sie sich über die zu zahlende Akzise einig waren. Tatsächlich dauerte es nur wenige Minuten, aber jede erschien ihr wie eine Stunde. Ihr Körper war hart und angespannt wie eine Sehne aus Stahl. Nicht nur weil sie die Jungen so schnell wie möglich in Sicherheit bringen und mit Decken, Essen und Trinken versorgen wollte, sie mußte endlich wissen, was ihnen geschehen war. Aber Simon sprach nicht, und Mutos Sprache verstand sie heute weniger denn je. Nur, daß es ein Reiter gewesen war, der sie überfallen, der auf Simon eingeschlagen hatte, war klargewesen, nur einer, nicht eine Bande.

Einen Moment lang glaubte sie, daß irgendein Zufall Rosina hinter der anderen Seite des Tores auf sie warten ließ, Rosina konnte Mutos Sprache verstehen, aber natürlich würde sie nicht da sein.

Sie zwang sich zur Ruhe, und auch wenn das nicht viel nutzte, so erreichten die Rufe und Gespräche der Leute um sie herum nun doch wieder ihr Ohr. Auch spürte sie jetzt die neugierigen und argwöhnischen Blicke, aber sie sprachen dennoch nicht über sie. Sie sprachen über den Preis für ihre Gänse, über den Grafen Schimmelmann, den neuen Herrn auf Schloß Wandsbek, oder über eine sterbende Wöchnerin. Einer schimpfte über die beständig steigenden Mietzinse, woran nur die vielen Fremden in der Stadt schuld seien. Kämen von überall her, bettelten in den Straßen, obwohl das verboten sei, machten sich auf Kosten der alteingesessenen Bürger ein feines Leben. Faules Pack allesamt. Auf den Einwand seines Begleiters, ob nicht eher die Besitzer der Häuser und Buden schuld an der Teuerung seien, die neue Sitte, Familien aus ihren Wohnungen auf die Straße zu setzen, Hunderte sollten es in diesem Jahr schon sein, um die Häuser als Speicher zu nutzen, ging er nicht ein. So viele Fremde, fuhr er ungerührt fort, das sei einfach nicht gut. Die Stadt sei eng geworden, der Mangel an Wohnungen und Arbeit auch ohne sie groß.

Auf die letzten Sätze hörte Anne nicht mehr. Die Mietzinse, dachte sie. Die Mietzinse? Da war wieder dieses Irgendetwas, das sie vergessen hatte und ihr nicht einfallen wollte, etwas, das zu Simons Verschwinden und Adam Donners Tod gehören mußte. Mietzinse. Was konnte das mit alldem zu tun haben?

Gerade da winkte der Wächter sie durchs Tor, er hatte

Madame Herrmanns, die alle Tage hinaus in ihren Garten fuhr, erkannt. Hinter dem Dammtor hielt sie noch einmal und fragte einen der Wächter nach zwei zuverlässigen Boten. So rannten gleich darauf zwei Jungen durch die Stadt, einer zu Dr. Reimarus und zum Krögerschen Haus, der andere zur Wohnung des Rektors und zu den Horstedts im *Kaiserhof*.

Anne nahm nicht den direkten Weg zum Neuen Wandrahm. Das Gewimmel in den engen Straßen der Stadt würde sie viel zu lange aufhalten. Sie lenkte das Pferd nach Osten auf den Wall, kutschierte über die Lombardsbrücke und vorbei an den nördlichen und östlichen Bastionen. Als sie am Steintor vorbeirollte, wehte der Wind die Schläge der Kirchturmuhr von St. Jakobi herüber. Der achteckige Turm reckte seine kupfergrüne Spitze hoch über die roten Dächer. Obwohl es längst nach elf Uhr sein mußte, standen die Zeiger auf Viertel vor fünf. Die Uhr mußte kaputt sein. Da war es wieder. Dieses Drängen, sich an etwas erinnern zu müssen. Woran? Warum war es ihr bei der Klage über die Mieten eingefallen? Warum fühlte sie es jetzt bei dem Blick auf die falschgehende oder stehengebliebene Uhr?

Als sie den Bauhof passierte, fiel es ihr ein. Vor vielen, sogar sehr vielen Jahren hatte es in einigen ländlichen Regionen Englands Unruhen wegen irgendwelcher Probleme mit den Mieten gegeben. Was war die Ursache gewesen? Was *konnte* das nur mit Simon zu tun haben?

Das Pferd ging jetzt langsam über die hölzerne Brücke hinüber zur Wandrahminsel, und Anne drehte sich nach den Jungen um. Simon lehnte immer noch blaß an Mutos Schulter, aber seine Augen waren geöffnet, und er versuchte sogar zu lächeln.

Justus Gulp war ganz im Gegensatz zur Ansicht seines Herrn, Professor Wolf, ein diensteifriger junger Mann. Das merkte Wagner sofort und mit einem angenehmen Gefühl der Genugtuung, als er dem Bibliotheksgehilfen an einem der langen Tische vor den endlosen Bücherregalen gegenübersaß.

Selbstverständlich stehe er zur Verfügung, hatte Gulp gesagt und ergeben gedienert, als Wagner in der Tür der Bibliothek stand, selbstverständlich. Er helfe dem Weddemeister gern, das sei seine Pflicht als Bürger, jederzeit. Allerdings schlage die Uhr bald zehn, und mittwochs sei die Bibliothek von zehn bis zwölf dem Publikum der Stadt geöffnet. Auch dem müsse er unbedingt zur Verfügung stehen. Jedermann könne etwas ausleihen. Mit allergrößtem Vergnügen werde er dem Weddemeister die interessantesten Werke vorlegen, dann könne er jedenfalls sicher sein, daß die ohne Fett- oder gar Kaffeeflekken zurückgebracht würden. Das nämlich geschehe immer wieder, und manche röchen sogar nach Fisch! Es gebe hier äußerst interessante Werke über Justiz- und Kriminalsachen aus dem 16. Jahrhundert. Auch am Sonnabend sei geöffnet. Mittwochs und sonnabends, von zehn bis zwölf. Ja. Für ein halbes Jahr könne man die Bücher ausleihen, und das sei noch um ein weiteres halbes Jahr zu verlängern. Es wäre ihm eine Ehre, den Weddemeister zu beraten.

Wagner ertrug den Redeschwall stoisch und dankte knapp. Beizeiten, wenn sein Dienst ihm einmal Zeit lasse, werde er gerne kommen. Er sah keinen Grund, diesen eifrigen Hüter der Bücher wissen zu lassen, daß ihm die Kriminalsachen anderer Jahrhunderte so gleichgültig waren wie das Kopfgrimmen des dänischen Königs und er schon mehr als genug Mühe mit den gegenwärtigen hatte.

«Eine so ernste Sache wie Monsieur Donners tragisches Ende hat Vorrang», plapperte Gulp schon weiter. «Selbstverständlich. Immer Vorrang. Das wird jeder verstehen. Ja», bestätigte er endlich, rückte das Drahtgestell mit den staubigen Gläsern auf seiner Nase zurecht und lehnte sich im Bewußtsein seiner ungewohnten Wichtigkeit behaglich zurück, «Monsieur Bucher war am letzten Donnerstag in der Bibliothek. Das stimmt. Er kam bald nach dem Ende des Vormittagsunterrichts, ich habe nicht darauf geachtet, wer konnte da schon ahnen, wie bedeutsam das einmal sein würde. Es muß aber etwa ein Viertel nach zehn gewesen sein.»

Wagner zog einen seiner krumpeligen Zettel und einen Bleistiftrest aus der Rocktasche und begann Notizen zu machen. «Was wollte er hier?»

«Das hat er nicht gesagt, leider, und wir haben ihn auch nicht gefragt. Der Professor spricht nicht gerne. Nur das Notwendigste. Monsieur Bucher kennt sich selber aus, er ist recht oft hier, tatsächlich ist er einer der wenigen Lehrer des Johanneums, Monsieur Müller ausgenommen, die regelmäßig in der Bibliothek lesen. Er interessiert sich auch für die Geschichte des Klosters, sehr löblich, und macht häufig Exzerpte, wohl für den Unterricht.»

«Aha. Und er blieb während der ganzen Pause? Bis um eins?»

«Ja, gewiß. Das tut er regelmäßig. Wie ich schon sagte, Monsieur Bucher ist ...»

«Regelmäßig, das ist schön. Sehr gut. Aber tat er es auch am letzten Donnerstag. Habt Ihr ihn während der ganzen Pause hier gesehen?»

«Nun», sagte Justus Gulp. «Gesehen. Es ist ja nicht so, daß wir in der Bibliothek ein so bequemes Leben haben wie die Lehrer des Johanneums. *Wir* haben keine Pause von zehn bis um eins. *Wir* arbeiten den *ganzen* Tag, wie es sich für einen guten Christenmenschen gehört, *wir* ...»

«Habt Ihr ihn nun während der ganzen Pause gesehen oder nicht?»

«Nicht während der *ganzen* Pause *gesehen*, sozusagen. Ich habe ihn gesehen, als er kam, und auch noch während der folgenden Stunde, es mag auch einige Minuten länger gewesen sein. Dann mußte ich dem Professor in den anderen Raum folgen, den hinteren, in dem immer noch Tausende Schriften und Druckwerke lagern, die in die Bibliothek eingearbeitet werden müssen. Tausende! Eine nie endende Arbeit. Nie! Aber er war gewiß hier, er bleibt immer bis um eins, eben bis der Unterricht wieder beginnt.»

«Also habt Ihr ihn tatsächlich, von Angesicht zu Angesicht, nur um Viertel nach zehn gesehen, und dann nicht mehr.»

«O nein, wie ich eben sagte, so war es nicht. Der Professor kam um elf, er kommt immer um elf, und da war Monsieur Bucher noch da. Eben bis ich mit dem Professor in den anderen Raum gehen mußte. Danach, nun, danach habe ich ihn tatsächlich nicht mehr gesehen.» Justus Gulp wurde um einige Zoll kleiner.

«Wart Ihr denn zwischendurch noch einmal in diesem Raum?»

Gulp zog unbehaglich die Schultern hoch und nickte. «Für eine Minute. Da war Monsieur Bucher tatsächlich gerade nicht da, was aber nichts zu sagen hat. Seine Papiere, Feder und Tinte und ein aufgeschlagenes Buch waren nämlich noch auf dem Tisch.»

«Wieso hat das nichts zu sagen? Weg ist weg.»

«Monsieur Bucher ist keiner, der seine Sachen herumliegen läßt. Er ist ein sehr ordnungsliebender Mensch. Immer stellt er die Bücher an den richtigen Platz zurück. Eine seltene Tugend. Ich bin sicher, er war nur kurz fort, ein Minütchen, wenn Ihr versteht, was ich meine.»

«Ich verstehe absolut nicht, was Ihr meint. Was bedeutet ‹kurz weg›?»

«Er war», Justus Gulp senkte schamhaft zuerst das Kinn, dann die Stimme, «er war gewiß auf dem Abtritt. Ein Minütchen eben.»

Nun war es an Wagner, sich behaglich zurückzulehnen. Ein Minütchen oder auch zwei Stunden. Monsieur Bucher hatte behauptet, während der ganzen Pause, also auch während Donner getötet worden war, in der Bibliothek gewesen zu sein. Professor Wolf hatte das bereitwillig bestätigt. Dennoch: Nun hatte der Mann, der die allerbesten Gründe gehabt hatte, seinen Kollegen Adam Donner zu hassen, keinen Beweis mehr für seine Unschuld. Und er hatte die allerbeste Gelegenheit gehabt, die Tat zu begehen. Egal, ob das Schultor für einen anderen Besucher geöffnet gewesen war oder nicht. Dieser andere, davon war Wagner nun überzeugt, war niemand anderes als der Uhrmacher Godard gewesen. Und dessen Schuld war, auch wenn Wagner es sich nur ungern eingestand, nicht zu beweisen.

Schon eine halbe Stunde später fanden Wagner und Grabbe Melchior Bucher vor dem Mietstall am Drillhaus, bei dem er, wie seine Wirtin gesagt hatte, häufig ein Pferd ausleihe. Er reite gern, was für einen Lehrer ungewöhnlich sei, aber bei einem wie Monsieur Bucher nicht, der halte Bewegung im Freien für erbaulich und gut für den Geist. Aber sonst sei er gar nicht seltsam, sondern ein sehr angenehmer Herr, der nie Lärm und kaum Schmutz mache.

Nun saß er an dem zerkratzten Tisch im hinteren Zimmer der Fronerei am Berg. Sie hatten ihm die Hände gefesselt, und das war vielleicht das Schlimmste. Diese mit einem groben Strick zusammengebundenen Handgelenke, als sei er ein Totschläger oder Mörder. Daß er genau das zu sein verdächtigt wurde, wußte er. Es wunderte ihn auch nicht, nun da der Weddemeister seine Geschichte kannte. Es erschien ihm trotzdem unwirklich wie ein schlechter Traum, doch er wußte, daß es für ihn daraus keinen Ausweg gab.

12. KAPITEL

DONNERSTAG, DEN 11. AUGUSTUS, MITTAGS

Sie brachten ihn in Blohms Kammer. Die war klein, auch war das Bett nur schmal und fest, aber wegen seiner Gicht und der steilen Treppen war der alte Diener vom Dachgeschoß hinunter in die bis dahin mit allerlei überflüssigem Mobiliar gefüllte Stube hinter dem großen Speisesaal umgezogen. Simon war immer noch bleich, aber die Gewißheit, endlich in Sicherheit zu sein, ließ seine Kräfte langsam zurückkehren. Mit feuchten Tüchern notdürftig gesäubert (für ein Bad, hatte Elsbeth entschieden, sei später Zeit), eingehüllt in wärmende Decken und mit honigsüßem Apfeltee versorgt, lag er in Blohms Bett, sah in die aufgeregt besorgten Gesichter, und obwohl er nichts wünschte, als in Frieden zu schlafen, beantwortete er alle Fragen. Nur auf die Wichtigste, wer ihn überfallen und beinahe getötet hatte, wußte er keine Antwort.

Er erinnerte sich nur noch, daß da plötzlich dieser Reiter gewesen war, wie der zunächst versuchte, ihn niederzureiten, plötzlich vor ihm stand und auf ihn einschlug. Und dann, ja dann war ebenso plötzlich Muto dagewesen, wie ein Pfeil schoß er heran und warf den Mann um. Was danach geschah, wußte er nicht, nur daß er, als er wieder klar denken und sehen konnte, in dichtem Gestrüpp verborgen, den Kopf in Mutos Schoß, auf einer winzigen feuchten Insel inmitten des Moorstückes lag. Es war schon Nacht, und da ja gerade Neumond war, stockfinster. Er konnte kaum Mutos Gesicht erkennen, zunächst glaubte er zu träumen. Aber dann erkannte er ihn doch und erinnerte sich wieder.

Alle, die sich in der engen Kammer um sein Bett drängten, sahen ihn hoffnungsvoll an. Anne und Claes Herrmanns, Niklas und Tante Augusta. Nur Muto fehlte, der saß in einem dampfenden Badezuber in der Küche. Und Christian, der mit dem Einspänner zum Neß unterwegs war, um Simons Familie zu holen.

Aber er hatte sich nur wieder daran erinnert, wie Muto ihn, der bis über die Taille im Morast versunken war, herauszog. Auf dem Bauch liegend, mit zwei starken Ästen, er wußte nicht, woher er die gehabt hatte, da war ja nur Gestrüpp, aber er hatte es geschafft. Muto zerrte ihn auf diese Insel, nicht mehr als zwei Schritte lang und breit, und sie duckten sich tief ins Dickicht, immer in der Angst, der Mensch, der versucht hatte sie zu töten, werde sie auch hier noch finden. Wo immer sie später über den Rand zu treten versuchten, sanken sie sofort ein. In seinem Kopf waren ohnedies nur Schmerz und Nebel gewesen, schließlich war er eingeschlafen und erst in der Nacht wieder aufgewacht.

Als er das zweite Mal erwachte, war die Sonne schon aufgegangen. Unter seinem Kopf lag Mutos Jacke, und er sah nur das Gestrüpp, tauglitzernde Spinnweben zwischen den Ästen und hauchfeine Nebelschwaden über den Sumpflöchern.

«Da hörte ich etwas, ein Rumpeln, auch Hufe auf einem Weg. Jemand fuhr mit einem Lastwagen vorbei, ich richtete mich auf und sah Mutos Kopf und Schultern am Rande des Gebüschs über die Zweige ragen. Er winkte und rief den Bauern zur Hilfe.»

«Muto?» fragten Anne und Claes wie aus einem Mund. «Muto hat um Hilfe gerufen?»

«Ja», sagte Simon und begriff erst jetzt, wie absonderlich das war. «Ja, er hat gerufen. Jedenfalls glaube ich das. Mein Kopf fühlte sich noch sehr taub an. Aber trotzdem, der Bauer muß ihn auch gehört haben. Sie waren zu zweit, der andere war sein Sohn, und hatten irgendwelche Bretter auf ihrem Wagen. Die legten sie wie ein Floß auf den Morast, wir mußten auf dem Bauch darüberkriechen, und irgendwie waren wir schließlich auf festem Grund.»

Er schloß erschöpft die Augen. Niemand stellte eine weitere Frage.

«Die Männer», fuhr er schließlich fort, «waren unterwegs nach St. Georg und nahmen uns auf ihrem Wagen bis zum Vorwerk mit. Sie redeten zwar irgendwas von dummen Stadtkindern, aber sie waren trotzdem freundlich. Sie gaben uns sogar von ihrem Wasser ab.»

«Das war wirklich sehr freundlich», sagte Anne, «aber warum seid ihr nicht einfach durchs Steintor in die Stadt gegangen? Es wäre doch viel einfacher und auch der kürzere Weg gewesen.»

«Das wollte ich. Aber als wir St. Georg schon ziemlich nahe waren, zog Muto mich ständig am Ärmel, er zeigte auf die Wälle und schüttelte heftig mit dem Kopf. Danach wies er auf die Alster, winkte weit hinaus, immer wieder, bis ich schließlich begriff, was er meinte. Wir sollten nicht zurück in die Stadt, es konnte ja sein, daß er da irgendwo auf uns wartete oder daß wir ihn zufällig träfen, wenn wir wieder allein waren. Muto meinte, wir sollten uns zu Eurem Gartenhaus rudern lassen. Das haben wir dann getan. Muto ist sehr klug.»

Wieder war es einen Moment still. «Du bist ganz sicher», sagte Claes schließlich, «daß du den Kerl auf dem Pferd nicht erkannt hast? Du mußt doch sein Gesicht gesehen haben, wenn er dir so nahe gekommen ist.»

«Nein, Monsieur, an das Gesicht kann ich mich nicht erinnern. Sosehr ich mich auch bemühe. Ich glaube nicht, daß ich ihn kenne. Ich kenne überhaupt niemanden, der so etwas tun würde. Warum denn? Es kann nur ein Straßenräuber gewesen sein. An jemanden, den ich kenne, würde ich mich sicher erinnern, aber da ist nur ein dunkler Fleck.»

«Das macht nichts, Simon.» Anne knuffte ihren ungeduldigen Mann heimlich in die Seite. Sie fand es zwar auch befremdlich, daß Simon glaubte, der Mann sei irgendein Straßenräuber gewesen, und zugleich befürchtet hatte, ihn am Tor oder in der Stadt wiederzutreffen. Aber für solche Fragen war nun nicht die richtige Zeit. «Du mußt jetzt schlafen, Simon, das Nachdenken ist später dran. Rosina wird gleich hier sein, sie kann Muto fragen, ob er ihn kennt. Vielleicht hilft das weiter.»

Zuerst kamen jedoch Doktor Reimarus und die Horstedts. Die Wagen fuhren nahezu gleichzeitig vor, und nachdem der Arzt den aufgelösten Eltern gestattet hatte, ihren heimgekehrten Sohn zu umarmen (möglichst ohne ihn zu erdrücken, bitte sehr, der Junge sei schon geschwächt genug), scheuchte er die ganze Gesellschaft aus der Kammer.

Dr. Reimarus fand, der junge Monsieur Horstedt müsse einen Schädel aus Eisen haben. Er verband die

Wunde über Simons Ohr, sparte dabei nicht mit Ringelblumensalbe und verordnete strenge Bettruhe hinter verschlossenen Gardinen. Auch nur leichte Kost, eine dünne Hühnersuppe zum Beispiel, wenn der Patient sie verlange. Tee aus Sonnenhutwurzel, Schafgarbe, Salbei und Rosmarin, auch ein wenig Huflattich könne nicht schaden, ansonsten sei er jung und stark und brauche Schlaf. Nichts als einen langen ungestörten Schlaf.

«Vorerst keine Fragen mehr», schloß er seine Anweisungen wie mit einem Ausrufezeichen und sah streng in die sorgenvollen Gesichter: die ganze Familie Herrmanns, Madame und Monsieur Horstedt, auch der Rektor und Madame Müller waren inzwischen eingetroffen und kaum weniger erregt als die Horstedts. Gerade als er sich Muto zuwandte, der nur mit Mühe davon hatte überzeugt werden können, dazubleiben und nicht gleich, nachdem er Simon in Sicherheit wußte, zum Krögerschen oder zum Komödienhaus am Dragonerstall zu laufen. Muto war unverletzt, bis auf einen großen blauen Fleck am Kinn und ein paar tiefe Schrammen, die Doktor Reimarus als Kratzspuren von Dornen und Ästen diagnostizierte. Wieder griff er in sein Töpfchen mit der Ringelblumensalbe, klappte schließlich seine Tasche zu und war mit dem Versprechen, am Abend wieder nach dem Patienten zu sehen, verschwunden.

Elsbeth stapfte die Treppe herauf, ein Tablett mit einer kleinen Schüssel Hühnersuppe und einem zweiten Becher mit dampfendem Tee in den Händen – sie brauchte nicht erst die Anweisung des Arztes, um zu wissen, was einem Jungen in seinem Zustand guttat –, und scheuchte die ganze Versammlung fort. Vor der Tür eines Kranken, sagte sie nicht minder streng als Doktor Reimarus, müsse es ruhig sein, bei allem Respekt, und im Speisezimmer werde gleich ein Frühstück serviert.

Niemand glaubte, etwas essen zu können. Doch als die Mädchen die köstlich von Eiern mit Schinken, geräuchertem Lachs und Aal duftenden Platten hereinbrachten, frisches Brot mit Kümmel und kleine runde Kuchen mit Zimt und Rosinen, griffen alle zu. Nur Madame Horstedt ließ die Speisen unberührt und nippte zögernd an dem Melissentee, auf dem ihr Mann zur Besänftigung ihrer Sorge bestanden hatte. Sie hätte Kaffee vorgezogen, wie ihn die anderen tranken, aber wenn ihr lieber Asmund sein Apothekergesicht aufsetzte, war alle Widerrede vergeblich.

Muto saß neben Niklas und aß mit dem Appetit und der Geschwindigkeit eines Jungen, der lange Stunden hungrig gewesen war. Alle hatten gehofft, daß Niklas, der ihn doch fast so gut verstand wie Rosina, die Sprache seiner Hände und Gesten übersetzen könne, aber es gelang nicht.

«Wo bleibt Rosina nur so lange? Wenn wir uns nicht beeilen, finden wir den Kerl nicht mehr.» Claes trommelte unruhig mit den Fingern auf den Tisch.

«Wenn wir ihn überhaupt noch finden», sagte Anne. «Ich kann mir nicht denken, daß er in die Stadt zurückgekehrt ist. Wer immer er sein mag. Warum sollte er das tun? Das wäre doch viel zu gefährlich.»

«Vielleicht.» Monsieur Horstedt sah sinnend aus dem Fenster. «Aber wenn stimmt, was Simon gesagt hat, nicht daß ich die Wahrheit seiner Worte bezweifele, aber er hat einen oder gar mehrere heftige Schläge auf den Kopf bekommen, da kann sich der Geist schon etwas verwirren, wenn es also stimmt, könnte es sein, daß er glaubt, die

Jungen seien in diesem Morast versunken und», er schluckte und sah auf seine Fingerspitzen, «und tot. Dennoch, wenn er ein Bürger dieser Stadt ist – was sonst sollte er sein? Ich glaube nicht an einen einfachen Straßenräuber –, wird er zurückkehren müssen. Wohin sollte er gehen?»

«Er muß in dieser Stadt leben», sagte Claes, «wie wäre er sonst an Godards Stichel gekommen? Und woher hätte er Monsieur Donner gekannt? Oder haltet Ihr es für möglich, daß jemand aus seiner Vergangenheit, vielleicht aus Husum, hergekommen ist, um eine alte Rechnung zu begleichen?»

«Alte Rechnung?» Madame Horstedt funkelte Claes Herrmanns zornig an. «Für wen haltet Ihr meinen Bruder? Was für Rechnungen sollten da zu begleichen sein?»

Claes hatte Glück, er mußte nicht antworten. Blohm traf ein und meldete, ein Knecht von der Fronerei sei da. Weddemeister Wagner bitte Monsieur Herrmanns, sich umgehend in die Fronerei zu bemühen. Man habe Monsieur Bucher arretiert, die Beweise seien eindeutig, und er bitte den Scholarchen, bei dem Verhör des Lehrers dabeizusein.

«Wenn Ihr mir nicht glauben wollt, so laßt es bleiben. Ich bin es nicht gewesen, und das ist die Wahrheit. Mehr habe ich nicht zu sagen.»

«So seid doch vernünftig, Bucher.» Claes erhob sich von dem Holzstuhl, den der Weddeknecht für ihn in das hintere Zimmer der Fronerei getragen hatte, und begann ungeduldig in dem kleinen Raum auf und ab zu gehen. «Der Weddemeister gibt sich alle Mühe, die Wahrheit herauszufinden. Nur darum geht es, um die Wahrheit, nicht Euch schuldig und hängen zu sehen. Ihr habt gesagt, Ihr seid am vergangenen Donnerstag in der Bibliothek gewesen, bis kurz nach elf, das stimmt, dafür gibt es einen Zeugen. Dann, so sagt Ihr, habt Ihr die Bibliothek verlassen, um ein wenig frische Luft zu schnappen. Nun gut. Warum habt Ihr Euer Schreibzeug auf dem Tisch zurückgelassen? Ihr steht im Ruf, ein ordentlicher Mensch zu sein.»

Bucher seufzte. Er saß nun schon so lange in diesem schmuddeligen, stickigen Zimmer, sein Gefühl für die Zeit war längst verloren. Weddemeister Wagner hatte ihm immer wieder die gleichen Fragen gestellt, er hatte immer die gleichen Antworten gegeben. Nein, er habe Donner nicht getötet, obwohl er, das gebe er gerne zu, über dessen Tod in keiner Weise betrübt sei. Er habe die Bibliothek verlassen, um ein wenig spazierenzugehen, das tue er häufig, wenn er über seinen Unterricht nachdenken müsse. Nein, er habe unterwegs niemanden getroffen, der das bezeugen könne. Jedenfalls erinnere er sich nicht. Er sei in Gedanken gewesen, dann sehe er nie jemanden.

Er war erleichtert gewesen, als plötzlich der Scholarch auftauchte. Der hatte zuerst mit Wagner im vorderen Raum gesprochen, er hatte die Worte nicht verstehen können, und dann mit dem Weddemeister zusammen das Verhör fortgesetzt. Nicht daß Claes Herrmanns seine Situation wirklich verbessern konnte, aber der Mann im teuren Rock und makellosen Hemd, die ruhige, gebildete Sprache, minderten sein Gefühl, in eine fremde Welt voller Feinde geraten zu sein.

«Nun gut», sagte Claes Herrmanns, blieb vor dem

Lehrer stehen und sah ihn nachdenklich an. «Nun gut. Ihr seid also spazierengegangen und wißt niemanden, der das bezeugen könnte. So etwas kann geschehen, wenn es auch in Eurer Lage fatal ist. Dann sagt mir etwas anderes: Wo wart Ihr gestern nachmittag? Sagen wir etwa ab drei Uhr?»

«Gestern? Was sollte das mit dieser Sache zu tun haben. Ich habe im Mietstall am Drillhaus ein Pferd geliehen und bin ausgeritten. Es muß bald nach zwei Uhr gewesen sein. Ich miete dort oft ein Pferd, der Stallmeister kennt mich gut. Ihr könnt ihn fragen, er wird sich ganz bestimmt daran erinnern.»

«Das werden wir tun», sagte Claes Herrmanns, und Wagner lehnte sich auf seinem Hocker mit einem triumphierenden Schnaufer zurück gegen die Wand. «Bald nach zwei Uhr. Aha. Wohin seid Ihr geritten?»

«Auf den Wall und über die Lombardsbrücke, durch das Dammtor und hinauf nach Eppendorf. Auch das tue ich häufig. Es ist ein besonders schöner Ritt.»

«Gewiß seid Ihr in einem Gasthaus eingekehrt, im Krug bei der Koppel am Eichwald zum Beispiel, und die Wirtin dort kann das bezeugen.»

«Nein, Monsieur Herrmanns», Bucher seufzte gereizt, «ich bin nicht eingekehrt. Das tue ich zwar manchmal, gestern aber nicht. Ich bin weit geritten und habe nur eine Rast im Gras gemacht, irgendwo hinter Eppendorf am Alsterufer. Da war niemand als ein paar Gänse, Hasen und Störche.

«Hasen und Störche, soso», sagte Wagner, und Claes Herrmanns fragte: «Ihr seid sicher, daß Ihr nur an der Alster wart? Nicht auch jenseits der Alster? In Wandsbek womöglich?»

«Ganz sicher. Nach Wandsbek hätte ich durch die Furt reiten müssen. Die ist zwar niedrig zur Zeit, aber ich bin auf dieser Seite der Alster geblieben. Warum fragt Ihr das alles?»

«Wann seid Ihr zurückgekommen? Wann habt Ihr das Pferd wieder in den Mietstall gebracht?» fragte Wagner, der aufgestanden war, neben Claes Herrmanns stand und grimmig auf Bucher hinabsah.

«Es muß etwa gegen sieben gewesen sein. Ich war ziemlich lange fort. Ja, sicher gegen sieben. Als ich meine Wohnung erreichte, erwartete mich meine Wirtin schon mit dem Abendessen. Das serviert sie immer um sieben.»

«Es tut mir leid, Bucher, die Dinge stehen schlecht für Euch. Ich rate Euch, noch einmal gut nachzudenken. Am besten schnell. Und bedenkt auch, daß ein Geständnis immer ein Weg ist, die Richter milde ...»

«Das ist unerhört! Ihr werdet mich sofort zum Weddemeister führen. Sofort!»

Die helle Stimme aus dem vorderen Raum unterbrach Claes Herrmanns' Ausführungen über die Gepflogenheiten der Richter abrupt. Zwar war schon seit einigen Minuten Gemurmel zu hören gewesen, aber das hatte niemand beachtet.

«Sofort!» rief die Stimme erneut, Wagner knurrte: «Was, zum Teufel ...», und Bucher flüsterte «Mein Gott, Melusine ...» Claes Herrmanns riß die Tür auf und stolperte fast über Grabbe. Der stand direkt dahinter, mit dem Rücken und den ausgebreiteten Armen zur nun weitgeöffneten Tür, als müsse er sie verteidigen. Was er tatsächlich mußte, denn vor ihm stand, den pfirsichfarbenen Sonnenschirm einem gezogenen Degen gleich in der kleinen Faust, ein zierliches, nicht mehr ganz junges

Fräulein mit feldmausbraunem Haar in einem Kleid aus braunrotem, mattgeblümtem Damast. Nur die an ihren Ohren zitternden winzigen Ohrringe aus Granat und noch winzigeren Perlen verrieten Angst, sonst war sie nichts als Entschlossenheit.

«Monsieur!» rief sie und schubste den verdutzten Grabbe beiseite. «Ich weiß nicht, wer Ihr seid, aber ich *verlange*, sofort den Weddemeister zu sprechen. Er hat einen unschuldigen Mann arretiert, und ich» – in diesem Moment entdeckte sie hinter Claes' Rücken Melchior Bucher, ihre Augen blinzelten heftig und ihre Lippen begannen zu zittern, aber nur für einen kleinen Moment, «ich verlange, gehört zu werden. Sofort.»

Sie schwieg und sah Claes an, als sei er ein am Tage wandelnder Werwolf, dem sie endgültig den Garaus zu machen gedenke. Er hätte sich gerne vorgestellt, so wie es die Höflichkeit selbst an einem so unerfreulichen Ort wie der Fronerei erforderte, aber da war Wagner schon neben ihm. «Ich bin der Weddemeister, Mademoiselle», sagte der mit amtlicher Strenge, «ich wäre Euch verbunden, wenn Ihr Monsieur Herrmanns nicht behelligen würdet ...»

«Das habe ich nicht vor», fiel ihm Mademoiselle Nieburg gleich ins Wort, «ich verlange nur, Euch zu sprechen, Weddemeister, und angehört zu werden. Oder seid Ihr etwa auch nicht der Weddemeister? Ich bin Melusine Nieburg und habe eine wichtige Aussage zu machen. Monsieur Bucher, ich sehe, daß er hier ist», sie zeigte mit ihrem Schirm in das hintere Zimmer und verfehlte dabei nur knapp Claes' Ohr, «er ist hier, nicht zu Recht, das werde ich bezeugen. Sofort. Ich werde nicht wieder gehen, ich werde ...»

«Bitte, Mademoiselle!» Claes hob beschwichtigend die Hände, ein Hauch von Mademoiselle Nieburgs Parfum erreichte seine Nase und erinnerte ihn seltsamerweise an Augustas Rosmarinbranntwein. «Wenn Ihr etwas zu sagen habt, werden wir Euch zuhören, mit Vergnügen. Doch dies ist ganz gewiß nicht der richtige Ort. Wenn Ihr erlaubt, werden wir eine spätere Verabredung treffen, an einem für eine Dame schicklicheren Ort.»

«Hier geht es nicht um Schicklichkeit, Monsieur, sondern um die Wahrheit. Ich weiß die Wahrheit, und wenn Monsieur Bucher zu ehrenhaft ist, sie zu sagen, so werde ich es tun. Monsieur Bucher und ich», sagte sie und reckte sich, so daß ihr Scheitel fast bis an Claes' Schulter reichte, «haben keine Schuld auf uns geladen. Keine! Abgesehen von meiner einfältigen Kleinmütigkeit. Und nun, wenn ich bitten darf, soll man mir einen Stuhl anbieten, damit ich mich setzen und diesen dummen Irrtum endlich beenden kann!»

Der dumme Irrtum, wie sie es nannte, war schnell geklärt. Ja, Monsieur Bucher hatte die Bibliothek am Tag des Todes von Adam Donner um elf verlassen. Aber nicht, um spazierenzugehen, sondern um sie, Melusine Nieburg, zu treffen, im Domgarten, weit vom Johanneum entfernt. Da war gewöhnlich um diese Zeit niemand, den sie kannten. Sie hatte ihn dort getroffen, warum, tue nichts zur Sache und gehe niemanden etwas an. Er war erst wenige Minuten, bevor die Glocke des Domes eins geschlagen hatte, davongeeilt, ohne jeden Zweifel war er an diesem Tag nicht zu früh, sondern zu spät im Johanneum angekommen.

«Er hatte auf keinen, auf gar keinen Fall, Gelegenheit, Monsieur Donner zu töten. Das werde ich jederzeit und auf die Heilige Schrift schwören, und ich bin als eine gottesfürchtige Frau bekannt. Niemand soll es wagen, einer Nieburg nicht zu glauben.»

Das wagte tatsächlich niemand. Außer Wagner. Doch dem bestätigte später – leider – der Domgärtner, die kleine Mademoiselle Nieburg und der Monsieur seien oft im Domgarten und dächten, daß sie keiner sähe. Täte wohl auch keiner, außer ihm. Ja, auch zur gegebenen Zeit habe er sie gesehen, das wisse er ganz genau, denn das sei ja der Tag gewesen, an dem jemand diesen Lehrer erstochen habe.

Melusine Nieburg war eben doch mehr als ein nettes Veilchen. Sie war eine stolze Rose, bei Gelegenheit sogar eine mit veritablen Dornen. Sie hatte es nur allzu viele Jahre lang nicht bemerkt.

Als Rosina den Neuen Wandrahm erreichte, verließen Monsieur Horstedt und Rektor Müller gerade in großer Eintracht das Herrmannssche Haus, unterwegs zur Wohnung Adam Donners, um dessen Nachlaß in Augenschein zu nehmen. Vom untätigen Herumsitzen wurde Simon auch nicht schneller gesund. Nachdem sie Muto vor Glück über seine Rettung endlich genug umarmt und durchs Haar gestrubbelt hatte, was der mit aller Nachsicht eines Fünfzehnjährigen für unpassende weibliche Gefühlsausbrüche über sich ergehen ließ, versuchte sie herauszubekommen, was er gesehen hatte.

Es war nicht viel. Ein kräftiger Mann, groß, aber nicht sehr groß, mit braunem Haar, dunklen Augen und vollen Lippen. Am schwierigsten war Mutos letzte Auskunft zu verstehen. Doch schließlich gelang auch das. Der Mann hatte geflucht, als er ihn das erste Mal ansprang, und zwar auf französisch. Ob er sich nicht irre? Vielleicht eher italienisch? Oder holländisch? Nein, französisch. Ohne jeden Zweifel.

«Also doch der Uhrmacher?» rief Anne, die dem Schauspiel mit wachsender Demut zugesehen hatte. Sie hatte sich für diese Minuten selbst wie eine Stumme gefühlt. Mutos Möglichkeiten, sich auszudrücken, waren viel größer und zahlreicher, als sie sich je vorgestellt hatte. Man mußte sich nur die Mühe machen, ihn ernsthaft zu beachten.

«Der Uhrmacher, das ist möglich», sagte Rosina. «Wagner war immer der Ansicht, er habe mit Donners Tod zu tun und einen Komplizen. Er hat mir Godard neulich gezeigt, die Beschreibung paßt tatsächlich gut. Aber das sind viele, auf die sie paßt, und französische Flüche gibt es in dieser Stadt wie Sperlinge im Garten der Domina.»

Die Beratung dauerte nicht lange. Es gab – zum Glück – auch nicht viele, die mitberieten. Christian war an der Börse, einer mußte sich ja um die Geschäfte kümmern, und Niklas konnte mit viel Mühe wieder überredet werden, zu seinem Privatlehrer zu gehen, für den nun die übliche Zeit war. Augusta hatte plötzlich beschlossen, Madame van Witten zu besuchen. Im Herrmannsschen Salon saßen nur noch Anne und Regina Horstedt. Die war erst bereit gewesen, von Simons Bett zu weichen, als Elsbeth ihren Platz einnahm und der Duft des Kaffees unwiderstehlich wurde. Ihr stets um ihr Wohl besorgter Gatte, ein entschiedener Gegner leichtfertigen Gebrauchs von Drogen jeder Art, hatte ja günstigerweise gerade das Haus verlassen.

«Am besten ist es», entschied Rosina schließlich,

«wenn ich mit Muto zur Godardschen Werkstatt gehe. Mit ein bißchen Glück können wir einen Blick durch die Fenster werfen, ohne entdeckt zu werden. Der vordere Raum ist recht hell, vielleicht kann Muto ihn sehen und erkennen. Oder er erkennt ihn eben nicht, dann wissen wir mehr und können neu überlegen.»

So verließen auch Rosina und Muto – allerdings erst nach den heftigsten Beteuerungen, die Werkstatt auf keinen Fall zu betreten und sich auch sonst auf keinerlei Leichtfertigkeiten einzulassen – das Haus. Anne sah ihnen vom Fenster des Salons nach. In ihrem Kopf hatte es wieder begonnen, dieses beunruhigende Drängen, sich zu erinnern. Woran nur?

Vor Godards Werkstatt herrschte wie auf dem ganzen Berg das übliche mittägliche Gedränge. Um so besser, das würde es leichter machen, neugierig durch die Fenster zu sehen, als gehörten sie nur zu denen, die zufällig vorbeikommen und eben durch Fenster sehen, hinter denen sich kostbare Waren verbergen. Dummerweise stand genau vor diesen ein junger Mann auf einem Hocker, gewiß der Gehilfe des Uhrmachers, von dem Wagner erzählt hatte, und putzte die Scheiben. Rosina fand, ungeduldig wie immer, nun bleibe nur noch eine direkte Frage.

Er bedauere, antwortete Jerôme und stieg beflissen von seinem wackelnden Schemel, nein, Monsieur Godard sei nicht zugegen. Gewiß könne auch er helfen, wenn die Mademoiselle ihm in den Laden folgen wolle.

Sie bedauere auch sehr, Rosina bemühte sich, ein wenig zu erröten oder zumindest so auszusehen, sehr bedauere sie, aber das dürfe sie leider nicht. Gewiß sei Monsieur schon unterwegs zu ihrer Herrschaft, der Godeffroyschen Weinhandlung. Sie habe nur fragen wollen, ob er heute wie bestellt komme.

O nein, Monsieur Godard sei ins Gasthaus *Zum Weißen Einhorn* gerufen worden, er sei gerade erst aufgebrochen. Die große Standuhr in der Diele stehe still. Wie ein Ochse vorm Tor. Leider. Und das, wo doch die Postkutsche nach Bremen und Amsterdam direkt vor der Tür abfahre und die Gäste und Reisenden immer die genaue Zeit wissen wollten. Monsieur Godard warte die Uhr schon lange und habe schon vor Wochen darauf hingewiesen, daß sie dringlich von Grund auf überholt werden müsse, die Feder müsse erneuert werden, sie sei völlig erlahmt, ganz und gar ohne Spannung, aber der Wirt ...

Verblüfft sah er der jungen Frau und dem rothaarigen Jungen nach, die schon über den Berg davoneilten. Allerdings nicht in die Richtung der Godeffroyschen Weinhandlung.

Es war nicht weit bis zum *Weißen Einhorn* in der Steinstraße. Nur über den Berg, durch den Speersort, und an dessen Ende begann schon die lange Straße, die durch das Steintor direkt aus der Stadt nach Osten führte. Sie entdeckten Pierre Godard in der Menge, als er nur noch wenige Schritte von dem Gasthaus entfernt war. Er ging eilig, und er trug eine Tasche, die viel zu groß und schwer schien, um nur das Werkzeug eines Uhrmachers zu bergen. Aus dem Gasthaus traten zwei Männer, beschirmten die Augen gegen die Sonne und sahen ungeduldig die Straße zum Steintor hinunter. Die Kutsche hatte offenbar Verspätung. Auch ein paar barfüßige Kinder und Männer drückten sich dort herum, warteten auch auf die Postkutsche und hofften, an einem Dienst für die Reisenden eine kleine Münze zu verdienen.

Rosina und Muto hatten Godard nun fast eingeholt. Er blieb vor dem schmalen Durchgang stehen, der neben dem Gasthaus in die stinkenden Hinterhöfe und Gänge führte, in denen Tausende ein Dasein fristeten, das vom Leben in den Vorderhäusern entfernt war wie ein fremder Kontinent. Bevor er sich umsehen und sie entdecken konnte, schob Rosina Muto schnell hinter ihren Rücken, was nicht viel nützte, er war schon fast so groß wie sie.

«Erkennst du ihn, Muto?» flüsterte sie. «Ist das der Reiter aus dem Erlenwald?»

Sie drehte sich fragend nach ihm um. Muto sah über ihre Schulter, starrte mit zusammengekniffenen Augen geradeaus, sein Kinn reckte sich aufgeregt vor, seine rechte Hand schnellte hoch, versteckte sich aus Sorge vor Entdeckung wieder halb hinter ihrem Rücken. Rosina verstand ihn gleich. Dort stand der Mann, der Simon töten wollte. Rosina betete, daß er sie nicht entdecken würde, bevor es ihr gelang, einen Boten zu Wagner in die Fronerei zu schicken.

Madame Horstedt hatte nun schon die dritte Tasse Kaffee getrunken, mit viel Mandelmilch verrührt, aber immerhin, als Claes zum Neuen Wandrahm zurückkehrte. Er gab sofort die Geschichte von dem unerhörten Auftritt Mademoiselle Nieburgs zum besten, und sicher lag es an dem Kaffee, daß Madame Horstedt in Tränen der Rührung über diesen Beweis von Treue ausbrach. Vielleicht aber auch an ihrer Erleichterung darüber, daß ihr Bruder nicht auch noch von einem Kollegen getötet worden war, was seinen Berufsstand in ein noch düstereres Licht gestellt hätte.

Erst als Claes auch von der umgehenden Freilassung

des Lehrers und der stolzen Haltung Mademoiselle Nieburgs berichtet hatte, mit der sie am Arm Melchior Buchers vor aller Augen über den Berg davongeschritten war, fiel ihm ein zu fragen, ob Rosina inzwischen eingetroffen sei und Muto mehr wisse als Simon.

Die Nachricht, die beiden seien zur Godardschen Werkstatt gegangen und schon fast eine Stunde fort, ließ ihn sofort aufspringen und nach Brooks schicken. Wenig später hatte der Stallmeister den Fuchs gesattelt, und Claes Herrmanns war auf dem Weg zum Berg.

Wieder stand Anne am Fenster, wieder sah sie jemandem nach, der in Eile das Haus verließ. Sie beobachtete, wie er sein Pferd geschickt um einen Karren herumlenkte, der hoch mit Hausrat beladen war. Ein paar barfüßige Kinder in abgerissenen Kleidern schoben ihn, während ein Mann und eine Frau vorne selbst in den Riemen lagen und die schwere Last zogen. Wieder eine dieser Familien, die aus ihren Wohnungen vertrieben wurden, um Speichern Platz zu machen.

Die Mietzinse, dachte sie, da war etwas mit den Mietzinsen gewesen. In diesem Augenblick schlug die Uhr auf der Kommode, sie hörte das Klingen der kleinen Glocke, begann wie stets und ohne darüber nachzudenken, die Schläge zu zählen, und endlich fiel es ihr ein.

«Natürlich!» rief sie. «Wie konnte ich das vergessen? Der neue Kalender! Madame Horstedt», aufgeregt griff sie mit beiden Händen nach deren Arm, «in welchem Jahr ist Simon geboren?»

«Aber das haben wir doch schon mehr als gründlich besprochen. Er ist 1752 geboren.»

«1752. Das stimmt. Natürlich. In welchem Monat? Und an welchem Tag?»

«Anno 1752. Im September. Am 14. September. Er war ein so süßes Kind ...»

«Und der andere Junge? Paul, Simons Cousin?»

«Am 6. September, meine Liebe. Könntet Ihr bitte meinen Arm wieder freigeben? Er schmerzt schon ein wenig. Danke. Ja, am 6. September. Oder am 7., der liebe Asmund wird es genau wissen, wie immer. Aber warum fragt Ihr das jetzt? Ihr seid so erregt, der Kaffee ist vielleicht doch nicht bekömmlich.»

«Nicht der Kaffee, Madame.» Anne ließ sich schwer ausatmend in einen Sessel fallen. «Nicht der Kaffee ist schuld. Ich weiß zwar nicht, wer Euren Bruder getötet hat oder wer Simon töten wollte. Aber ich weiß jetzt endlich, warum. Und hofft mit mir, daß mein Mann Rosina und Muto findet, bevor sie Monsieur Godard oder wer immer für ihn arbeitet in die Hände fallen.»

Und dann erklärte sie Madame Horstedt, die sich alle Mühe gab, der aufgeregten Rede ihrer Gastgeberin zu folgen, das Rätsel hinter den Verbrechen.

Es war im Herbst anno 1752 gewesen, als viele arme Leute in den ländlichen Regionen Englands gegen ein neues Gesetz protestierten, durch das sie befürchteten, in diesem besonderen Jahr einen höheren Mietzins bezahlen zu müssen. Das neue Gesetz bestimmte die Einführung des Gregorianischen Kalenders, eine Zeitrechnung, die schon seit Jahrzehnten, in einigen Ländern gar seit fast zwei Jahrhunderten, in ganz Europa und seinen Kolonien üblich war. Nun wurde also endlich auch in England der alte Julianische Kalender durch den Gregorianischen abgelöst. Die alte Zeitrechnung war so ungenau gewesen, daß die neue an ihrem Beginn elf Tage einsparen mußte.

Die Unruhen wegen der vermeintlich zu erwartenden Mieterhöhungen hatten in den Salons der gebildeten Häuser (besonders in denen der Hausbesitzer) für viel Amüsement gesorgt. Denn tatsächlich wurde das Jahr nicht verlängert, sondern, wenn auch dies nur vermeintlich, verkürzt. Es wäre also höchstens um eine Kürzung des Mietzinses gegangen, die natürlich nicht stattfand. Aus Prinzip und weil das Jahr tatsächlich genauso viele Tage zählte wie immer.

In jenem Jahr 1752 mußten elf Tage auf dem Kalender gestrichen werden. Auf den 2. September folgte damals sofort der 14. Den Tag von Pauls Geburt, den 6. September, hatte es in jenem Jahr überhaupt nicht gegeben. Der Dorfpfarrer, der dieses Datum in das Kirchenbuch eingetragen hatte, mußte entweder sehr betrunken oder sehr uninformiert gewesen sein. Der 6. September war tatsächlich der 17. September.

«Das bedeutet», schloß Anne triumphierend, «daß nicht Paul, sondern Simon der Erbe des alten Freundes seines Großvaters ist. Das bedeutet weiter, daß irgend jemand, der darauf spekulierte, von Pauls Erbe zu nutznießen, versucht hat, Simon umzubringen. Oder umbringen zu lassen. Wenn Simon nicht erben kann, erbt Paul. Ganz einfach.»

«Ich bin nicht sicher, ob ich all diese Zahlenverwirrung richtig verstanden habe», sagte Madame Horstedt und rieb sich ihren immer noch schmerzend geröteten Unterarm. «Aber ich denke doch. Ich bin nicht so schlecht im Rechnen, wie der liebe Asmund gerne glaubt. Ich kann wirklich nicht sagen, daß mir das alles gefällt. Was soll der arme Junge nur mit einem solchen Reichtum anfangen? Aber da ist eine andere Frage, die mich nun noch mehr verwirrt. Warum hat jemand den lieben Adam getötet?»

«Aber du *mußt* gehen», flüsterte Rosina aufgeregt. «Du mußt, wer sonst? Wagner kennt dich, er weiß, worum es geht, und wird dir gleich folgen.»

Aber Muto weigerte sich, zur Fronerei zu laufen. Er stand da wie angewachsen, starrte zum Eingang des *Weißen Einhorns* hinüber und schüttelte nur immer wieder den Kopf.

«Warum nicht? Mir kann hier nichts geschehen. Er kennt mich nicht. Wenn *du* bleibst, wird er dich sehen und wissen, daß du ihn erkannt hast. Er wird flüchten. Du mußt gehen, Muto.»

Der letzte Satz hatte vor Ärger laut geklungen, und sie drehte sich besorgt nach der Gasthaustür um. Aber da war niemand, der sie beachtete. Godard war mit seiner Tasche in dem Gasthaus verschwunden, auch die Männer, die nach der Kutsche Ausschau gehalten hatten, waren nicht mehr zu sehen. Nur der kleine ärmliche Haufen drückte sich noch an die Wand und wartete. Die Steinstraße, eine der breitesten der Stadt und schon seit Menschengedenken gepflastert, war nun nicht mehr ganz so belebt, aber immer noch zog ein langer Strom von Wagen und Karren auf ihr vom Steintor in die innere Stadt. Rosina wußte nicht, was sie tun sollte. Godard war schon vor einigen Minuten durch die Tür des Gasthauses getreten, und obwohl sie sicher glaubte, daß er darin wie die anderen Reisenden auf die Postkutsche wartete, wuchs ihre Sorge, er könne durch einen hinteren Ausgang in den labyrinthischen Gängen verschwinden. Von dort waren es nur wenige Schritte bis zum Mietstall am Schweinemarkt direkt vor dem Steintor. Wenn er einen Weg durch die Gänge dorthin fand, würde er entkommen.

Sie verstand Muto nicht. Er starrte mit steinernem Gesicht an ihr vorbei und reagierte auch nicht mehr auf ihre Fragen. Irgend etwas stimmte hier nicht, und sosehr sie sich auch dagegen wehrte, wuchs ihr Groll auf seine Halsstarrigkeit. Und auf seine Stummheit, die ihr zum erstenmal wie eine Waffe erschien. Eine Waffe, die er gegen sie richtete. Sie hatte sich noch nicht daran gewöhnt, daß er nicht mehr das Kind war, das fröhlich herumsprang und jeden Dienst erledigte, ohne nach dem Warum zu fragen.

Der schräge Klang eines Horns kündigte das Nahen der Postkutsche an. Sie konnte die Pferde schon sehen, den eckigen Aufbau der dunkelblauen Kabine, das auf dem Dach festgezurrte Gepäck.

«Muto», zischte sie zornig, «so beeil dich doch. Wenn er einsteigt, laufe ich hinterher. Bis zum Millerntor ist es weit, Wagner kann die Kutsche anhalten. Muto!!»

Aber Muto hörte nicht. Die Kutsche kam näher, ihre Räder polterten über das Pflaster, und vom Klang des Horns angelockt traten die Reisenden aus dem *Weißen Einhorn* auf die Straße. Godard konnte Rosina unter ihnen nicht entdecken. Einer der Männer war groß, aber nicht sehr groß, er trug einen schweren Reisesack, und trotz der Wärme des Tages hatte er einen Umhang über seinen moorbraunen Rock gelegt. Die Kutsche war schon ganz nah, da sah der Mann sich um, und seine Augen weiteten sich im Erkennen. Aber er sah nicht Rosina an, sondern Muto. Der Reisesack rutschte ihm aus den Händen, und er begann zu laufen. Er stolperte über eines der Bettelkinder, sprang vorwärts, stolperte wieder, und da war Muto schon bei ihm. Rosina schrie auf, doch es war zu spät, die Kutsche war da, und Muto schnellte vor. Er gab Karl Mosbert einen kräftigen Stoß, brachte sich selbst mit einem Sprung in Sicherheit, und unter den entsetzten Schreien der Menschen auf der Straße kam die Kutsche zum Stehen.

Sie zogen Karl Mosbert unter den Pferden hervor, und alle waren einig: Hätte dieser Junge mit dem roten Haar ihn nicht so entschlossen zur Seite gestoßen, wäre von den Hufen der Pferde nicht nur sein linkes Bein, sondern sein ganzer Körper zerschmettert worden.

Aus allen Häusern kamen die Neugierigen, um nur nichts von dem blutigen Unfall vor dem *Weißen Einhorn* zu versäumen. Claes Herrmanns hatte große Mühe, sich durch die Menge zu drängen, bis er Rosina erreichte. Die hockte neben Muto im Schmutz der Straße, hielt ihn in den Armen und weinte immer noch. Ob von der ausgestandenen Angst um sein Leben oder vor Zorn über seinen Leichtsinn, hätte sie nicht zu sagen gewußt. Aber danach fragte auch niemand.

Zwischen den Schaulustigen, die aus dem Gasthaus auf die Straße geeilt waren, stand auch Pierre Godard. Er trug das Gewicht der Standuhr, die in der Diele des Gasthauses *Zum Weißen Einhorn* ihren Dienst verweigert hatte, noch in der Hand. Er war der erste, der wieder an seine Arbeit ging, ein Uhrmacher und ein friedliebender Mensch. Gewalt war ihm von jeher zuwider, selbst wenn es nur darum ging, ihren Folgen zuzusehen.

13. KAPITEL

SONNTAG, DEN 28. AUGUSTUS

«Das Glücke kommt selten per Posta, zu Pferde, es geht zu Fuße, Schritt für Schritt ...» Der Gesang der Stiftsdamen von St. Johannis klang hell durch den Spätsommertag und übertönte sogar das Getrappel der Hufe und das Rumpeln der Kutschen. Zu Anfang waren sie sich über die Tonhöhe nicht ganz einig gewesen, doch der volle Alt der Ehrwürdigen Jungfrau Domina hatte sofort und wie gewöhnlich die Führung übernommen, schon bei der dritten Zeile sangen die zehn Damen in melodischer Einigkeit. Die Demoiselles Nieburg und Meyerink hatten die zweite Stimme übernommen, und selbst wenn ihre zarten Töne nicht eindeutig zu hören waren, gaben sie dem Gesang doch eine delikate Tönung, die man auf einer schlichten Landpartie nicht unbedingt erwarten konnte. Nicht einmal auf einer, wie sie die Domina hin und wieder für ihre Konventualinnen und einige geladene Gäste in einem der Klostergärten ausrichten ließ. Normalerweise sangen sie nie, bevor sie ihr Ziel und die Abgeschlossenheit eines Gartens erreicht hatten, aber heute herrschte eine besonders frohe Stimmung, und so wurde das erste Lied schon bald nach dem Dammtor angestimmt. «Geh aus mein Herz und suche Freud, in dieser schönen Sommerzeit», was gut für einen Augustsonntag paßt, und mit seinen fünfzehn Strophen bis hinter Harvestehude reichte. Dort stimmte Mademoiselle Meyerink ‹Grüß Gott du schöner Maien› an, was Mademoiselle Pollermann wegen der falschen Jahreszeit (vielleicht auch wegen Mademoiselle Meyerink, die sie heimlich für ein dummes, eitles Kaninchen hielt) nicht mitsang, aber allen anderen viel Vergnügen bereitete.

Heute rollten die Kutschen zur Eppendorfer Alstermühle, einem der zahlreichen Besitztümer von St. Johannis, deren Garten als besonders lieblich und üppig galt. Außerdem wollte Domina van Dorting diskret und ganz nebenbei dem Müller ins Gewissen reden, von dem man hörte, daß er sich seit einiger Zeit dem Branntwein und vor allem der dazugehörigen Wirtin intensiver als zulässig widmete.

Den drei Wagen des Klosters folgte der Herrmannssche Zweispänner. In dem saßen außer Anne und Claes auch die beiden Horstedts und Simon. Regina Horstedt sang trotz des etwas engen Mieders aus voller Brust das Lied vom Glück mit, das selten mit der Postkutsche kommt. Ihr lieber Asmund hatte ihr zwar gleich nach der ersten Zeile zugeflüstert, daß der Unfall vor dem *Weißen Einhorn* mit Gottes Hilfe wohl den Richtigen ereilt habe, dieses Lied in Anbetracht der Umstände dennoch recht pietätlos erscheine. Außerdem sei die Post darin nur als Symbol für Eile gemeint, und sie sei schließlich noch in Trauer. Was seine sonst so ergebene Gattin heute von Anfang bis Ende überhörte.

In einer ganzen Reihe von folgenden Wagen beobachteten die erstaunten Bauernkinder am Wegrand eine bunt zusammengewürfelte, vergnügte, um nicht zu sagen lärmende Gesellschaft. Das erstaunte um so mehr, als die Domina doch sonst keinen Lärm duldete.

Den Wagen folgten einige vornehm gekleidete Reiter, zu denen auch Niklas und Christian Herrmanns und Lorenz Bauer gehörten. Dessen Schwester Henny saß vergnügt ihren Eltern gegenüber in einer der Kutschen. Für Christian hatte sie allerdings auch heute nur ein höfliches Lächeln und nicht ein Wort zu dem Gedicht übriggehabt, das er ihr kürzlich verehrt hatte. Womöglich lag es an den nicht allzu elegant gereimten Versen, aber vielleicht hätte er auch anstatt der Lieblichkeit der Herbstsonne auf den Eimsbütteler Stoppelfeldern besser Hennys Schönheit gepriesen.

All die Kutschen und Pferde fanden kaum Platz auf dem Mühlenhof, und die Müllerin hatte ein überrolltes Huhn und fünf zertretene Sternblumenstauden zu beklagen. Wegen der zu erwartenden Ermahnungen der Domina an ihren untreuen Mann würde sie die jedoch nicht auf die Rechnung für die Klosterverwaltung schreiben.

Rosina, Muto und Titus saßen auf dem Bock des Wagens, der mit der restlichen Beckerschen Komödiantengesellschaft und allerlei Reisekörben beladen als letzter in den Hof rollte. Muto sprang sofort herunter und verschwand mit Niklas und Simon, die ihn schon erwartet hatten, auf dem Pfad hinunter zu dem zweifachen Mühlrad und zum Fluß.

«Mademoiselle?» Ein Mädchen im lichtblauen Kattunkleid mit schneeweißer Schürze, etwa fünfzehn oder sechzehn Jahre alt, knickste vor Rosina. Es war viele Jahre her, daß das letzte Mal jemand vor ihr geknickst hatte, es sei denn auf der Bühne, und sie sah das Mädchen verblüfft an. Unter dessen leichter Haube kringelten hellbraune Locken rötlich glänzend hervor, winzige

Sommersprossen zogen sich über Nase und Backenknochen, die blauen Augen blickten ohne Scheu. Das konnte nur Lisabeta sein, die neue Dienerin der Domina. Es versprach nicht leicht zu werden, aber sie würden einander gewachsen sein.

«Verzeiht, Ihr seid doch Mademoiselle Rosina? Die Ehrwürdige Jungfrau möchte Euch begrüßen. Wenn Ihr mir bitte folgen wollt? Am besten gleich», fügte sie hinzu, und Rosina war sicher, daß es um ihre Augen und in ihren Mundwinkeln verschwörerisch zuckte.

«Geh nur», rief Helena, die gerade mit Rudolf einen der Körbe vom Wagen hob, «wir schaffen das schon allein. Du weißt ja», fügte sie lachend hinzu, «eine Domina darf man nicht warten lassen.»

So eilte sie Lisabeta nach, die schon beim Durchgang der Hecke zum Garten wartete, um ihre Dienstherrin für fünf Tage zu begrüßen.

Im Blumengarten der Mühle, der Gemüsegarten war durch eine hohe Buchenhecke abgetrennt, bogen sich schon die Tische. Magda war gleich nach Sonnenaufgang zur Mühle hinausgefahren, zwei Küchenmädchen, den Klosterknecht und Kisten und Körbe voller vorbereiteter Köstlichkeiten auf dem Wagen. Für frisches Gemüse würde die Müllerin sorgen, verschiedenste Sorten Geflügel, gestern gerupft und ausgenommen, warteten wie Ochsenbraten, Fische, Kannen voller Sahne und Tonschüsseln mit Butter im Eishaus am Fluß. Im Schatten uralter Eichen bogen sich die Tische unter Schalen und Schüsseln voller Köstlichkeiten, die nicht nur die Damen Bauer und van Witten alle guten Vorsätze, ganz gewiß nur von diesem und jenem ein wenig zu kosten, umgehend vergessen ließen: eisgekühltes Konfekt aus Schokolade, Buttercreme, Marzipan und Konfitüren, Butterbrezeln, Makronentorten, Apfelkuchen mit Zimt- und Mandelstreuseln, Birnenpudding und Quittencreme, Pflaumen- und Kornelkirschenkompott, Gelees aus Ananas und Trauben, und dann die Platten mit dem Krebsstrudel, Hummer in Aspik, mit leichten Weißbrot- und deftigen Schwarzbrotschnitten, belegt mit Kaviar, Eiern auf Senfbutter oder geräuchertem Lachs, mit Pökelzunge, Beefsteak oder feinen Käsen aus Frankreich. Es folgten Pasteten von Rebhuhn, Auerhahn und Gänselebern, Platten mit Schinken und gesottenem Gemüse, kaltem Hirsch- und Kalbsbraten, verschiedensten Würsten. Auf einem steinernen Ofen köchelten in zwei großen Töpfen eine Bouillon von Hühnern und Tauben und eine Kartoffelsuppe auf englische Art. Der jüngste Sohn des Müllers schwitzte in der Mitte eines Buchsbaumrondells und drehte über einem nur mehr glosenden Feuer ein Ferkel am Spieß, von dessen bräunender Schwarte zischend Fett in die Glut tropfte.

Die Konventualinnen des St.-Johannis-Stifts wußten von jeher, daß die Lobpreisung Gottes auch darin bestand, sich an den köstlichsten seiner Gaben gütlich zu tun. Zumindest bei feierlichen Anlässen und ganz besonders, wenn sie die Mitglieder des Rats und andere respektable Gäste bewirteten.

An dem Tisch mit den Limonaden, dem Punsch und den Obstweinen (wenn Rosina den Inhalt der Gläser richtig beurteilte, war allerdings auch ein schwerer goldener Bordeaux darunter) standen Claes Herrmanns, Rektor Müller und Monsieur Horstedt mit einem etwa vierzigjährigen Mann, den Rosina noch nie gesehen hatte. Die hohe Stirn über dem viereckigen Gesicht, die schlichte dunkelbraune Perücke verrieten wie die Ruhe in seinen Augen Geduld und Nachdenklichkeit. Samuel Heinicke war Soldat gewesen und Sekretär des Grafen Schimmelmann, er spielte Orgel und Violine, sprach Latein und Französisch. Nun war er Lehrer und Küster von Eppendorf. Pastor Granau hätte lieber seinen Schwager auf diesem Posten gesehen, anstelle dieses äußerst unbequemen Menschen mit einem eigenen Kopf voll wahrhaft abstrusen Ideen. Es hieß, er habe mit Freimaurern, Theaterleuten und anderen Freigeistern enge Verbindungen, und in der Dorfschule mache er alles anders als seine Vorgänger. Das war zuviel für einen einfachen Küster, auch wenn der zugleich Kantor und Dorfschullehrer war. Die Bauern hatten ihn zuerst auch nicht gemocht. Nachdem er begann, seine liebste Idee in die Tat umzusetzen, wurden sie immerhin neugierig. Monsieur Heinicke hatte sich des taubstummen Kindes des Eppendorfer Müllers angenommen, das nun – es war wirklich ein Wunder – schon erste Worte und sogar ganze Sätze sprach. Pastor Granau donnerte zwar von der Kanzel, dies sei ein Frevel gegen Gottes allmächtigen Plan, doch das fanden der Müller und viele andere in den umliegenden Dörfern nicht. Vor allem, seit Hauptpastor Goeze von der Hamburger Katharinenkirche die ungewöhnliche Schularbeit Heinickes mit Wohlwollen bedachte.

«Rosina!» Claes Herrmanns winkte ihr vergnügt mit dem Weinglas zu. «Wenn Ihr Muto irgendwo seht, würdet Ihr ihn bitte zu uns schicken? Hier ist jemand, der ihn unbedingt kennenlernen möchte.»

Und schon hatte er sich wieder abgewandt und fuhr fort, nun ganz der Scholarch, sich von Heinicke seine Lehrmethoden erklären zu lassen.

Im Halbschatten einer Ulme hielt Madame Horstedt hof. Anders war es nicht zu bezeichnen, denn sie thronte dort wahrhaftig wie eine Königin auf einer gepolsterten Bank, umgeben von den meisten der Stiftsdamen auf zierlichen Stühlen. Nur Mademoiselle Puttbau saß mit krummem Rücken neben ihr, weil sie als Älteste – sie war am vergangenen Karfreitag dreiundachtzig geworden – das Vorrecht auf den besten Platz hatte. Simons Mutter erzählte, gewiß zum fünftenmal, die Geschichte der wunderbaren Rettung ihres Adoptivsohnes aus dem Moor und die Neuigkeit von seinem Erbe. Vor allem auf die Hintergründe dieser Erbschaft verwendete sie viel Zeit, was günstig war, weil die Damen nach soviel Aufregung nicht mehr allzu genau nach den Ursachen für den Tod Adam Donners fragten. Die wurden allerdings sowieso mit jeder Wiederholung schmeichelhafter für ihren Bruder, worüber allgemein diskret hinweggegangen wurde, wie es sich in gebildeten, christlichen Kreisen gehört.

Die Verwirrung in England wegen der Einführung des Gregorianischen Kalenders hatte den Dorfpfarrer 1752 tatsächlich ein falsches Geburtsdatum ins Kirchenbuch eintragen lassen. Was niemand bemerkte, erst recht nicht nach all den Jahren, als endlich das Testament verlesen wurde, mit dem alles Übel begonnen hatte. Adam Donner jedoch merkte es gleich, als er den Brief seiner Schwester aus Husum las. Er hielt das für sein großes Glück, was es aber nicht war, jedenfalls wenn man die Summe der Ereignisse betrachtete.

Nachdem er den Brief seiner Schwester ein zweites Mal gelesen und begriffen hatte, schrieb er, wie sie ihn aufgefordert hatte, tatsächlich sogleich an die neuen Verwandten. Allerdings nicht, um dem jungen Paul alles Gute für sein weiteres reiches Leben zu wünschen. Adam Donner erläuterte Pauls Vater Alfred Weller den Irrtum mit dem Datum und machte ihm einen Vorschlag. Ein solches Testament sei nicht gerecht, so hatte er es ausgedrückt, christlich wäre es gewesen, den beiden Jungen je die Hälfte des Vermögens zu hinterlassen. Dennoch wolle er sich bemühen zu vergessen, daß es den 6. September anno 1752 nicht gegeben habe und der vermeintlich 6. tatsächlich der 17. September sei. Er wolle somit auch vergessen, daß sein Neffe Simon vier Tage vor Paul Weller geboren und somit der rechtmäßige Erbe sei. Dazu werde Mr. Weller sich gewiß mit Freuden bereit zeigen, ihn angemessen zu entschädigen, damit er die große Last dieser Verantwortung tragen könne. Er werde sich gerne mit einem Drittel der Einkünfte aus dem englischen Besitz begnügen, was deutlich weniger als die eigentlich angemessene Hälfte sei. Für dieses Entgegenkommen erwarte er die entsprechenden Urkunden samt Unterschriften und Siegeln mit der nächstmöglichen Post. Andernfalls sehe er sich gezwungen, den unglücklichen Vorgang zu melden. In absehbarer Zeit gedenke er nach London zu kommen, um alles in Augenschein zu nehmen. Über die weiteren Modalitäten, insbesondere die Wahl einer vertrauenswürdigen Bankverbindung, werde man sich dann leicht einigen.

Mit der nächstmöglichen Post, genau gesagt mit dem nächsten Schiff, kam kein Brief mit den gewünschten Urkunden, sondern Alfred Weller selbst. Er mietete sich unter dem Namen Karl Mosbert, Theateragent aus Mannheim, im Gasthaus *Zum Weißen Einhorn* ein, und machte Adam Donner einen ersten Besuch.

Der liebe Adam, pflegte Madame Horstedt an dieser Stelle mit feuchten Augen zu sagen, hat gewiß gefehlt, als er diese Forderung an den Vater des lieben Paul stellte. «Aber er wollte nur, daß sein lieber Neffe Simon auch einen Anteil an dem Erbe seines Großvaters bekam. Was nur gerecht war.»

Wobei vor rührender Anteilnahme niemandem auffiel, daß zum einen nicht Simons Großvater, sondern dessen alter Freund diesen Reichtum hinterlassen hatte, und zum anderen Simon sowieso das ganze Erbe erhalten hätte, Adam Donner hingegen keinen Schilling.

Alfred Weller, ein jüngerer Sohn aus dem Süddeutschen, war einst nach London in die Kaufmannslehre geschickt worden. Dort erprobte er bald eine Methode, die Kontorbücher zu seinen Gunsten zu verändern, die sich schnell als ungünstig erwies. Kurz und gut, er landete nur deshalb nicht im Kerker, weil sein Lehrherr die guten Geschäftsverbindungen ins Pfälzische nicht riskieren wollte. Weller zog der beschämenden Heimkehr die Flucht ins ländliche Yorkshire vor. Dort versuchte er sich mehr schlecht als recht im Handel mit diesem und jenem, vor allen mit eigenen Mixturen, die von der ewigen Jugend bis zum Kurieren von Furunkeln alles versprachen. Schließlich heiratete er eine junge Näherin, ganz gegen den Wunsch ihrer Mutter, und zog später mit ihr und dem ersten Sohn nach London, um endlich reich und bedeutend zu werden. Leider gelang beides nicht.

In der großen Stadt schlüpfte er in einer Teehandlung unter. Dort sah man ihn trotz seiner mangelnden Referenzen gern, weil seine Neigung zum großzügigen Umgang mit Recht und Wahrheit die Geschäfte des Kaufmanns nur fördern konnte. Trotzdem wurde aus der kleinen Handlung in einer schmutzigen Hintergasse bei Covent Garden, die vor allem vom Tee- und Branntweinschmuggel über dunkle Wege vom südenglischen Rye lebte, kein Handelshaus. Womöglich lag das auch daran, daß sowohl Weller als auch sein Herr allzu viele Abende in den zahlreichen Londoner Hinterhoftheatern verbrachten, in denen etliche der Aktricen ihre Reize nicht nur auf der Bühne verkauften.

Eines Tages kam dann dieser Advokat und brachte die frohe Kunde von Pauls Erbschaft. Mit irgendeinem listigen Lehrer, kaum weniger betrügerisch als er selbst, wollte er den plötzlichen Reichtum ganz gewiß nicht teilen.

«Und dann», an dieser Stelle schluchzte Madame Horstedt auf und nahm dankbar ein Glas Holunderwein entgegen, «nun ja, wir wissen natürlich nicht genau, was dann geschah. Aber ich denke, dieser böse Mensch hat mit dem lieben Adam gefeilscht, und als es nichts nützte, schritt er zur Tat. Diese seltsame Waffe hat er in dem Gasthaus gefunden. Der Uhrmacher – wobei ich nicht sagen will, daß dessen Nachlässigkeit an allem schuld ist, obwohl das durchaus zu bedenken wäre – der Uhrmacher hat sie dort liegengelassen, als er die Uhr in der Diele wartete.»

Daß Karl Mosbert alias Alfred Weller in der Fronerei in tiefem Fieber lag, mußte sie nicht erwähnen, das wußte jeder in der Stadt. Er hatte seine ganze Geschichte erzählt, Stück für Stück, der Hinweis auf die Kammer für die peinliche Befragung mit den glühenden Eisen gleich nebenan hatte bei Anfällen von Verstocktheit zweifellos nachgeholfen. Doch obwohl einer der geübteren Chirurgen sein zerschmettertes Bein gleich amputiert hatte, war zu befürchten, daß ihn der Brand doch noch tötete. Was Christoph Gottlieb Holländer, Ratsmitglied und Erster Richter am Oberngericht durchaus grämte. Einen Mörder, Betrüger und Totschläger wie diesen Weller könnte er nicht nur henken, sondern auch rädern lassen. Das wäre endlich wieder ein lehrreiches Beispiel für die Jugend, die für dieses Ereignis per Ratserlaß von Schule und Arbeit befreit werden würde.

Regine Horstedt leerte ihr Glas in einem Zug, bemühte sich um ein tapferes Lächeln und sagte: «Doch nun, meine Lieben, genug von dieser schrecklichen Sache. Ich würde sehr gerne mehr über das Leben in dem schönen Johanniskloster wissen. Man spricht in der Stadt, daß dort ein alter Mönch umgehen soll. Das ist doch wirklich mal ein anregendes Ereignis.»

In diesem Moment mußte Mademoiselle Meyerink den Kreis der Damen leider verlassen. Wirklich leider, die Domina erwartete sie längst. Zurück blieb nur ihr Duft nach Puder und Pomeranzen, was aber niemanden störte, denn ohne sie ließ sich viel vergnüglicher von den Geräuschen im Keller erzählen.

Rosina passierte Madame Horstedt im Kreise ihrer Bewunderinnen immer noch auf der Suche nach Domina van Dorting, die seltsamerweise nicht zu finden war. «Meine Güte! Das arme Mädchen», rief Mademoiselle Pollermann gerade, eine kugelrunde Dame in burgunderfarbener Seide mit einem hauchfeinen spitzengesäumten Batisthäubchen auf ihrem von Silberfäden durchzogenen, ebenfalls burgunderroten Haar. Rosina war froh, daß es doch noch jemanden gab, der Karla als ein Opfer des Pedells erkannte.

Karla saß nun im Spinnhaus gefangen. Von Thilde

Töltjes hatte man gehört, sie lebe jetzt bei ihrer Schwester, einer Wäscherin in Övelgönne. Trotz der schweren Arbeit sei sie äußerst zufrieden, was nur befremdlich fand, wer Töltjes nicht kannte.

Der Pedell, der Karla auf ihre kleinen Diebeszüge in den Klosterkeller geschickt hatte, würde lange Zeit im Werk- und Zuchthaus verbringen. Er hatte zwar immer wieder beteuert, er sei unschuldig, zu dieser kleinen Sache mit dem Keller der Stiftsdamen sei er nur verführt worden, weil jemand den Gang geöffnet habe, überhaupt habe er das nur durch einen Zufall gemerkt. Aber niemand glaubte ihm. Wer sonst sollte es auch getan haben? Etwa ein ehrbarer Lehrer nach gründlichem Studium der alten Klosterpläne, die er ebenfalls ganz zufällig in der Bibliothek entdeckt hatte, um ab und zu und stets nur für ein halbes Stündchen einer womöglich noch ehrbareren Klosterdame heimlich die Hand zu halten? Etwas so Absurdes fiel niemandem ein, und geglaubt hätte es gewiß auch niemand. Außer, vielleicht, die Domina.

Die fanden Lisabeta und Rosina schließlich im Obstgarten. Sie stand mit Augusta und Anne vor einem Haselgebüsch und sprach gerade mit ungewohnter Heftigkeit über eines ihrer Lieblingsthemen, nämlich die Einrichtung einer Mädchenschule. Allerdings keiner, wie sie die alten Zisterzienserinnen geleitet hatten, in der die Mädchen nur lernten, was sie in Küche, Kirche und Nähstube brauchten, und selbst das nur notdürftig, sondern von einer richtigen Lateinschule, nur weniger verstaubt als das Johanneum, der gute Müller möge ihr verzeihen. Schließlich seien Mädchen um kein Deut dümmer und anspruchsloser als Knaben.

Rosina trat näher und entdeckte, daß halb verborgen

hinter vorhängenden Zweigen noch eine vierte Gestalt bei den Damen stand. Mit Schrecken erkannte sie den jungen Mann im violetten Rock als den Maler, der im Salon der Domina gewesen war, als sie, mit nichts als einem schmutzigen Nachtgewand bekleidet, von Magda als Diebin hereingeschleppt worden war.

«Rosa, endlich», sagte die Domina, die sich noch nicht an Rosinas richtigen Namen gewöhnt hatte, und lächelte wie ein gutgelaunter Fuchs. «Bevor die Tische leergegessen sind und du mit deiner Gesellschaft ein wie man flüstert recht verwegenes Singspiel aufführst, möchte ich eine Erinnerung an unser Abenteuer festhalten lassen. Das ist Meister Tulipan, ich hoffe, daß ihr euch *nicht* aneinander erinnert. Er wird uns gemeinsam malen, nur eine kleine Skizze, es geht ganz schnell. Jedenfalls hat er das versprochen, obwohl man in dieser Hinsicht auf seine Versprechungen nicht viel geben kann.»

Paul Tulipan parierte den leisen Tadel der stets ungeduldigen Ehrwürdigen Jungfrau mit einem kaum verhohlen spöttischen Lächeln. «Nicht Meister, Domina», sagte er sanft, «ich bin noch in der Lehrzeit, wie Ihr sehr wohl wißt.»

«Glaubt Ihr, Ihr dürftet mich malen, wenn ich Euch nicht für einen Meister hielte? Aber nun gut, dann eben nur Tulipan. Doch nun greift zu Eurem Rötelstift und fangt endlich an. Ich will um nichts in der Welt dieses Singspiel versäumen, und ohne Rosa, Pardon, Rosina kann es gar nicht erst stattfinden.»

Augusta und Anne verabschiedeten sich, für etwas so Langweiliges wie eine Malersitzung war weder die eine noch die andere zu haben, und die Domina setzte sich auf einen Lehnstuhl, den einer der zahlreichen Söhne des Müllers für sie herangeschleppt hatte. Rosina, bestimmte sie, solle hinter ihr stehen, aber nicht zu weit, sie müsse recht gut im Bild erscheinen.

So packte Tulipan Zeichenpapier und Rötelstifte aus seiner schwarzsamtenen Tasche und begann die Ehrwürdige Jungfrau und die Komödiantin zu zeichnen, an die er sich als an das Mädchen der Domina ganz genau erinnerte. Er ließ sich Zeit. Daß es ganz schnell gehen würde, hatte sowieso niemand geglaubt.

Irgendwann, Rosina begann sich schon zu wundern, warum der Maler so lange für eine einfache Skizze brauchte, entdeckte sie hinter den Fliederhecken Melusine Nieburg und Melchior Bucher. Sie promenierten Arm in Arm, so wie sie es vielleicht bis vor wenigen Wochen nur im Domgarten gewagt hatten. Heute taten sie es ohne Scheu und sicher zum letztenmal in einem der Klostergärten von St. Johannis. Bucher hatte eine ehrenvolle Berufung zum Prorektor an die Lateinschule in Bremen angenommen. Im Oktober schon würde er Hamburg verlassen, und mit ihm seine ihm bis dahin frisch und – zugegeben – unziemlich eilig angetraute Ehefrau Melusine.

Es hatte Claes Herrmanns und Johann Samuel Müller eine halbe Nacht und den besten Portwein aus Claes' Keller gekostet, Pastor Goeze als den Senior des Scholarchats dazu zu bringen, eine überzeugende, *tatsächlich* überzeugende Empfehlung für den ungewöhnlich befähigten Pädagogen nach Bremen zu schreiben. Das wußte Bucher nicht, er würde es auch nie erfahren. Fast niemand wußte, daß der Rektor und der neue Scholarch bei einer überraschenden Teeinladung der Domina auf diese formidable Idee gekommen waren. Bei der Plauderei mit dieser unerwartet friedfertigen alten Dame war ihnen ganz von selbst der kluge Gedanke gekommen, daß es für Bucher und auch für Mademoiselle Nieburg nach dieser unerfreulichen Geschichte angenehm wäre, in eine andere Stadt zu ziehen, und daß ein wenig heimliche Unterstützung nur recht und billig wäre.

«Nun?» fragte die Domina in Rosinas Gedanken. «Ist ‹ganz schnell› endlich erreicht, Tulipan?»

«Sofort, Domina.» Er sah seine Modelle noch einmal genau an, blickte auf sein Zeichenblatt, besserte hier und da ein wenig nach und lächelte sie mit diesem beunruhigend vertrauten türkisfarbenen Schimmer an. «Ihr seid ein wunderbares Modell, Ehrwürdige Jungfrau. Wenn Ihr bitte sehen wollt?»

Er reichte ihr das Blatt und trat einen Schritt zurück unter den Apfelbaum.

Die Domina hob ihre Lorgnette und betrachtete die Arbeit des Malers lange. «Sehr schön», sagte sie schließlich, «wirklich sehr schön. Bis zu Eurem Meisterbrief kann es nicht mehr lange dauern. Bestellt das Eurem Meister von mir. Allerdings, mein lieber Tulipan, wer hier tatsächlich das wunderbare Modell ist, steht wohl außer Frage.»

Dazu sagte Paul Tulipan nichts. Er machte seine Reverenz und band seine Malertasche zu. Aus dem Apfelbaum über ihm erhob sich eine kleine Lerche in den Wind und machte sich auf den langen Weg zurück zu ihrem Nest auf dem Heiligengeistfeld. Nur sie hatte gesehen, daß er eine zweite Skizze gemalt und mit dem übrigen Zeichenpapier in seine Tasche gesteckt hatte. Die zeigte allein das eigenwillige Gesicht einer jungen Frau, deren Blick in die Ferne hinter dem Fluß gerichtet war.

GLOSSAR

Admiralität Die 1623 gegründete Institution war so eine Art frühe Schiffahrtsbehörde. Sie organisierte, verwaltete und beaufsichtigte in Hamburg nahezu alles, was mit der Fluß- und Seefahrt zu tun hatte, nicht zuletzt war sie auch die Instanz für die Seegerichtsbarkeit.

Akademisches Gymnasium Die etwa dreijährige Ausbildung am A. G. galt vor allem als Vorbereitung auf das Universitätsstudium. Der Besuch folgte in der Regel auf den Abschluß am (→) Johanneum, es gab jedoch auch öffentliche Vorlesungen. An dem über die Stadtgrenzen hinaus renommierten Institut unterrichteten sechs Professoren, u. a. in den Fächern Logik und Metaphysik, Beredsamkeit und Moral oder verschiedenen Naturwissenschaften. Zumindest im 18. Jh. gab es Rivalitäten mit den Kollegen im Johanneum, auf die einige der Professoren des A. G. hinabsahen.

Bach, Carl Philipp Emanuel (1714–1788) Der zweite Sohn und Schüler Johann Sebastian Bachs studierte Jura in Leipzig und Frankfurt/Oder, ab 1737 gehörte er zur Kapelle des preuß. Kronprinzen und späteren Königs Friedrich II. Sein Spiel auf dem ‹Clavier›, dem Cembalo und dem Clavichord galt als unübertroffen. Im März 1768 folgte er seinem Patenonkel Georg Philipp Telemann im Amt des Städtischen Musikdirektors der fünf Hamburger Hauptkirchen und als Kantor des (→) Johanneums nach. B. wurde zu seinen Lebzeiten weitaus höher geschätzt als sein heute berühmterer Vater. Zu seinem Hamburger Freundeskreis gehörten (→) J. G. Büsch, (→) J. A. H. Reimarus, (→) G. E. Lessing, M. Claudius, F. G. Klopstock und J. H. Voß.

Bark Der große, eher bauchig gebaute Dreimaster gehörte seit der Mitte des 18. Jh zu den wichtigsten Langstreckenseglern der Handelsflotten.

Basedow, Johann Bernhard (1724–1790) studierte nach dem Besuch des Hamb. (→) Johanneums Theologie in Leipzig. Eine Stellung als Professor der Moral und schönen Wissenschaften an einer dänischen Ritterakademie verlor er wegen seiner Kritik an den Kirchen. Gönner am dänischen Hof arrangierten seine Versetzung an das Altonaer Christianeum (Lateinschule). Dort wurden seine Schriften bald verboten, für Hamburg erreichte der orthodoxe Hauptpastor von St. Katharinen J. M. Goeze ein Druckverbot. 1764 untersagte eine Senatsverordnung, die auf B.s Werke zielte, das Lesen und Verbreiten kirchenkritischer, von der orthodoxen Lehre abweichender Schriften. Auch B.s Freunde, z. B. Goezes Amtsbruder an St. Katharinen, der der Aufklärung nahestehende Julius Gustav Alberti, gerieten in den Verdacht der Ketzerei. Besonderen Ärger machte B.s Forderung nach einer grundlegenden Schulreform, nach der u. a. der Religionsunterricht überkonfessionell sein sollte, der Kirche die Schulaufsicht zugunsten des Staates entzogen und Lehrer pädagogisch ausgebildet werden sollten. 1768 wurde B. mit Hilfe des dän. Ministers v. Bernstorff bei vollem Gehalt (800 Taler jährl.) vom Unterricht freigestellt, um sich ganz seinen

Schriften widmen zu können. B. gilt als Hauptvertreter des Philanthropinismus, der von J. J. Rousseaus «Émile» beeinflußten pädagogischen Reformbewegung des letzten Drittels des 18. Jh., die ihren Ausgang in dem 1774 von B. in Dessau gegründeten «Philanthropin» fand. In diesem Internat wurden Knaben – bürgerliche Mädchenbildung beschränkte sich weiterhin auf das für devote Ehe- und Hausfrauen nötige Minimum – zur Entfaltung ihrer natürlichen Kräfte, zu «vernünftigem» Denken und gemeinnützigem Tun erzogen. Zu den Fächern gehörten neben modernen Sprachen auch so revolutionäre wie Leibesübungen, Sexualkunde und handwerklicher Unterricht.

Bode, Johann Joachim Christoph (1730–1793) schaffte es vom Hütejungen zum Musiker u. Komponisten, zum Korrektor und Übersetzer (aus dem Franz., Ital., Engl.) von Theaterstücken und zum Redakteur beim (→) *Hamb. Correspondenten*. 1767 eröffnete er eine Druckerei und Buchhandlung. Die mit seinem Freund (→) G. E. Lessing geplante «Buchhandlung der Gelehrten» scheiterte, mit Druck und Verlag (ab 1772) des von M. Claudius (1740–1815) herausgegebenen Zeitschrift «Der Wandsbeker Bote» hatte er mehr Erfolg. Der äußerst aktive Freimaurer ging 1778 nach Weimar und wurde dort meiningischer Hofrat, gothaischer Legationsrat und darmstädtischer Geheimrat.

Bugenhagen, Johannes, Prof. Dr. (1485–1558) Der Mitarbeiter, Beichtvater und Freund Luthers und Melanchthons organisierte zw. 1528 und 1544 das Kirchen-, und damit auch das Schulwesen in Hamburg, Lübeck, Pommern, Dänemark, Schleswig-Holstein, Braunschweig-Wolfenbüttel und Hildesheim im Sinne der Reformation. In Hamburg wirkte der fleißige Mann vom Oktober 1528 bis zum Mai 1529. Als Begrüßungsgabe brachten ihm die drei Bürgermeister der Stadt einen Ohm (152 Liter) Wein, zwei Tonnen (196 Liter) Bier und einen fetten Ochsen.

Büsch, Johann Georg (1728–1800) gehörte zu den Gründern (1765) der bald *Patriotische Gesellschaft* genannten *Hamburgischen Gesellschaft zur Beförderung der Manufacturen, Künste und nützlichen Gewerbe*, in der sich zum erstenmal Angehörige verschiedener Stände, Gewerbe und Religionsgemeinschaften zusammenschlossen. Diese Vereinigung wurde schnell zum Mittelpunkt der Hamburger Aufklärer und aktiven Reformer. Patriotisch meinte damals gemeinnützig, der Schwerpunkt des außerordentlich aktiven Engagements lag auf dem Bildungs- und Sozialwesen. Mit J. G. Klopstock begründete B. eine Lesegesellschaft, in der die Frauen die Lektüre auswählten. Ab 1756 lehrte er als Professor der Mathematik am (→) Akad. Gymnasium, wo er ab 1764 auch öffentliche Vorlesungen hielt. Seit 1768 war er außerdem Lehrer an der neuen ‹Handlungs-Academie›, die er ab 1771 leitete. Die Schule versorgte junge Männer aus ganz Europa erstmals organisiert mit wirtschaftstheoretischem Fachwissen. Einer der berühmtesten Schüler war Alexander von Humboldt. Etliche Hamburger argwöhnten allerdings, die zahlreichen Nicht-Hamburger würden als gut ausgebildete Konkurrenten später dem Handel der Stadt schaden. Nach der Marineschule (1749) und der (schulgeldfreien) Schule für Bauzeichnen (ab 1767, drei St./wöch. nach Feierabend) war die Handlungs-Academie die dritte berufliche Fachschule. 1770 folgte die Schule für Freihandzeichnen (für «Designer» u. a. der Kattundruckereien).

Cäcilia von Oldessem (gest. 1544) Nachdem Hamburg 1528 protestantisch geworden war, weigerten sich die Zisterzienserinnen des Klosters Harvestehude (Herwardeshude), dem katholischen Glauben abzuschwören. So wurde das Kloster 1530 zerstört, die Nonnen fanden bei ihren Familien und in anderen Klöstern Aufnahme oder entschieden sich «für den heiligen Ehestand». Einige konvertierten und zogen in das teilweise zum Jungfrauenstift umgewandelte (→) Kloster St. Johannis. C., die letzte Äbtissin in Harvestehude, wurde die erste protestantische Äbtissin in St. Johannis. Erst ihre Nachfolgerinnen wurden Ehrwürdige Jungfrau Domina tituliert.

Caffa Der halbseidene Damaststoff, eine Seite glatt, die andere rauh, galt im 18. Jh. als hochmodern. Die Straße Caffamacherreihe in der Hamburger Neustadt zeugt davon, daß sich hier einst besonders viele Caffamacher niedergelassen hatten.

Caron, Pierre Auguste (1732–99) Musiker, Uhrmacher, Erfinder mechanischer Apparate, Literat. Nachdem er für Madame Pompadour, Mätresse und Beraterin des franz. Königs Ludwig XV., eine perfekte, auf einem Fingerring zu tragende Uhr von nur neun Millimeter Durchmesser gebaut hatte, stieg er zum Harfenlehrer der Prinzessinnen und zum Sekretär des Königs auf. Seinen Adelstitel, *de Beaumarchais*, mußte er 1756 trotzdem selbst kaufen. Er führte ein skandalumwittertes Leben und entkam 1792 nur knapp der Guillotine der Revolutionäre, zu deren Wegbereitern er mit seinen den Obrigkeitsstaat verspottenden Komödien *Le barbier de Séville* (1775) und *Le mariage de Figaro* (1783) gehörte, Vorlagen für die gleichnamigen Opern von G. Rossini und W. A. Mozart. Von 1793 bis 1796 hielt sich C. als Emigrant in Hamburg und Holland auf. Er starb hochverschuldet in Paris.

Commerzdeputation Die Vorläuferin der Handelskammer wurde 1665 von Großkaufleuten als selbständige Vertretung des See- und Fernhandels gegenüber Rat und Bürgerschaft gegründet. Sie hatte sieben Mitglieder (sechs Kaufleute und einen Schiffer) und gewann bald großen Einfluß auf Handel und Politik. Ihre 1735 gegründete Bibliothek besaß schon nach 15 Jahren etwa 50000 Bücher und gehörte zu den größten und bedeutendsten Europas. Ab 1767 unterstand ihr auch die 1619 nach Vorbildern in Venedig und Amsterdam gegr. Hamburger Bank für den Giro- und Wechselverkehr. Die schuf mit der ‹Mark Banco› eine stabile (durch die Kundeneinlage von Silberbarren gedeckte) Währung für den lokalen und internationalen Geldverkehr. In jenen Zeiten einer verwirrenden Vielfalt der Währungen von ständig schwankendem Wert wurde die zuverlässige Bancomark schnell eine der gefragtesten Währungen im europäischen Handel.

Cox, James Englischer Meister prunkvoller und komplizierter Automatenuhren. Inspiriert durch das gute Geschäft mit Fürst Potemkin baute er 56 weitere kostbare Uhren und Automaten, um sie an indische Fürsten zu verkaufen, was wegen innerindischer Unruhen nicht gelang. Die juwelenbesetzten Kunstwerke, damals auf knapp 200000 Pfund Sterling geschätzt, konnten in England nicht verkauft werden und wurden unter immensen Sicherheitsvorkehrungen öffentlich ausgestellt. Schließlich, 1773, erlaubte das Parlament, sie über eine Lotterie zu Geld zu machen.

Dragonerstall Der Stall, einst auf dem westlichen Wall zwischen den Bastionen Ulricus und Joachimus für die Pferde der Hamburger Dragoner gebaut, wurde schon 1740 von den Brüdern Mingotti zum Theater umgebaut. Beide waren als Opernprinzipale Topstars, tourten durch ganz Europa und gastierten bis 1754 häufig in Hamburg, 1748 mit einem Kapellmeister namens Christoph Willibald Gluck. Später traten in dem «kleinen Komödienhaus beim Dragonerstall» reisende Theatertruppen aller Art auf, von denen besonders französische Vaudeville-Truppen dem Hamburger Nationaltheater am Gänsemarkt bittere Konkurrenz machten. Im Lauf der Zeit wäre aus dem Stall beinahe eine reformierte Kapelle und später ein Weinlager geworden. Auch der Plan eines besonders wagemutigen Unternehmers, hier nach spanischem Vorbild Stierkämpfe vorzuführen, blieb Idee.

Eimbecksches Haus Das Gebäude aus dem 13. Jh. stand an der Straße Dornbusch. Es beherbergte zunächst Rat, Gericht und eine Schenke und wurde nach dem Bier aus Eimbeck (heute: Einbeck) benannt, das nur dort ausgeschenkt werden durfte. Als Gesellschaftshaus blieb es durch die Jahrhunderte ein beliebter Treffpunkt der Bürger. Im 18. Jh. befanden sich hier u. a. auch ein Anatomisches Theater, eine Hebammenschule und ein Sezierraum, in dem «Selbstmörder und von unbekannter Hand gewaltsam Getötete entkleidet zur Schau gestellt und mitunter seziert» wurden. Von 1769 bis 1771 wurde das Haus prachtvoll neu erbaut. 1842 fiel es dem «Großen Brand» zum Opfer, nur die Bacchusstatue vom Eingang des Hauses wurde gerettet. Sie bewacht nun den Eingang zum Ratskeller im «neuen» Rathaus.

Ewer Der in den vergangenen Jahrhunderten meistgebaute deutsche Segelschifftyp. Für die Hamburger und die Anrainer der ganzen Unterelbe war er im 18. Jh. sozusagen das Allround-Schiff für alle Gelegenheiten. Das offene, einmastige Fahrzeug unterschiedlicher Größe wurde z.B. zum Transport landwirtschaftlicher Produkte und von Brennmaterial aus dem Umland, als Fährschiff oder als Postewer, aber auch für die Flußfischerei eingesetzt.

Fleete werden die Gräben und Kanäle genannt, die in Hamburg seit dem 9. Jh. gleichzeitig als Entwässerungsgräben, Müllschlucker, Kloaken, Nutz- und Trinkwasserleitungen und als Transportwege dienten. Manche waren (und sind es noch) breit und tief genug für Elbkähne. Viele F. fallen bei Ebbe flach oder trokken, so wurden die Lastkähne mit auflaufendem Wasser durch die Fleete zu den Speichern u. a. Häusern in der Stadt gestakt, entladen und mit ablaufendem Wasser zurückgestakt.

Fronerei Eine Art Untersuchungsgefängnis auf dem großen, ‹Berg› genannten Platz südwestlich der Hauptkirche St. Petri. Im Keller befand sich eine Marterkammer für «peinliche Befragungen», die zu dieser Zeit nur noch mit Genehmigung des Rats durchgeführt werden durften. Die letzte offizielle Folterung fand in Hamburg 1790 statt. Der Fron, sozusagen der Fronerei-Chef, war zugleich der Scharfrichter. Für Gefangene der bürgerlichen Klassen wurde 1768 in dem aus dem

14. Jh. stammenden Turm des Winser Tores am Meßberg eine (allerdings erheblich gemütlichere) Arrestantenstube eingerichtet.

Graham, George (1673–1751) Einer der bedeutendsten Uhrmacher des 18. J. Der Londoner erfand 1715 eine nach ihm benannte ruhende Hemmung, die dem Pendel am äußersten Punkt seiner Schwingung noch einen leichten Schub gab. So wurde die Gleichmäßigkeit der Pendelbewegung vergrößert und damit die Genauigkeit des Uhrwerks.

Hamburger Nationaltheater wurde von zwölf Hamburger Kaufleuten gegründet und am 22. April 1767 eröffnet. Obwohl es die besten deutschen Schauspieler seiner Zeit versammelte, war es von Anfang an ein Pleiteunternehmen. Rabiate Gläubiger, interne Streitigkeiten und Desinteresse des Publikums führten nach monatelangen auswärtigen Gastspielen schon am 25. November 1768 zur Schließung. Während des Sommers 1768 stand es bereits so schlecht, daß selbst Konrad Ekhof, der als ‹Vater der Schauspielkunst› bezeichnete Tragöde, seine Gage in Naturalien, d. h. in Eintrittskarten bekam, die er in den Gassen zu Geld machen mußte. Der berühmte Prinzipal Konrad Ernst Ackermann übernahm 1769 das neue Haus im Opernhof am Gänsemarkt, das er zuvor gebaut und schon selbst geführt hatte. Sein Stiefsohn schließlich, der geniale Schauspieler Friedrich Ludwig Schröder, führte das Theater zu großem Erfolg.

Heinicke, Samuel (1722–1790) Der Sohn eines wohlhabenden kursächsischen Bauern ließ sich in Dresden zum Militär anwerben, floh im Siebenjährigen Krieg (1757–63) aus preußischer Gefangenschaft nach Hamburg. Dort wurde er zunächst Privatlehrer, dann Sekretär des Wirtschaftsmoguls und königlich-dänischen Schatzmeisters Graf Schimmelmann, schließlich durch dessen Vermittlung Küster und Kantor an der St.-Johannis-Kirche in Eppendorf, damals ein Dorf weit vor den Toren Hamburgs. Zu seinen Aufgaben gehörte auch der Unterricht in der kleinen Dorfschule. Seine modernen Lehrmethoden erregten großes Mißtrauen, aber eine Prüfung ergab so gute Resultate, daß zwar nicht sein Pastor, doch immerhin die bäuerlichen Eltern den Fremden zu schätzen begannen. Seine besondere Liebe galt taubstummen Kindern, die er mit einer eigenen Methode und großem Erfolg unterrichtete. Auf den Sohn des Eppendorfer Pachtmüllers folgten schnell andere aus der weiteren Umgebung, die bei ihm und seiner Frau in Pension lebten. Nachdem ihm 1774 der russische Geheimrat Graf Vietinghof seine taubstumme Tochter anvertraute, wurden Heinicke und mit ihm Eppendorf berühmt. 1778 rief ihn der sächsische Kurfürst nach Leipzig, um dort eine Taubstummenanstalt zu gründen. H. gilt auch heute noch als ein Pionier des Taubstummenunterrichts.

Hübner, Johann (1668–1731) war von 1711 bis zu seinem Tod Rektor des Johanneums. Er wurde vom Gymnasium Merseburg nach Hamburg verpflichtet, weil er sich weniger für Philosophie, dafür mehr für die «Realien», bes. für Geschichte, Geographie, Genealogie und Deutsch interessierte. Auch war er schon als Autor von Dichtungen, Schulbüchern und erzieherischen Schriften berühmt. Selbst Dichterfürst Goethe schickte 1806 Hübners *Anleitung zur deutschen Poesie* (1696) an seinen Freund W. v. Humboldt. Trotzdem galt H. nicht gerade als pädagogisches Vorbild. Eitle Selbstgefälligkeit, regelwidrige Bevorzugung ‹seiner› Primaner und ein heftiges Temperament machten ihn und die von ihm geführte Schule nicht beliebter. Als sein Konrektor einmal einen seiner Schüler auf die Bank eines von Hübners Primanern setzte, war der über dieses Sakrileg so erbost, daß er den Kollegen verprügelte. Auch die folgende sechswöchige Suspendierung und öffentliche Entschuldigung sollen sein Temperament nicht gemildert haben.

Hugenotten Bezeichnung für die französischen Calvinisten (Protestanten) seit der Mitte des 16. Jh. Die blutige Verfolgung der H. durch die franz. Könige trieb die meisten in die Emigration, vor allem nach N.-Amerika, Großbritannien, die Schweiz, die Niederlande und in deutsche Gebiete, insbes. Brandenburg-Preußen und Hessen-Kassel. Zuletzt (1701–1704) fand der Krieg gegen eine noch bestehende bäuerliche Gemeinde in den Cevennen statt. Waren die ersten franz. Anhänger der Reformation vor allem Angehörige des Hochadels, konvertierten bald immer mehr wohlhabende Kaufleute und hochqualifizierte (Kunst-)Handwerker. Sie nahmen ihr Wissen, ihre Verbindungen und ihre Fähigkeiten mit ins Exil. Das Aufblühen der britischen und der Niedergang der französischen Uhrenindustrie z. B. war eine Folge der Vertreibungen. Im strikt lutherischen Hamburg durften die Reformierten sich zunächst nicht niederlassen, im norddeutschen Raum waren ihre ersten Stationen deshalb Stade und Altona. Erst 1716 entstand eine eigene Hamburger Gemeinde unter dem Schutz des Holländischen Gesandten. Nach und nach erhielten die H. wie andere Nicht-

Lutheraner mehr Rechte, die volle Religionsfreiheit jedoch erst mit der neuen Stadtverfassung von 1860.

Johanneum / St.-Johannis-Schule Die im Zuge der Reformation 1529 eröffnete Lateinschule wurde nach ihrem Standort im alten (→) Kloster St. Johannis benannt. Die erste Schulordnung von (→) Bugenhagen schrieb fünf Klassen vor, zwei mehr, als im Mittelalter üblich gewesen war, Lehrinhalte wurden reformiert, das Schulgeld gestaffelt und für begabte arme Kinder Stipendien eingerichtet. Im Laufe der Jahrhunderte wurde die Schulordnung, die Organisation, Verwaltung und Lehrinhalte der Schule festschrieb, immer wieder der Zeit angepaßt. In der Mitte des 18. Jh. hatte das J. acht Klassen, von Oktava bis Prima, die in zwölf bis dreizehn Jahren absolviert wurden. In jeder Klasse unterrichtete ein Lehrer, nur die Prima wurde von Rektor und Konrektor geleitet (letzterer wird in diesem Roman unterschlagen). Außerdem gab es einen Kantor, einen Zeichen- und einen Rechenmeister. Nur wer schon (halbwegs) Deutsch lesen und schreiben konnte, wurde aufgenommen. Fächerkanon und Stundenaufteilung der einzelnen Wochentage waren genau festgelegt. Latein war neben Religion auch im 18. Jh. noch zentraler Unterrichtsstoff, dennoch wurde nun überwiegend in Deutsch unterrichtet und zunehmend Wert auf die perfekte Beherrschung der Muttersprache in Wort und Schrift gelegt. Weitere Fächer: Griechisch, Hebräisch, Historie, Geographie, Rhetorik, Logik. Neben etwa zwanzig Wochenstunden am J. erhielten die meisten Schüler weitere sechzehn Stunden Privatunterricht zur Vertiefung des Lehrstoffes. Für zukünftige Handwerker galten die unteren vier Klassen als ausreichend. Wer Kaufmann werden wollte oder sollte, begann spätestens nach der Prima mit einer mehrjährigen Lehre. Zukünftige Studenten besuchten nach dem J. zur Vorbereitung auf die Univ. in der Regel noch das (→) Akademische Gymnasium.

Kaiserhof am Neß Das renommierte Gasthaus für vornehme Gäste der Stadt wurde 1619 nur wenige Schritte von Rathaus und Börse entfernt erbaut. Seine Renaissance-Fassade galt als die schönste in Hamburg. Deshalb wurde sie 1873 bei Abriß des Gebäudes abgetragen und im Hof des *Museums für Kunst und Gewerbe* wiederaufgebaut. Dort ist sie heute noch zu sehen.

Kapok Watteähnliches, faseriges und wasserabstoßendes Polstermaterial aus den inneren Fruchtwänden des Kapok- oder Baumwollbaumes (Ceiba). Die bis zu 50 m hohen Bäume wachsen in etwa zwanzig Arten vor allem in den tropischen Regenwaldgebieten, aber z. B. auch auf Madeira.

Kloster St. Johannis Das 1235 gegründete Dominikanerkl. wurde wahrscheinlich nach den beiden Johannes, dem Evangelisten und dem Täufer, benannt. Mit der Auflösung bzw. der Umwandlung der hamb. Klöster in soziale Einrichtungen während der Reformation wurde der Kreuzgang für die Lateinschule (→) Johanneum zu Klassenräumen umgebaut; der größere Teil des alten Gemäuers nahm die zum evangelischen Glauben konvertierten Nonnen des zerstörten Harvestehuder Zisterzienserinnenklosters auf. Auch wenn es keine Nonnen mehr gab, brauchte die Stadt eine Einrichtung zur standesgemäßen Versorgung unverheirateter «Töchter aus gutem Haus». Während der Besitz der vertriebenen Dominikaner (41 Mönche und 13 Novizen) zugunsten der Stadtkasse verkauft wurde, behielten die Nonnen, nun Stiftsjungfrauen oder Konventualinnen genannt, den ihren: neben kostbaren Kirchenschätzen etliche Dörfer «mit zum Teil bedeutenden Holzungen», Ländereien und Pachthöfe, innerhalb der Stadtmauern Brau- und Wohnhäuser, Speicher und Grundstücke. Alte Lebensmittel-Listen zeugen von reichlichen, wahrhaft weltlichen Genüssen. Das St. J. unterstand nicht wie die Jungfrauenstifte anderer Regionen der Kirche, sondern wurde von Mitgliedern des Rats und gewählten Bürgern unter Beteiligung der jeweiligen Domina verwaltet. Im Kloster gab es neben der geräumigeren der Domina neunzehn Wohnungen aus je zwei Zimmern und Küche, von denen im Laufe der Jahrhunderte immer mehr leer blieben, weil immer weniger der eingekauften Damen im Kloster lebten. Vielleicht wegen der strengen, allerdings nicht immer erfolgreichen Zucht: 1632 und 1804 wurde je eine Konventualin wegen Schwangerschaft vor die Tür gesetzt, eine andere 1734, «weil sie vor 20 Jahren in Unehren eine Tochter geboren hatte». 1837 zogen die Konventualinnen in ein neues Gebäude am Schützenwall nahe dem Steintor (heute Klosterwall), auch ein Witwenhaus (für W. «der gebildeten Klassen») wurde errichtet; nach und nach wuchs die Zahl der Konventualinnen wieder auf 100 an. (1841 begann der Abriß der mehr als 500 Jahre alten Klostergebäude.) 1872 wurden vom Verkaufserlös einiger Grundstücke die *Unterrichtsanstalten des Klosters St. Johannis* eröffnet, eine Mädchenschule (ab 1916 bis zum Abitur) und ein Seminar für Lehrerinnen, die 1881 von 742 Schülerinnen und 92 Seminaristinnen besucht wurden. Die Klosterschule am Holzdamm nahm nur gutbürgerliche Schülerinnen auf, der Andrang war groß, nicht zuletzt wegen der fortschrittlichen Lehrinhalte, die Gymnastik, Physik, Chemie und Mathematik einschlossen. Heute befindet sich das St.-Johannis-Kloster, ein als Wohnheim geführtes Damenstift, an der Alster in Eppendorf. Immer noch gibt es eine Domina. Die verzichtet inzwischen allerdings auf die Anrede Ehrwürdige Jungfrau.

Kulubin, Ivan berühmter russischer Automatenbauer des 18. Jahrhunderts.

Küterhaus Schlachthaus

Lessing, Gotthold Ephraim (1729–1781) Schriftsteller, Kritiker und Philosoph und einer der bedeutendsten Vertreter der deutschen Aufklärung. 1766, er war schon hochgerühmt, aber arm wie eine Kirchenmaus, stand er «auf dem Markte und war müssig ...», als aus Hamburg das Angebot kam, dort am neugegründeten (→) Hamb. Nationaltheater Konsulent (Rechtsberater) und Dramaturg (hauseigener Kritiker) zu werden. Die Stadt und die Leute gefielen ihm, in der Hoffnung auf einige ruhige, angenehme Jahre sagte er zu. Er wollte seine «theatralischen Werke, welche längst auf die letzte Hand gewartet haben, daselbst vollenden und aufführen lassen. Solche Umstände waren nötig, die fast erloschene Liebe zum Theater bey mir wieder zu entzünden.» Außerdem wollte er mit dem Druckerei-Besitzer Johann Joachim Christoph (→) Bode gemeinsame Sache und endlich etwas Geld machen. Tatsächlich wurde sein Lustspiel *Minna von Barnhelm* (nach einigen Querelen mit dem nach der Zensur rufenden preußischen Gesandten) in Hamb. uraufgeführt, mit mäßigem Erfolg; tatsächlich wurde er Kompagnon von Bode und verlor dabei nur das Geld, das er mit dem Verkauf des größten Teils seiner Bibliothek für die Einlage erzielt hatte. Seine *Hamburgische Dramaturgie*, als zweimal wöchentlich erscheinende Theaterschrift gedacht, erschien umgehend in Leipzig als Raubdruck. Den Profit machten andere. Im Herbst 1768 verließ er das Hamburger Theater, die Stadt erst 1770, um eine Stellung als Bibliothekar im ungeliebten, weil einsamen Wolfenbüttel anzutreten. L. lebte bei allem Verdruß gerne in Hamburg, in Briefen schrieb er immer wieder von den Freundschaften und geistigen Anregungen, die er dort gefunden hatte und in Wolfenbüttel so sehr vermißte.

Mannheimer Hof- und Nationaltheater Es dauerte dann doch noch etliche Jahre bis zur Eröffnung des M. H.- und N.th. 1779. Leider hieß der erste Direktor auch dann nicht Jean Becker, auch nicht G. E. Lessing, der zunächst mit dem Schauspieler Konrad Ekhof im Gespräch gewesen war. Die Leitung übernahm der wichtigste Förderer Heribert von Dalberg. Der Theaterdichter hieß 1783/84 Friedrich Schiller, der Regisseur von 1792 bis 1796 August Wilhelm Iffland.

Müller, Johann Samuel (1701–1773) wurde 1732 Rektor der Hamburger Gelehrtenschule (→) Johanneum. Er war kein großer Gelehrter, sondern ein engagierter pädagogischer Praktiker: ‹Ein Mann von vorzüglichen Gaben des Herzens, der gute und doch strenge Schulzucht zu halten verstand, nachgiebig zur rechten Zeit, aber auch fest und bestimmt, wo es not tat› (Edmund Kelter, 1928). Er neigte den Ideen der Aufklärung zu, und als großer Verehrer des Theaters und gelegentlicher Opernlibrettist förderte er das Theaterspiel am Johanneum entschieden. Die Texte, zumeist zu Themen aus der klassischen Antike, schrieb er in der Regel selbst und übte sie auch ein. Die öffentlichen Vorführungen waren so beliebt, daß es durch den Andrang der Kutschen jedesmal zum Verkehrschaos kam und die Damen ersucht wurden, ohne Reifröcke zu erscheinen. Die zunächst lateinischen, später deutschen Aufführungen waren Redeübungen und dramatisierte Dialoge. Sie fanden ein- bis zweimal jährl. an vier aufeinanderfolgenden Tagen ‹*in verschiedenen Rollenbesetzungen statt. Weiberrollen vermied er, nur beim Nero sei die Person der Agrippina viel zu wichtig, als daß sie füglich weggelassen werden könne, aber deswegen sei es nicht nötig, daß sie im Frauenkleide erscheine*›. Im März 1773 wurde sie von Johann Carl Daniel Curio dargestellt, damals Johanneumschüler, später ein für Reformen im Sinne der Aufklärung engagierter Pädagoge. Für die Zwischenmusiken sorgten der Kantor und ‹Städtische Generalmusikdirektor› G. Ph. Telemann und nach seinem Tod 1767 sein Patensohn und Nachfolger Carl Philipp Emanuel (→) Bach. Müller gehörte zum Kreis der Hamburger Aufklärer, von denen etliche seine Schüler waren. Unter ihm wurde das Johanneum, so (→) Büsch 1769 in der *Hamburgischen Neuen Zeitung*, «eine Schule, welche bei dem jetzigen Verfall der Schulen sich vielleicht rühmen kann, die blühendste und zahlreichste in Deutschland sein».

Nationaltheater Der Begriff wurde von Johann Elias Schlegel geprägt und meinte ein stehendes, öffentlich gefördertes und von Zensur und Hof unabhängiges Theater. Es sollte nationalsprachige Stücke aufführen, die literarisch anspruchsvoll nationales, d. h. hier bürgerliches Selbstverständnis spiegelten. Das Ziel formulierte 1784 Friedrich Schiller im in hunderte politische Einheiten zersplitterten Dtsch. Reich: «Wenn wir es erleben, eine Nationalbühne zu haben, so würden wir auch zur Nation.» Was im deutschsprachigen Raum stets nur teilweise gelang, verwirklichte der dänische Dichter Ludvig Holberg mit königlicher Förderung schon 1748 in Kopenhagen.

Neue Hamburgische Zeitung Nach der Gründung 1767 wurde die N. in der 2. Hälfte des 18. Jh. neben dem *Hamburgischen Correspondenten* (gegr. 1731) und dem *Altonaischen Mercurius* (gegr. 1690) schnell die dritte über Norddeutschland hinaus bedeutende politische Zeitung der Region.

Neuer Wandrahm Der Name benennt seit dem 17. Jh. die Verlängerung des Alten W. Beide Straßen liegen auf der Wandrahminsel, im Areal der heutigen, ab 1885 erbauten Speicherstadt. Bis zur Verlegung auf den noch südlicheren Grasbrook vor den Wällen im Jahre 1609 standen hier die Wandrahmen, große Gestelle, in die die Tuchmacher das gefärbte Tuch (Wand, Lein-Wand) zum Trocknen und Glätten einspannten. Der Begriff Wand für Tuch geht auf das 8. Jh. zurück. Er bedeutete in gotischer Zeit Rute und übertrug sich über die aus Ruten geflochtene (mit Lehm verputzte) Haus‹wand› auf das wie Flechtwerk strukturierte Gewebe.

Pedell Hausmeister einer Schule oder Hochschule.

Postkutsche Etwa 48 reitende Boten und 74 Postkutschen etlicher verschiedener Postanstalten verließen und erreichten Hamburg in der zweiten Hälfte des

18. Jh. wöchentlich, davon überquerten 58 die Elbe. Briefe, auf den meisten Strecken auch Reisende, wurden so über den ganzen europäischen Kontinent nach England und bis in die Türkei befördert. Zahlreiche miteinander konkurrierende Postanstalten verschiedener Herrschaftsbereiche und der Thurn und Taxisschen Reichspost bereiteten dem Rat viel Verdruß. Die Postkutsche nach Bremen fuhr tatsächlich nicht donnerstags von der Steinstraße, sondern mittwochs von der Hohen Brücke u. sonnabends von der Herrlichkeit (beide am Hafen) ab. Die lange Reise ging bei Blankenese über die Elbe, von Bremen über Oldenburg nach Groningen, dann zum Teil mit einer «Treckschut» (Treidelboot) über die Kanäle, schließlich per Segelschiff über die Zuidersee nach Amsterdam. Und von dort weiter in alle Welt.

Quare, Daniel (1648–1724) Einer der bedeutendsten englischen Uhrmacher. Er lebte in London und war maßgeblich an der Weiterentwicklung der Präzisionsuhrwerke beteiligt. Neben seinen berühmten Taschenuhren gelten auch seine Sonnenuhren, Bracket Clocks (Tischuhren) und Bodenstanduhren als Spitzenprodukte der Uhrmacherkunst.

Refugié Flüchtling. Im Sprachgebrauch des 18. Jh. insbes. Bezeichnung für protestantisch-reformierte Glaubensflüchtlinge aus Frankreich, die nach dem einstigen Genfer Bürgermeister Hugues auch (→) Hugenotten genannt wurden. Später wurden auch die zumeist adeligen Flüchtlinge der Französischen Revolution schlicht R. genannt.

Rötel Der weiche Pigmentfarbstoff ist ein bräunlich-rotes Gemisch aus Roteisenstein (Hämatit) und Ton oder Kreide. Zu Minen oder Stangen gepreßt, wurde Rötel bes. im 15. Jh., aber auch im Barock und Rokoko als Zeichenstift benutzt.

Scholarchat So eine Art Schulaufsichtsgremium. Das ‹Hochansehnliche Collegium der Herren Scholarchen› bestand aus einigen Mitgliedern des Rats (Hochweisheit bzw. Wohlweisheit tituliert), den fünf Hauptpastoren und ‹sämtlichen Herren Oberalten›. Diese letzten fünfzehn, drei aus jedem Kirchspiel und in der Regel tatsächlich außerordentlich betagt, waren ein mächtiges Gremium zwischen Rat und Bürgerschaft und von hohem Einfluß in allen Bereichen von Verwaltung und Regierung der Stadt. Daß Claes Herrmanns als Vater und/oder Mitglied der Commerzdeputation in diesem Roman zum Scholarchen gemacht wird, ist eine historische Mogelei, die der Zeit weit vorausgreift. Dennoch – Ämterfilz war damals selbstverständlich: Die ca. 600 offiziellen Ämter der Stadt teilten sich gut 300 ‹Amtspersonen›.

Schute In der Mitte des 18. Jh. ein flaches, meist offenes Fluß- oder Hafenboot ohne Segel, das gezogen oder geschoben wurde. In den Häfen wurde die Sch. zum Transport der Waren zwischen Schiffen auf Reede und an Wasserläufe grenzenden Lagerhäusern oder Märkten eingesetzt. In den Hamburger Fleeten und anderen flachen Gewässern wurden Sch. auch gestaakt.

Smissen, Dominicus van der (1704–1760) gehörte zu einer äußerst wohlhabenden und angesehenen mennonitischen Familie in Altona. Er gilt nach seinem Lehrer Balthasar Denner (1685–1749) als der bedeutendste Bildnismaler der Region Hamburg/Altona in der Mitte des 18. Jh.

Spinnhaus Das Gefängnis mit harter Zwangsarbeit zur Strafe und moralischen Besserung für kleine Diebe und Prostituierte wurde um 1670 neben dem (→) Werk- und Zuchthaus erbaut.

Sterne, Laurence (1713–1768) Die Werke des englischen Schriftstellers (berühmt, aber arm) waren auch in den deutschen Ländern sehr populär, allen voran der Roman *Das Leben und die Ansichten Tristram Shandys* (1767). *A Sentimental Journey Through France and Italy* erschien 1768 und wurde noch im gleichen Jahr von Johann J. Ch. (→) Bode übersetzt. Den deutschen Titel *Eine empfindsame Reise durch Frankreich und Italien*, und damit die Bezeichnung ‹Empfindsamkeit› für eine literarische Strömung der Aufklärung, verdanken wir Bodes Freund und zeitweiligem Kompagnon G. E. (→) Lessing. Sie stand für eine von enthusiastischem Gefühl und von Naturschwärmerei bestimmte Literatur, die ihren Höhepunkt in J. W. Goethes erstem Roman und Bestseller *Die Leiden des jungen Werther* (1774) fand.

Struensee, Dr. Johann Friedrich (1737–1772) wurde schon mit zwanzig Jahren Stadtphysicus von Altona, damit zugleich Armen- und Gefängnisarzt. Er war seiner Zeit auf wissenschaftlich- und praktisch-medizinischem wie sozial-politischem Gebiet weit voraus. Etwa 1767 beschloß S., dessen zahlreiche Publikationen immer wieder der Zensur zum Opfer fielen, dessen Gehalt kaum zum Leben reichte, sich in Ostindien als Arzt niederzulassen. 1768 jedoch wurde er zum Reichsarzt, 1769 zunächst zum Hofarzt und dann zum Geheimen Kabinettsminister des dänischen Königs Christian VII. berufen. Seine radikalen Reformen gegen die Interessen von Kirche, Patriziern und Adel, vielleicht auch eine Liebschaft mit Königin Karoline Mathilde, führten zu seinem schnellen Sturz und zu seiner Hinrichtung. Die Königin wurde nach Celle verbannt, wo sie 1775, gerade 24 Jahre alt, starb.

Thümmel, Moritz August von (1738–1817) Der Geheime Hofrat am Hof von Coburg-Saalfeld war ein bis weit ins 19. Jahrhundert hinein viel gelesener Autor. Sein komisches Epos *Wilhelmine oder Der vermählte Pedant* (1764) war Unterhaltung und zugleich von seinen Zeitgenossen auch verstandene Kritik an fürstlicher Willkür, Sittenlosigkeit und Korruption. Es gilt als erster Bestseller der deutschen Literatur (noch vor Goethes *Die Leiden des jungen Werther*, 1774) und erzählt, wie Magister Sebaldus, ein schüchterner Dorfpfarrer, mit Amors ganz persönlicher Hilfe Herz und Hand eines vornehmen Fräuleins erobert.

Wedde Die Organisation der Hamburger Behörden und Verwaltungen im 18. Jh. unterschied sich stark von der heutigen. So ist auch die alte Wedde nicht mit der heutigen Polizei gleichzusetzen, aber auch zu ihren Aufgaben gehörte die Aufsicht über «die allgemeine Ordnung» und die Jagd auf Spitzbuben aller Art. Die der Wedde vorgesetzte Instanz wurde Praetur genannt. Daß der gleich vier Senatoren vorstanden, zeigt die Bedeutung der Vielzahl der Aufgaben.

Werk- und Zuchthaus Das erste W. wurde 1618 errichtet, nach einem Brand 1766 nahe dem südöstlichen Ufer der Binnenalster neu erbaut. Zunächst als Anstalt für Arme gedacht, die hier per Zwangsarbeit ihren Lebensunterhalt verdienen sollten, wurde es im 18. Jh. auch zur Strafanstalt. Was nahe lag, da sich die Behandlung der Armen – auch vermeintlich verschwenderischer und liederlicher Personen – von der Zwangsarbeit und Eingeschlossenheit, dem ungeheuren Arbeitspensum, dem Prinzip von Strafe u. Belohnung zur Besserung der Neigung zur Faulheit von der in einem Zuchthaus nicht unterschied.

Wolf, Johann Christian, Prof. (1689–1770) wurde nach dem Studium in Wittenberg zum Prof. für Physik und Poesie am (→) Akademischen Gymnasium ernannt, 1764 zudem zum Bibliothekar der Stadtbibliothek im A. G. Dort soll er nach (→) Lessings Schilderung «das unterste zu oberst» gekehrt haben, auch schnitt er Kupferstiche aus kostbaren Büchern und die Unterschriften der Gelehrten aus den Handschriften, um sie als Autogrammsammlung anzulegen. Seine Position war unantastbar, denn er verwaltete die ungeheuer kostbare Bücher- und Handschriftensammlung, die sein berühmter Bruder der Bibliothek vermacht hatte: *Johann Christoph W.* (1683–1739), Prof. für Philosophie an der Univ. Wittenberg, ab 1712 Prof. f. orientalische Sprachen am Hamb. Akad. Gymn. und ab 1716 Pastor an der Katharinenkirche, war als umfassend gebildeter Theologe, Orientalist, immens fleißiger Autor wissenschaftlicher Arbeiten und als Sammler in Europas Gelehrtenkreisen hoch geschätzt. Seine Bibliothek von etwa 40 000 Briefen und 24 000–25 000 Druckwerken, darunter zahlreiche bis ins 9. Jh. zurückreichende arabische, persische, hebräische und türkische, stellte er Interessierten gerne zur Verfügung. Gemäß seiner Überzeugung, daß auch Privatbibliotheken der Öffentlichkeit zugänglich sein sollen, vermachte er seine Sammlung der Stadtbibliothek im Gebäude des Johanneums. Die deshalb geplante Aufstockung erwies sich wegen der alten Bausubstanz als unmöglich, die alte Bibliothek wurde durch einen dreigeschossigen Anbau für A. G., Rektorswohnung und Bibliothek ersetzt. Ab 1751 wurde die alte Bibliotheca Joannes oder Raths-Bibliothek in Öffentliche Stadt-Bibliothek umbenannt.

Danksagung

Bis auf einige historisch verbürgte Persönlichkeiten, die wie Carl Philipp Emanuel Bach oder Samuel Heinicke im Glossar vorgestellt werden, sind Personen und Handlung dieses Romans Produkte meiner Phantasie. Ähnlichkeiten mit vergangener oder gegenwärtiger Realität wären reiner Zufall.

Wieder konnte ich aus dem großen Fundus der Fachliteratur und der Museen, Bibliotheken und Archive schöpfen. Für die Unterstützung bei meiner Recherche danke ich Werner Thoele und Volker Reißmann, Staatsarchiv Hamburg, Dr. Hans-Friedrich Bornitz, derzeitiger Rector Johannei, Ilse Lütgens, derzeitige Domina des Klosters St. Johannis in Hamburg, Prof. Dr. Franklin Kopitzsch, Leiter der Arbeitsstelle für Hamburgische Geschichte der Univ. Hamburg, den Experten für alte Uhren und das Uhrmacherhandwerk Harald Cronjaeger, Emden, Heinz Sternberg, Pendulum Hamburg, und Beatrice Techen, Uhrenmuseum Furtwangen. Eventuell eingeschlichene fachliche Fehler gehen einzig auf mein Konto.

Ein besonderer Dank gilt Kathleen Triem, Peter Franck, David Knowles und den anderen guten Geistern von International Writers Colony Ledig House, Ghent, N. Y., und last but not least meiner unermüdlichen Lektorin Dr. Siv Bublitz.

PETRA OELKER,

Jahrgang 1947, Journalistin und Autorin. Sie hat Jugend- und Sachbücher veröffentlicht, u. a. *Nichts als eine Komödiantin – Die Lebensgeschichte der Friederike Caroline Neuber* (1993), *Eigentlich sind wir uns ganz ähnlich – Wie Mütter und Töchter heute miteinander auskommen* (rororo 60544). Dem großen Erfolg ihres ersten historischen Kriminalromans, *Tod am Zollhaus* (rororo 22116), folgten zwei weitere, in deren Mittelpunkt Hamburg und eine Komödiantin stehen: *Der Sommer des Kometen* (rororo 22256) und *Lorettas letzter Vorhang* (rororo 22444). In der Reihe rororo thriller erschien ihr Kriminalroman *Neugier* (rororo 43341); weiterhin veröffentlichte sie als Mitautorin *Der Dolch des Kaisers. Eine mörderische Zeitreise* (rororo 43362).

Petra Oelker

Petra Oelker
Tod am Zollhaus *Ein historischer Kriminalroman*
(rororo 22116 und als Großdruck 33142)
In einer Regennacht des Jahres 1765 wird im Hamburger Hafen der Schreiber des Großkaufmanns Claes Herrmann ermordet. Der Täter, da sind sich die Hamburger sicher, ist Jean Becker, der Prinzipal eines Wandertheaters. Schauspielerin und Laiendetektivin Rosina forscht nach und kommt einer heimtückischen Intrige auf die Spur ...
Mit ihrem ersten Roman eroberte Petra Oelker auf Anhieb die Taschenbuch-Bestsellerlisten.

Der Sommer des Kometen *Ein historischer Kriminalroman*
(rororo 22256 und als Großdruck 33153)
Hamburg im Juni des Jahres 1766: im Stadtteil Altona sterben kurz nacheinander drei wohlhabende Männer unter seltsamen Umständen. Und wieder nimmt sich die Schauspielerin Rosina mit ihrer Truppe der Sache an.

Lorettas letzter Vorhang *Ein historischer Kriminalroman*
(rororo 22444)
Hamburg im Oktober 1767: Zum drittenmal geht Rosina gemeinsam mit Großkaufmann Herrmann auf Mörderjagd.

Neugier *Bibliothek der Leidenschaften*
(rororo thriller 43341)

rororo

«Eigentlich sind wir uns ganz ähnlich» *Wie Mütter und Töchter heute miteinander auskommen*
(rororo sachbuch 60544)
In vielen Gesprächen und Interviews ist Petra Oelker dem gegenwärtigen Stand der Mutter-Tochter-Beziehungen nachgegangen. Sie hat dabei auch registriert, wie sich die Geschichte der beiden deutschen Staaten in der heutigen gesellschaftlichen Realität niederschlägt und welche Rolle die Väter für die Töchter spielen. Herausgekommen ist ein spannendes und exzellent geschriebenes Sachbuch.

Petra Oelker u. a.
Der Dolch des Kaisers *Eine mörderische Zeitreise*
(rororo thriller 43362)
Petra Oelker, Charlotte Link, Siegfried Obermeier, Thomas R. P. Mielke u. a. beschreiben die unheilvolle Reise eines Dolches durch die Jahrhunderte, in denen er seinen Besitzern Mord, Verrat und Totschlag bringt.

3686/2